ÉTICA SEM MORAL

Adela Cortina

ÉTICA SEM MORAL

Tradução
MARCOS MARCIONILO

Martins Fontes

© 1990, Adela Cortina.
© 2006, Editorial Tecnos (Grupo Anaya, S.A.).
© 2008, Martins Editora Livraria Ltda., São Paulo, para a presente edição.
O original desta obra foi publicado sob o título
Ética sin moral.

Publisher   *Evandro Mendonça Martins Fontes*
Coordenação editorial   *Luciane Helena Gomide*
Produção gráfica   *Sidnei Simonelli*
Diagramação   *Megaart Design*
Preparação   *Mariana Zanini*
Revisão   *Denise Roberti Camargo*
Dinarte Zorzanelli da Silva
Beatriz C. Nunes de Sousa

1ª edição   *2010*
Impressão   *Imprensa da Fé*

Dados Internacionais de Catalogação na Publicação (CIP)
(Câmara Brasileira do Livro, SP, Brasil)

Cortina, Adela
    Ética sem moral / Adela Cortina ; tradução Marcos Marcionilo. – São Paulo : Martins Martins Fontes, 2010. – (Coleção Dialética)

    Título original: Ética sin moral.
    ISBN 978-85-61635-61-9

    1. Ética 2. Filosofia 3. Moral I. Título. II. Série.

10-01808   CDD-170

Índices para catálogo sistemático:
1. Ética : Filosofia   170
2. Filosofia moral   170

Todos os direitos desta edição para o Brasil reservados à
Martins Editora Livraria Ltda.
Rua Prof. Laerte Ramos de Carvalho, 163
01325-030 São Paulo SP Brasil
Tel. (11) 3116.0000 Fax (11) 3115.1072
info@martinseditora.com.br
www.martinseditora.com.br

Sumário

Introdução – A ordem moral: realidade ou ficção? 9

I. DAR RAZÃO DO MORAL EM TEMPOS DE "PÓS-FILOSOFIA"
  1. Uma ética da modernidade crítica 27
  2. As classificações éticas 41
     1. A guerra é o pai de todas as coisas 41
     2. Três classificações abrangentes 44
     3. Éticas de meios e de fins 46
     4. O formalismo na ética e a ética material dos valores 50
     5. Uma ética formal de bens 54
        5.1. Forma lógica e estrutura antropológica 55
        5.2. A protomoral. O "amoralismo" é um conceito vazio 57
        5.3. *Realitas et bonum non convertuntur* 63
        5.4. Dos limites extremos de uma ética agatológica 66
     6. Instrumentalismo e substancialismo na ética 73
     7. Teleologismo *versus* deontologismo 82

3. Panorama contemporâneo da fundamentação da moral   97
4. Modernidade crítica *versus* neoconservadorismo   121
   1. Perfil do neoconservadorismo   123
      1.1. Tipologia do conservadorismo   123
      1.2. O ideário neoconservador   130
      1.3. Retorno do comunitarismo: religião civil e moral universal   135
   2. De Platão a Aristóteles. Da utopia à tradição   144
   3. "Progresso", afinal? De Hegel a Kant   148
   4. Para além da eticidade e da moralidade. Entre o Eu e o Nós   152

II. ÉTICA SEM MORAL
5. A estrutura da razão prática: moral, direito e política na ética discursiva   163
   1. A ética discursiva: uma ética da modernidade crítica   163
   2. A estrutura da razão prática   167
      2.1. Um resquício de metafísica no direito positivo?   170
      2.2. Instrumentalismo moral e instrumentalismo jurídico   177
      2.3. Ideia de um Estado de direito   181
6. Limites de uma ética pós-kantiana de princípios   183
   1. Superação do etnocentrismo?   185
   2. À ética não importa se uma boa vontade é possível   189
   3. A moral como forma deficiente de direito   191
      3.1. Reino dos fins e paz perpétua   192
      3.2. Adeus ao sujeito autônomo   194

4. Vontade política e vontade moral 205
5. Ética sem moral 207

III. A PESSOA – O SUJEITO AUTÔNOMO E SOLIDÁRIO – É A MEDIDA DA DEMOCRACIA

7. O *éthos* democrático: *télos*, valor, virtude 219
1. Procedimento e valor 222
2. A reconstrução da razão prática: *télos* e *déon* 225
   2.1. O conceito aristotélico de *práxis teleía* 225
   2.2. A teleologia kantiana das faculdades do ânimo 226
   2.3. O acordo como *télos* da linguagem 232
3. Um *éthos* universalizável 236

8. Uma teoria dos direitos humanos 239
1. Os direitos humanos como ficções úteis 239
2. Lógica do discurso prático e ética da argumentação 243
3. Notas para uma teoria dos direitos humanos 247

9. Democracia como forma de vida 255
1. Democracia como mecanismo e como forma de vida 259
   1.1. A teoria elitista 259
   1.2. A teoria participativa 263
   1.3. Neoconservadorismo e teoria elitista 265
2. A democracia real 267
   2.1. A lógica contraditória da democracia 269
   2.2. O *éthos* democrático 271

10. Para além do coletivismo e do individualismo: autonomia e solidariedade 275
1. Nem socialismo nem liberalismo: sem senhas de identidade 275
2. Do individualismo possessivo à autonomia pessoal 281
3. Do coletivismo ao individualismo solidário? 287
4. Política como gestão, não como religião secularizada 295

11. Do feminino e do masculino: as virtudes esquecidas no *moral point of view* 301
    1. O trabalho criador da razão instrumental 301
    2. A pretensa masculinidade das éticas deontológicas 303
    3. A liberdade jurídica das mulheres 306
    4. Do belo e do sublime 310
    5. As virtudes esquecidas 313

Bibliografia 317
Índice de autores 333

Introdução
A ordem moral: realidade ou ficção?

"Com a lógica, apenas parcialmente se chega à realidade", resmungava o ex-chefe de polícia do cantão de Zurique, contemplando reprovadoramente seu interlocutor, autor profissional de romances policiais. "Vocês, os escritores, constroem a ação seguindo as regras da lógica, como se estivessem organizando uma partida de xadrez: aqui, o assassino; ali, a vítima; acolá, o cúmplice; alhures, o beneficiário do crime. Ao detetive, basta conhecer as regras do jogo para conseguir encurralar o assassino e para que a justiça triunfe. Para vocês, não contam o contingente, o incalculável, o incomensurável; e, sem dúvida, nossas leis não se apoiam na causalidade, e sim na probabilidade e na estatística; referem-se ao universal e não ao particular, porque o indivíduo fica à margem de todo cálculo."

"E isso" – prosseguia, implacável, nosso entediado personagem – "é o que há de imperdoável nos romances policiais: o escritor construí-los seguindo as regras de uma lógica alheia à realidade, estranha ao contingente, ao incomensurável e ao individual. Isso é o que há de imperdoável, porque a outra obsessão, a de encontrar um final feliz, está justificada. Afinal de contas, essa é uma das mentiras com que mantemos o *Estado* e a *sociedade*, incapazes de subsistir sem a fé de seus cidadãos em uma ordem moral. Desse modo, todo público e todo contribuinte têm o direito de acreditar em seus heróis e em seus finais felizes, em um mundo ordenado no qual, ao fim das contas, a justiça triunfa: o herói se vê recompensado, o assassino, castigado. Exatamente para satisfazer esses direitos existem as polícias e os autores de romances policiais, porque o que seria de nossas sociedades, de nossos Estados sem esses demiurgos morais, organizadores do mundo social, que o configuram segundo a ideia da justiça na qual o público e o sofrido contribuinte têm de acreditar para sobreviver?".

O monólogo do ex-chefe de polícia do cantão de Zurique abre programaticamente as páginas de um romance de Dürrenmatt – *Das Versprechen* – que traz como subtítulo: "Réquiem pelos romances policiais". Descansem em paz – chega a dizer nosso autor –, porque é o acaso, e não a lógica, o personagem principal de nossa vida; é o caos – e não o cosmo moral – o cenário do grande teatro do mundo. Tudo o mais – o triunfo da justiça, a reabilitação do herói, a eficácia da lógica – pertence ao número daquelas *ficções morais inúteis* que a humanidade foi criando para sobreviver.

Porque nenhum vivente pode suportar a riqueza do real e necessita reduzir sua complexidade para continuar a viver, nós, os seres humanos, criamos essas ficções úteis a partir de uma *lógica identificadora* – que prescinde das diferenças –, *universalizadora* – ignorante do particular –, *abstrata* – alheia ao concreto –, encobridora de um interesse secreto: criar a confiança de que em nosso mundo é a justiça que, no fim das contas, triunfa.

Os criadores dessas ficções são os policiais e os autores de romances policiais – dirá Dürrenmatt. Mas também – acrescentaria Nietzsche – os filósofos que, desde Zaratustra, se empenharam na tarefa de fingir uma ordem moral do mundo. Desde Zaratustra, passando por Sócrates e Platão, acolhendo a religião judaica e cristã e prolongando-se nessas éticas da justiça, que tentam consolar todos aqueles que não podem digerir o caos de nosso mundo com a promessa de algum Juízo Final, em que se há de pronunciar o veredicto justo – seguido do justo prêmio ou do justo castigo. Todas essas éticas que, junto a nosso mundo de homens desiguais, pressupõem a existência do outro "realmente real" no qual se mostram como iguais: como filhos de Zeus – dirão os estoicos –, como filhos de Deus – dirão judeus e cristãos –, como seres numênicos – em versão kantiana –, como produtores e autolegisladores – completarão o socialismo marxista e o socialismo libertário –, como sujeitos de direitos que, pelo fato de corresponderem a todos, cabe classificar de humanos: como iguais diante da lei – rezará o dogma democrático.

Ficções, tudo *ficções* para *ordenar*, mediante leis necessárias, um mundo caótico no qual reinam o acaso e a contingência, um mundo no qual a desigualdade é a maior das evidências antropológicas.

Bem soube ver Kant – apreciaria Nietzsche – que, ao fim das contas, tudo é uma questão de *perspectiva*: os homens podemos assumir a perspectiva unificadora do mundo numênico, a partir da qual parecemos ser iguais e capazes de superar o egoísmo; mas também a perspectiva do mundo fenomênico, na qual são patentes a desigualdade e o egoísmo. A partir da primeira perspectiva, vemos o mundo *como se* fôssemos livres e iguais, e então adquirem sentido a moral autônoma, o direito moderno – que restringe a liberdade externa para que cada qual possa exercer a própria liberdade interna – e o Estado de direito, voltado para a proteção da liberdade de todos.

É certo que essa perspectiva, mais tarde, seria tachada de *ideológica*, de visão deformada e deformante da realidade, que a classe burguesa brande para justificar unilateralmente a moral, o direito e o Estado burgueses, criados para defender de um modo abstrato a moral que realmente os caracteriza: a do individualismo possessivo. A ordem moral legada pela modernidade dos séculos XVI a XVIII – dirá o materialismo histórico – é uma ficção classista ideológica, que desfigura unilateral e interesseiramente a realidade.

Certamente, quem hoje há de negar que todo conhecimento é movido por um interesse? Contudo, sem esquecer que toda perspectiva pode ser manipulada a partir de um interesse unilateral, também é verdade que apenas a partir de uma perspectiva adotada com base em um interesse racional adequado é que tem sentido praticar até mesmo a crítica da ideologia. A rigor, só vale denunciar o individualismo possessivo como moral ilegítima a partir da convicção racionalmente justificada de que uma moral, um direito e um Estado racionais não têm por missão defender o direito dos proprietários, mas o de todo homem no exercício de sua autonomia. Apenas a perspectiva da igual liberdade e do direito igual rompe o esquema de todo individualismo possessivo. Mas essa é uma *perspectiva racional* ou *apenas uma ficção*?

Para Kant e seus seguidores, quem adota moral e politicamente a perspectiva da liberdade e da igualdade se situa no ponto de vista racional, ao passo que Nietzsche vê nela uma ficção que demiurgos fraudulentos se empenharam em identificar com a verdade. E, de fato, até bem pouco tempo cumpriu sua missão, porque os homens assumiram os deveres que lhes foram impostos com base nessa ficção: deveres morais, jurídicos, políticos e religiosos. Em troca de sua submissão, receberam a garantia de uma justiça última e de um final feliz. E um equivale ao outro em um mundo no qual, mais que felicidade, importa encontrar *sentido*.

Introdução – A ordem moral: realidade ou ficção?

Outrora, isso foi proporcionado pelas religiões, que deram de presente às sociedades uma cosmovisão, provedora da razão do âmbito prático em seu conjunto. Como não nos lembrar das expressivas palavras do Kant maduro de *A metafísica dos costumes*?

> A ideia de uma justiça penal divina é aqui personificada; aquele que a exerce não é um ser particular que julga [...], mas a *justiça* como substância (outras vezes denominada de justiça *eterna*) que, como o *factum* (o destino dos antigos poetas filósofos), está até mesmo acima de Júpiter e dita o direito segundo a férrea e inevitável necessidade, que para nós é inescrutável.[1]

A necessidade de uma justiça, que julga com base na *imparcialidade* que homem algum pode encarnar, revela-se nos ditos transmitidos de geração a geração: "O sangue inocente derramado clama por vingança", "O castigo persegue o malfeitor", "O crime não compensa". Ou se revela, ainda mais, naquele sentimento moral, do qual Kant também dava conta na terceira *Crítica* e que incitava a razão a dissolver o absurdo lógico-moral que se seguiria se houvesse apenas a justiça humana. É o sentimento de revolta em face do absurdo de os virtuosos serem desgraçados – "não pode ser assim" – que foi semeando a ideia de uma justiça radicalmente imparcial e, exatamente por isso, transcendente.

As religiões nasceram da aspiração à imortalidade, dizia Unamuno. Mas é certo também que a ideia de que tudo isso não pode acabar neste mundo nasceu da exigência moral de que em al-

---

[1] Kant, *Metaphysik der Sitten* (= *MdS*), VI, 1989, p. 489. Citarei as obras de Kant, como é o costume, seguindo a edição da Academia de Berlim, exceto a primeira *Crítica*, para a qual me aterei à paginação dos originais kantianos, como também é o costume. Também farei uso das abreviaturas convencionadas.

gum lugar – já que não é aqui – o bem fazer se veja reconhecido e recompensado, e o mal fazer, sentenciado e castigado[2].

Como sabemos, essa ligação com uma transcendência imparcial em seus juízos, insubornável em seus veredictos, eterna em seus castigos e prêmios, prestou seus serviços não apenas à moral, mas também ao direito e à ordem política. O direito sagrado legitimava o soberano como aquele que estava apto a administrar o direito burocrático e exercer o domínio. A garantia dos juramentos, *conditio sine qua non* do processo judicial, estava fundamentada no temor do castigo divino (Kant, 1989, VI, p. 487).

Bons serviços foram, portanto, aqueles que as religiões prestaram ao mundo jurídico, ao dotá-lo de um legislador sábio e prudente e também de um juiz infinitamente perspicaz, absolutamente insubornável, bondoso, sem dúvida, mas implacável no castigo. Bons serviços prestaram à moral, ao dar-lhe não apenas um legislador sábio, mas também um juiz interior, que lê no íntimo dos corações e premia ou castiga com poder e sem erro. Bons serviços prestaram ao mundo político – e continuam a prestá-los –, ao legitimar o poder dos soberanos, mas também às sociedades, porque criar vínculos com base na cosmovisão e nas crenças compartilhadas, proporcionar identidade e sentido a seus membros a partir delas, tem sido desde sempre tarefa da religião.

Claro que tudo isso não aconteceu sem graves perdas. Para a religião, mas também para a moral, porque ambas adquiriram essa configuração jurídico-política, que situa no centro da reflexão o imperativo da *lei*, a meditação sobre a *culpa*, a necessidade de um *juízo*

---

[2] Cf. Cubbels, 1967. Em algumas correntes das tradições hindus, a reencarnação tem também o sentido de justificar as características que um indivíduo possui por nascimento pelos méritos ou deméritos contraídos na existência anterior. Cf. Merlo, 1994.

imparcial, a exigência de um *juiz insubornável*, de um *justo* prêmio e um justo castigo. Religião e moral substituíram seus achados centrais, *gratuidade* e *vida boa*, por *lei* e *justiça*[3]. E assim – como se diz nos contos – foram confirmadas em grande número de suas versões até os dias de hoje.

Por seu lado, indivíduos e sociedades viram-se encarregados de deveres jurídicos, morais e religiosos; as lutas entre o poder civil e o eclesial ensanguentaram a terra; as guerras entre as diversas religiões positivas tornam suspeitos os apelos transcendentes à mansidão e à bondade. Logo, não é de estranhar que, apesar de seus bons serviços, a morte sociológica de um Deus tão manipulado chegasse a ser vivida como uma autêntica libertação.

Contudo, uma vez que Deus morreu sociologicamente, os honrados contribuintes deixaram de merecer um direito e um governo legítimos, uma justiça imparcial e insubornável, uma sociedade nômica a partir da qual adquirir a própria identidade individual? Polícias e autores de romances policiais à parte – porque nossa incumbência aqui não são eles –, pensemos se políticos e filósofos não deveriam se dispor à tarefa de ordenar o mundo com ideais de *imparcialidade, insubornabilidade, liberdade, igualdade,* por amor a esse sofrido contribuinte que, por conta de seu doloroso desembolso anual e mensal, bem merece receber em troca um mundo moralmente ordenado. Um mundo no qual seja possível investir na bolsa, realizar opções políticas, escolher profissão, cônjuge e moradia sem sobressaltos; com a serenidade de quem sabe que, mesmo que a bolsa despenque, mesmo que a opção política decepcione, a profissão seja um fracasso, o casamento, um desastre, e até mesmo que a

---

[3] Refiro-me à religião cristã, cuja essência é a gratuidade, que não deve ser confundida com nenhum projeto de religião civil. Cf. o capítulo 4 deste trabalho, tópico 1.3, assim como C. Díaz, 1980.

moradia seja assaltada no calorento agosto, há um último horizonte de legitimidade jurídica e política, crenças morais compartilhadas de liberdade, igualdade e solidariedade.

Pelo bem da verdade, devemos reconhecer que bom número de filósofos, desde o alvorecer da modernidade, foi se dispondo a essa tarefa com entusiasmo: os haveres do direito sagrado em matéria dessa *intocabilidade*, que conferia legitimidade ao soberano para utilizar como instrumento o direito burocrático, passaram para o direito natural racional, igualmente intocável, ao passo que o direito burocrático se transmutou em direito positivo (Habermas, 1998a, p. 535ss.); o legislador moral infalível veio a se identificar com a razão humana, e o juiz incorruptível de nossos atos, com a consciência pessoal; por isso os homens, igualmente autolegisladores, igualmente livres, herdaram a igualdade dos filhos de Deus e possuíram em condições de igualdade esses direitos, que, pelo fato de convir a todos, passaram a ser chamados de humanos; a vontade divina tornou-se vontade popular, e o indefectível plano de Deus para as criaturas, bem comum (Schumpeter, 1984, cap. 21). Todo um mundo de "in-"tocabilidade, "in-"falibilidade, que assinalava os marcos da ordem religioso-moral, perde seu lugar transcendente e trata de buscar o próprio lugar racional na imanência. Como não entender, a partir desses pressupostos, como forma de vida política legítima a vida em que os livres e iguais se outorgam sua própria lei? Como não identificar as leis legítimas com aquelas que *todos tiveram a possibilidade de querer*?

Um novo "in-" abandona o mundo transcendente para se encarnar no nosso, contingente e corruptível: a ideia de *imparcialidade* na legislação e na aplicação das leis vem constituir a estrutura de uma *razão prática*, que configura a moral, o direito e o Estado modernos. Herdeira da moral religiosa, do direito sagrado, da vontade divina em seu caráter intocável, a imparcialidade é a noção-chave do mundo prático moderno, inclusive em correntes como a utilitarista, que fazem da justiça uma *serva* da utilidade.

E em face da tradução de uma ordem religiosa em uma ordem moral, que dá sentido ao mundo jurídico-político moderno, é necessário, a meu ver, enfrentar a questão: a *secularização* – a imanentização de certas noções transcendentes – não é precisamente uma tradução de *ficções* religiosas em *ficções* morais, da qual necessitamos para continuar justificando a cobrança de impostos? Não será ela, ao contrário, a demonstração de que a ordem religioso-moral deu forma a nossos esquemas cognitivos, de modo que a razão prática assumiu em parte tarefas que outrora eram carregadas nos ombros pela religião, na medida necessária para conferir uma ordem ao mundo moral, jurídico e político, uma coesão às sociedades e uma identidade aos indivíduos? Nesse caso, noções como "imparcialidade" permaneceriam imanentizadas como *ideias reguladoras*, e seria necessário indicar de que tarefas a ordem moral e religiosa pode dar conta e quais ainda continuam a ser tarefas privativas da religião. Ou é mais necessário retomar as religiões como fonte de ordem e de coesão social?

Tempos duros são os nossos para quem se preocupa com a moral. E não exatamente porque a moral tenha caído de moda, pois o que ocorre é justamente o contrário – todos se fazem porta-vozes dela –, mas porque quem tem a moral por profissão parece empenhado em dissolvê-la.

Este livro não foi escrito para lamentar a situação moral em que vivemos: não é esse o sentido do título. Porque se o hedonismo, o pragmatismo ou o egoísmo nos invadem, tampouco faltam a abnegação, a solidariedade e o altruísmo. O que pretendo mesmo tentar com o presente livro é responder, a partir da filosofia moral – a partir da ética –, ao grande desafio legado por Nietzsche: *averiguar se a ordem moral a partir da qual adquirem sentido a autonomia pessoal, o direito moderno e a forma de vida democrática tem realidade ou se essa ordem é fictícia*. Se estou perguntando exatamente pela ordem prática moderna, isso se deve ao fato de eu pensar que, para o bem ou para o mal, é a ordem jurídica, econômica e política das sociedades ocidentais que vem, há bastante tempo, sendo exportada para as demais.

Seguramente, as éticas de nosso momento, com maior ou menor consciência disso, tomaram posição diante da disjuntiva. Prolongadores da modernidade, como kantianos e utilitaristas, dedicam suas forças a mostrar a racionalidade do "ponto de vista moral" – o da imparcialidade –, mesmo que o eixo de sua ética seja, em princípio, distinto. Não obstante, diante deles, um dos tópicos de nossos dias é sem dúvida denunciar a *falência da modernidade*.

Pós-modernos, entediados com os grandes metarrelatos, tentam se reconciliar – seguindo as pegadas de Nietzsche e de Heidegger – com um mundo fragmentário, contingente, assistemático. *Pré-modernos*, insatisfeitos com o rumo dado pela modernidade moral e política à história, convictos de que ela foi incapaz de criar algo mais que ficções, defendem o retorno a uma racionalidade anterior a ela, não conformada por deveres, direitos iguais, imparcialidade, vontade popular. Por sua vez, *sociólogos* prudentes perguntam-se se, ao final, não será necessário devolver a coesão às sociedades e a identidade aos indivíduos, partindo de alguma nova forma de religião civil. E um gênero indeterminado de filósofos enfrenta-se com um dilema incômodo: sentem-se desconfortáveis com a modernidade moral por causa de sua pretensão fundamentadora e, mesmo assim, não podem prescindir da ordem jurídica e política por ela fundada, porque, afinal de contas, o público – o contribuinte – não parece dis-

Introdução – A ordem moral: realidade ou ficção?

posto a liquidá-la. Trata-se, então, de dar uma de equilibrista e subir na corda, ensaiando o difícil equilíbrio entre exortar as massas a preservar a ordem moral democrática – mesmo que ela seja fictícia –, a encarnar a tolerância e as demais virtudes físicas – mesmo que não haja para isso nenhum fundamento na razão.

Difícil manter o equilíbrio – acredito mesmo que seja impossível –, mas não há do que se cuidar, porque a rede está armada: por isso não vamos ficar sem dinheiro, mesmo que estejamos ficando sem moral.

A coitada da ética foi perdendo seus antigos pressupostos – *Ética sem metafísica* era o título do livro de Patzig (1971); *Ética sem religião*, do de Guisán (1983) – e agora vai se vendo privada de seu objeto. Por "pré", por "pós", por pragmatismo ou por ímpeto de uma originalidade desorientada, estamos ficando sem moral. E, o que é ainda pior, possivelmente as próprias éticas modernas estão contribuindo para destruí-la.

Entusiasmados pela ideia de dar uma *base científica* à moral, os utilitaristas pedem emprestado à psicologia um fim por meio do qual alcançar certo verniz de cientificidade, e também à economia algum procedimento de cálculo com o qual computar utilidades. Apetrechados com seu ábaco e com seu fim, vão dar em uma espécie de economia psicológica (Montoya, 1989, p. 36-9), que calcula avidamente utilidades e recebe um fresco alento de moralidade ao tomar sigilosamente das éticas da justiça princípios como o da imparcialidade.

Por sua vez, as éticas kantianas da justiça, alegres pelo fato de *poderem dar razão*, estrutural e transcendentalmente, da correção de normas e do sentido da justiça, a partir da imparcialidade daquilo que todos poderiam querer, já vão apresentando a tendência de reduzir o moral a direito e política, uma vez que não tentam ir além de suas ofertas atuais. Não é em vão que elas são éticas kantianas e têm incorporado em si esse esquema (mais jurídico que moral ou religioso) da lei e da justiça, para continuar a ordenar o mundo prático e social – embora Kant tenha transcendido em muito esse esquema e, nesse ponto, as éticas kantianas tenham sofrido um retrocesso (Cortina, 1989c).

Com efeito, Rawls reconhece abertamente que sua teoria moral versa unicamente sobre a virtude da justiça aplicada ao âmbito político, apesar de ele não negar ser a esfera moral mais ampla que a da justiça. Não obstante, Kohlberg, Apel e Habermas fazem da norma e da justiça o tema exclusivo da ética, com o qual convocam o leitor a se perguntar se os princípios das éticas kantianas, que se orgulham de reconstruir, de algum modo, o imperativo categórico, não reconstroem antes o também kantiano – e rousseauniano – princípio do Direito político[4]. Nesse caso, não seria nenhum mistério que as éticas kantianas apresentassem idoneidade para fundamentar o direito moderno e a forma de vida democrática: o mistério seria antes o que resta de moral em tais princípios legitimadores de normas. Ou seria a nossa uma época *pós-moral*, à qual bastam o direito e a política para resolver conflitos humanos? Será que as razões jurídica e política absorveram as tarefas das quais se encarregava outrora a razão moral?

É ao menos o que parece, em muitas ocasiões, quando consideramos não só atitudes cotidianas, como também trabalhos de filosofia moral. Para citar, a princípio, éticas que acreditam ainda ser possível dar razão do moral, tem-se nelas o moral como *economia psicológica, more* utilitarista, como *teoria da justiça* nas éticas kantianas, como *doutrina comunitária das virtudes*, que há de fazer *tabula*

---

[4] Cf. a parte II deste trabalho e também Wellmer, 1986.

rasa da ordem moral moderna, em textos neoaristotélicos – ao passo que o resto trata a moral ou com a convicção de que ela não existe, ou com a circunspecção de quem, sabedor de que ela carece de raízes racionais, acha prudente inculcá-la civicamente sem indagar seus fundamentos, para que não se transforme em algo que se desvaneça por entre os dedos. Sendo assim, então, poderíamos dizer que vivemos em um tempo *pós-moral*?

Na realidade, nosso livro não foi escrito para aumentar a lista dos inumeráveis "pós", acrescentando-lhe uma "pós-moral". Em princípio, porque já está cansando a preguiça que leva a caracterizar situações com o supracitado prefixo, como se com ele tivéssemos acertado um golpe mortal contra o substantivo correspondente, quando na verdade não dissemos nada. Mas, sobretudo, porque tal atitude pareceria inadequada.

Enquanto os homens, diferentemente dos outros seres, continuarmos a nos ver como obrigados a *justificar* nossas escolhas, porque o ajuste à realidade não nos é dado; enquanto continuarmos qualificando determinadas justificações como "justas" ou "boas" em comparação com outras, não importando agora quais sejam umas e outras e se em tempos diferentes e em lugares distintos podemos qualificar de modo diverso justificações semelhantes; enquanto "isto é justo" ou "isto é bom" continuar significando algo diferente de "aprovo isto, faça você o mesmo" ou de "isto me agrada"; enquanto umas formas de vida continuarem a nos parecer mais *humanas* que outras, continuará havendo uma dimensão do *homem*, de sua *consciência* e de sua *linguagem*, que merecerá, por sua especificidade, o nome de "moral". E ela será necessária para legitimar o direito e a política, que não são autossuficientes no que diz respeito à legitimidade.

Para dar conta desse fenômeno, adotaremos a perspectiva de uma *ética da modernidade crítica*. *Ética da modernidade* porque, mesmo dando ouvidos às sugestões "pós" e "pré", pensa – em face da disjuntiva de MacIntyre "Nietzsche ou Aristóteles" – que o projeto moderno é não apenas possível, como racionalmente desejável. Genético-estruturalmente, a ordem moral legada pela Ilustração permaneceu incorporada a nossos esquemas cognitivos, de modo que sabemos moralmente através deles. Transcendentalmente, em alguma versão determinada, tem sua sede na razão. Porque as sociedades aprendem não apenas em nível científico, técnico ou artístico, mas também em nível moral: o reconhecimento da autonomia pessoal, a dignidade que, consequentemente, compete a todo homem, os direitos humanos, o direito imparcial, a forma de vida democrática se incorporaram em nosso saber moral em um processo que já se tornou irreversível, de modo que renunciar a tudo isso significa renunciar até mesmo a nossa própria humanidade.

Contudo, para dar razão de tudo isso, a ética moderna, tal como ela se desenvolveu até o presente, é insuficiente porque, na versão que eu compartilho – a versão formal de corte kantiano – termina por reduzir a razão à razão jurídica e política, e as demais, como tento mostrar no decorrer do trabalho, não dão conta satisfatória da moralidade.

Por isso, o presente livro percorre as etapas seguintes: a *Parte I* tenta oferecer uma "composição de lugar" ética, não apenas com o objetivo de apresentar ao leitor um panorama das contendas atuais, mas também com o propósito de averiguar o que a ética discursiva tem a ensinar para elas e com elas aprender; a *Parte II* tem como meta trazer à luz a articulação das distintas vertentes do âmbito prático – moral, jurídica e política – de nossa ética, tal

Introdução – A ordem moral: realidade ou ficção?   23

como a desenharam seus criadores, mostrando, ao mesmo tempo, suas insuficiências. E dessas duas primeiras partes decorrerá a *última parte,* que tenta justificá-las, esboçando os traços de uma ética da modernidade crítica, preocupada com as normas corretas e a justiça, com os *direitos humanos* e as *formas de vida política,* mas também com os *fins, meios, atitudes e virtudes.* Para tanto, é preciso ultrapassar as unilateralidades até agora vividas, os enfrentamentos entre fins e meios, deveres e virtudes, normas e vida boa, individualismo e coletivismo, para chegar a um terceiro momento, que seja a verdade dos anteriores. Só assim a ética cumprirá sua tarefa individual, mas também social. Porque sua posição não é a de *serva* do direito e da política – muito menos de juristas e políticos –, mas a de senhora[5].

Contudo, antes de empreender o percurso projetado, é preciso – tanto mais quando se tratar de uma ética deontológica – agradecer expressamente a contribuição de todos aqueles que tornaram este trabalho possível[6].

---

[5] Portanto, minha tentativa neste livro é a de prolongar, "superando-a", a tarefa empreendida em *Razón comunicativa y responsabilidad solidaria,* 1989; *Ética mínima,* 2000; nos últimos capítulos de *Crítica y utopia: la Escuela de Frankfurt,* 1985; e em "Ética discursiva", *apud* Camps, 1989, p. 533-77. Depois da primeira edição de *Ética sem moral,* tentei levar adiante essa tarefa de superação em diversos trabalhos, entre outros: *Ética aplicada y democracia radical,* 1993; *Ciudadanos del mundo,* 1997; *Alianza y contrato,* 2001; *Por una ética del consumo,* 2002; *Ética de la empresa,* 1994; *Razón pública y éticas aplicadas,* 2003.

[6] No texto, vão os agradecimentos a todos aqueles que me ajudaram positivamente, como é o costume. Aqui, em humilde nota, não quero deixar de mencionar, mesmo que não seja usual, aqueles que me ajudaram reativamente. Àqueles que fazem da *politicalha* – e não da *investigação do ensino* – o elemento vital do acontecer universitário. A quantos dissolvem o pesquisador autônomo no coletivismo dos departamentos e em toda espécie de organismos, submetidos ao rodo implacável das maiorias, não à força racional do melhor argumento. Todos eles me levaram a compreender que a democracia legítima deve ser outra coisa e me fizeram adiar a elaboração deste trabalho. Isso talvez não seja o mais lamentável nesse caso. Mas a contínua "malversação de fundos" da instituição acadêmica certamente o é. A eles, portanto, meu sentido agradecimento.

A Alexander von Humboldt-Stiftung, que me concedeu uma bolsa para eu ir trabalhar com Apel em Frankfurt durante o período 1986-87 e em prolongações posteriores, em um projeto intitulado "É possível superar os limites de uma ética pós-kantiana de princípios a partir de uma antropologia axiológica?". O núcleo e o resultado daquele trabalho, discutidos amplamente com Apel e, em algumas ocasiões, com Habermas, são também os deste livro. Nem é preciso dizer que agradeço tanto a um como ao outro pela disponibilidade ao diálogo.

E, mesmo não sendo tão evidente, também quero dizer obrigado aos *inconformistas* do mundo filosófico – mundo de especialistas – e da vida cotidiana. Aos que não se conformam com o *direito vigente*, a *política meramente pragmática* e a *religião domesticada*. Aos que continuam comprometidos com a ideia de que *deve ser de outro modo*, porque nosso mundo prático não tem – nem a Oriente nem a Ocidente – *estatura humana.*

Graças a eles sabemos que continua a existir uma aspiração no homem chamada "moral".

I
DAR RAZÃO DO MORAL EM TEMPOS DE "PÓS-FILOSOFIA"

1
Uma ética da modernidade crítica

Costuma ser uma boa maneira de iniciar um trabalho esclarecer seus conceitos centrais, com o objetivo de estabelecer desde o início um mínimo de entendimento entre autor e leitor, que, com sorte, irá se ampliando ao longo do desenvolvimento. Por isso é que começamos nossa tarefa pontuando o que entenderemos por ética e por moral, tentando aprofundar o esclarecimento de conceitos já empreendido em *Ética mínima* e que aqui vamos considerar como pressuposto (Cortina, 2000, parte I).

A meu ver, a ética consiste na dimensão da filosofia que reflete sobre a moralidade; isto é, na forma de reflexão e linguagem acerca da reflexão e da linguagem moral, no que se refere ao que guarda a relação entre toda metalinguagem e a linguagem objeto. Essa relação afeta o *status* de ambos os modos de reflexão e linguagem, na medida em que a moral, imediatamente vinculada à ação, prescreve a conduta de forma *imediata*, ao passo que a filosofia moral se pronuncia canonicamente. Ou seja, se a reflexão moral é elaborada em uma linguagem prescritiva ou avaliativa, a ética proporciona um cânon *mediato* para a ação por meio de um processo de fundamentação do moral.

Segundo meu modo de ver, a ética não pode se confundir com o conjunto de normas e avaliações geradas no mundo social, tampouco com o tratamento que as ciências poderiam fazer de tais normas e avaliações, mesmo procedendo *intentio recta*: a ética situa-se no nível reflexivo e autorreferencial do discurso filosófico. É por isso que se pode dizer que nossa disciplina é a atribuição de "especialistas", que ela se distancia do lugar em que os valores surgem e se transmitem por meio do processo de socialização, porque seus argumentos procedem, em princípio, de especialistas e se dirigem a especialistas. Talvez a leitura de *O capital* não leve um operário socialista a tomar decisões em situações concretas, como apontava um célebre kantiano, tampouco – como replicava um não menos célebre marxista "antikantiano" – a leitura da *Crítica da razão prática*.

A ética não é primariamente gerada, portanto, nesse mundo social, no qual a moral ostenta, sem dúvida, o primado substancial, mas ela se move no nível do discurso teórico reflexivo e autorreferencial da filosofia. Por isso sua forma reflexiva e linguística é filosófica, não cotidiana nem científica. O que, em meu entender, significa que ela é *conceitual* e *argumentativa*.

Se, de acordo com Hegel, a arte e a religião também são formas de saber que expressam conteúdos universais, a filosofia difere de ambas, não pela universalidade do conteúdo, mas por sua forma, que não é plástica nem representativa, mas conceitual e argumentativa. Não se trata, com isso, de desqualificar outras formas de saber, muito menos de depreciar o valor de seu modo de mostrar o verdadeiro, mas antes de apontar que só a partir do conceito a filosofia pode cumprir sua missão de esclarecer e de justificar racionalmente as pretensões humanas ao verdadeiro, ao correto e ao bom.

Não há dúvida de que a fidelidade ao conceito supõe o pagamento de um alto preço: o afastamento da vida, na qual se insere o moral e da qual a metáfora se aproxima. Talvez o conceito seja efetivamente uma metáfora fossilizada, que quase perdeu a marca de sua origem vital. Mas não é menos certo que sua natureza peculiar o habilita à crítica e à argumentação: habilita-o a *eliminar o dogmatismo*, que é a tarefa desde sempre reservada à filosofia, tanto em sua vertente teórica como em sua vertente prática. A própria teoria nasceu – diga-se especialmente a quem a tem como "mera contemplação" – do interesse por se distanciar do dado, que possibilita a crítica e colabora, portanto, com a tarefa de emancipação (Habermas, 1965, p. 1.139-53). E, se a filosofia teórica não é mera contemplação desinteressada, em maior medida pretende não sê-lo a filosofia prática crítica e libertadora, já que ela orienta – mesmo que seja de modo mediato – a ação humana.

Certamente nossa época chegou a ser chamada de "pós-filosófica", mas esse adjetivo não deixa de ser – a meu juízo – um reclame publicitário. Porque enquanto existirem dogmas onde não deve haver; enquanto os homens nos conformarmos com o dado onde poderíamos assumir as rédeas, a filosofia continua a ter a função crítica e libertadora que, por seu próprio *status* epistemológico, as ciências não podem exercer. Colaborar com a tarefa de mostrar aos homens que viver *como livre* é uma possibilidade pela qual vale optar com pleno sentido, ao passo que viver como escravo também é uma opção, mas uma opção desumana, é – para mim – a missão ancestral da filosofia. Para exercê-la, são impotentes os "pensamentos débeis", que abjuram todo fundamento e, em consequência, abjuram todo critério racional para a crítica. Por isso, mesmo com plena consciência de escrever este livro depois da "revolução" introduzida por autores edificantes, como Wittgenstein, Heidegger ou Dewey, continuo a pensar que são os pensamentos "fortes" os que possibilitam à filosofia desempenhar sua tarefa, porque nos aparelham com um *critério racional para a crítica* e com uma *orientação para a ação*.

Claro que essa concepção da ética pode soar desagradável para todos aqueles que, carentes de ideias, depois de tantos séculos em que foram geradas ideias de todos os tipos, reduzem a própria originalidade a classificar como coisa de mau gosto a busca de fundamentos e critérios. Quem acredita tê-los alcançado – dizem – transforma-se em um fundamentalista intolerante. Com a má fama que tem – e muito merecidamente – o fundamentalismo político e religioso. Com o bom renome que tem – e muito merecidamente – a ideia de tolerância. Só que, em matéria de originalidade, falta a nossos desorientados amigos um pormenor: esclarecer que "fundamentalismo" e "fundamentação" não são a mesma coisa (Cortina, 1989j, p. 136ss.; Kuhlmann, 1999, p. 55-9), esclarecer que a tolerância, para ser autêntica e não mera *moda verbal*, necessita de um fundamento.

O fundamentalismo seria específico do tipo de doutrinas que mantêm um conjunto de princípios como racionalmente intocáveis, a partir dos quais deriva o restante da doutrina. "Fundamentar", por sua vez, significa unicamente tentar "dar razão" até o final. O fundamentalismo é, sem dúvida, um dogmatismo, mas seria má defesa diante dele *prescindir de todo fundamento e conformar-se com o dado*: com os fatos psicológicos, com as instituições e leis vigentes, com os – sempre obscurantistas – poderes de fato. Os antípodas do fundamentalismo dogmático não se situam na ausência do fundamento, mas no *ímpeto de dar razão, impedindo que os poderes de fato se subtraiam à crítica racional.* Apel, nesse sentido, recorda o esforço dos poderes nazistas para aniquilar todo fundamento e apelar demagogicamente a um "sadio sentir comum" do povo alemão, do qual eles se apresentavam como intérpretes autorizados (Apel, 1988c, p. 370-474).

Por isso temo que estejamos aprendendo *tolerância*, como apontei em outro lugar, mais no catecismo pragmatista norte-americano do que nas constituições europeias sobre o tema. Porque eliminar as convicções fanáticas é, sem dúvida, *conditio sine qua non* de uma convivência tolerante, mas nem toda convicção é fanática e a tolerância não subsistirá se ela mesma não se converte em uma *convicção fundada*.

Claro que sempre há espaço para contentar-se em inculcar *mores*, hábitos tolerantes, sem maior complicação. Mas não acredito que, nesses casos, seja descortesia recordar os ensinamentos da história, repleta de exemplos de hábitos aparentemente assumidos, que se esvaíram como por encanto enquanto se esfumaçaram a moda ou o poder político que obrigavam as pessoas a se comportar segundo eles. E seja suficiente o exemplo bem recente de nossos países latinos "católicos" e dos países "ateus" do leste: boa vontade puseram políticos e pedagogos, e é difícil experimentar fracasso mais estrondoso. Isso porque, sem *convicção fundada* por parte do sujeito que deve assumir essa segunda natureza, composta de virtudes e atitudes, todo *adestramento* é inútil. Por isso a filosofia prática tem como sua melhor tarefa "dar razão", de modo que quem queira viver racionalmente possa tomá-la.

E para que não se diga que entender a filosofia como "crítica" e "libertadora" é meramente recorrer a palavras vazias, proponho à ética uma *tarefa concreta*: a de *descrever* seu objeto com ajuda das ciências e da análise linguística, concebê-lo (ou seja, expressá-lo em conceitos) e *dar razão* dele (fundamentá-lo), com o propósito de alcançar um cânon *crítico* que torne possível a *argumentação*, reduzindo, com isso, no âmbito prático, o domínio dos dogmas ao lugar em que eles façam sentido. *Conceito, fundamentação racional* e *argumentação* permitem estabelecer um tipo de intersubjetividade universal, que é o melhor antídoto contra o dogmatismo.

Muito já se falou do totalitarismo da racionalidade moderna argumentativa nos círculos do grêmio filosófico. Contudo, tenho para mim que totalitário pode ser precisamente o dogmatismo do qual se subtrai a argumentação. Entenderemos por "dogma", em princípio, qualquer asserção ou prescrição que se imuniza diante da crítica racional, fazendo seu valor de verdade – é o caso das asserções – ou sua validade – no caso das prescrições – depender de determinados critérios, como a *autoridade*, a *evidência*, a *conexão imediata com os sentimentos e os costumes* ou seu *caráter metafórico*. Autoridade, evidência, emotividade, costume ou metáfora defendem a asserção ou a prescrição de toda tentativa de argumentação, porque constituem o critério que nos permite ter certeza de sua verdade ou de sua correção. Para falar como Albert, a pretensão de certeza triunfou sobre a pretensão de verdade em um modelo de conhecimento que apresenta as características do modelo de "revelação" (Albert, 1968, cap. 1).

Nesse modelo, o sujeito limita-se a receber *passivamente* a informação ou o preceito que lhe impingem determinada igreja (no caso religioso), a razão ou os sentidos (no caso dos racionalistas ou no dos empiristas), ou o que o partido revela (no caso comunista). A autoridade daquela que revela, por possuir um conhecimento privilegiado, ou a infalibilidade de uma determinada faculdade movem o sujeito do conhecimento e a ação a aceitarem passivamente o revelado como um dogma. Não obstante – dirá Albert –, esse não é um modo racional de proceder, porque não é assim que a razão funciona no âmbito das ciências naturais. O fazer científico caracteriza-se antes pela *criação ativa* de propostas, pela constante construção de alternativas às propostas vigentes e pela submissão de todas elas ao cânon da experiência, via falseamento. Nenhum enunciado ou preceito pode ser aceito passivamente pela racionalidade autêntica – pela racionalidade crítica – aprendida no labor científico, que se comporta ativamente – não passivamente –, que constrói – não recebe –, que nada considera imune, mas estende ao universo o princípio da falibilismo.

Minha intenção não é discutir a proposta de Albert, mostrando a impossibilidade de um falibilismo universal, ou suspeitando de que até ela tenha de aceitar "dogmas" – como a indiscutível validade do princípio de contradição ou a identificação *da* racionalidade com a racionalidade econômica[1] –, porque nesse momento me proponho unicamente a esclarecer o conceito de "dogma" com o propósito de esclarecer como a filosofia pode exercer sua função antidogmática. Nesse sentido, entendo por dogma, assim como Albert, toda asserção ou prescrição que se imuniza diante da crítica racional, mas – indo além de Albert – penso que essa crítica não se pode reduzir à "prova crítica" (criação de alternativas e falseamento), porque há âmbitos humanos – como o prático – em que essa prova geralmente carece de sentido; e, em segundo lugar, que é necessário aumentar a lista de "reveladores" que Albert oferece e diante dos quais os sujeitos de conhecimento e ação se comportam passivamente.

Com efeito, os problemas do âmbito prático – morais, jurídicos, econômicos, políticos ou religiosos –, sem dúvida, precisam de soluções que frequentemente necessitam do concurso da razão científica e técnica. Mas uma solução *adequada* requer a colaboração de outros tipos de racionalidade, para os quais a aplicação da prova crítica carece de sentido, porque ela exige que sejam determinados os fins da economia (trata-se unicamente de acrescentar a riqueza), da política (busca-se apenas a conservação do poder), da moral (que modelos de convivência perseguir como bons) ou da religião (se o que

---

[1] Para essa crítica, cf. Apel, 1978b, p. 251-99; Apel, 1991; Nicolás, 1989, p. 117-27.

importa é transmitir uma mensagem, mesmo que a adulterando). As perguntas sobre fins últimos não podem se submeter à prova crítica, fundamentalmente por duas razões: porque, pelo fato de serem globais, excedem o âmbito da engenharia fragmentária e porque, para avaliar suas consequências, seria necessário recorrer a um critério último que ou se identificaria com o fim que queremos "provar", ou seria distinto dele, e com isso um dos dois não seria definitivo. Em ambos os casos, a tentativa de falseamento careceria de sentido.

E não melhora muito as coisas dissimular a admissão dos fins últimos, encarnando-os em um modelo de sociedade que se apresenta como orientação para a ação moral, jurídica e política, mas simultaneamente como um modelo reformável. Perspicazes racionalistas críticos de nossos dias, conscientes – pelo menos é o que acho – de que os valores e fins últimos são irreformáveis, propõem configurar com eles ordens políticas, econômicas, sociais e culturais, que recebem o nome de "utopias racionais", por não terem inconveniente algum em se deixarem reformar. Em face das utopias *dogmáticas*, aferradas à ideia de uma sociedade ideal e dos meios adequados para construí-la, mesmo que os fatos tenham demonstrado a inviabilidade de uma sociedade semelhante e a inadequação dos meios, as utopias *racionais* desenham modelos e aconselham meios sempre reformáveis. Desse modo, a *engenharia fragmentária*, proposta pelo racionalismo crítico como procedimento de transformação da realidade diante do holismo, ganha sentido ao se inserir no contexto de uma totalidade, que merece ser chamada de racional pelo fato de ser uma configuração utópica reformável (Quintanilla e Vargas Machuca, 1989, especialmente a parte I). "Mas reformável a partir de onde?", não podemos deixar de nos perguntar. Não é necessário reconhecer fins ou valores últimos irrenunciáveis?

Por outro lado, esse modelo de racionalidade corre o risco de deixar a cargo dos especialistas a avaliação das consequências de cada alternativa em termos de exclusividade. Não há dúvida de que são os especialistas que devem avaliar, nos âmbitos especializados, e é tarefa da "sociedade aberta" determinar que domínios lhe estão reservados, no objetivo de impedir uma universalização demagógica das decisões tomadas pela maioria. Mas também é verdade que deixar todas as decisões sob a responsabilidade de especialistas nos reconduziria ao modelo de revelação, porque os especialistas não se contentariam em assessorar para que as decisões recebessem forma, como queria Rousseau; antes, prescreveriam a uma massa passiva aquilo que deve ser feito a partir da base indiscutível de sua autoridade (García-Marzá, 1987, p. 301-24). Por isso, em meu entender, é necessário ampliar o conceito de "crítica racional" para o de argumentação, mas não ao de conversação *à la* Rorty, e sim ao de argumentação regida por regras. Com isso talvez eu esteja oferecendo um modelo de crítica excessivamente "epistemologicista" que, mesmo contando com a racionalidade hermenêutica, em último termo, a reduz a suas possibilidades crítico-argumentativas, relegando a carga racional que a experiência hermenêutica comporta (Conill, 1991, parte II; 2006b) – nesse momento, porém, não vejo melhor modo que a argumentação para dissolver os dogmas ali onde eles não tenham razão de ser.

Por aquilo que faz ao número de sujeitos "que revelam", ou de intérpretes da revelação, Albert cita a Igreja Católica, o Partido Comunista e determinadas faculdades de conhecimento, como a razão ou os sentimentos, que acabaram sendo privilegiadas tanto pelos racionalistas como pelos empiristas. Contudo, creio que a lista deveria ser ampliada com outros "formadores", que arrogam a si próprios um *conhecimento especial* simplesmente porque se apresentam como carentes de alternativa ou como incomensuráveis para uma razão conceitual.

Desse tipo são, por exemplo, o *etnocentrismo* do pragmatismo radical, que acaba dogmatizando o conteúdo de determinada tradição, o *emotivismo*, que sacraliza as emoções individuais[2], e aquilo que eu chamaria de *faticismo social*. Para o etnocentrismo, é "verdadeiro" o que "é bom para nós crermos" e "correto" o que "fomenta a solidariedade em nosso grupo", com o que a tradição e o grupo acabam se tornando incomensuráveis e irredutíveis. Por sua vez, o emotivismo reduz o significado de "isto é justo" a "isto eu aprovo, faça você outro tanto", de modo que as emoções individuais se imunizam diante da crítica racional. Enquanto isso, os "faticistas sociais" têm como exigível – e inclusive como possível – unicamente aquilo que os grupos existentes já estão dispostos a admitir. Esse "possibilismo" da vida política, tomado como norma, degenera no dogmatismo daqueles que se imunizam diante de qualquer crítica, tachando-a de utópica e, portanto, de imoral.

E a esse catálogo, certamente não exaustivo, de "reveladores", que exigem de seus ouvintes uma aceitação acrítica, seria necessário acrescentar ainda certos *nietzschianos* e, a partir de outra perspectiva, os defensores dogmáticos do *elitismo democrático*. No que diz respeito aos primeiros, refiro-me aos defensores da metáfora em comparação com o conceito, que não se limitam a destacar a maior vitalidade da primeira, mas que dizem se propor a romper com as palavras de nossa caduca gramática, desprezando como ultrapassado o procedimento argumentativo; mesmo assim, continuam utilizando as mesmas palavras obsoletas usadas pelos mortais

---

[2] Um emotivismo peculiar é aquele defendido por Camps, 1983.

comuns – com a única diferença de que eles dizem dar a elas um sentido ainda inacessível aos pobres mortais, ainda enredados no cárcere do conceito e da argumentação. Por meu lado, receio que, enquanto não nos ensinarem um meio viável de escapar desse cárcere, resistir a argumentar é ingressar no santuário do obscurantismo dogmático.

Obscurantismo que pôde, em tempos passados, ser representado por igrejas e realezas, pela razão e pelos sentimentos, e hoje subsiste no exclusivismo de um partido conhecedor da ciência da revolução, no confessionalismo islâmico, em ditaduras e autoritarismos, mas também em certas ofertas teóricas e em atividades práticas do até agora chamado "mundo democrático ocidental". Refiro-me à hermenêutica acrítica, ao pragmatismo radical, ao contextualismo, ao emotivismo e aos defensores de uma metáfora convertida – não em elemento de crítica, mas em uma arma a ser brandida, sem réplica possível. Mas também me refiro a um *elitismo democrático*, que se pretende insuperável e condena como utópicos todos os que pretendem submetê-lo à revisão; à sacralização da regra das maiorias, como se ela realmente representasse a vontade dos indivíduos autônomos, esquecendo que só a unanimidade seria racionalmente legitimadora; ao despotismo esclarecido dos representantes do povo, que fazem tudo por ele, mas sem ele; ao dogmatismo de todos aqueles que põem na conta do inevitável segredo político o que é falta de transparência; a todos os que fazem da ética weberiana da responsabilidade uma justificação do pragmatismo.

Mau é o cansaço diante dos supostos "fatos". Pior é empregar sua pretensa irreversibilidade como desculpa em prol dos interesses individuais ou grupais. Mas quando o que é atitude da vida cotidiana recebe o respaldo da *teoria*, fica paralisado na invulnerabilidade de uma afirmação dogmática. Por esse motivo é que uma *ética da modernidade crítica* que pretenda eliminar o egoísmo ou o cansaço, transformados em dogma por força da teoria, deve dedicar todos os seus esforços a dois tipos de tarefas, que correspondem àquilo que Apel chamou as *partes A e B da ética*[3].

A *primeira* refere-se ao nível de fundamentação, que afeta não só a moral, mas os fundamentos do direito e da política e a razoabilidade da religião. Como é sabido, a ideia de justiça supõe, desde muito tempo, a articulação entre moral, política e direito, de modo que se torna difícil – acho mesmo que impossível – enfrentar o problema da correção das normas jurídicas ou da infalibilidade política sem atender aos fundamentos do moral. Contudo, tampouco se torna mais fácil perguntar pelas condições de razoabilidade da religião sem levar em consideração noções como as de "pessoa" ou de "felicidade".

Para realizar essa tarefa fundamentadora, a ética não deve renunciar a sua natureza de metalinguagem teórico-filosófica acerca da linguagem moral, e isso significa evitar o risco de se dissolver na moralidade, por pressa de se aproximar da vida cotidiana, ou reduzir-se às ciências ou à arte por complexo de inferioridade. Porque se a filosofia moral acaba por se confundir com a moral, se a moral pensada se identifica, ao final das contas, com a moral vivida, a contribuição própria da filosofia – universalidade e autorreflexividade – se desvanece. Contudo, se permanecer na cultura dos especialistas supõe ingressar no discurso científico ou no artístico, as possibilidades de justificar canonicamente o moral diluem-se e só resta como recurso o fato ou o dogma.

---

[3] Para a ética de Apel, cf. Cortina, 1989j; Blanco, Pérez Tapias e Saéz, 1994; Blanco, Pérez Tapias e Saéz, 1999 sobre "K. O. Apel. Una ética del discurso"; Siurana, 2003.

Por isso é que acredito: mesmo em relação profunda com os níveis epistemológicos e culturais mencionados, a ética deve manter seu estatuto teórico-filosófico, quer dizer, conceitual. Para tanto, terá de se resignar a ter como destinatários imediatos outros especialistas, assim como utilizar "metáforas fossilizadas" – ganhará, porém, em capacidade crítica argumentativamente exercida.

E é essa colaboração com os demais saberes que se torna inevitável na *parte B da ética*, que tem por objeto superar a proverbial "impotência do mero dever", tentando incorporá-lo nas instituições e na vida cotidiana. Diante de Habermas e com Apel, penso que, nesse ponto, a ética não pode limitar-se a fundamentar, mas que uma ética pós-convencional de princípios há de mostrar – em estreita colaboração com outros saberes – como os princípios podem encarnar-se na vida social e pessoal. Naturalmente, esta segunda parte nos abre numerosos campos, que vão desde a criação de uma *ética cívica*, capaz de enfrentar os problemas da vida em sociedade a partir de alguns princípios racionais, à elaboração de *teorias da democracia* realistas e idealistas; realistas por serem opostas ao utopismo, idealistas por serem adversárias de um pragmatismo que dissolve a ética política em estratégia individual ou grupal. Em um amplo campo intermediário, nossa ética deveria abordar temas de *educação moral*, de *ética médica*, bem como os problemas suscitados por uma *ética ecológica* ou uma *ética econômica*. E precisamente porque é esse o número de campos e de desafios com os quais a moral se vê enfrentada hoje, é preciso manter seu estatuto diante do direito ou da política, assim como é preciso superar as classificações éticas tradicionais, que hoje se mostram impotentes – pelo fato de serem unilaterais –, para dar uma resposta adequada.

2
As classificações éticas

1. A guerra é o pai de todas as coisas

A história da filosofia moral, assim como a história dos demais ramos do saber humano, dá testemunho de constantes polêmicas entre propostas que se enfrentam, que parecem irreconciliáveis. Éticas normativas e descritivas, de meios e de fins, materiais e formais, deontológicas e teleológicas, procedimentais e substancialistas, da convicção e da responsabilidade, vão configurando um amplo espectro de disputas antigas e atuais. Nascidas no momento em que adotam diversos *métodos* e em que articulam de modo diverso as *categorias* que permitem conceber o fenômeno da moralidade, as éticas citadas lançam propostas distintas, que se viram obrigadas, sem remédio, a entrar em disputa.

Contudo, parece que, pelo fato de a guerra ser o pai de todas as coisas, acaba sendo também o pai da paz, porque os antigos contendores acabam por fazer amizade entre si, ao ver em seus rivais aquilo que falta a eles mesmos. O pecado da *unilateralidade*, cometido por todo aquele que adota uma única perspectiva, começa a ser percebido como tal em contato com a unilateralidade contrária, de modo que os adversários, com o tempo, acabam indo procurar um terceiro, que os supere, conservando-os. Que seja, para falar como Hegel, a verdade de ambos.

Certamente, em nosso tempo, impõe-se com força especial a busca desse terceiro pacificador, que não consiste na *soma* impossível dos dois anteriores, mas na conservação do melhor deles, superando-o em uma configuração nova. Assim como hoje a realidade nos levou a uma economia mista, além do mercado mais livre e do planejamento; a uma política mista, superadora de liberalismos selvagens e de socialismos dogmáticos; a uma cultura mista, que ponha no centro o indivíduo sem esquecer as redes sociais, os éticos tentamos unificar os esforços das classificações éticas, que foram se soltando ao longo da história.

Mas, sem dúvida, para compreender melhor o "terceiro", é necessário conhecer as características dos "lados" anteriores, e por isso dedicaremos este capítulo a considerar algumas das mais relevantes classificações éticas que foram se configurando no curso da história. Algumas dentre elas se encontram tão estreitamente ligadas ao momento de seu nascimento que se torna forçoso utilizá-las para examinar momentos anteriores; por isso, avançarei cronologicamente na exposição, na medida do possível, e, por outro lado, dado que esgotar o assunto é algo inacessível, referir-me-ei às classificações que considero mais relevantes[1].

A que nível reflexivo e linguístico da filosofia prática corresponde estudar tais classificações – se à moral, à ética ou à metaética – é

---

[1] Nesse ponto, seriam complementares os trabalhos de Albert, 1961, p. 28-63 e Kutschera, 1982. Kutschera utiliza várias classificações éticas como fio condutor para expor, por fim, sua proposta de ética intuicionista (cognitivista e não naturalista), cujos enunciados repousam em experiências de valor. Terei especialmente em conta o livro de Kutschera para a presente seção. Por outro lado, eu me ocupei das éticas da intenção e da responsabilidade já em *Razón comunicativa y responsabilidad solidaria*, 1989, p. 187ss.

uma questão que só pode ser decidida sabendo que tarefas atribuímos a cada uma dessas disciplinas, o que não deixa de apresentar dificuldades. Porque, apesar de a metaética ter nascido das campanhas da filosofia da análise da linguagem moral em prol de uma linguagem mais clara diante de pretensos obscurantismos anteriores, é necessário reconhecer que seu esforço não alcançou grande êxito: no ponto que nos ocupa, é difícil ganhar, em termos de confusão, dos analistas da linguagem.

Eu, por minha vez, proporia atribuir às diversas morais a tarefa de prescrever a conduta na vida cotidiana, mediante enunciados avaliativos ou prescritivos com conteúdo, que estabeleçam *o que* é preciso fazer, ao passo que faria da ética – da filosofia moral – uma reflexão sobre as formas das prescrições e avaliações morais, que tenta fundamentá-las; por último, atribuiria à metaética a missão de elucidar se a ética é uma disciplina autônoma, se é ciência e de que modo se contrapõem entre si as distintas articulações éticas[2]. Desse modo, as coisas, as morais teriam um conteúdo moral diretamente prescritivo; a ética seria mediatamente normativa, na medida em que toda fundamentação supõe, de modo indireto, uma orientação para a ação; e a metaética manteria uma neutralidade maior que a moral e a ética, mas jamais uma neutralidade total, que é impossível no campo dos saberes práticos.

Segundo essa caracterização, corresponderia à metaética se ocupar das classificações éticas, e é o que considerarei, não sem antes deixar claro que não identifico "metaética" com "análise da linguagem moral" e que as classificações a que hei de me referir, às vezes, procedem de analistas da linguagem e, em outras, de modo algum. Ao menos no sentido que a análise da linguagem mo-

---

[2] Cf. Cortina, 2000, p. 30-2, 80-3, além do Apêndice 1 do presente trabalho.

ral adquiriu a partir de Moore e, sobretudo, a partir do segundo Wittgenstein (Muguerza, 1968, p. 5-14; Hierro, 1970, p. 13-45).

2. Três classificações abrangentes

Usualmente, começa-se a consideração das classificações éticas por seis grandes gêneros, que parecem ocupar, em suas respectivas disjunções, todo o espaço ético. Refiro-me às éticas normativas e descritivas, naturalistas e não naturalistas, cognitivistas e não cognitivistas. Mesmo assim, vou me poupar da primeira classificação, porque – a meu ver – a ética é mediatamente *normativa* e, portanto, não pode haver ética que não seja normativa. As descrições assépticas do moral serão atribuição das ciências empíricas, mas não da filosofia moral. No que diz respeito às outras duas classificações, elas são absolutamente pertinentes, mas, dada sua amplitude, acho preferível enunciar brevemente o critério de sua distinção e apontar, ao longo da exposição posterior, quais éticas se alinhariam com um lado ou com o outro.

No que diz respeito às éticas *naturalistas*, elas entendem o moral como redutível a outros fenômenos, enquanto as éticas *não naturalistas* consideram o moral autônomo e, portanto, irredutível a outros fenômenos[3]. Não obstante, o par cognitivismo/não cognitivismo apresenta maiores dificuldades.

Para alguns autores, nesse caso, o critério de distinção consiste em considerar os enunciados morais como suscetíveis ou não de verdade ou falsidade (Kutschera, 1982, p. 58-9). Os *cognitivistas* entenderiam que, no mundo moral, cabe conhecimento, porque os

---

[3] Cf. Kutschera, 1982, p. 59-64; Albert, 1961, propõe os gêneros, ainda mais globalizantes, "platônicos e reducionistas". O naturalismo seria uma forma de reducionismo.

enunciados morais podem ser verdadeiros ou falsos, enquanto os *não cognitivistas* manteriam a posição contrária. Contudo, esse critério hoje se tornou inútil, ao menos a partir do momento em que as éticas "kantianas" levantam a bandeira do cognitivismo – e nem por isso dizem dos enunciados morais que eles são verdadeiros ou falsos.

Apelando a Kant, para quem a razão tem um uso teórico – no qual o *conhecimento* é possível, no qual é possível falar do verdadeiro e do falso –, mas, sobretudo, um uso prático – no qual não é possível conhecer, mas sim *saber* –, essas éticas mantêm um caráter "cognitivo" do âmbito prático, entendendo por "cognitivismo" a possibilidade de argumentação racional a respeito da correção das normas práticas. Kant não identificava "saber racional" com "saber suscetível de verdade ou falsidade", mas atribuía ao "saber prático" – de cuja verdade ou falsidade não teria sentido falar – o máximo de racionalidade: nele a razão se expressa de modo autônomo, e não apenas de modo espontâneo, como acontece no âmbito teórico. O objeto da ética são as normas, das quais não se pode dizer que sejam verdadeiras ou falsas, mas sim se são corretas ou incorretas. E cabe argumentar racionalmente acerca de sua correção ou incorreção: se há um discurso teórico, também se faz necessário um discurso prático, que nos permite distinguir entre as normas válidas e as meramente vigentes[4]. Portanto, o cognitivismo não é mais uma questão de verdade ou falsidade, mas de argumentação racional acerca da correção e da validade.

E, uma vez esclarecidas essas classificações "abrangentes", passamos a nos ocupar de outras menos amplas, ainda que não menos relevantes.

---

[4] A defesa do cognitivismo é uma constante na ética discursiva, constante da qual me fiz eco em meus trabalhos sobre ela, por exemplo, *Crítica y utopía*, 1985, p. 152ss.

3. Éticas de meios e de fins

Tanto as chamadas "éticas de meios" como as "éticas de fins" coincidem em considerar a *natureza humana* como pauta da conduta. A diferença entre elas reside no fato de chegarem a tal natureza por diferentes métodos e de a entenderem, portanto, de modos diversos[5].

As éticas de meios investigam empiricamente as causas das ações; pretendem descobrir quais são os *meios* que determinam faticamente a conduta humana. O bem ou fim moral consiste, para elas, em satisfazer essas aspirações fáticas, que uma investigação psicológica pode descobrir. Esse tipo de ética costuma surgir do ímpeto de recorrer a fatos constatáveis como fundamento do moral, fugindo das justificações metafísicas ou transcendentais. Trata-se de dotar a lei moral de bases averiguáveis pelas ciências e que nos permitem, inclusive, introduzir procedimentos de quantificação no terreno da ética. A pauta da conduta é a natureza humana, desde que se entenda por "natureza humana" o comportamento humano empiricamente acessível.

Caberia considerar como paradigmáticas, entre as éticas de meios, o epicurismo, parte da sofística e as várias versões do hedonismo, muito especialmente a versão utilitarista. Os problemas que esse tipo de ética suscita resumem-se fundamentalmente à dificuldade que representa para uma fundamentação do moral o *subjeti-*

---

[5] Praticamente coincidente com a distinção entre éticas de meios e de fins é a que costuma ser estabelecida entre éticas de bens e de fins. As primeiras avaliam que o bem moral consiste na realização de um fim subjetivo, isto é, na obtenção de um bem desejado. Os bens sensíveis podem ser considerados tanto em seu conjunto quanto como resultado da seleção praticada a partir de algum critério. Para as éticas de fins, por outro lado, o bem moral reside no cumprimento de um objetivo independente do desejo do sujeito, que pode consistir na perfeição do indivíduo ou da sociedade.

vismo dos meios: como é que os enunciados normativos – sejam, em princípio, deontológicos ou valorativos – podem reivindicar/exigir *validez*, se dependem de móveis subjetivos? E como o subjetivismo dos móveis pode ser suficiente para prescrições universais, às quais já não podemos renunciar hoje?

Por outro lado, toda tentativa de recorrer a fatos empíricos como base para uma fundamentação da moral se depara com o problema da falácia naturalista, em duplo sentido: enquanto supõe a derivação de um "deve" a partir de um "é", e na medida em que reduz os termos morais a termos naturais.

As *éticas de fins*, por sua vez, superariam essas dificuldades, consciente ou inconscientemente, buscando investigar não tanto o que move, de fato, os homens a agirem, mas, sobretudo, em que consistem o aperfeiçoamento e a plenitude humanos. O acesso à natureza humana não é, pois, empírico, mas se tenta, antes, chegar à essência do homem. A essência do homem mostra-nos o que ele deve fazer para comportar-se plenamente como homem, sem cair na falácia naturalista, porque a natureza à qual chegamos já é normativa: implica o fim para o qual tende essencialmente.

É por isso que o fim pressuposto por esse tipo de ética não será um fim ou um bem subjetivo, mas objetivo, independente do desejo fático de cada sujeito, porque aqui a ética não se baseia na psicologia, mas na natureza humana fisicamente considerada. E, dado que esse seria o campo de estudo de uma antropologia filosófica, podemos dizer que, na ética de fins, a ética constitui a vertente axiológica da antropologia.

No que se refere ao mundo antigo, poderíamos incluir, nas éticas de fins, Platão, Aristóteles ou os estoicos e as correntes que restauraram esse tipo de ética, tanto na Idade Média como na Idade

Contemporânea. Suas grandes vantagens consistem em poder exigir *objetividade* para o conceito de bem e fim que propõem – bem e fim vinculados ao querer dos sujeitos, enquanto supõem o aperfeiçoamento ao qual sua essência tende – e em evitar a falácia naturalista, porque o "é" do qual se deriva um "deve" não é empírico, mas normativo. Como indica acertadamente MacIntyre, ao assinalar um *télos* ao qual o homem tende enquanto homem, essas éticas podem perfeitamente – MacIntyre refere-se à aristotélica – estabelecer uma conexão racional entre as normas morais e a natureza do homem empiricamente descritível: a indicação, no *télos*, daquilo que o homem deve ser permite entender as normas como uma ponte estendida entre aquilo que o homem é e aquilo que ele deve ser; a teleologia objetiva constitui o fundamento racional das normais morais. E é precisamente o desaparecimento da ideia de *télos* a partir da modernidade que privou as normas morais de sua base racional: da natureza humana, empiricamente entendida, era preciso extrair a força prescritiva para sujeitar normativamente essa mesma natureza. Aqui reside, em grande medida, o fracasso do Iluminismo (MacIntyre, 1985, cap. 1.9).

Contudo, como o próprio autor sugere, essas éticas se verão hipotecadas por uma *biologia metafísica*, porque, sem se limitar aos fatos empíricos e procedendo *intentio recta*, haverão de determinar o que é o homem realmente, qual é seu fim, em que consiste seu bem. E a verdade é que os nossos não são tempos para tamanhas ousadias.

Modestamente, a antropologia filosófica, quando ainda se atreve a anunciar sua existência, contenta-se com achados fenomenológicos fragmentários (Conill, 1991, cap. 4; San Martín, 1988; Pintor Ramos, 1985, p. 3-36) ou com elaborações transcendentais, das quais falaremos mais adiante. Mas revelar a verdadeira essência do homem, o fim verdadeiro, o bem autêntico, é demasiada ousadia, e, por menos que falte para tanto, ninguém garante que outras antropologias filosóficas vão estar de acordo. Além do que, no momento no qual destacarmos uma característica ou uma função como "própria do homem", vamos enfrentar o grave problema de seu desenvolvimento desigual entre os homens. Apesar do empenho de Aristóteles em negar gradação às características essenciais, a ética de fins está exposta ao risco de cair em uma moral das excelências, inclusive das essenciais. Nesse sentido, e apesar de seu repúdio radical à teleologia, que impede de considerar a ética nietzschiana como uma ética de fins, Nietzsche destaca, sim, uma qualidade humana – a capacidade criadora, cujo cultivo pode levar, inclusive, ao super-homem. A ética aristotélica e a nietzschiana coincidiriam nesse sentido (Rawls, 1972).

Portanto, podemos dizer que, se as éticas de meios implicam os riscos do subjetivismo moral, as de fins fazem-nos encarar um objetivismo metafísico, capaz de estender uma ponte entre o querer subjetivo e a normatividade objetiva (já que se trata do querer de todo homem), mas incapaz de examinar aquilo que o homem realmente é e o que ele realmente quer. Todo exame será, antes, uma interpretação, que entrará em conflito com outras interpretações, sem que haja a possibilidade de decidir racionalmente qual é a correta.

Por isso nos propomos a conservar a pretensão das éticas dos meios, porque, na ação moral, elas atendem os meios dos sujeitos, mas concedendo às éticas de fins que um *télos* objetivo há de ser capaz de pôr em movimento o querer dos sujeitos. O método empregado para isso não será nem o empírico das éticas de meios nem o empírico-racional das éticas de fins, e sim a reflexão transcendental.

4. O formalismo na ética e a ética material dos valores

Como é sabido, a distinção entre éticas *materiais* e éticas *formais* nasce na Ilustração, pela mão de Kant, e supõe uma inflexão na história da ética, que, não há dúvida, poderíamos qualificar de "inversão copernicana" da esfera moral. De uma ética "realista", passamos a uma ética "idealista"; de uma ética heterônoma, a uma ética autônoma, porque já não entendemos como "moral" nossa submissão a leis e fins que a natureza nos impõe, mas nos sabemos capazes de obedecer a nossas próprias leis: às leis que nos damos para regular nossa liberdade interna e externa. *Formalismo, idealismo* e *autonomia* nascem da mão na história da ética.

É típico do formalismo kantiano acusar as éticas anteriores de *heteronomia*, pelo fato de elas buscarem em um objetivo distinto da vontade o princípio pelo qual a vontade se determina a agir, quando a vontade humana é capaz de querer suas próprias leis e em querê-las consiste a boa vontade, o bem moral. Mas as éticas heterônomas também são tachadas de *materiais*, por buscarem em um conteúdo, em um bem ontológico, psicológico ou sociológico, o bem que a vontade há de perseguir para ser moralmente boa. As éticas de bens e fins, às quais aludimos anteriormente[6], dissolvem o moral em ontologia, psicologia, teologia ou sociologia, porque são essas disciplinas que descobrem em que consiste o bem humano. Pelo contrário, uma ética *formal* sabe que a ética não se subordina a outras disciplinas, que não é um capítulo da teologia natural (o bem moral não consiste em cumprir um fim imposto por Deus), da ontologia (é impossível ter acesso àquilo que o homem realmente é), da psicologia (de um bem psicologicamente pretendido não se segue

---

[6] Cf. nota 5 deste mesmo capítulo.

que deva ser buscado bem que constitua o bem moral), da sociologia (porque o moral não é uma internalização de regras sociais, nem um mero mecanismo para resolver conflitos sociais), ou da biologia (não só porque isso suporia incorrer em falácia naturalista, mas porque a biologia não indica bem alguém que já não esteja moralmente interpretado). A vontade, tema central da ética, é boa quando se quer a si mesma, quando quer as leis que ela mesma quis criar.

Em um mundo de seres empiricamente desiguais, estamos capacitados para assumir a perspectiva da igualdade; em um mundo de indivíduos solicitados por preferências subjetivas, estamos capacitados para assumir a perspectiva da universalidade. É questão de perspectiva, não de criar um mundo diferente – mas é *nossa* perspectiva, aquela de que se reveste a forma de nossa vontade. Portanto, aquelas máximas que se revestem da forma da vontade poderão se transformar em leis morais e, se as obedecermos, seremos capazes de criar um mundo moral, jurídico, político e religioso claramente humano. Será *nosso* mundo que manifestará resistência ao dado.

Certamente o formalismo kantiano, paradigmático em sua espécie, reveste a forma universal e deontológica da vontade pura que, por ser razão prática, confere ao moral o selo da racionalidade. E é esse *racionalismo, deontologismo, universalismo* e *formalismo* que hoje, outra vez, caracteriza as éticas procedimentais, mesmo que limando asperezas que críticos perspicazes imediatamente avistaram no formalismo kantiano. Hegel parece ter sido quem deu a voz de alarme, mas, visto que nos ocuparemos mais tarde das críticas de Hegel e dos neo-hegelianos, passo a considerar os reparos e as propostas de uma ética ostensivamente material como a dos valores, que nasce em aberta oposição ao formalismo.

Se o único valor de uma ética formal consistisse em fazer do mundo moral um mundo autônomo, irredutível a qualquer outro, a *ética material dos valores* mostraria que o formalismo é supérfluo para alcançar tal meta, porque tanto o formalismo como a ética material dos valores se inseririam, de algum modo, naquilo que Albert denomina correntes "platônicas", porque acreditam que para interpretar fenômenos eticamente relevantes é preciso recorrer a entidades não redutíveis a outros mundos, ao passo que os "reducionistas" defendem a opinião contrária (Albert, 1961, caps. 2 e 3).

A ética material dos valores iniciada por Scheler não cai em reducionismo porque, mesmo considerando orientadas as éticas materiais de bens, não acha necessário optar pelo formalismo para defender a especificidade do mundo moral. O espírito – dirá Scheler – não se esgota no par razão-sensibilidade, mas está aberto a atos independentes do pensamento puro racional e das afecções. "Também o emocional do espírito – apontará nosso autor –, o sentir, preferir, amar, odiar e querer têm um conteúdo primitivo e *a priori*, que não lhes foi atribuído pelo 'pensar' e que a ética há de mostrar independentemente da lógica"[7]. Por isso é que é possível construir uma ética axiológica, diante da ética teleológica e da ética deontológica, e uma *ética material a priori*, diante da ética empírica (de bens) e da ética formal (do dever). Os valores são qualidades dotadas de conteúdo, cognoscíveis *a priori* pelos aspectos emocionais da mente, independentes de nossos estados emotivos subjetivos, independentes das coisas e das relações que são seus portadores e que são denominados "bens".

Certamente, a ética dos valores, que teve e tem excelentes apoios[8], dá conta de uma dupla dimensão ineliminável do fenôme-

---

[7] Cf. Scheler, 1966, p. 82. Para a antropologia de Scheler, cf. Pintor Ramos, 1978.
[8] Não apenas Scheler e Hartmann, von Hildebrando ou Reiner, mas também Ortega y Gasset, 1973, p. 315-35.

no moral: o mundo moral é irredutível – por outro lado, é necessário, na hora de enfrentá-lo, dar conta tanto da dimensão subjetiva quanto da objetiva; os atos de preferir satisfazem à dimensão subjetiva; o valer dos valores, independentemente das preferências subjetivas, satisfaz à exigência da objetividade. Não é de estranhar que, a partir de um ângulo bem diferente, Kutschera considere o conceito de preferência normativa – não o de preferência subjetiva – como conceito central da ética (Kutschera, 1982, p. 36). Kant estabelecerá a conexão entre o querer do sujeito e as normas morais através de uma vontade pura, movida pelo respeito à lei, que é o meio moral, ao passo que a ética material dos valores confiará nos atos emocionais para que captem um mundo objetivo de valores, que é um dever realizar ali onde não estejam presentes. O valor, nesse caso, antecede o dever.

Pois bem, se a ética kantiana é tida como aquela que abre um abismo entre a razão e a sensibilidade e que ignora outros atos possíveis do espírito humano, também é certo que a ética material dos valores teve de enfrentar, pelo menos, três tipos de crítica: como explicar o fato de que os homens argumentemos sobre o moral se, afinal de contas, é um órgão especial – do qual alguns podem carecer – que nos permite chegar aos valores; que posição adotar diante de quem diz ter uma intuição diversa; como estabelecer uma hierarquia objetiva de valores com a mudança histórica, que levou a falar até mesmo de transmutação dos valores. Talvez sejam críticas como essas que levaram a relegar esse tipo de ética, outrora florescente. Mas esse desterro não pode levar a esquecer que, se quiser dar conta do fenômeno moral, a ética terá de contar com *atitudes de preferência* e com *valores*.

Certamente, a percepção de sua unilateralidade obrigou "materialistas" e formalistas a reverem suas posições e, mesmo que se trate de uma distinção atualmente em uso, a verdade é que ambos os contendores limitaram suas arestas, passando a se converter em *substancialistas* e *instrumentalistas*. Mas antes de analisar suas diferenças, consideremos as possibilidades de uma ética formal, que se afirma derivar de uma tradição hispânica.

5. Uma ética formal de bens[9]

A tradição de que falo afunda suas raízes na filosofia aristotélica, atravessa a filosofia de Tomás de Aquino e, passando por Suárez, Ortega e Zubiri, chega aos anos 1950 – no que se refere à filosofia moral – à *Ética* de Aranguren. E daí, em nossos dias, essa ética arangureniana e zubiriana vem se prolongar em uma autodenominada "ética formal de bens". Problemas de ética aplicada, e concretamente de ética médica, levam Diego Gracia a buscar entre as ofertas mais expressivas uma fundamentação para a ética – e depois de um amplo percurso, conclui, em seus *Fundamentos de bioética*, que a mais tentadora é uma ética formal de bens, devedora, em sua construção, da antropologia zubiriana e da ética de Aranguren (Gracia, 1989)[10].

É em sua potência para ajudar a reflexão moral que ele enfrenta questões médicas, nas quais essa tradição que vem de tempos antigos e acredita poder subsistir em tempos difíceis tem de mostrar sua integridade racional. Porque hoje se pretende superior a adversários tão poderosos quanto as éticas materiais de bens e as éticas mate-

---

[9] Esse tópico tem origem em "El formalismo en la ética y la ética formal de los bienes", contribuição à homenagem que o CSIC dedicou a José Luis Aranguren, por ocasião de seu octagésimo aniversário, publicada pela Trotta em 1991, com o título *Ética día trás día*.

[10] Sobre a ética zubiriana, cf. Pintor Ramos, 1993b; Vv.aa., 1996.

riais de valores, mas também às éticas naturalistas e a essas éticas formais deontológicas, que têm origem em Kant e defendem, com acerto, um formalismo na ética, mas que – ao que parece, muito infelizmente – recorrem a um formalismo dos deveres, das normas.

De todo modo, eu por minha vez milito – mesmo sem pagar pedágio – nas fileiras dessa tradição, aqui atacada, do formalismo deontológico. E, de todo modo, por sua vez, minha tradição parece-me hoje afetada de excessiva modéstia, carente, portanto, não apenas de defesa, mas também de crítica e de complementação. Vou me permitir dialogar com essa ética formal de bens, com essa "ética agatológica", para ver se é possível um mútuo enriquecimento das duas tradições, que ponha, uma vez mais, em dúvida o pretenso solipsismo das mesmas.

5.1. Forma lógica e estrutura antropológica

Já de início, é preciso dizer que as éticas formais, tanto de deveres quanto de bens, têm o mérito de dar conta de uma dupla constatação, que surge da análise do fenômeno moral. De um lado, não se pode negar o *pluralismo* moral, especialmente nas sociedades nas quais as imagens religiosas e filosóficas do mundo com conteúdo deixaram de funcionar socialmente como vínculo de coesão e, portanto, de fundamentar objetivamente conteúdos morais; assim como, igualmente, não se pode negar a *historicidade* desses conteúdos, trate-se de bens, virtudes, valores ou normas. As éticas materiais de bens, empenhadas em pormenorizar bens concretos, veem-se em dificuldades para justificar a diversidade, tanto sincrônica como diacrônica, daqueles que são considerados bens morais; mas também não é nada fácil para uma ética material dos valores justificar, apesar de todos os esforços, que as preferências axiológicas divirjam não apenas entre as gerações, mas também entre os indivíduos de uma mesma geração, diante do que a pretensa objetividade da hierarquia dos valores se torna mais que duvidosa[11]. Não parece praticável a passagem das preferências subjetivas às preferências normativas a partir de éticas materiais de bens ou de éticas de valores.

Ao contrário, o formalismo na ética permite justificar, ao mesmo tempo, a pluralidade e a historicidade dos conteúdos morais e da pretensão do moral à universalidade, conquistada de modo irreversível a partir da etapa das civilizações desenvolvidas, apesar de todas as "aventuras da diferença" (Cortina, 2000, p. 120ss.). É nesse sentido que, em certa ocasião, me permiti comparar a capacidade da *forma lógica*, no deontologismo kantiano, de justificar a universalidade dos imperativos morais, respeitando ao mesmo tempo a pluralidade e a historicidade dos conteúdos, com a capacidade da *estrutura antropológica*, na ética agatológica que comentamos, de justificar ao mesmo tempo a pretensão de universalidade e a pluralidade e historicidade dos conteúdos (Cortina, 2000, p. 63-4, nota 4; Gracia, 1989, p. 393).

Todavia, essa primeira aproximação entre as duas éticas parece levar entranhado em si o germe da diversidade, porque no formalismo deontológico falamos da forma *lógica*; no agatológico, da estrutura *antropológica*. Diferença que continuará presente em uma ética instrumental "neokantiana", como é o caso da ética discursiva, na qual é a dimensão dos pressupostos pragmáticos do discurso prático que justifica a pretensão das normas à universalidade. Tanto o formalismo kantiano como o instrumentalismo "neokan-

---

[11] Cf., por exemplo, Ortega y Gasset, 1973, p. 315-35.

tiano" atribuiriam à *razão* – prática ou comunicativa – a pretensão de universalidade das *normas* morais (não do bem moral), enquanto o formalismo agatológico, com o qual dialogamos, atribui tal pretensão de universalidade a dois polos: a estrutura constitutivamente moral do homem e a bondade da realidade. A razão, por sua vez, terá o papel ulterior de configurar os conteúdos concretos a partir de esboços determinados. É nesse sentido que Gracia distingue entre uma *protomoral*, que analisará o caráter constitutivamente moral do homem, sua religação e obrigação a uma realidade boa e o papel estimativo e avaliativo do *lógos*, e uma *moral normativa*, que é tarefa da razão. Dirá nosso autor: "A ordem é, pois, da apreensão das coisas enquanto bens e valores (nível ético ou protomoral) à construção de uma ética racional (nível moral ou normativo)" (Cortina, 2000, p. 368). No parágrafo seguinte, vou me dedicar a dialogar com essa protomoral, que pretende ocupar o lugar fundamentador que as éticas kantianas atribuem à razão, porque – a meu ver – não são igualmente valiosos os resultados alcançados por tal protomoral no polo antropológico e naquele que analisar a bondade da realidade.

5.2. A protomoral. O "amoralismo" é um conceito vazio

Segundo Gracia, cabe à ética formal de bens o mérito não apenas de justificar plenamente a dupla face – universalista e historicista – do moral, mas também de fazê-lo evitando três possíveis riscos: o pan-moralismo dos naturalistas, o dualismo – ontológico/ético – dos que aceitam o princípio empirista e, portanto, separam o "é" do "deve", o fato do valor; e o dualismo agatológico da ética material dos valores. Tudo isso é possível pela adoção de um ponto de partida fenomenológico e, concretamente, aquele que foi proposto por Zubiri: a análise do dado na apreensão primordial da realidade[12].

Com efeito, segundo o juízo de Gracia, a análise do dado na apreensão compõe uma protomoral, que constitui o fundamento formal da moralidade, e só a partir dela a razão há de elaborar a moral normativa. Isso nos permite distinguir dois momentos – a protomoral e a moral normativa – diante do naturalismo, que moralizaria, a seu ver, toda a realidade[13]; mas, diante dos defensores do dualismo é/deve, juízos descritivos/prescritivos, reconheceríamos a continuidade existente entre os dois momentos. Nem mesmo é possível, como quer o naturalismo, reduzir os predicados morais a predicados naturais – de modo que todo o natural seja moral e vice-versa –, nem está de acordo com a realidade introduzir um abismo intransponível entre um mundo pré-moral e o mundo moral. A falácia naturalista, na qual incorrem os redutores do "deve" ao "é", permanece a salvo, mas também fica superada a falácia *antirrealista* na qual incorrem todos os que, ao separarem o "deve" do "é", pretendem prescrever à realidade o que deve ser sem contar com ela.

A realidade tem um poder que os homens não podem evitar, se é que querem se realizar em plenitude, se é que querem estar em plena forma, porque é nisso que consiste a felicidade (Conill, 1991, cap. 4). Se as éticas procedimentais nascem da pretensão de liberdade radical em face de todo fim dado por natureza, o realismo zubiriano recordará que, para sermos livres, temos de contar com a realidade: com a realidade das coisas e com nossa estrutura peculiar.

---

[12] Pintor Ramos empenhou-se especialmente em destacar o caráter fenomenológico da obra de Zubiri. Cf. Pintor Ramos, 1979, p. 389-565. Por sua vez, Gracia dedicou um excelente livro a Zubiri, *Voluntad de verdad. Para leer Zubiri*, 1986, e Nicolás editou o valioso texto *Balance y perspectiva de la filosofía de X. Zubiri*, 2004.

[13] A meu modo de ver, mais que "pan-moralizar", o naturalismo "pan-naturaliza", eliminando a especificidade do moral. Cf. Kutschera, 1982, p. 59-64.

De forma que não se pode dizer que os deveres concretos derivam de um "é" empírico, mas sim que do "é" descritível a partir da apreensão primordial deriva o fundamento formal de todo dever. O adversário mais qualificado dessa ética formal de bens é, portanto, o *antirrealismo*, que pode degenerar em puro *convencionalismo*. Se nos acostumarmos a crer que as construções morais não precisam de um ponto de apoio na realidade, que simplesmente as admitimos ou rechaçamos por convenção, a arbitrariedade entrou no âmbito moral, desautorizando-o. Mas se adotarmos como ponto de partida da ética a análise do dado na apreensão, damo-nos conta de que o homem se acha vinculado à realidade por um cordão umbilical, que não pode ser cortado sem que se provoque sua morte. O homem nutre-se da realidade e, com ela, tem de confrontar as construções que a razão moral esboça, se quiser alcançar a plenitude de sua forma. Essa é, pois, a tarefa da moral: manter-nos acima da moral, nos pôr em forma[14].

Com efeito, a análise do dado na apreensão nos permitirá afastar-nos do dualismo em que incorrem todos os que aceitam o princípio empirista, nascido da convicção de que o juízo é a função primária do entendimento e de que existe um abismo entre os juízos analíticos *a priori* e os sintéticos *a posteriori*. Os idealistas de feições kantianas também aceitarão tal princípio, como mostra sua pretensão de estender uma ponte entre ambos os tipos de juízos[15].

---

[14] Em sua tarefa de moral pensada e de moral vivida, Aranguren pôs todo o cuidado em destacar a identificação entre "desmoralização" e "estar abaixo da moral" e entre "vida moral" e "estar em forma", "ter uma alta moral". Cf., por exemplo, *Ética*, 1958; "La situación de los valores éticos en general", 1985, p. 13-20; *Moral de la vida cotidiana, personal y religiosa*, 1987; *Ética de la felicidad y otros lenguajes*, 1988; *La izquierda y el poder y otros ensayos*, 2005.

[15] Esse não é o momento de defender o Kant ético dessas acusações, aludindo aos elementos conectores entre sensibilidade e razão, como poder ser o sentimento do sublime, o sentimento moral ou as "prenoções estéticas da receptividade do âni-

Ao contrário, a noologia zubiriana rejeita a primariedade do juízo, bem como o dualismo sentir/inteligir, porque a descrição noológica do fato mais simples de apreensão humana nos mostra que há apenas um ato senciente e intelectivo. E no que diz respeito a nosso tema, é na apreensão da realidade que "se atualiza para nós o bem primordial, aquele que leva o *lógos* humano a avaliar as coisas, a preferi-las e a valorizá-las como boas ou más" (Gracia, 1989, p. 368). A partir disso a razão elaborará a moral normativa, de modo que não haja ruptura alguma entre esse bem primordial e os bens e deveres concretos. Qualquer tipo de dualismo, inclusive o agatológico da ética material dos valores, terá sido superado.

E realmente, em meu modo de ver, tanto no nível protomoral como no nível da moral normativa, nossos autores fazem afirmações de duas ordens, que é necessário distinguir. Por um lado, é-nos dito que, na impressão de realidade, coisas e realidades humanas se atualizam para nós de um modo diferente: enquanto as coisas se atualizam para nós como reais "por si mesmas", a realidade humana atualiza-se para nós como um "por si mesma" que é, além do mais, "por si", isto é, como pessoa. Qualquer juízo de valor e qualquer esboço racional que esqueçam essa distinção inicial cometerão um atentado contra a realidade e contra um terceiro dado que a apreensão primordial apresenta: a religação do homem com a realidade. O homem está necessariamente ligado à realidade e só contando com ela pode alcançar sua plenitude; por isso é que se pode dizer que ele se encontra *obrigado* à realidade. E é aqui que começam a ser feitos dois tipos de afirmação, que me parece necessário distinguir:

---

mo para os conceitos do dever em geral", de que nos fala *A metafísica dos costumes*. Cf. MdS, 1989, p. 399. Não é o momento de entrar na defesa, porque o ataque de Gracia se refere ao fato de que quem tenta lançar pontes é porque reconhece as margens. Cf. 1989, p. 368. Contudo, para uma defesa de Kant, cf. Conill, 2006b, parte I.

umas se referem à estrutura constitutivamente moral do homem; outras, à bondade da realidade à qual ele está obrigado.

Em princípio, a peculiaridade desse "por si", que é o homem, consiste em que, à diferença do animal, ele capta seu meio como realidade – com a qual está ligado – a partir de uma inteligência senciente que, por sua vez, é possuinte. O homem é o ser que, por causa de sua hiperformalização, necessita tomar a si a situação, haver-se com as coisas e consigo mesmo como realidade, e tudo isso é possível por meio de sua inteligência. E nessa necessidade de "tomar a si" e de "haver-se com" se esboça uma estrutura constitutivamente moral, que irá se perfilar com a necessidade, graças ao caráter possuinte de sua inteligência, de ter propriedades por apropriação.

O homem é o ser que, por natureza, vê-se obrigado a adquirir uma segunda natureza. E isso porque – dirá Zubiri – as propriedades se distinguem pelo modo de ser próprias: umas o são por natureza; outras, por apropriação. Exatamente por o homem ter de ter necessariamente propriedades por apropriação, trata-se de uma realidade constitutivamente moral: o moral tem um caráter "físico" (Zubiri, 1986, p. 344-5), no sentido de que o moral, entendido como bens, valores e deveres, só será possível em uma realidade constitutivamente moral.

É, certamente, difícil negar a verdade da descrição realizada até o momento, assim como é difícil negar que enquanto o animal é afeito ao ajustamento, o homem *tem de fazê-lo*, tem de justificar seus dados: para o homem, esse primeiro sentido de "justiça" é incontornável (Zubiri, 1986, p. 345ss.; Aranguren, 1958, p. 73-4). Vamos, pois, dispondo os traços de uma estrutura, à qual não cabe qualificar de "moral" se por "moral" entendemos bens, valores e normas concretas, mas que é incoativamente moral – protomoral – no sentido de que constitui o marco inescapável, que impossibilita aos homens agir amoralmente. A captação da realidade humana como "próprio", como pessoa, a obrigação com respeito à realidade, que abre uma estrutura debitória, a necessidade física de adquirir propriedades, assim como de realizar o ajuste ao mundo justificando a escolha, inclusive a consideração da felicidade como a possibilidade sempre apropriada, diante da qual não cabe escolha, configuram uma forma, uma estrutura irrenunciável, que nenhum idealismo ou convencionalismo pode ignorar. E essa estrutura, que Aranguren considera moral, no sentido exposto, irá configurar uma ética formal de bens, como quer Gracia, porque, mesmo sem aludir a nada de concreto, mostra a necessidade humana de apropriar-se daquilo que, enquanto bem, vem a plenificar a própria realidade.

"Nossa ética é uma ética modesta", dizia Habermas há algum tempo, referindo-se – óbvio! – à ética instrumental de normas. E, na verdade, o é, mais do que deveria ser. Sua modéstia começa por tomar a via transcendental de reflexão em vez de considerar os pressupostos pragmáticos do discurso prático, via que conduz a uma pragmática – seja ela transcendental, seja universal – ou a uma antropologia do conhecimento, no melhor dos casos[16], mas não considera essa antropologia acessível à apreensão primordial; antropologia que mostra, com anterioridade ao juízo e aos princípios morais, que o amoralismo é um conceito vazio, porque o homem se encontra sempre "protomoralmente" estruturado. Em meu modo de ver, essa análise fenomenológica é hoje complemento necessário para qualquer ética, inclusive para a ética instrumental. Não obstante, creio que as dificuldades começam a partir de agora, porque o fato de o homem ser uma reali-

---

[16] A ela se refere Apel, 2000. Sobre a antropologia apeliana do conhecimento, cf. Conill, 1988, p. 297ss.

dade debitória, que tenha de justificar suas escolhas, não significa que exista um critério para decidir *que tipo* de deveres são morais (não me refiro a deveres concretos, mas a seu tipo), a partir dos quais julgar se a escolha é de *tipo* moral. As éticas formais deontológicas oferecem, com seu próprio princípio racional, o critério para decidir quais normas devem ser consideradas morais e, de fato, com esse mesmo critério, fundado na razão, pretendem dar um tipo de "conteúdos" formais universais, que não dependem da mudança histórica e, portanto, justificam as pretensões de universalidade do moral. A ética de bens, por sua vez, parece se apoiar em uma pretensa bondade da realidade em um primeiro momento, nas preferências subjetivas, em um segundo momento, e, por fim, na experiência moral.

5.3. *Realitas et bonum non convertuntur*

A protomoral pretende oferecer como dado resultante da análise da impressão de realidade o caráter transcendentalmente bom da própria realidade. A inteligência – é o que nos é dito – não apenas é senciente, como também possuinte, e atualiza as coisas como boas. "A bondade é um caráter formal da realidade: a condição em que as coisas reais permanecem, pelo simples fato de serem reais, em relação ao homem" (Gracia, 1989, p. 375). A realidade é boa – é o que nos é dito – em relação à vontade. E essa questão é central na proposta que comentamos, porque a aceitação dessa bondade primordial, anterior ao juízo e ao raciocínio, pretende refutar o idealismo e o convencionalismo e superar a ética material dos valores, que parte da avaliação já *dual* das coisas como boas ou más.

O *lógos* – dirá a ética formal de bens – distende-se em dois momentos: o da simples apreensão – que no caso da moral é a estimativa – e o da afirmação e do juízo – a avaliação, no caso prático. Estimativa e avaliação são as chaves de uma ética material dos valores que não se deu conta de que a apreensão da realidade é anterior a elas, razão pela qual a realidade se atualiza para nós como boa: a inteligência caminha, portanto, desde a bondade primordial em dualidade com a estimativa, que se conserva na avaliação, na qual entra em jogo a preferência por um ou outro bem. Mas "na apreensão primordial as coisas se atualizam para mim de modo compacto como boas e belas" (Gracia, 1989, p. 381).

Não é fácil entender o significado dessas palavras, que, em um primeiro momento, trazem ressonâncias daquela doutrina tradicional dos transcendentais, segundo a qual todo ser – a realidade, nesse caso – é inteligível para o entendimento e, portanto, ontologicamente verdadeiro e apetecível para a vontade – portanto, ontologicamente bom. E como não creio que, em nosso caso, alguém vá tentar ressuscitar tal doutrina, que se viu em grandes apuros para justificar que a vontade repudie certas coisas – e muito mais da realidade das mesmas – advertindo que o repudiado era a ausência de ser, a ausência de um bem "devido", atrevo-me a interpretar que se trata de restituir à realidade um lugar primário, em vez de considerá-la kantianamente uma categoria de modalidade, e igualmente ao bem que, no esquema kantiano, depende do cumprimento do dever ditado pela razão. Como a solução não pode consistir em propor bens concretos, porque o idealista perguntaria como torná-los compatíveis com base em critérios de justiça, tenta-se optar por um bem formal. Só que então carece de significado, porque não vale a analogia entre o campo teórico e o prático: entre a primazia da realidade e a de sua bondade[17].

---

[17] É muito difícil, para não dizer impossível, realizar uma análise noológica da vontade, como mostrou Pintor Ramos em *Realidad y sentido*, 1993a.

Que a inteligência não só seja senciente, mas também possuinte, pode bem significar que ela se vê obrigada a apropriar-se de coisas, que considerará bens. Terá apetite por elas *sub ratione boni*, mas não *sub ratione realitatis*.

Coisa bem distinta é reconhecer que a realidade é imprescindível ao homem para sua autorrealização, que há de assumi-la e responder por ela, não apenas para sobreviver, mas para atingir uma forma plena. Se até agora os filósofos se dedicaram a transformar o mundo – poderíamos dizer –, mais vale para eles fazê-lo ensinando os homens a se encarregar da realidade e a responder por ela. Talvez fosse nesse sentido que Ellacuría entendia o pensamento de Zubiri como transformador (Ellacuría, 1984, p. 41-2; 1991). Mas isso não significa, a meu ver, que a realidade seja boa, mas que a liberdade radical dos modernos é um sonho criador de monstros, porque pretende prescrever à realidade o que deve ser sem contar com ela e, mesmo assim, a realidade é irrenunciável e fonte de possibilidades *apropriáveis*.

Mas como também é fonte de propriedades *rejeitáveis* e, inclusive, diferentes, parece que têm razão as éticas materiais de valores ao reservar ao momento de estimativa e de avaliação a primazia no âmbito agatológico. "A estimativa – nos dirá Gracia – é sempre de um bem ou de um mal talitativo, ou seja, do modo como uma realidade 'permanece' em comparação com a realidade humana, seja em *condição* de favorecê-la, seja de prejudicá-la." (Gracia, 1989, p. 379). E a estimativa ficará plasmada em juízos de valor graças aos atos de preferência, que sempre são duais, porque se trata de preferir um bem ou outro.

Receio que esse momento seja primário no âmbito agatológico, porque, apesar de ser verdade que a apreensão primordial é apreensão da realidade e que a pergunta pela possibilidade ou pelo nada é posterior, no terreno agatológico o inicial é a percepção já dual – bom/ mau – segundo a realidade se situa em relação à realidade humana. Porque esse é um âmbito do bem que não pode se afirmar senão relacionalmente: em relação com sua possibilidade de plenificar a realidade humana e, eu diria ainda mais, de plenificar o homem concreto.

Esse momento "lógico" da protomoral, que para destacados expoentes da ética dos valores é alógico, deve ser considerado em qualquer ética filosófica que não deseja se limitar a fixar o marco da correção de normas, e é nesse sentido que algum partidário da ética discursiva pretende introduzir também nela a ineludível dimensão do preferir[18]. Não obstante, enquanto permaneça impossível admitir a captação – seja lógica, seja alógica – de um mundo de valores objetivamente hierarquizado, a passagem das preferências subjetivas às preferências normativas, a passagem do subjetivismo à objetividade, permanecerá cortada. Por isso a ética agatológica de que tratamos distinguirá entre possibilidades apropri*áveis* e possibilidades apropri*andas*; as segundas são aquelas que devem ser apropriadas para conseguir a plenitude de forma – possibilidade desde sempre apropriada – em que consiste a felicidade. É a razão que deve discernir essas possibilidades apropriandas mediante esboços racionais. E, com isso, entramos no âmbito propriamente moral.

5.4. Dos limites extremos de uma ética agatológica

O último tópico da *Fundamentação da metafísica dos costumes*, anterior à "Observação final", tem como título "Dos limites extre-

---

[18] Com isso, refiro-me a Maliandi. Zan propõe, por sua vez, complementar a ética discursiva com uma teoria do Estado adequada a ela.

mos de toda filosofia prática". Nele, Kant tenta marcar o limite da razão formal, que tampouco no campo prático pode transpassar fingindo conhecimento, delimitando, assim, que podemos conceber a partir da crítica da razão e que rebaixa suas possibilidades. Utilizando o título kantiano, eu tentei, em *Razón comunicativa y responsabilidad solidaria*, traçar as fronteiras da racionalidade comunicativa, mas tal como havia sido desenhada até o momento por seus descobridores, confiando em que, na realidade, a racionalidade comunicativa pode chegar mais longe. Hoje, volto a me servir de um rótulo, que não pretende, nesse caso, nada além de assinalar modestamente quais limites vejo na ética formal de bens, tal como acreditei entendê-la. Naturalmente, dentro dessas fronteiras, apontarei não só para as sombras, mas também para as luzes que acredito ver nela, achando com isso que posso prolongar um diálogo há tempos iniciado entre éticas "antropológicas" e éticas "lógicas", entre realistas e "idealistas", entre quem tem a realidade por irredutível e quem tem por irredutíveis os postulados da razão.

Fazendo um balanço rigoroso daquilo que até o momento cabe contabilizar como saldo positivo, eu indicaria os seguintes elementos: à constituição do homem cabe estar sempre implantada na realidade, religada a ela e a ela obrigada, porque temos de nos haver com a realidade, temos de nos responsabilizar por ela, e, para nós, é impossível justificar a escolha de possibilidades das quais ela é a fonte. Não podemos ignorar de onde brotam tais possibilidades e inventar um mundo presidido por um "como se" idealista, porque qualquer construção racional que, sob a bandeira de um "como se" ficcional, ignore a diferença entre a realidade pessoal e das demais coisas – ou dite normas atentatórias contra a felicidade entendida como autorrealização, como plenitude de forma –, é *injusta* com a realidade e, portanto, fonte enganosa para *justificar* nossa escolha de possibilidades. Não que a realidade seja transcendentalmente boa – acho eu –, é que é injusto com ela escolher contra sua própria constituição; por isso os esboços racionais injustos em relação a ela perdem o pé da realidade e geram monstros.

O que nos ensinou, então, a protomoral, que não possa ser traído pela razão sem incorrer em antirrealismo? Que a realidade pessoal é constitutivamente diferente das demais coisas; que os homens tendemos irremissivelmente à felicidade e que o único modo de alcançá-la é apropriar-se de possibilidades que conduzem a ela. Isso é o que, a meu ver, a protomoral oferece como sistema de referência para construir racionalmente uma moral normativa. Que não é insuficiente, mas sim inadequado – creio eu – para *fundamentar* um imperativo categórico do tipo: "Age de tal maneira que te apropries das melhores possibilidades em vista de alcançar tua felicidade e perfeição" (Gracia, 1989, p. 489). Na ordem do dever – e ainda mais do dever categórico – só um imperativo me parece, a partir do sistema, de referência fundamental: "Age de tal modo que não trates as pessoas do mesmo modo que as coisas, porque elas são constitutivamente distintas". Em continuação, pretendo me dedicar a refletir sobre esses dois preceitos.

No que diz respeito ao primeiro, penso que uma ética que pretende justificar a existência de imperativos categóricos, inclusive de deveres *stricto sensu*, recorrendo à felicidade, errou o caminho. A felicidade pode justificar as regras de prudência ou conselhos, mas não preceitos categóricos, muito menos deveres. Nesse ponto, não me distancio nem um pouco de Kant – não por obediência à autoridade, e sim porque acredito que ele tem razão.

Em princípio, não se pode mandar ninguém ser feliz, se isso já é para esse alguém uma meta ineludível – da qual não duvido –, a não ser que vejamos no sistema de referência um grande marco coativo, fundamentador de uma antropologia mínima: e isso carece de sentido se a descrição do marco é, definitivamente, a de um *factum*, diante do qual não há escolha. É claro que os princípios morais acabam se impondo a Kant como *facta*, mas isso porque se torna impossível aplicar-lhes a dedução transcendental no mesmo sentido que as categorias do entendimento (Cortina, 1989c, p. xv-xxxi), não porque fosse impossível para o sujeito escolher entre obedecer-lhes ou infringi-los.

E se aceitarmos que o marco não é objeto de preceito, já que não se pode deliberar sobre ele, temos de dizer, porém, que a prescrição das regras para satisfazê-lo se expressa mais na linguagem do conselho e da regra de prudência (extraída da experiência pessoal ou grupal) do que no dever, e, claramente, do que no dever categórico. O "preceito" que ordena seguir determinados meios para alcançar a felicidade é analítico na forma, porque do próprio conceito de vontade de um ser racional se depreende que aquele que quer um fim quer os meios que a ele conduzem, e é sintético *a posteriori* no que se refere ao conteúdo, porque só a experiência pode determiná-lo (Kant, 1989, p. 417)[19]. E sinto ter de recorrer, de novo, à distinção "empirista" de juízos, mas não me parece que a "bondade" da realidade a tenha superado no terreno moral.

Por isso creio que o preceito que ordenava agir com vistas à felicidade não brotaria da razão prática – em linguagem kantiana –, e sim do intelecto prático aristotélico, mais conselheiro, prudencial e

---

[19] Disso me ocupei em Guisán (org.), 1988, p. 140-66, posteriormente publicado *in* Muguerza (org.), 1991b, p. 209-32.

comunicador de experiências que prescritivo. A forma lógica de tal preceito seria, então, a do conselho e a regra de prudência; e a formulação poderia dizer: "Já que vais tentar, irremediavelmente, ser feliz, mais te vale escolher, entre tuas possibilidades, aquelas que a experiência mostrou como mais adequadas para ser feliz". Porque, para dar aos meios que conduzem à felicidade uma força normativa, seria necessário recorrer, quase deontologisticamente, a uma "função mais própria do homem", que se torne plenificante por si mesma, dada sua excelência. É isso o que a ética formal de bens propõe? Ela se atreve a propor possibilidades como universalmente apropriadas para alcançar a plenitude de forma, a autorrealização? Se fosse assim, ela daria razão da pretensão de universalidade do fenômeno moral, como apontamos já de início, e não só de que o amoralismo é um conceito vazio.

De todo modo, creio que a única coisa que nossa ética pode propor universalmente é tratar as realidades pessoais de modo diferente de como tratamos as demais coisas, que é o segundo preceito ao qual aludi anteriormente. Se essa diversidade de trato deve ser entendida em termos de meios e de fins – de modo que venha a se plasmar na formulação kantiana do Fim em Si Mesmo, ou em termos de trato imparcial com as realidades pessoais –, é questão de esboços racionais que, certamente, não contradizem o sistema de referência, inclusive estão em conformidade com ele, mas não se tornam *discriminados* por tal sistema. Nem o formalismo kantiano, nem o princípio de imparcialidade, nem o convite ao amor são avalizados pela protomoral. Eles são, antes, esboços que não a contradizem, mas que tampouco podem ser discriminados por ela, porque qualquer esboço que respeitasse um trato diverso de realidades pessoais e coisas estaria em conformidade com o sistema de referência.

E não resolve o problema recorrer à experiência como meio de provação física para verificar esboços racionais. Em primeiro lugar, porque a analogia entre a racionalidade do prático e do teórico – defendida por aqueles que mantemos que, em ambos os casos, cabe argumentar com sentido – não chega ao ponto de possibilitar, em ambos os casos, o mesmo tipo de comprovação. A fundamentação racional segundo a qual o apreendido seja verdade não pode ser equiparada à fundamentação segundo a qual o homem possui um valor absoluto, devendo, portanto, ser tratado como fim, não meramente como simples meio. O modo de verificar ambas as fundamentações há de ser radicalmente distinto. Se se quiser dizer que em ambos os casos se recorra à experiência, conviria marcar as diferenças e esclarecer como é que a experiência pode examinar esboços práticos, porque não basta que eles se conformem a um sistema de referência tão mínimo que, na realidade, daria quase tudo por correto.

E o mesmo se poderia dizer da experiência que não apenas comprova as regras do tratamento conferido às realidades pessoais, como também prova fisicamente esboços racionais de felicidade. Quais são os elementos que compõem tal experiência? Seus resultados são universalizáveis?

Certamente, os ideais de felicidade pertencem à dimensão do moral, que conta necessariamente com o pluralismo, porque os homens e as gerações são diferentes e esboçam, consequentemente, ideais distintos de vida boa. Uma caracterização formal comum a elas poderia ser feita – mas nada além disso –, considerando a felicidade como a realização de um projeto no qual se crê e do qual se pode esperar que continuará se realizando; um projeto que haverá de contar com o *daímon* de cada homem, entendido como caráter pessoal e também como fortuna ou providência, que favorece o triunfo ou o fracasso e introduz o *novum* no plano projetado. Projetar é atitude de vontade, mas a felicidade há de corresponder ao desejo e à vontade e é, por isso, não apenas conquista, mas dom também. Por isso é possível aprender técnicas que acrescentem o prazer, despertem a capacidade de desfrutar, elaborar projetos, aconselhar, sempre contando com o fato de que a felicidade é, no fim das contas, coisa do *daímon* pessoal, coisa do dom[20]. Por isso, a ética pode convidar, propor, aconselhar... mas nada além disso.

Consequentemente, a ética de que falamos não propõe modelos universalizáveis de felicidade nem possibilidades apropriadas de autorrealização: ela é apenas uma ética formal. E, nesse sentido, cabe-lhe o mérito de recordar a estrutura irremissivelmente moral do homem, sua religação e obrigação com a realidade, sua irrenunciável necessidade de se justificar – ou seja, de adotar uma ou outra forma de vida –, sua peculiaridade como realidade pessoal. Em meu modo de ver, as éticas procedimentais deveriam adotar essa dimensão antropológica da qual carecem e que injetaria em suas veias – um tanto secas – uma boa dose de seiva vital. Mas algo de que não se pode culpá-las – creio eu – é de continuarem achando-se mais capazes no nível de fundamentação.

As éticas procedimentais – e concretamente a ética discursiva – que hoje tentam reformular dialogicamente o formalismo deontológico kantiano se situam praticamente desde o começo no nível racional. Tomar pé na "realidade" é, para elas, atender aos atos de fala e a seus pressupostos pragmáticos que, no que diz respeito à vertente prática, expressam a "realidade" social de um mundo intersubjetivo gerador de normas. A lógica do discurso prático mostrará o *critério* para discernir quais delas são corretas, porque revelará os

---

[20] Dirá Aranguren: "O dom da paz interior, espiritual, da conciliação ou reconciliação com tudo e com todos e, para começar e terminar, com nós mesmos" (1987, p. 110). Cf. também Marías, 1987; C. Díaz, 1987b; Cortina, 1991.

procedimentos que as legitimam e, ao mesmo tempo, o *fundamento*, que é justamente a estrutura da razão.

No que se refere à aplicação desses princípios, é verdade que essas éticas têm grandes dificuldades, como todas as que se situam no nível pós-convencional de princípios, mas têm algo para oferecer (Apel, 1988b; Cortina, 1993; Cortina e García-Marzá, 2003). Como Gracia, muito acertadamente, detecta, éticas desse tipo contribuíram no âmbito médico para mostrar a urgência de complementar o princípio de beneficência com o de autonomia, interpretado como participação: o paciente tem de ser informado e consultado nas decisões que o afetam, porque é um interlocutor do qual não se pode prescindir sem incorrer em contradição. Do mesmo modo, o princípio de justiça, que vem a complementar os dois anteriores, inspira-se em éticas desse corte ao sustentar que as decisões médicas não apenas afetam o médico e o paciente, mas a sociedade (Gracia, 1989, caps. 2 e 3). E o que vale para a ética médica valeria também para a política e um extensíssimo *et cetera*.

Contudo, também é verdade que o caráter noérgico da realidade, que nos força a valorizar, a preferir, a justificar nossas escolhas, ficou desatendido, como também mostra a constituição antropológica com tudo o que ela comporta. Por isso é importante, a meu ver, continuar esse diálogo, há tempos iniciado, entre éticas lógicas e antropológicas, para ver se chegamos a uma terceira que, superando unilateralidades, seja a verdade de ambas.

6. Instrumentalismo e substancialismo na ética

Já mencionamos anteriormente que grande parte das éticas materiais e formais sofreu uma metamorfose, transformando-se em éticas substancialistas e procedimentais, que dão sequência à guerra outrora empreendida.

Naquilo que se refere ao instrumentalismo, costumam ser alinhados em suas fileiras autores como Kohlberg, Apel e Habermas, representantes das chamadas "éticas kantianas", que coincidem em atribuir à ética a tarefa de descobrir os procedimentos legitimadores de normas: tais procedimentos, por expressarem a forma de uma racionalidade peculiar, permitem aos indivíduos discernir quais normas daquelas surgidas no mundo da vida são corretas. Os conteúdos concretos, assim como no formalismo kantiano, ultrapassam o campo da ética. Por seu lado, os procedimentos, levando o formalismo universalista a suas últimas consequências, não farão nada além de operacionalizar o conceito de *vontade racional*: o conceito daquilo *que todos poderiam querer*. Por isso exigem, em maior ou menor grau, a passagem de um monologismo, próprio a Kant e a Hare, a procedimentos *dialógicos:* a representação rawlsiana de pessoas morais, que em uma posição original decidem conjuntamente os princípios da justiça para a estrutura básica de sua sociedade; a afirmação kohlbergiana ideal de *papel*, ou o diálogo entre os afetados pelas normas, próprio da ética discursiva, supõem uma gradação de *dialogicidade*, que mostra a aposta comum em procedimentos dialógicos.

Isso porque os procedimentalistas consideram, atendendo mais ou menos conscientemente à teoria habermasiana da evolução social (Habermas, 1976)[21], que as éticas materiais, sejam de bens ou de valores, pertencem a estágios já superados pelo estágio formal-procedimental em que nos encontramos. A questão fundamental da filosofia prática – é o que Habermas dirá nesse sentido – consiste em perguntar "pelos procedimentos e premissas a partir dos

---

[21] Sobre isso, cf. Gabás, 1980; Ureña, 1978; Mardones, 1985; García-Marzá, 1992.

quais as justificações podem ter um poder gerador de consenso" (Habermas, 1981b, p. 271; Cortina, 2000, p. 115-26). Em tais procedimentos, expressa-se dialogicamente a forma de uma vontade racional que, por sua própria natureza, se pretende universal, e com isso o instrumentalismo permite dar conta do universalismo pretendido pelas normas morais. Objetivo impossível para substancialistas, que atendem a conteúdos, sempre – também por sua própria natureza – variáveis.

As éticas procedimentais, como indica lucidamente Taylor, enraízam-se em dois tipos de motivos: gnosiológicos e morais. O motivo *gnosiológico* fundamental consiste no ímpeto de evitar a tarefa de descobrir uma natureza normativa, que talvez devesse ser achada no contexto de uma "biologia metafísica" de corte aristotélico. Ao passo que os motivos *morais* são encontrados na pretensão de *liberdade radical*, própria da modernidade, que pretende tornar-se independente de todo fim dado de antemão pela natureza; a pretensão de *universalidade*, que exige que se saltem as barreiras das formas particulares de vida, do *éthos* concreto; e a pretensão de *revisão* e *crítica*, que parece poder ser exercida apenas a partir de um procedimento racional, não extraído da práxis já presente em uma sociedade. Desde essa perspectiva quádrupla, as éticas orientadas por regras se enfrentam às éticas de bens ou virtudes (Taylor, 1986a, p. 101-35).

Com efeito, o instrumentalismo ético, como qualquer outra corrente, não surgiu nem subsiste sem motivos. O primeiro deles é o desejo de manter uma *ética normativa*, sem que, para tanto, haja necessidade de recorrer a uma metafísica teológica, como a que professam – segundo dissemos – certas éticas de fins, aspiração na qual coincide com outras correntes, como o utilitarismo. Contudo, diferentemente delas, não apenas se nega a reconhecer como fim moral um fim metafisicamente descoberto, como também qualquer fim empiricamente acessível. O instrumentalismo não substitui um teleologismo metafísico por um teleologismo natural, porque ambos fazem dos homens seres heterônomos em termos morais: o fim moral é aquele que os homens querem dar-se a si mesmos; por isso um teleologismo sociológico *à la* MacIntyre tampouco se demonstra adequado. A liberdade radical supõe a renúncia a tomar como fim moral um fim dado.

Contudo, se isso for verdade, penso que – como mais adiante comentaremos –, em algumas de suas versões, o instrumentalismo não pode evitar o conceito de *télos*, e, acima de tudo, de um *télos* dado de antemão, mas por enquanto me limito a indicar seus motivos declarados.

Em terceiro lugar, o instrumentalismo tenta dar conta da pretensão de universalidade presente no fenômeno moral, e por isso apela para estruturas cognitivas, procedimentos que exibem em sua forma a forma da universalidade. Ao passo que as formas de vida boa, os ideais de homem, a especificação das virtudes ou o conteúdo das normas dependem dos distintos contextos, de modo que a "substância" moral varia diacrônica e sincronicamente, as estruturas cognitivas e os procedimentos legitimadores de normas podem ser descritos independentemente dos diversos contextos, e, portanto, pretender universalidade de modo legítimo. Trata-se, como em algum lugar apontei, de um universalismo *mínimo*, mas suficiente para justificar a face bifronte do moral: uma face na qual se articulam a *pretensão universalista de validade das normas morais e a historicidade inegável de seus conteúdos.*

O último dos motivos aduzidos por Taylor para que tenham havido e continuem a existir éticas procedimentais é, como dissemos, essa pretensão de revisão crítica, que só parece se satisfazer quando parte de um procedimento racional e não de uma práxis já existente em uma sociedade. Quando exatamente o conceito de práxis, em sua acepção aristotélica, é uma das chaves do neoaristotelismo, convicto e confesso "substancialista".

Reconstruir a racionalidade do prático supõe, em princípio, para o neoaristotélico, reconstruir um conceito de práxis similar ao aristotélico e tratar de extrair, a partir dele, a racionalidade prática, apostando em Aristóteles mais que em Platão, em Hegel mais que em Kant, na medida em que tal racionalidade é buscada no seio da práxis, em sua plena imanência, e não na formulação de um dever ser que excede o âmbito da práxis cotidiana. O praticamente racional já tem de ser real.

Aprender a servir-se da própria razão, atingir a maioridade, não significa, portanto, para os substancialistas, abandonar o mundo imanente com suas tradições, autoridades, crenças compartilhadas ou hábitos comunitários, mas exatamente o contrário: significa ler a racionalidade neles, porque é impossível – para falar como Hegel – conceder que a natureza é em si mesma racional, de modo que a filosofia deve discernir a razão *real* presente nela e deixar o mundo ético, como carente de razão, nas mãos da contingência e da arbitrariedade. "Ateísmo do mundo ético" é como Hegel classificará essa crença em que o mundo espiritual se encontra "abandonado à contingência e à arbitrariedade, *abandonado por Deus*" e que, portanto, o verdadeiro se encontra fora dele (Hegel, 1975). O teísta do mundo ético acreditará, pelo contrário, que a razão já está se realizando nas tradições, na aceitação da autoridade, no comunitariamente aceito, no costume; acreditará que sua verdade está em processo, e não em um hipotético além.

E aqui entramos em um ponto sumamente delicado, porque me parece que os procedimentalistas éticos não fomos corretamente entendidos. É verdade que – a nosso ver – nos permite manter o caráter crítico da razão a constância com que os procedimentos, por sua pretensão de universalidade, *transcendem* a práxis concreta, o contexto concreto, e não se deixam reduzir a nenhum determinado. Graças a eles, tais práticas são criticáveis, assim como o são elementos do *éthos* de um povo. Mas é igualmente verdade que as estruturas e os procedimentos são lidos na práxis concreta: na formação ontogenética dos juízos acerca da justiça (Kohlberg), no sentido da justiça que impregna as democracias ocidentais (Rawls), na práxis comunicativa (ética discursiva). A racionalidade prática presente nelas atravessa em sua pretensão as barreiras do contexto, da etnia ou da tradição, mesmo que só possa ser lida neles. Essa dialética de imanência e transcendência da racionalidade prática é o que – a meu ver – desautoriza a pretensão de Rorty de classificar o etnocentrismo como insalvável, assim como desautoriza MacIntyre em sua convicção de que só é possível traçar uma racionalidade prática a partir de determinada tradição[22].

Não se trata, portanto, de adentrar um mundo platônico de ideias, nem um mundo numênico kantiano, mas é assim que interpretam os substancialistas, que clamam pelo retorno ao realismo de Aristóteles e Hegel, pelo retorno à eticidade concreta.

Certamente se torna difícil fazer o retrato falado de neoaristotélicos e neo-hegelianos, se tentamos fazê-lo separadamente, e

---

[22] Apesar das distintas afirmações de MacIntyre sobre esse ponto ao longo de *Justicia y racionalidad* (1994), creio que as últimas palavras do livro e sua tônica geral abonam essa interpretação, assim como apontam a linha de investigação – o tomismo – com a qual o autor se identifica. Cf., nesse sentido, *Tres versiones rivales de la Ética* (1992).

ainda mais difícil se tentamos fazê-lo em conjunto[23]. Não obstante, pode-se ao menos dizer que eles são *substancialistas*, na medida em que acham impossível falar acerca da correção de normas se não for à luz de uma concepção compartilhada de vida boa. O conceito de "eu" depauperou-se na modernidade, a ponto de ser identificado com um "sujeito de direitos e de normas" abstrato, que não adquire identidade por pertencer a uma família ou a algum outro tipo de comunidade, nem por participar delas. Ele é, por outro lado, detentor de uma identidade abstrata, como sujeito de direitos universalmente exigíveis e de normas que hão de se sujeitar a determinados procedimentos, mas não são respaldadas pela ideia partilhada de uma vida boa.

Não se pode duvidar que haja diferenças entre neoaristotélicos e neo-hegelianos, mas delas nos ocuparemos mais adiante, limitando-nos por ora a assinalar qual é seu denominador comum enquanto anti-instrumentalistas. Tal denominador comum consiste, em meu modo de ver, em compartilhar uma concepção do moral que não se limita ao discurso sobre as *normas justas* nem pretende determiná-las fazendo abstração da ideia de um *télos* e de uma vida boa, compartilhada por uma comunidade. A relação entre o indivíduo e a comunidade é de benefício mútuo, porque as comunidades necessitam da contribuição de seus membros para sobreviver e progredir, contribuição que só é possível se os indivíduos encarnarem determinados hábitos, necessários para desempenhar seu papel na comunidade, aos quais chamamos "virtudes", e se se sentem reunidos em torno de uma ideia comum de bem. Por outro lado, o indivíduo adquire sua identidade concreta pelo fato de pertencer a uma

---

[23] Cf. Schnädelbach *apud* Kuhlmann, 1986, p. 38-63, e também, em menor medida, os demais artigos da coletânea. Trataremos desse assunto no capítulo 4 deste livro.

comunidade ou de participar dela; nela também aprende a forjar para si a ideia de uma vida boa, descobre quais hábitos precisa desenvolver se quiser que sua comunidade sobreviva e progrida.

Entender o moral supõe, portanto, recorrer a conceitos como os de práxis, *télos*, virtude, comunidade e vida boa, ressituando no primeiro plano da reflexão ética os bens e as virtudes e relegando à posição subordinada que lhes corresponde normas e deveres universalmente justificáveis. Que não são os indivíduos "ilustrados" – livres da comunidade, a autoridade e a tradição – sujeitos *emancipados*, como pretendem, e sim seres *anômicos*. E a anomia – já sabemos disso pelo menos desde Durkheim – é uma *patologia*, não esse sintoma de robustez otimisticamente diagnosticado pela Ilustração.

Supor que os procedimentos, expressivos da racionalidade prática, irão criar entre os indivíduos laços de coesão social, que funcionariam como equivalentes funcionais dos outrora criados pela religião ou pela tradição, é – pensam os substancialistas – um pecado de abstração ingênua, ao qual tendem os procedimentalistas. Gloriando-se de uma cegueira considerável, esses herdeiros da Ilustração parecem não se dar conta de que apenas os laços comunitários – religiosos ou tradicionais – devolvem a um indivíduo seu sentido de pertença ao grupo, a pretensão de participar dele porque o considera coisa sua (Etzioni, 1993; 1999; Castiñeira [org.], 1995; Cortina, 1998; 2001; Nussbaum, 1999). Pelo contrário, o universalismo abstrato nos submerge inevitavelmente em um estado de anomia que, apesar de todos os desvelos habermasianos, não consegue devolver à vida não só esperança ou consolo, mas nem mesmo sentido (Habermas, 1974, p. 145).

É necessário, pois, voltar a enraizar os indivíduos nas comunidades e tradições, no *éthos* concreto do qual uma modernidade pretensamente universalizante os desarraigou, para que recuperem sua identidade concreta. E com isso estaremos apenas reconhecendo o inevitável: que estamos necessariamente implantados em comunidades e tradições, que até esse ponto, só a partir delas podemos falar, que o próprio universalismo moderno é uma tradição ou um conjunto de tradições a mais. Ampliando a crítica de MacIntyre ao liberalismo para todo o instrumentalismo ético, podemos dizer que é a resultante de determinadas tradições, a partir das quais seu universalismo adquire sentido.

Talvez sejam ataques desse gênero que induziram Rawls a optar por articular racionalmente a tradição democrática ocidental, em vez de chegar a pronunciamentos sobre a justiça *sub specie æternitatis* (Rawls, 1978, p. 648; 1986, com uma excelente introdução de Rodilla; 1996; 1999), mas em todo caso é certo que o instrumentalismo, mesmo que se reconheça como arraigado em tradições – coisa que, a meu ver, deve fazer –, também há de tomar consciência de que o que dá sentido a essas tradições é exatamente sua pretensão de universalidade.

Por isso podemos dizer que, assim como a historicidade dos conteúdos morais não representa problema nem para substancialistas nem para procedimentalistas, só estes últimos podem justificar também racionalmente a pretensão do moral à universalidade. Por isso, a meu ver, é a partir de um instrumentalismo consciente de que o moral também possui uma dimensão teleológica, axiológica e "antroponômica" que é possível reconstruir o fenômeno moral em sua riqueza, mas não a partir do substancialismo, por mais que ele tente fazer a passagem dos bens internos às práticas aos bens transcendentes nelas, na linha de Taylor (1986a, p. 35-52)[24].

---

[24] Cf. ainda o tópico 4.4 do presente trabalho.

E para pôr um ponto final nesses torneios éticos, aos quais demos início ao começar o capítulo, eu gostaria de, por último, fazer referência à controvérsia entre éticas deontológicas e teleológicas, que com o passar do tempo também sofreram transformações profundas[25].

7. Teleologismo *versus* deontologismo[26]

Certamente, a tal ponto as éticas teleológicas e deontológicas foram passando de uma irreconciliável inimizade a uma mútua aquisição de características valiosas que os elementos que outrora pareciam decisivos para diferenciá-las perderam sua força discriminadora. Porque, se em certa época a maior distância existente entre ambas decorria do consequencialismo das primeiras e do não consequencialismo das segundas, as éticas deontológicas mais relevantes de nosso tempo dão atenção, sem o mínimo reparo, às consequências. Até o ponto em que a ética discursiva, por exemplo, as inclui na formulação de seu princípio ético ("uma norma pode ser considerada moralmente correta quando todos os afetados por ela estiverem dispostos a assumir as *consequências* de sua entrada em vigor, depois de um diálogo celebrado em condições de simetria"). E Rawls, por sua vez, esclarece:

---

[25] Deixo, portanto, de tratar outras possíveis classificações que aparecem interpoladas com as que consideramos, como poderia ser a distinção entre as éticas subjetivistas e objetivistas, monistas e pluralistas, comunitárias e universalistas. Esta última constituirá um dos fios condutores do capítulo 4. No que diz respeito às éticas de fim dominante e de fim inclusivo, cf. Rawls (1978, p. 606ss.).

[26] Esse tópico tem origem em "El deontologismo ético: en favor de la libertad, la igualdad y la solidaridad", 1989b, p. 22-7. Nesse número, Esperanza Guisán e eu "tínhamos o dever" de defender o teleologismo, no caso dela, o deontologismo, no meu; por isso meu tom ter se tornado mais crítico em comparação com o primeiro, e apenas apologético no que se refere ao segundo. No presente livro, mantenho as críticas ao utilitarismo e continuo na linha deontologista, mas também apresentando críticas ao deontologismo na parte II.

As teorias deontológicas definem-se como não teleológicas, isto é, não como teorias que caracterizem a correção das instituições e dos atos independentemente de suas consequências. Todas as doutrinas éticas dignas de atenção levam as consequências em conta ao julgar a correção. Se alguma delas deixar de fazê-lo, é irracional (Rawls, 1978, p. 48).

Portanto, o deontologismo kantiano, que valoriza determinadas máximas sem ponderar as consequências de sua aplicação, transformou-se em um deontologismo que acolhe as exigências de uma ética universal – não apenas política – da responsabilidade pelas consequências das ações (Apel, 1983, p. 406ss.; Cortina, 1989j, p. 187ss.; Siurana, 2003). Onde se situa, então, a fronteira entre esses dois antigos adversários?

A diferença entre eles parece estar hoje no modo diferente de articular os dois conceitos centrais da moralidade – o *bom* e o *correto* –, já que para os "teleologistas" é preciso começar por determinar em que consiste o bem dos seres sencientes, para depois passar a considerar o correto como uma maximização do bem, ao passo que o deontologismo se ocupa em caracterizar o correto e deixa o bem em segundo plano: marquemos as regras justas ou corretas do jogo, porque os homens já se deram conta, ao vivê-las, de que isso é bom para eles (Rawls) ou, para falar segundo os termos da ética discursiva, aqueles que são afetados por elas levarão para o diálogo o que lhes pareça bom. Com isso, em princípio, o deontologismo reduz suas reflexões ao mundo repulsivo das normas, dos deveres, dos princípios, do correto, da justiça, autorizado pela raiz grega – *déon* – de seu nome, enquanto os teleologistas têm como patrimônio um legado tão atrativo quanto a felicidade e, no caso dos hedonistas, o prazer. Hoje, diante de tamanha desproporção de objetos, o deontologismo tem sentido?

Visto que quem escreve isto milita nas fileiras do repulsivo deontologismo ético, ela se permitirá defender argumentativamente a própria posição. Para tanto será necessário, logo de início, retornar às origens kantianas da proposta, porque a *ética da intenção* deve ser mantida em algum de seus sentidos, se é que acreditamos que continue a existir algo de parecido com o moral. Mas, depois, assumiremos certas revisões da oferta kantiana que as atuais "éticas kantianas" acreditaram ser necessário realizar e que neutralizam por completo as críticas de certa utilitarista, tão querida para mim quanto Guisán, mas empenhada em dialogar com o deontologismo do século XVIII que, até certo ponto, contrapõe razão e inclinações. Se mesmo nesse caso fosse necessário ponderar[27], no caso do deontologismo contemporâneo, tais críticas são, a meu ver, equivocadas[28]. Em meu modo de ver, convém que o debate entre teleologistas e deontologistas se situe no século XX, se se pretende que ele faça sentido. Mas retomemos, em princípio, a ética kantiana e o que nela é ineliminável.

A ética kantiana da intenção move-se em pelo menos três níveis. O primeiro é o já aludido nível no qual se avaliam as máximas das ações independentemente de suas consequências na situação concreta; esse *fiat iustitia pereat mundus* – inevitável em alguns casos, mesmo para o ético da responsabilidade, que diz com Lutero:

---

[27] *A metafísica dos costumes* kantiana seria uma boa fonte para tais ponderações.

[28] Para o bem ou para o mal, os "neokantianos" contemporâneos não distinguem entre interesse moral e interesses patológicos, mas consideram como legitimadores os interesses generalizáveis, algo que decorre da própria teoria; o mesmo não se pode dizer dos esforços de minha amiga Guisán para falar de um "mínimo natural" e extrair "imparcialidade" e "qualificação" a partir do utilitarismo. Receio que o provérbio *"Ex pumice aquam"* [tirar água de pedra] ainda vigore. Cf. Guisán, 1987, p. 27-36. Como indica Höffe, o utilitarismo sempre se vê forçado a acrescentar princípios estranhos ao de utilidade: cf. Höffe, 1975.

"Não posso mais, aqui me detenho" (Weber, 1980, p. 176) – hoje é rechaçado por uma ética racional. Mas existem ainda outras duas dimensões: aquela que se refere à *intenção* do agente e aquela que faz da boa vontade o único *bem moral*.

Naquilo que diz respeito à intenção, tanto Kant quanto Mill estariam de acordo em classificá-la como aquilo do qual a moralidade da ação depende. Por "o essencialmente bom da ação – dirá Kant – consiste na intenção que a ela leva, tenha o resultado que tiver" (Kant, 1989, p. 416), e Mill afirmará, por sua vez, que "a moralidade de uma ação depende inteiramente da intenção, isto é, daquilo que o agente *quer* fazer" (Mill, 1984, p. 134). Parece-me que, nesse ponto, não têm razão os atuais deontologistas, eticistas da responsabilidade, para os quais mais importante que uma boa intenção é que o bom aconteça, porque, se perdermos o norte da boa intenção, se torna, inclusive, impossível determinar o que é o bom que deve acontecer.

Mas também a defesa da boa vontade, como bem especificamente moral, deve ser conservada, e aqui se abre, sem dúvida, um abismo entre Kant e Mill, a partir do momento em que o segundo, ao distinguir entre intenção e motivo, não encontra outro motivo além da produção de felicidade. Pelo contrário, a boa vontade não é boa por sua adequação a algum fim, mas é boa em si mesma: ser fiel à própria humanidade é seu objetivo único. O homem bom deseja estar à altura de sua humanidade, porque "se a justiça perecer, deixa de haver valor no fato de viverem homens sobre a Terra" (Kant, 1989, p. 332).

Manter essa dimensão da intenção e do motivo moral é, em meu entendimento, imprescindível para falar de moralidade, porque não se pode trabalhar a *intersubjetividade* a não ser que se conte com *sujeitos autônomos*, que conservam em todos os momentos a capacidade de pôr em xeque as instituições do Estado nas quais lhes coube a sorte de viver. Nesse ponto, creio que o deontologismo kantiano supera os deontologismos contemporâneos, que se aproximam excessivamente de Hegel e correm o perigo de degenerar em coletivismo. A linha kantiana de reflexão tem o cuidado de defender a dimensão do *sujeito* como domínio originário da moralidade. O ponto de articulação com as outras leis éticas – as jurídicas – consiste na tentativa de salvaguardar a *liberdade interna*: o justo também é moral, mas em um sentido diferente, porque tem como missão criar as condições externas para o desenvolvimento da liberdade interna e para a busca da felicidade individual. Apesar de seu caráter jurídico, na medida em que se reduz a normas (Montoya, 1989), a moral não se confunde com o direito, antes o fundamenta, ao passo que o deontologismo atual se desentende com a dimensão interior e acaba reduzindo o moral ao jurídico[29].

Por fim, a ética da intenção refere-se às máximas das ações e não às ações em si mesmas. Situados no nível pós-convencional do desenvolvimento da consciência moral, é preciso distinguir os princípios das normas e, por sua vez, as normas das ações. E visto que os princípios legitimam normas, como desqualificá-las pelo fato de, em certos casos de aplicação, elas terem consequências indesejadas? Se a forma de certas normas as avaliza como morais, elas continuam a ser as normas que seria desejável seguir, mesmo que as circunstâncias provisoriamente não o permitam. Diante disso, poder-se-ia reinterpretar o imperativo incondicional kantiano em termos de *mandatos prima facie*, que valem à margem de circunstâncias especiais (Kutschera, 1989, p. 23). A fidelidade a essas normas, em todos os casos, é inumana, mas não o é menos prescindir delas como orientação e como critério para a crítica.

---

[29] Cf. seção 6.3 deste livro.

Prescindir desses níveis da ética da intenção e optar pelo cálculo da utilidade é a atitude de certo teleologismo hedonista, com o qual estamos dialogando, que é diferente do "eudemonista" da ética formal de bens. No teleologismo hedonista, a felicidade era autorrealização, impossível de esboçar empiricamente; na ética formal de bens, é prazer empiricamente representável. A opção pelo cálculo da utilidade supõe, a meu ver, tentar dar razão teórica de todo o agir humano. A razão científica, levada por sua ambição totalitária, pretende esquadrinhar e catalogar todos os fins da ação humana, porque é preciso ser "um bom empirista" (Guisán, 1985; Kant, 1989, p. 378) e determinar cientificamente – nesse caso, com base na psicologia – que o único fim existente é a felicidade e que a felicidade se traduz em prazer.

Abandonemos explicações misteriosas. Deixemos de fazer do moral um campo no qual se apresentam preceitos, como os da justiça, que parecem fazer prescrições na contramão da felicidade. Reduzamos todos os fins possíveis a um único denominador comum observável, controlável, até mesmo computável. Falar de um *télos* aristotélico não é viável, porque supõe concentrar-se em uma pretensa essência do homem. Não obstante, a tendência ao prazer é observável, controlável e computável, e uma moral que se dedique aos fatos tem mais é que desejar. Com tudo isso, o hedonismo apresenta-se como uma "ética de fim dominante", que pretende reduzir todos os fins possíveis a um único, e como um teleologismo naturalista, que identifica tal fim como um fim natural: o prazer.

De minha parte, eu me permitiria apresentar quatro inconveniências no teleologismo hedonista[30]. *Em primeiro lugar,* as éticas de fim dominante costumam argumentar, em defesa da própria supe-

---

[30] O teleologismo não hedonista seria próprio de uma "ética de fins", de uma ética formal de bens ou até mesmo de uma teleologia sociologista, no sentido de MacIntyre.

rioridade, que ofereçam a vantagem de um critério – o fim em questão – para decidir racionalmente em caso de conflitos entre princípios morais. Diante de determinada ação, quem se rege pelo princípio da maior felicidade do maior número escolherá *racionalmente* o curso de ação que produza a maior felicidade do maior número. O que ocorre – eu gostaria de replicar já de início – é que, se não quisermos que a pergunta pela felicidade nos leve a uma mera tautologia ("a felicidade consiste em alcançar aquilo a que aspiramos e alcançar aquilo a que aspiramos se chama felicidade"), temos de defini-la em termos de essência do homem – caminho do qual nossa época "pós-metafísica" (Conill, 1988, cap. 13) parece ter desertado – ou até mesmo identificá-la com o prazer. Contudo, por sua vez, o termo "prazer" apresenta o inconveniente de não servir para discriminar, no caso de querermos considerá-lo como fim dominante da conduta, porque então "prazer" significa exclusivamente "satisfação de um desejo", e de não constituir o fim dominante da conduta, se quisermos restringi-lo à sua dimensão sensível para que nos ajude a discriminar.

Com efeito, fazer do prazer o fim dominante significa afirmar – algo que Mill recusava – que busca o prazer quem se dispõe a providenciar para si mesmo uma boa refeição e também quem dá a vida por outro. Naturalmente, a diversidade de tais prazeres não será apenas quantitativa, como queria Bentham, tampouco será qualitativa, como pretendia Mill. Nem mesmo se pode dizer que quem dá sua vida pelo outro o faz para proporcionar prazer a si mesmo, de modo que o fim é sempre o prazer. Como dizia, ou "prazer" significa algo tão pouco discriminante como "satisfação de aspirações", ou se refere ao prazer sensível, caso em que não se pode dizer honradamente que seja o único móvel da conduta humana, nem sequer em nível explicativo.

É claro que, nesses casos, alguns eticistas teleológico-hedonistas falam de "felicidade", sem levar em consideração que para eles "felicidade" e "prazer" se identificam, porque o termo "felicidade" ainda apresenta ressonâncias que o levam muito além do prazer. Apelam para a felicidade Aristóteles, São Tomás, Guisán (1990) e C. Díaz (1987b), Savater (1988) e Marías (1987)[31], as éticas formais de bens, assim como as éticas materiais. Alguns utilitaristas deveriam deixar, então, de apelar demagogicamente à felicidade, que pode perfeitamente ser o fim do comportamento humano em sua enorme ambiguidade, quando eles – ou elas – a reduzem ao prazer, que não é o único fim do comportamento humano.

Em segundo lugar, a existência de uma legislação moral e jurídica não se explica apenas por um desejo de prazer, que se comporta passivamente; antes, é preciso recorrer a uma capacidade ativa, criadora. Nem a organização jurídica nem a legislação moral têm sua origem única em um mecanismo natural, porque esse mecanismo nos impulsiona a buscar o bem-estar individual ou, no máximo, o daqueles cuja felicidade está estreitamente ligada à nossa, mas então não explica – como os próprios naturalistas têm de reconhecer – porque aprovamos comportamentos remotos no espaço e no tempo, mesmo sabendo que eles nunca terão consequências em nosso bem-estar.

Sempre fica aberta a réplica de que aprovamos esses comportamentos porque nos situamos no lugar de seus beneficiários, ou porque acreditamos que, em geral, eles aumentam o bem-estar da humanidade. Mas, nesse caso, é impossível explicar sua contrapartida, bastante comum: por que a maioria dos homens deseja ser obje-

---

[31] Se a essa lista acrescentarmos os trabalhos já comentados de Aranguren e García, acho que se tem um elenco suficiente para dar razão a Aristóteles: todos falam da felicidade, mas a entendem de maneira bem diferente.

to de comportamentos afáveis, mas sujeito de qualidades agressivas, que lhe permitam competir, triunfar, qualidades que não beneficiam o maior número, e sim o sujeito e seu clã? É que o desejo de prazer, como móvel do comportamento, não estende a benevolência para além do próprio clã, da própria corporação, da máfia de amigos.

Certamente, o sentimento de simpatia é lindo, e até mesmo um deontologismo como o kantiano afirma a necessidade de predisposições psicológicas no sujeito, sem cuja *receptividade* não poderíamos ser afetados pelos conceitos do dever. Não há certeza de que a posição kantiana seja objetivista – como quer Kutschera (1989) –, de modo que não conta com a vontade (!) e com a constituição psicológica subjetiva. O sentimento moral, a consciência moral, a filantropia e a autoestima pertencem às "pré-noções estéticas da receptividade do ânimo para os conceitos do dever em geral", que não se podem impor, mas que "todo homem tem e pode ser obrigado graças a elas" (Kant, 1989, p. 399-403; Conill, 1991, p. 68ss.). Contudo, a simpatia é um sentimento lindo, mas de curto alcance, se for intenso; excessivamente diluído, se seu alcance for amplo.

Em terceiro lugar, as exigências de autonomia, de igualdade e de justiça não são justificadas pelo desejo individual de felicidade, apesar dos esforços dos hedonistas para demonstrar o contrário. Em princípio, porque do fato de que os seres sencientes aspirem ao prazer não decorre que eles tenham direito a ele, nem que os demais tenham o dever de proporcioná-lo a eles. Tanto mais que, mesmo que admitíssemos algo parecido, depois surgiria o problema de calcular quais desejos satisfazer e de quem. O subjetivismo inerente ao hedonismo é um dos *handicaps* de toda teoria que queira calcular utilidades, mesmo no seio das teorias econômicas da democracia (Salcedo, 1994; Cortina, 2002; Conill, 2004b).

Contudo, indo ainda mais longe, que os seres sencientes aspirem satisfazer seus desejos não é princípio do qual decorre o princípio de igualdade, nem mesmo o de liberdade, entendida como autonomia. O postulado utilitarista ("cada um vale por um e nada mais que um") não deixa de ser um postulado adicionado ao princípio de utilidade, que em nada abona a exigência de igualdade; o exercício da autonomia pode ser uma das atividades felicitantes para um homem, mas é indiscutível que o governo das elites, ou de um déspota bondoso, pode produzir maior bem-estar geral.

Unida a essa crítica, virá a *quarta e última*, que eu gostaria de dirigir ao hedonismo no seguinte sentido: quem tem o prazer como único fim do comportamento e toma como ponto de partida da ética as aspirações e os desejos da criação senciente perdeu todo direito a distinguir prazeres superiores de inferiores, ao modo de Mill, e, além disso, a esboçar um mínimo ético natural, na linha de minha amiga Guisán.

Com efeito, o hedonismo tropeça em paradoxos irresolúveis, como o seguinte: se se trata de alcançar a maior felicidade do maior número, é aconselhável diminuir o número de homens – que são mais exigentes no que diz respeito a aspirações – e aumentar o número de ovelhas, que ficam felizes com bem pouco[32]. Em face desses paradoxos, Mill há de preferir um Sócrates insatisfeito a um louco satisfeito e, para que não seja sua preferência subjetiva, ocorre-lhe distinguir prazeres superiores de inferiores, diferentemente de Bentham, que dava atenção apenas à quantidade. Com esse recurso *ilegítimo*, Mill tenta superar o inevitável subjetivismo que acompanha todo hedonismo e que dificilmente explica que os juízos e preceitos morais exijam objetividade. A passagem do subjetivo

---

[32] Como exemplo de tais paradoxos, cf. Smart e Williams, 1981.

ao objetivo resolve-se em outros casos por meio de um espectador ou de um observador imparcial[33]; neste consultando quem experimentou os dois tipos de prazeres. Se, no primeiro caso, chegamos a uma hipótese própria do idealismo, mas não de um naturalismo que deseja se ater aos fatos; no segundo, pomo-nos em mãos de indivíduos que nos dirão quais prazeres devemos preferir pelo fato de serem superiores.

Na história da ética, o platonismo ressurge constantemente, mas o filósofo platônico acreditava ter contemplado um mundo imutável de ideias, ao passo que agora determinados indivíduos irão impor suas preferências como aquelas que todos deveriam ter. É nessa linha que vai Guisán, ao gravar em sua formulação de ética neoutilitarista um *mínimo natural*, que não se baseia no princípio de utilidade e que é parcialmente extraído – receio – das éticas deontológicas neokantianas; só que nelas o que esse hedonismo toma tem sentido, e no hedonismo supramencionado, não.

Efetivamente, como as preferências subjetivas entram em conflito e nem todas podem nem devem ser satisfeitas, os deontologistas propõem que se marque primeiro alguns *mínimos morais*, determinadas regras de jogo exigíveis de todos, a partir das quais se pode determinar quais preferências devem ser satisfeitas. Não se trata de repudiar as aspirações e preferências subjetivas, como diz Guisán injustamente, mas de atribuir à moral a tarefa de determinar quais devem ser satisfeitas, porque não são todas que devem sê-lo.

Nesse sentido, é ilustrativo o exemplo do sádico: um hedonista considerará feliz ao máximo um mundo habitado por um único indivíduo sádico, que se compraz em imaginar que inflige torturas

---

[33] Esse espectador, que Hume e Smith compartilham, faz parte do elenco de indivíduos peculiares que representam o "ponto de vista moral". Cf. Muguerza, 1977, p. 86ss., 234ss.

sem limite a uma humanidade inexistente? Em um mundo assim, tudo seria felicidade e nada seria dor. É esse um mundo desejável para um hedonista, ou seja, é esse um mundo digno de ser desejado? Em um mundo povoado, o sádico tem direito de ver seus desejos serem satisfeitos? (Moore, 1983, p. 196-8; Smart e Williams, 1981, p. 32-4).

Esse problema não se apresenta para as éticas deontológicas contemporâneas, porque, convictas de que o conteúdo da moral são os interesses humanos, consideram que *moralmente exigível* é apenas atender aos interesses generalizáveis. Para isso é preciso adotar a assunção de *papel* na hora de emitir juízos morais (Kohlberg), assumir as condições de imparcialidade (Rawls) ou consultar os próprios envolvidos para que decidam quais interesses *devem* ser atendidos – o que não quer dizer que outros não possam sê-lo – depois de um diálogo promovido em condições de simetria (ética discursiva). É claro que o consenso fático não garantirá a correção do resultado, e todo acordo será sempre passível de revisão. Mas a assunção de *papel*, a imparcialidade e o diálogo racional constituem os princípios das éticas deontológicas, perfeitamente conscientes de que os homens desejam ser felizes, mas igualmente conscientes de que a tarefa moral não consiste em assentar as regras de jogo exigíveis para que cada qual possa ser feliz a sua maneira. Não se trata de "manietar" a felicidade, trata-se exatamente do contrário: de decidir quais regras mínimas haveremos de seguir para que cada um viva segundo seus ideais de felicidade, sem que ninguém – esclarecido ou não – nos imponha o que devemos querer realmente para ser felizes.

Curiosamente, Guisán, que parte de chamadas de atenção para o direito individual à felicidade, vai se dando conta de que nem todas as preferências podem ser moralmente vinculantes – ponto de partida do deontologismo, não do hedonismo – e chega a afirmar algo tão insólito como: para serem moralmente vinculantes, as preferências dos indivíduos têm de ser formuladas a partir da imparcialidade, da liberdade e do esclarecimento, pois "se e apenas se todos os homens livres, imparciais e esclarecidos convêm em preferir determinados valores, tais valores se convertem nos valores que o ser humano *realmente* deseja e, portanto, nos únicos preferíveis" (Guisán, 1987, p. 32-3).

Portanto, não se trata, como o deontologismo defende, de que nem todas as preferências podem nem devem ser satisfeitas, e que por isso é necessário que todos os envolvidos estabeleçam o marco do que se deve, sem detrimento de que satisfaçam aspirações reais por outros conceitos. É pelo fato de os indivíduos não estarem habilitados a dizer o que desejam *realmente* que continua a existir um *magistério* – outra vez, ética com religião, com intérpretes autorizados? – que interpreta para eles o que realmente querem, não importando aquilo em que creem. E ademais, esse magistério adquire as características dos princípios que as éticas deontológicas porão nas mãos dos próprios indivíduos, chegando a um despotismo esclarecido, atualmente obsoleto.

A meu ver, então, na disputa teleologismo-deontologismo, o último vence, porque tem sabido incorporar, sem perder coerência, elementos outrora teleologistas, como o consequencialismo. Porque *nenhum* deontologista atual importante entende que as normas morais expressem um conteúdo distinto dos interesses e inclinações humanos, nem se incomoda com o sentimento de simpatia[34], nem deseja que os homens sejam uns desgraçados, nem prescin-

---

[34] Como Kant também não se incomodava. Cf. *MdS*, 1989, VI, p. 401-3.

de das consequências das ações. Naturalmente, não faz da felicidade o princípio e o critério da ética, porque ou a felicidade é prescrita a partir de uma essência ou é uma questão subjetiva; mas ele pretende superar a separação kantiana entre dois mundos, com tudo o que isso supõe.

A *autonomia* continuará a ser o princípio-chave da ética, sendo entendida como *participação* nas discussões sobre normas pelas quais alguém pode ser afetado e na incidência na decisão final. Todos os homens são iguais nesse direito à *participação*, como mostram o desenvolvimento do juízo sobre a justiça, o construtivismo kantiano e o discurso prático; a solidariedade será a virtude que permitirá estender universalmente a preocupação com os mínimos morais, para além da simpatia que, como dissemos, tem asas curtas.

O deontologismo, por certo, é excessivamente abstrato e tem de ser complementado, mas o hedonismo será um mau instrutor se nos limitarmos a tomar elementos emprestados dele e se buscarmos reavivar o deontologismo do século XVIII, como se o atual não tivesse aprendido nada em mais de dois séculos.

3
Panorama contemporâneo da fundamentação da moral[1]

Basta contemplar o panorama filosófico de nosso momento para perceber que não estão soprando ventos favoráveis para aqueles que pretendem embarcar na tarefa de fundamentar a moral. Negativas contundentes surgem de determinadas frentes, enquanto outras matizam sua postura, ou rebaixando a fundamentação à articulação, ou rejeitando os modelos modernos de fundamentação, ou ainda reduzindo-os a um modo hermenêutico de fundamentar. Dar conta de todas essas posições é algo impossível, mas vamos pelo menos nos permitir um esboço rápido, expressivo não apenas das possibilidades de fundamentação do moral, mas também da situação do próprio moral.

1. Em princípio, já é conhecida a repulsa *cientificista* a uma fundamentação do moral[2]. O cientificismo tem suas origens na separação moderna entre fato e valores, entre o que é e o que deve ser, separação que carecia de sentido no mundo clássico. Paulatinamente, a

---

[1] Este capítulo constitui uma reformulação e ampliação de "Ética de la modernidad crítica" em *Estudios de Deusto*, vol. XXXVII/1 (1989) e em *Sentido de la vida y valores*, 1989, p. 75-89.

[2] A crítica do cientificismo é o principal objetivo de Habermas em *Erkenntnis und Interesse* (1973), e também em boa medida o objetivo de Apel em *La transformación de la filosofía*. Cf. também Cortina, *Ética mínima* (11. ed.), p. 89-96.

antiga distinção entre teoria e práxis baseia-se em uma diferença de objetos, em virtude da qual a teoria se ocupa dos fatos, daquilo que é, enquanto o saber da práxis leva em consideração valorações, leva em conta o que deve ser. Atendendo à noção weberiana de racionalidade, que torna a neutralidade axiológica condição de objetividade, por entender que as valorações introduzem sempre posições subjetivas, o cientificismo reserva para a teoria e para o conhecimento científico toda a racionalidade e objetividade possível, deixando as decisões morais para o âmbito subjetivo das decisões e das preferências irracionais.

Com isso, surge um abismo entre os dois polos da ação humana – conhecimento e decisão –, dado que eles são qualificados com adjetivos irreconciliáveis: enquanto o conhecimento científico é objetivo, racional e axiologicamente descomprometido, as decisões serão subjetivas, irracionais e comprometidas com determinados valores. No processo ocidental de racionalização, como descrito por Weber, o progresso da racionalidade teleológica não encontra um *pendant* em uma racionalidade axiológica: os valores, outrora justificados por uma imagem do mundo com conteúdo, perdem seu solo nutridor e chegamos a esse politeísmo axiológico, que é hoje inegável. Se no mundo do conhecimento a razão teleológica parece ter colhido os maiores triunfos, de modo que nele é inegável um monoteísmo da razão teleológica, no mundo das decisões, as escalas de valor pelas quais se orientam os sujeitos são incomensuráveis; por isso cada um tem o seu deus.

É esse politeísmo axiológico que, segundo MacIntyre, possibilitou em nossa época o triunfo do emotivismo, não tanto no âmbito filosófico – do qual foi rechaçado –, mas no social (MacIntyre, 1987, caps. 1, 2 e 3). Argumentamos moralmente – diz MacIntyre – com a convicção interna de que nunca chegaremos a um acordo, e isso se deve ao fato de que as premissas maiores de nossos raciocínios são incomensuráveis entre si. Por isso *usamos* a linguagem moral de um modo emotivista: convencidos de que com ela expressamos sentimentos pessoais, podendo persuadir apenas outros que compartilhem a mesma linguagem. Nossa época não é pós-moderna nem moderna, e sim *moralmente emotivista*, porque a modernidade supôs para ela um longo processo de desracionalização, que desembocou no emotivismo como teoria do uso – não do significado – da linguagem moral.

Porque curiosamente – prosseguirá MacIntyre –, mesmo usando os termos morais convictos de que expressamos sentimentos pessoais, damos a eles em nossas argumentações um *significado* impessoal ("x é justo"), como se em sua base houvesse padrões racionais. Essa esquizofrenia entre o significado impessoal, racional, e o uso subjetivo, individual, é justamente o sintoma de uma época moralmente emotivista, resultado de uma longa saga na qual a moral se "desracionalizou". As causas dessa perda de racionalidade estão, para Weber, no fato de que o progresso ocidental na racionalização significou o progresso na racionalidade de meios, também chamada de instrumental[3], e no retorno da racionalidade axiológica. Mas para MacIntyre não basta como etiologia o "triunfo da razão instrumental", deplorado por Horkheimer e Adorno. Esse triunfo foi possível pela perda do húmus do qual a linguagem moral brotava na Grécia: a ideia de um fim do homem, sua inserção em uma comunidade na qual desempenhava uma função.

---

[3] Weber vai falar de *zwecrationale Handlung* (ação orientada por fins ou teleológica), mas eu prefiro qualificá-la aqui como instrumental para não confundi-la com o conceito de fim, do qual MacIntyre tem saudades e que se refere ao fim do homem.

Com efeito, em mais de uma ocasião, encontraremos no presente livro o relato da história da modernidade encarada como "queda". Nesse caso, a idade de ouro da linguagem moral é a Grécia, e a modernidade supõe a perda do húmus teleológico e comunitário humano; a perda, portanto, de uma orientação moral e política para a ação e até mesmo da identidade individual, adquirida no seio de uma família, de uma *pólis*. Nossa época não passa do resultado dessa espoliação progressiva: carente de húmus racional, nossa linguagem moral debate-se na esquizofrenia de um uso emotivista e um significado impessoal.

Mas não podemos nos conformar com esse uso emotivista da linguagem moral – pensará nosso autor –, porque é certo que continuamos convictos de que acerca da greve, acerca do "equilíbrio do terror", da destruição da ecosfera ou da doação de embriões cabe argumentar de modo que determinadas soluções nos pareçam mais humanas que outras, mais razoáveis que outras. Assim como não é possível resignar-se diante da "tese da complementaridade da democracia liberal", denunciada por Apel (1983, p. 350ss.) e que é legitimada pelo cientificismo.

Enquanto a ética não agregar nada a nosso conhecimento em sentido algum – como quer Wittgenstein –, enquanto for, no máximo, "uma tendência sumamente respeitável do espírito humano", da qual se deve falar em primeira pessoa, mas desprovida de racionalidade (Wittgenstein, 1965), permanecerá legitimada a contundente separação produzida nas democracias liberais entre uma *vida pública* – que fica nas mãos dos especialistas em racionalidade teleológica – e uma *vida privada* – sujeita às decisões particulares de consciência. Impossível criticar a vida pública com base no moral; impossível criticar o âmbito das decisões, irracional e subjetivo, com base no conhecimento racional. E é esse acúmulo de impossibilidades que pareceu conferir aos políticos um estatuto moral privilegiado, já que eles, por sua responsabilidade particular, hão de ponderar racionalmente as consequências de suas ações, enquanto todos os demais cidadãos podem ignorar irresponsavelmente tais consequências, porque suas decisões privadas se situam além de toda racionalidade, afundadas nas sombras da apetência subjetiva. Tem sentido isentar a vida pública (jurídica, política e econômica) da crítica moral, quando sua legitimação última é moral? Tem sentido classificar o homem da rua como irresponsável, dar-lhe diploma de irracionalidade e deixar-lhe como alternativa de intersubjetividade apenas fazer coincidir votos entre si em dia de eleição?

2. Em face desse irracionalismo do mundo das decisões se erguerá – entre outros – o *racionalismo crítico*, indicando, em primeiro lugar, que o conhecimento é definitivamente um modo de práxis e que, em segundo lugar, não passa de ficção – a "ficção do vazio" – acreditar que as escolhas de valor são feitas independentemente dos conhecimentos. Ao contrário, a decisão por um determinado sistema de valores é tomada a partir de determinados conhecimentos científicos e, por isso, convém esclarecer os "princípios ponte" que possibilitam a passagem do mundo teórico ao mundo prático (Albert, 1968, p. 73ss).

Dito isso, aceitar esse comércio entre teoria e prática não implica admitir uma fundamentação do moral, porque isso significaria ater-se ao modelo clássico de racionalidade, atento ao Princípio de Razão Suficiente. A fidelidade a tal princípio nos leva ao célebre trilema de Münchhausen, que mostra a impossibilidade de fundamentar racionalmente o conhecimento e a moral: diante da pretensão de fundamentação, que deseja chegar – como dissemos – a conhecimentos certos, é preciso defender o falibilismo de toda afirmação e de todo sistema; é preciso substituir o Princípio de Razão Suficiente pelo da Prova Crítica. Como sabemos, a resposta de Apel a esse falibilismo total não se fez esperar: inclusive a discussão em torno do princípio falibilista exige dois pressupostos pragmáticos, que configuram uma fundamentação filosófica, qualificada por Apel de "última" e à qual se chega por meio de uma pragmática transcendental[4].

Não obstante, a rejeição promovida pelo racionalismo crítico a toda fundamentação da moral situa-se ainda no marco de uma filosofia da modernidade, que faz da epistemologia o centro da reflexão filosófica, enquanto outro tipo de rejeição – procedente do pragmatismo radical – fará da substituição da epistemologia pela hermenêutica uma das chaves dessa mesma rejeição.

É claro que o racionalismo crítico não entende por "epistemologia" uma "busca, iniciada por Descartes, dos aspectos privilegiados no campo da consciência, que são pedras de toque da verdade" (Rorty, 1979), nem, portanto, identifica a teoria do conhecimento com a busca de fundamentos no campo teórico e no prático. Exatamente o contrário: nega que exista um ponto arquimediano, um grupo de representações privilegiadas que reflitam a natureza, constituindo, assim, um fundamento para nossos juízos sobre o verdadeiro e o correto. Todavia, isso não significa que a parte da filosofia que se ocupa dos métodos para atingir o conhecimento do verdadeiro e do correto tenha de perder seu papel central: não se trata de o filósofo – pensa o racionalismo crítico – fundamentar as demais ciências pelo fato de ter alcançado o conhecimento de um

---

[4] Para a polêmica entre Apel e Albert, cf. Apel, "El problema de la fundamentación filosófica última desde una pragmática transcendental del lenguage"; "Fallibilismus, Konsenstheorie der Wahrheit und Letztbegründung", em *Philosophie und Begründung* (1987, p. 116-121); Apel, 1991; Albert, 1975; 1982; Cortina, 2000, p. 96ss.

marco de ideias, inacessível ao conhecimento científico e ao senso comum; não existe o mundo platônico das ideias como credencial do saber especializado do filósofo. Mesmo assim, a pretensão de conhecimento verdadeiro continua a ser a pretensão das ciências, e não se pode dizer que "conhecer" é um modo de saber entre outros, mas um modo ainda axiologicamente prioritário, que inclusive tem de criticar o saber moral, impedindo que se tenha por moralmente prescrito o que é cientificamente impossível. O filósofo há de se ocupar dos métodos que nos permitam chegar a tal conhecimento verdadeiro, que será sempre, nos casos concretos, passível de revisão, criticável.

Isso porque – a meu ver – a concepção da teoria do conhecimento apresentada por Rorty é muito simplista, de modo que a disjuntiva que ele traça entre a teoria do conhecimento que descreve e a hermenêutica acrítica que oferece não deixa de recordar um desses filmes simplórios de mocinhos e bandidos. Um exemplo claro é o racionalismo crítico, que não busca fundamentos seguros, tampouco atribui ao filósofo o papel de representar sátiras, paródias e aforismos, de mediar como intérprete entre linguagens distintas, sendo uma voz a mais em uma conversação universal. O racionalismo crítico prefere continuar argumentando – atitude que, por outro lado, também é a de Rorty, mesmo que, segundo ele, o filósofo tivesse de animar com intervenções criativas a conversação da humanidade. Isso porque, entre o rei e o bobo da corte, existe ainda uma honrosa gama de possibilidades. Curioso é que a filosofia parece ter visto inveteradamente a opção por uma ou por outra como uma opção moral: assim como Popper e Albert veem como decisão moral aquela que se pronuncia pela racionalidade crítica, Rorty entende como moral a escolha pelo pragmatismo e pela solidariedade.

3. Com efeito, em *A filosofia e o espelho da natureza*, Rorty critica o papel central que manteve na filosofia aquilo que ele entende por epistemologia e que transformou o filósofo em um "rei filósofo", à maneira platônica, que atribui lugar às outras ciências no conjunto do saber[5]. Segundo Rorty, a epistemologia parte do infundado pressuposto de que todas as contribuições a um discurso são comensuráveis, isto é, podem ser submetidas a um conjunto de regras para chegar a um acordo em todos os pontos conflitivos; vem daí que ele entenda por "racionalidade" a capacidade de chegar a um acordo com os outros seres humanos. Por isso, se negarmos que existam fundamentos que nos abasteçam com uma base comum para julgar as pretensões de conhecimento ou de correção, *se negarmos que exista um terreno comum*, parece que poremos em risco a noção de racionalidade.

Isso porque a epistemologia – segundo Rorty – vê os participantes de um discurso como unidos por aquilo que Oakeshott chama de *universitas*, um grupo unido pelo interesse em alcançar um fim comum, ao passo que a hermenêutica os vê unidos em uma *societas*, na qual se juntam pessoas unidas pela urbanidade, mais que por um terreno ou um objetivo comum.

Trata-se, portanto, de substituir a epistemologia – comprometida em atingir um mundo comum, independentemente das comunidades vitais concretas – pela hermenêutica – que se sabe entranhada em determinada comunidade, em determinada tradição. Trata-se de substituir a *pretensão de objetividade* pela de *solidariedade* (Rorty *apud* Rachman e West, 1986, p. 3-19). A epistemologia alimentou a pretensão da objetividade de identificar a verdade com um mundo co-

---

[5] Rorty, 1983, especialmente os capítulos VII e VIII. Cf. também a réplica de Habermas em "Die Philosophie als Platzhalter und Interpret", em *Moralbewusstsein und kommunikatives Handeln* (1983, p. 9-28).

mum, desvinculado das comunidades concretas, a-histórico; mas essa terra de ninguém não existe, e por isso, no Iluminismo, a verdade identifica-se com a possibilidade de justificar uma afirmação diante da humanidade. Com isso se produz no terreno moral uma conexão entre a verdade moral, uma dimensão a-histórica no ser do homem, e a possibilidade de se chegar à intersubjetividade: é definitivamente verdadeiro o universalmente justificável (Rorty *apud* Peterson e Vaughan, 1987).

Todavia, a ideia de que existe um lugar comum foi caindo em descrédito graças às contribuições de pensadores como Nietzsche, Heidegger ou Gadamer, às contribuições da psicanálise e de filósofos como Davidson, que apagaram as diferenças entre verdades permanentes e contingentes: não se pode dizer se existem no homem um ponto central a-histórico e uma periferia contingente; pode-se, sim, dizer que a *contingência* é a categoria central de nossa vida[6]. Nascemos contingentemente em uma comunidade e tradição nas quais nos socializamos, falamos contingentemente com determinado vocabulário; por isso, aqueles que tentam se ater a um ponto central têm de fazê-lo de modo absolutista, em afirmações que não contam mais com um apoio metafísico, ao passo que aqueles que abandonam a ideia do ponto central defendem o *pragmatismo* e a *solidariedade*.

Como veremos mais adiante, a noção de solidariedade, imagem secularizada da fraternidade, é um denominador comum de boa parte das éticas atuais, mas também é um bom *teste* para discernir a estrutura interna dessas mesmas éticas, porque os significa-

---

[6] Segundo o próprio Rorty confessou, ele pretende reformular e atualizar o pragmatismo de Dewey, conectando seu pensamento com os de Wittgenstein, Davidson e Rawls, e também com a filosofia pós-nietzschiana e heideggeriana europeia. Cf. 1988, p. 9.

dos dessa noção se dão em sentidos bem distintos. A solidariedade rortyana terá como ponto de partida a comunidade e a tradição nas quais vivemos contingentemente, mas terá também seu ponto de chegada naqueles que contingentemente podereremos convencer. Ao passo que, em nossa ética da modernidade crítica, a solidariedade adquire feições universalistas, na medida em que se amplia por princípio a todo falante competente.

Com efeito, para o pragmatista rortyano, a verdade e a bondade de nossos juízos ou de nossos preceitos não se discernem quando eles são medidos com objetos ou com uma realidade a-histórica, imutável, dado que são questões de prática social, de conversação. O próprio Iluminismo deu conta de que ter algo como verdadeiro é acreditar que esse algo pode ser afirmado justificadamente, mas busca na razão a faculdade que permite justificar diante de toda a humanidade. O pragmatista sabe, pelo contrário, que parte contingentemente de uma comunidade e que só conseguirá justificar suas afirmações diante daqueles com os quais possa manter uma conversação, ou seja, diante de uma comunidade com a qual partilhe contingentemente os pressupostos necessários para dialogar. O *etnocentrismo* é, portanto, insuperável. Por isso, em vez de dar um salto indevido a partir de sua própria comunidade para um eu a-histórico, como se com isso alcançasse para si a objetividade, ele prefere se identificar quase hegelianamente com sua comunidade, historicamente condicionada, e nela fomentar a solidariedade (e em quantos mais venham se somar). Para se chegar a isso, é necessária uma fundamentação da moral? A resposta a tal pergunta, no caso do pragmatismo radical, é negativa.

O pragmatista, geralmente norte-americano, sabe-se imerso em uma de suas tradições e está interessado em apresentar um modelo compreensivo e coerente dessa tradição, modelo que corresponda ao que os cidadãos já compartilham e ajude a fomentar entre eles a adesão ao que é compartilhado. No caso de Rorty, tratar-se-á de uma tradição democrática, que se inicia com Thomas Jefferson, o ponto de partida e de chegada de sua reflexão etnocêntrica. Incrementá-la é sua meta e, por isso, concedendo à democracia "primazia sobre a filosofia", proporá aos filósofos privatizar suas concepções filosóficas, inevitavelmente divergentes, e exteriorizar unicamente o que pode fazer parte de um "consenso sobreposto" às demais concepções filosóficas e religiosas. Para tanto, é preciso abandonar a noção de verdade dos "realistas", assim como Rawls aconselha abandonar a convicção intuicionista de que existem alguns princípios morais anteriores à afirmação da autonomia humana (Rawls, 1996). Para William James, "verdadeiro" era aquilo em que é bom acreditarmos, e a essa noção de verdade soma-se o pragmatista: sua meta consiste em realizar a tarefa social prática de ampliar ao máximo o acordo intersubjetivo, de ampliar ao máximo o "nós".

Em face do "nós" de uma tradição idealista, que se identifica com o que é comum a uma humanidade não condicionada pelas comunidades concretas, o pragmatismo opta pelo comunitarismo e não pelo universalismo. Nem o homem numênico, nem a comunidade ideal de comunicação são possíveis: são possíveis apenas a própria comunidade e o "nós" alcançável.

Mas para criar uma solidariedade assim em torno de uma tradição democrática, não se faz necessária uma fundamentação moral da democracia, tomada, por exemplo, de uma concepção do homem compartilhada por todos. Por um lado, porque essas concepções costumam entrar em conflito e, por outro, porque abandonar a teoria do conhecimento como acesso a um marco privilegiado supõe renunciar à ideia de que existem algumas premissas privilegiadas a partir das quais podemos medir a concepção de nossas instituições. As premissas filosóficas não são, em nenhum caso, mais valiosas que as instituições democráticas; antes poderíamos dizer que, quando as primeiras ameaçarem pôr em risco as segundas, é preciso silenciá-las. Por isso o método mais adequado para levar a cabo a tarefa social de criar solidariedade nas democracias de tradição liberal seja o método rawlsiano do *equilíbrio reflexivo*, que parte dos "juízos refletidos" sobre a justiça, das convicções compartilhadas acerca do justo na própria tradição democrática e tenta articulá-los, proporcionado uma interpretação coerente da justiça, que consiga criar a maior adesão possível.

O filósofo já não age mais como "rei", que atribui lugar aos demais saberes a partir de um saber objetivo privilegiado; antes se transforma em *servo obediente* de uma tradição democrática, expressa no "consenso sobreposto" entre diferentes filosofias e religiões, consenso que se produz no seio de sua comunidade. A filosofia como *ancilla politicae* não questiona a tradição democrática liberal, antes a interpreta e trata de criar solidariedade em torno dela. E um modo de colaborar positivamente é contribuir com um grãozinho de areia na tarefa de "desencantar" o mundo e de acabar com as ideologias.

Se o processo de racionalização descrito por Weber pressupunha o paulatino desencantamento do mundo, o democrata tem o *dever moral* de dar sequência à tarefa de desencantá-lo não só religiosa, mas também filosoficamente, utilizando, se preciso for, a frivolidade como arma. Levar as coisas a sério, tratar de fundamentar filosoficamente a democracia pressupõe permitir que o mundo continue "encantado", que continuem a competir entre si as convicções religiosas e filosóficas, em detrimento do princípio da tolerância. É preciso, portanto, pregar a frivolidade em prol da solidariedade, mesmo que o preço que se tenha de pagar por isso seja o do advento do "último homem" nietzschiano.

Já dissemos que tanto o racionalismo crítico de Popper e de Albert quanto o pragmatismo radical veem como *opção moral*, em um caso, a opção pela racionalidade crítica, no outro, o serviço à democracia jeffersoniana e à frivolidade. De modo que, curiosamente, a moral, convenientemente atenuada, vai se transformando em uma espécie de filosofia primeira. Mas o que significa aqui opção moral? No racionalismo crítico, uma opção que não pode mais ser racionalmente justificada por ser última; no pragmatismo radical, que a democracia jeffersoniana é o valor sagrado em torno do qual deve girar hoje a conversação da humanidade.

Com efeito, Rorty entende que a filosofia é uma voz a mais na conversação da humanidade, conversação que não trata – como acreditam os que têm a filosofia como rainha – dos temas introduzidos por ela, e sim por interlocutores distintos em tempos diferentes: pela teologia, pelas ciências, pela economia, pela política. E essa é uma apreciação que não apenas dificilmente se poderia negar, como raras vezes foi negada pelos filósofos. Até mesmo os filósofos modernos, inexplicavelmente postos no mesmo saco por nosso autor, quando tentam fundamentar e atribuir lugar aos demais saberes, estão plenamente conscientes de que estão tomando parte em uma conversação já iniciada por tais saberes: de que não estão falando sobre os fundamentos da moral, sobre o direito, a política ou a religião antes de o mundo estar estruturado religiosa, moral, jurídica ou politicamente. Só que, ao participar como interlocutores na conversação – não tanto da humanidade, mas do Ocidente –, pretendiam dar uma contribuição específica, que não havia razão de exigir de outros: a de buscar os fundamentos e discernir os argumentos oportunos.

Portanto, como já dissemos, entre o rei e o bobo da corte há uma ampla gama de possibilidades: entre elevar a voz sonora na conversação ou nela se limitar a um "sim, senhor" dito aos saberes em voga – leia-se, em um tempo, teologia; em outro, ciências ou economia; no nosso, política –, cabe a discreta contribuição específica, que é aquela que enriquece verdadeiramente a conversação.

E ainda é preciso reconhecer que Rorty, se não enriqueceu, pelo menos animou a conversação filosófica, suscitando muitas perguntas. A identificação de seu ponto de vista como não etnocêntrico – porque uma etnia é mais ampla que seu "nós, pragmatistas", "nós, democratas, liberais americanos" – deixou dúvidas sobre a necessidade de utilizar um critério para eleger determinada tradição, inclusive entre as tradições em que se nasce. De fato, os autores de *Habits of the Heart* selecionam para sua análise uma classe média branca norte-americana na qual se entrecruzam quatro tradições: a bíblica, a republicana, a utilitarista e a individualista; e qualquer filósofo espanhol se veria obrigado a escolher entre um amontoado de tradições hispânicas (Bellah, 1985). Porque nascemos, é claro, em determinada família, classe e nação, e o processo de socialização é, não há dúvida – como queria Mead –, um processo de personalização; mas esses condicionamentos, que são ao mesmo tempo fontes de possibilidades, não *determinam* a tradição com a qual haveremos de nos identificar, a despeito de outras, concorrentes.

E essa é, a meu ver, uma das grandes insuficiências de pragmatistas radicais e de outros etnocentristas: não levar em conta que a contingência determina a família, a nação, a classe ou o entroncamento de tradições em que nascemos, sem determinar, e sim condicionando, a família que criamos, a classe em que nos situamos, a tradição com a qual nos identificamos. Nesse último caso, se a escolha se pretende racional, deve tratar-se da melhor dentre aquelas que contingentemente conhecemos, atendendo a um critério que, em sua pretensão de validade, vá além do âmbito das tradições concretas, dê um salto para além do etnocentrismo.

Esse critério permite àqueles que nasceram em países não democráticos escolher – apesar dele – a democracia como melhor forma de vida política; permite também aos cidadãos dos países democráticos, "desencantados" ao verem sua autonomia reduzida ao direito ao voto ou ao pertencerem aos bolsões de pobreza com os quais as democracias podem perfeitamente conviver, denunciar com pleno direito que o que acontece não está em acordo com o que deveria acontecer. Por isso, a meu ver, não só se pode afirmar com toda propriedade que se pode dispensar o etnocentrismo rortyano, como também se pode dizer que só os débeis mentais o praticam, porque todos aqueles que têm capacidade reflexiva – ou competência comunicativa – transcendem inevitavelmente os provincianos limites do contexto em que nasceram, até mesmo para escolher "sua" tradição. Para a tradição democrática jeffersoniana, que Rorty pratica, o confessionalismo islâmico poderá ser atrozmente fanático, mas se quiser ser respeitoso com seu princípio etnocêntrico, terá de admitir que, tradição por tradição, o islã ganha de goleada e que o Alcorão alcançou um grau de solidariedade que muitas democracias ocidentais gostariam de ter. Diante do "nós, os democratas americanos jeffersonianos", teríamos de situar o "nós, os muçulmanos xiitas" e um grande *et cetera* de contendentes, e não de interlocutores.

Naturalmente, alguém replicará que não se trata disso: que se trata de ampliar a solidariedade a partir de nossa tradição, conquistando adeptos que venham se somar convictos da superioridade de nosso modo de vida. O que significa que esses adeptos potenciais são capazes de entender nossos argumentos, de aceitá-los e de assumir nossa tradição, mesmo que contingentemente não a compartilhem nesse momento. Mas então vem a pergunta óbvia: onde demarcamos o limite dos adeptos potenciais?

Em meu modo de ver, como afirmam a pragmática universal e a transcendental, defender algo como verdadeiro ou correto significa acreditar que esse algo é argumentativamente justificável em face de todo aquele que desfrute de competência comunicativa. Não que venha a aceitá-lo *de fato* ou que *do fato* de aceitá-lo se conclua que é verdadeiro ou correto, porque o *critério* de verdade ou de correção não pode ser o consenso, e sim que "verdadeiro" ou "correto" significa que *eu o tenho por defensável diante de todo aquele que se situe em condições de racionalidade*. Esse pressuposto tem de ser admitido até mesmo por Rorty, se ele acha que sua mensagem democrática jeffersoniana é apostolicamente propagável. Ou vamos negar que indivíduos provenientes de culturas diferentes foram capazes de chegar a compartilhar pontos de vista morais e políticos, pelo menos em um grau tão profundo quanto o que alcançaram outros indivíduos da mesma cultura? E onde demarcar o limite da capacidade de acordo se não na competência comunicativa?

A competência comunicativa é o limite de uma inteligibilidade e de um acordo, que podem ser alcançados inclusive em casos de linguagem não verbal. E a partir das pretensões de validade que cada falante competente enuncia com seus atos de fala, alcança-se esse critério universal, que permite construir moral, política e juridicamente, contando com os hábitos do coração dos povos, mas não se restringindo a eles. Nesse sentido, eu gostaria de citar uma metáfora com a qual Hortal tentava, em certa ocasião[7], mostrar as insuficiências de um Iluminismo abstrato, *more* kantiano, esquecido do húmus comunitário e tradicional sobre o qual florescem a moral e a política. Hortal contava que em Madri não foi possível construir a avenida do Iluminismo por não se ter dado atenção à constituição do terreno previsto para isso. E a moral da história parecia muito clara a nosso amigo: os iluministas, amantes dos critérios formais e dos princípios abstratos, deveriam dar atenção aos hábitos concretos do coração dos povos, sem os quais toda edificação é inviável. O que não deixa de ser verdade, desde que extraiamos também outra moral do conto: que existem terrenos – hábitos – de todos os tipos e que para *selecionar* aqueles que convêm a uma avenida é preciso ter antes o projeto. Com base nele, excluiremos alguns terrenos e escolheremos outros, dado que nem todos os hábitos do coração dos indivíduos e dos povos são moralmente bons, e para discernir entre eles carecemos de um critério. E se Rorty pretende afiançar e propagar apostolicamente a democracia jeffersoniana, vai se dar mal se deixar de recorrer a fundamentos e a argumentos, sem os quais qualquer defesa é, sob todos os aspectos, dogmática.

Isso porque "tabuizar" – dogmatizar – *uma* ideia de democracia, ou até mesmo *a* ideia, se é que ela existe, pode ser tão perigoso quanto "tabuizar" enunciados religiosos, morais ou econômicos. Os polinésios, segundo o diário do capitão Cook, de que MacIntyre nos recorda em *Depois da virtude* (MacIntyre, 1987, cap. 9), respeita-

---

[7] Em uma conferência pronunciada no Centro Estudio Musical de Valência, em março de 1989, intitulada "Los hábitos del corazón".

vam como "tabu" uma série de práticas que em determinada época tinham fundamento, mas que perderam paulatinamente o húmus argumentativo e se mantinham de pé apenas como tabus. Certo dia, Kamehameha II aboliu os tabus, e os polinésios não sentiram a mínima falta deles porque, esquecidas as razões que os avalizavam, já não tinham mais sentido para eles. Isso foi o que aconteceu – lamenta MacIntyre – com a linguagem da moral. Eu, que não compartilho desse ponto de vista, acredito que isso também pode acontecer com a ideia de democracia se nos empenharmos em transformá-la em um tabu, privado de fundamento.

Nunca foi bom, nem para a serva nem para a senhora, pôr a filosofia ao serviço *cego* da religião, das ciências ou da economia, e não vai ser melhor privá-la de sua capacidade argumentativa em proveito da política. Não apenas porque essa nova senhora e seus representantes superam muito pouco em galhardia os amos anteriores, mas também por outras três razões de peso maior: porque não colabora para desencantar o mundo quem o "alucina" com um novo tabu, mesmo que ele se chame "democracia" jeffersoniana; porque não é próprio da essência da filosofia ser rainha, e sim ser *livre*[8]; e porque se a democracia quiser continuar a ostentar sua superioridade como forma de convivência política, mais valerá que, em vez de se tornar engraçadinha, mostre fundamentos razoáveis que, além de recomendá-la, permitam corrigir as realizações que não se ajustarem àquilo que se espera dela.

Desses fundamentos, utilizados como orientação para a ação, não decorre, como veremos, o "último homem nietzschiano", niilista e medíocre, que Rorty está disposto a aceitar em favor de um tabu

---

[8] Cf., por exemplo, a relação entre as faculdades de teologia, do direito, da medicina – as faculdades "superiores" – e a de filosofia – faculdade "inferior" –, tal como Kant a descreve no *Streit der Fakultäten*.

democrático determinado, e sim um homem que se autodetermina responsavelmente, que participa responsavelmente da vida pública e que leva a injustiça e a opressão responsavelmente a sério. Exatamente porque sabe que não pode descarregar sua responsabilidade em uma concepção do mundo compartilhada por todos.

4. A *negativa pós-moderna* a fundamentar o moral também se situa diante de um mundo filosoficamente "encantado", que vê na epistemologia – ou em um substituto dela – o centro da reflexão e dota o fundamento de uma prioridade epistemológica sobre o fundado.

Com certeza, é exagero qualificar nossa época de "pós-moderna", porque nela concorrem forças filosóficas herdeiras da modernidade, como o cientificismo e o racionalismo crítico, ou as versões neoconservadora e crítica da modernidade, das quais nos ocuparemos adiante, e também tendências "pré-modernas", que não deixam de ter seu peso sociológico e filosófico. Mesmo assim, a "pós-modernidade" representa uma certa sensibilidade que, naquilo que aqui nos interessa, se opõe aos programas de fundamentação.

Com efeito, a crítica a uma razão moderna totalizante, identificadora e sistemática – cujas fragilidades foram descobertas paulatinamente a partir das vertentes psicológica (Freud), filosófico-sociológico-psicológica (Nietzsche, Horkheimer, Adorno) e a partir da filosofia da linguagem (Wittgenstein) – abona a opção pelo fragmento, pela diferença, pelo descentramento. Em um universo descentrado, sem um ponto fixo, arquimediano, a questão do fundamento carece de sentido (Wellmer, 1985, p. 48-144; 1988, p. 103-40)[9].

A filosofia moderna concebe o curso do pensamento como um desenvolvimento progressivo no qual o novo se identifica com

---

[9] Para a dialética modernidade/pós-modernidade na ética catalã, cf. Castiñeira (org.), 1989, p. 141-62.

o valioso por força da recuperação e apropriação do fundamento-
-origem, mas Nietzsche e Heidegger questionaram radicalmente
a possibilidade de acesso ao fundamento (Vattimo, 1986a; Conill,
1997). Não se trata de buscar um fundamento novo, e sim de levar a sério a "destruição da ontologia", praticada por Nietzsche e
Heidegger, assim como o fim do humanismo.

Enquanto continuarmos pensando o ser e o homem metafisicamente, como dotados de estruturas estáveis, que exigem que o
pensamento e a existência sejam fundados atemporalmente, o pensamento não poderá viver positivamente a era pós-metafísica, que
é a pós-modernidade. Trata-se, então, de optar por um pensamento débil diante de um ser que advém heideggerianamente, e não por
um pensamento forte, fundamentador, ligado a um ser imutável,
parmenidiano. Trata-se de levar a sério o niilismo, que é, seguindo Nietzsche, aquela situação em que "o homem se afasta do centro para o X", reconhecendo a falta de centro e de fundamento como
elemento constitutivo da própria condição.

Em qualquer circunstância, um fundamento último é desne-
cessário até mesmo para defender o valor básico de todo pensamento emancipador – a igualdade –, porque apenas o niilismo pode
constituir sua base: somos todos realmente iguais porque não existe nenhum mundo real (Vattimo, 1987)[10].

5. Em uma posição bem diferente das descritas se situam todos os que também denunciam o fracasso da modernidade em sua
tentativa de fundamentar a moral, mas, longe de aconselhar o seguimento de Nietzsche e de Heidegger, ou de aceitar sem nenhuma
reflexão adicional alguma das tradições democráticas, preconizam
o retorno à *pré-modernidade* como único modo possível de preser-

---

[10] Para uma discussão desse ponto, cf. Mardones, 1988, p. 77.

var a racionalidade do moral. Se quisermos lançar mão da tipologia habermasiana do conservadorismo, poderemos qualificar essa corrente de "veteroconservadora" e a pós-moderna de "jovem-conservadora", mas sem deixar de apontar que essas classificações sociológicas não costumam dar um resultado muito justo na hora de rotular o pensamento e que, por outro lado, é conveniente dar atenção a seus diagnósticos, para que eles não se tornem mais certeiros do que desejaríamos.

Com efeito, MacIntyre, paradigma dessa corrente, parte de um fato – a meu ver – inegável: nossa época é, de um ponto de vista moral, emotivista, e isso se nota no uso que fazemos da linguagem moral. Porque damos aos termos morais um *significado* impessoal, como se eles se baseassem em padrões racionais e, mesmo assim, os *usamos* na convicção de que com isso exprimimos sentimentos pessoais e de que com eles podemos persuadir apenas outros que deles partilhem. Essa esquizofrenia entre o significado impessoal, racional, e o uso subjetivo, individualista, não passa do sintoma de uma época *moralmente emotivista*, resultado de uma longa saga na qual a moral se "desracionalizou". Weber certamente teria razão de fazer o registro do atual politeísmo axiológico, mas é preciso investigar as causas da "desracionalização" e solucioná-la.

Isso porque houve uma era de ouro da linguagem moral, era na qual essa linguagem brotava de um contexto no qual tinha pleno sentido: a época grega, que vem abonando, desde as sociedades homéricas, uma concepção funcional do homem como indivíduo indispensável para a sobrevivência de sua comunidade, e mais tarde a reinterpreta em um universo teleológico, *more* aristotélico. A teleologia é o fio que une racionalmente três elementos indispensáveis ao moral: o homem tal como é, o homem tal como deve ser e as normas que servem de ponte entre ambos. E, por outro lado, entender funcionalmente os homens permite fundamentar uma moral das virtudes, como hábitos a serem desenvolvidos pelo indivíduo em prol da subsistência da comunidade. O indivíduo, então, adquire sua identidade de sua inserção em uma família, em uma comunidade política; conhece as virtudes que precisa desenvolver nela e tem razões para obedecer a normas que o levarão a realizar o "fim que lhe é próprio".

Não obstante, o protestantismo e o jansenismo, com sua concepção da razão como "razão decaída", iniciam o processo ocidental de "desteleologização"; o universalismo ilustrado implica a perda da identidade concreta do eu a partir de uma comunidade e a moral das virtudes vê-se relegada em prol da moral dos deveres. Com efeito, a razão decaída é incapaz de reconhecer o fim do homem; e as tentativas ilustradas – Hume, Kant, Mill – de encontrar um substituto racional que fundamente os deveres fracassam ruidosamente. Por outro lado, a identificação dos indivíduos como sujeitos de direitos, iguais, livres e fraternos não passa de uma identificação abstrata, que nada diz ao indivíduo concreto acerca de sua própria topografia. Por fim, perdido em um universo abstrato, o indivíduo desconhece quais hábitos podem ser considerados virtuosos e quais viciosos.

Uma *moral dos deveres* – não das virtudes –, carente de fundamento racional, e um *universalismo abstrato* são o que resta como legado do Iluminismo. Não é de estranhar que a denúncia nietzschiana tenha sido efetiva. Não é de estranhar que o nosso seja um tempo moralmente emotivista.

Recuperar a racionalidade do moral pressupõe retomar a teleologia e a moral comunitária das virtudes. Não se trata de retornar à metafísica de Aristóteles, e sim de regressar a sua concepção teleológica da prática e dos bens que lhe são inerentes. Assim como se trata de optar pelo comunitarismo diante do universalismo de Hare, Apel ou Habermas, mesmo sem se filiar ao pragmatismo radical de Rorty. Prática, bens, virtudes e unidade narrativa são as chaves de uma ética que vê na pré-modernidade a salvação da racionalidade moral.

Com isso, apontamos reiteradamente para uma das mais vivas polêmicas atualmente subsistente no campo da filosofia moral e que opõe "comunitários" – em meio aos quais existem claras diferenças – a "universalistas". Em sua versão germânica, essa disputa tem tradução no combate que mantêm entre si os defensores da *eticidade* aristotélico-hegeliana e os defensores da *moralidade* kantiana, disputa que não deixa de transcender para a vida política, econômica e social sob a forma de enfrentamento entre o neoconservadorismo e a modernidade crítica. Mas esse já é o objeto do próximo capítulo[11].

---

[11] Para a polêmica entre comunitários e universalistas, cf., entre outros, Walzer, 1990, p. 6-23; Castiñeira (org.), 1995. A polêmica vem desembocando em uma reflexão sobre a cidadania, como tentei mostrar em *Ciudadanos del mundo* (1997).

4
Modernidade crítica *versus* neoconservadorismo

Certamente vivemos tempos rigorosos para o "progressismo". Mortas as ideologias, liquidadas as utopias[1], fracassado o Iluminismo moral, que solução encontrar para a crise da esquerda? Em um mundo que se distingue sociologicamente pela celeridade de suas mudanças, em que o uso dos "pós" e dos "ante" – que denotam uma real incapacidade de dar um nome à nova época –, um mundo complexo que já não atende, como queria o materialismo histórico, a pretensas leis da história nem permite que ela seja dividida apenas em classes – há grupos de idade, sexo, raça – nem dá demonstrações de admitir algum dia que o capitalismo seja superável (Berger, 1989)[2], a que santo recorrer? Onde situar a linha de demarcação para continuar a merecer o imarcescível qualificativo de "progressista"?

Não entre liberais e socialistas, porque sem materialismo histórico ao qual recorrer, sem condenação do capitalismo e da exploração econômica, sem repúdio de determinadas ideologias pela base

---
[1] Refiro-me, naturalmente, às utopias tradicionais e não às "utopias racionais", defendidas por Quintanilla e Vargas Machuca, que são, antes, em meu modo de ver, valores comumente compartilhados.
[2] O capitalismo parece igualmente insuperável ao Programa 2000 do Partido Socialista Obrero Espanhol (PSOE) em suas diferentes versões. Cf. Cortina, 1991.

material real à qual reivindicar, não resta mais que se render à evidência: a matriz do liberalismo e a do socialismo são idênticas. É preciso levar a sério aquela ambígua expressão marxiana: "Nós, os socialistas alemães, somos os herdeiros de Kant, Fichte e Schelling", porque boa parte do socialismo atual não se pretende herdeira apenas de Kant e Rousseau, e sim sua legítima herdeira, que afirma realizar os ideais da Revolução Francesa em medida maior que os liberais contemporâneos. Além disso, o socialismo propõe hoje, *como senha de identidade*, o aprofundamento na democracia[3].

São duros para o "progressismo" os tempos que correm. Bom setor do atual liberalismo tampouco se opõe ao aprofundamento na democracia que, no final das contas, é invenção sua, broto do qual foram exemplo em seus inícios Kant ou Rousseau, e hoje o é, sem pretender ir muito longe, John Rawls. Todos dispostos, portanto, a reivindicar o solar como herança, a linha mais direta é a de Rawls. Como combiná-las e, apesar de tudo, continuar a ser de esquerda?

A natureza, sempre providente, não quis deixar desamparadas suas criaturas e as presenteou, generosa, com um sinistro inimigo diante do qual, por distinção, podem se identificar: o neoconservador. E quem é – o leitor curioso há de se perguntar – tão tormentoso personagem?

Apesar de providente, a natureza tampouco quer tornar seus filhos uns trocistas e pôs em suas mãos a tarefa de averiguar o que é esse tal de neoconservadorismo. E eles se aplicaram a isso com disposição, porque, além de aumentar constantemente e de modo inquietante o número dos conservadores, os "progressistas" precisam conhecer bem suas características para poder identificar a si mesmos por negação – pois nem sempre o autoconhecimento começa

---

[3] Cf. tanto o Programa 2000 do PSOE como Quintanilla e Vargas Machuca, 1989.

pela autorreflexão. Mas o "ser" por *reação* não costuma ser muito firme e termina desejando que o adversário não mude demasiadamente, para que não nos vejamos sem identidade.

Este livro, escrito na convicção de que aumentar a herança moral e técnica do Iluminismo – o progresso na *autonomia* moral e no *domínio técnico* – é uma de nossas melhores tarefas, confessa que não comunga com o projeto conservador e que, quanto mais o analisa, menos o compartilha. Mas tampouco deseja se identificar unicamente por reação contra ele, como se não tivesse convicções próprias. E tenho a impressão de que a convicção de que é preciso defender a *autonomia solidária* de todo homem com seriedade vá afastá-lo dos conservadores, mas também de muitos dos que se dizem "progressistas", que, como tais, se autoidentificam unicamente de *nome*. O agir segue o ser, mas não o autodenominar-se. Triste, mas nem por isso menos certo.

1. Perfil do neoconservadorismo

1.1. Tipologia do conservadorismo

Para tentar uma aproximação ao tema, recorreremos, em princípio, a uma classificação realizada por Habermas, segundo a qual podemos distinguir *grosso modo* três tipos de conservadores: os jovens, os velhos e os neoconservadores (Habermas *apud* Picó, 1988, p. 87-102). Essa classificação, sem dúvida útil, não deixa de apresentar – como veremos – as insuficiências de toda tentativa de classificar espécies sociológicas.

Os *jovens conservadores*, que ocupam um amplo espectro desde Bataille até Foucault e Derrida, inauguram uma época "pós-moderna" nas pegadas de Nietzsche e de Heidegger. Definir semelhante época suporia atentar contra sua própria sensibilidade, porque para tanto seria preciso recorrer a uma razão identificadora. Por isso, vamos nos limitar a recordar que a sensibilidade pós-moderna senta no banco dos réus a pretensa "razão total" da modernidade, que havia tempo vinha sendo julgada e condenada a partir de um tríplice ponto de vista: psicológico, filosófico-psicossociológico e linguístico[4].

Com base na *primeira perspectiva*, a psicanálise acredita revelar a não existência do sujeito autônomo e a racionalidade fática de sua razão aparente. O sujeito – denunciará Freud – é mais um ponto de encontro de forças psíquicas e sociais do que o senhor dessas forças. Desse modo, desvela-se o "outro" da razão, e o sujeito *descentrado* vem a substituir o sujeito autônomo, amplamente elogiado pela modernidade.

Com certeza, Freud – ainda iluminista – tentava, com sua crítica à crença na racionalidade do sujeito, reforçar o poder da razão e a força do sujeito. Não obstante, o legado de dúvida que ele deixa em herança é incontornável: como podem ser entendidos os conceitos de "sujeito", "razão" e "autonomia" depois do advento da psicanálise?

Com base na *perspectiva filosófico-psicossociológica*, a razão moderna é acusada de se comportar como razão instrumental, que opera em termos de lógica da identidade. A crítica foi desencadeada por Nietzsche e será radicalizada por Horkheimer e Adorno na *Dialética do esclarecimento* e na *Dialética negativa*, e o pós-estruturalismo francês dará seguimento à tarefa.

---

[4] Cf. Wellmer, "La dialéctica de modernidad y postmodernidad", op. cit. Na exposição dessa tripla crítica à razão e ao sujeito modernos, sigo muito de perto o trabalho de Wellmer.

Para a *Dialética do esclarecimento*, o sujeito moderno transformou-se curiosamente em uma instância simultaneamente opressora e oprimida, dado que para se autoconservar e dominar a natureza externa reprime os impulsos da natureza interna, que se inclinam para a felicidade de modo anárquico. Será a razão objetivante, sistematizadora, que dominará a natureza interna, externa e social; uma razão identificadora, que faz uso do princípio de não contradição para reduzir a complexidade.

A riqueza do real nos ultrapassa e a razão encarrega-se de reprimir essa riqueza por meio do princípio fictício de contradição, com base no qual nos asseguramos de que entre duas proposições contraditórias uma será verdadeira, e outra, falsa. É justamente disso que necessita quem deseja dominar: eliminar a complexidade vital e afirmar o que existe, valendo-se de princípios absolutamente idênticos para todos. Os processos de racionalização da modernidade (burocracia, direito formal, economia moderna) serão manifestações dessa razão objetivante e unificante, que não atingiu de maneira nenhuma a emancipação pretendida, exatamente porque a razão que venceu foi aquela que busca seguranças: que deseja sistematizar, legitimar, fundamentar a partir de um pensamento identificador. Não raro, esse processo desaguou no positivismo da sociedade industrial, destruidor do sujeito e de sua relação com a natureza, criador de um individualismo próprio da cultura de massas (que não individualiza nem socializa; cria átomos homogêneos, em vez de indivíduos autônomos) e de uma democracia sem raízes. O fim de tudo isso é o pragmatismo, que proclama o triunfo da razão identificadora. A grande dificuldade consistirá, então, em criticar a razão moderna a partir dela mesma.

Por fim, *com base na análise linguística,* também se veem questionados a razão e o sujeito modernos, como razão "autotransparente" e como sujeito "constituinte de sentido", respectivamente. A partir de Wittgenstein – para fixar um momento –, vão sendo erodidas as concepções racionalistas do sujeito e da linguagem, sobretudo a ideia de que o sujeito, com suas experiências e intenções, é a fonte do significado linguístico. Ao contrário, é decisivo esclarecer a relação de significado encarnada desde sempre nos jogos de linguagem e não considerar o sujeito como autor e juiz último de suas intenções de sentido. Portanto, assim como no caso da crítica psicológica, chegamos a descobrir o "outro da razão" dentro da razão: o outro da razão não será mais as forças libidinais, e sim sistemas de significados linguísticos, formas de vida, um mundo linguisticamente desvelado.

Destruídos a partir dessa tríplice perspectiva, os mitos da razão total e do sujeito autônomo, os jovens conservadores aprestam-se a substituir esse pensamento "forte" por um pensamento débil, o sujeito autônomo por um sujeito descentrado e enfraquecido. As características do novo modo de pensar e de sentir, em contraposição com a ordem sistemática moderna, serão o fragmentarismo (Conill, 1991, cap. 7); a recusa a harmonizar o universal e o singular, optando pelo singular; a superação da ideia de fundamento (Vattimo, 1986a, p. 9-20); a aceitação do pluralismo; a indeterminação e as diferenças; o anúncio do fim das grandes narrativas como legitimadores do saber científico (Lyotard, 1984); a aceitação do caos – não do cosmos nem do progresso –; a substituição da epistemologia pela hermenêutica; a assinatura do atestado de óbito da filosofia da história. Já é tempo – dirão os jovens conservadores – de aceitar essas características como uma possibilidade positiva e de se atrever a viver "as aventuras da diferença" (Vattimo, 1986b; Conill, 1991, cap. 7).

Por seu lado, o *velho conservadorismo* rejeita a modernidade, que – como Weber expõe – supõe a destruição de uma razão substancial, a partir da qual era possível uma visão do mundo, tanto metafísica quanto religiosa. A modernidade comporta o fim das concepções globalizadoras do mundo ao separar três âmbitos de problemas: o científico-técnico, o moral e o artístico. Boa mostra disso é a filosofia kantiana, que dedica suas três *Críticas* a refletir sobre o poder e os limites da razão em três campos distintos: o científico, o prático e o estético. A razão que os une, possibilitando neles o saber, é uma razão formal – não substancial, como outrora –, motivo pelo qual se separam os problemas referentes à verdade dos conhecimentos dos problemas que concernem à correção das normas, assim como dos que dizem respeito à autenticidade das expressões. Cada um desses âmbitos fica submetido ao monopólio dos especialistas e abandona, empobrecendo-o, o mundo da vida. Em face da derrubada da razão substancial e de sua substituição por uma razão formal, os velhos conservadores recomendam o regresso a posições pré-modernas, mais próximas do senso comum.

Em uma perspectiva sociológica, essas duas propostas conservadoras certamente têm um caráter marginal. Os jovens conservadores, não obstante serem culturalmente relevantes por expressar uma nova sensibilidade[5], não apresentam uma alternativa política e econômica que venha substituir ou retificar a política e a economia inventadas por essa tão insatisfatória razão moderna. Onde está a alternativa deles para o Estado burocratizado ou para o elitismo democrático? Onde estão os novos modelos econômicos, exterminadores da exploração?

---

[5] Tomo essa expressão emprestada de Llano, 1988.

Receio que enquanto o pensar pós-moderno continuar limitando-se a expressar insatisfação sem propor modelos alternativos que superem o monoteísmo da razão instrumental e que, ao mesmo tempo, assumam os grandes benefícios que ele acarretou, não passará de uma moda cultural, útil para aqueles que saibam se servir dela, mas política, econômica e socialmente insuficiente.

E naquilo que diz respeito aos velhos conservadores, eles não deixam de ter sua força no mundo filosófico, por meio de personalidades tão poderosas quanto MacIntyre, Jonas ou Taylor, que propõem o retorno a um certo aristotelismo na intenção de recuperar a racionalidade moral e política. Mesmo assim, no mundo social e político, o velho conservadorismo ocupa uma posição marginal, porque não encontra uma base social suficiente nem um contexto político adequado. Sua oposição à democracia e à modernidade cultural os leva a serem identificados – é o que Dubiel faz – com os neofascitas, os fundamentalistas e os populistas de direita, que, apesar de terem experimentado um leve destaque nos últimos tempos, nem por isso abandonaram sua posição marginal (Dubiel, 1985)[6]. E, em nosso momento, o verdadeiro defensor do conservadorismo é o "neoconservadorismo", preconizador de uma "modernidade conservadora", porque nele a própria modernidade burguesa se tornou conservadora.

O termo "neoconservadorismo", importado dos Estados Unidos, certamente está se transformando em uma das palavras-chave para interpretar a realidade social em uma época como a nossa, que escapa aos diagnósticos de sempre e na qual, não obstante, o novo ainda não alcançou a pregnância de um novo paradigma. Se, nos anos 1970, "ingovernabilidade" e "mudança de valores" constituíam as palavras-chave, em nossos anos 1980, a tocha passou para

---

[6] Neste capítulo, faço uso reiterado do livro de Dubiel.

as mãos do termo "neoconservadorismo". Não obstante, uma das peculiaridades desses termos-chave está justamente na dificuldade de esclarecer seu significado.

Segundo sugere Dubiel, muito acertadamente, com "neoconservadorismo" não nos referimos unicamente – mesmo que também nos refiramos – a políticas econômicas, liberais, como o "thatcherismo" ou a "reaganomia", tampouco à rejeição do socialismo. Esse termo denota mais especificamente uma *doutrina da sociedade* – não uma teoria da sociedade estruturada –, que pretende resolver problemas *políticos*. Para essa doutrina, a história do Iluminismo não é a de um completo fracasso, porque das duas direções do progresso – o técnico e o moral – não se pode duvidar que a primeira pode ser computada como um fato: a economia capitalista e o desenvolvimento técnico constituem um valioso legado do Iluminismo, que nada aconselha a recusar. Trata-se, então, de repor o estado do bem-estar da democracia de massas no trilho das sociedades capitalistas liberais, sob as condições de um Estado intervencionista e social. Justamente esse empenho em restabelecer de algum modo o *statu quo ante* é que mostra a dificuldade de levar adiante semelhante empreendimento contando com a superestrutura própria do capitalismo tardio e, muito especialmente, com a perda da autoridade do sistema de valores que possibilitou o desenvolvimento do capitalismo em seus primórdios.

Com efeito, se o desenvolvimento do capitalismo foi possível graças à ajuda de um sistema moral como a ética calvinista[7], o próprio Iluminismo foi gerando uma cultura, um mundo de valores, que, em suas exigências hedonistas, inviabiliza o desenvolvimen-

---

[7] Para a discussão sobre as origens do *éthos* capitalista, cf. Chafuén, 1991; Cortina, 2002, cap. 8.

to econômico e social. É preciso voltar a proteger esse desenvolvimento, cultivando uma moral que o fomente em vez de freá-lo. Para tanto, o neoconservadorismo esboça uma complexa *proposta político-intelectual*, voltada para a defesa política de uma racionalidade liberal da sociedade ocidental, que se sente ameaçada. Para isso assume argumentos já conhecidos, aos quais confere uma forma peculiar: argumentos tomados da economia política liberal, da sociologia e da genética, da crítica positivista ao marxismo, da crítica conservadora da cultura e da teoria elitista da democracia. E com isso pretende convencer nem tanto as massas, mas as elites políticas, às quais pretende servir como paradigma orientador da ação. Por isso sua posição não é exatamente marginal na topografia social: o neoconservadorismo é representado pelas elites políticas e culturais dominantes, configurando a consciência dominante.

Nos últimos tempos (Dubiel assinala o início dos anos 1970), o neoconservadorismo pretende alcançar a *hegemonia cultural* como estratégia para conquistar o poder político, porque ele carece de legitimação e, nas condições da democracia de massas, nenhum sistema político pode se estabilizar se não puder assegurar a própria legitimidade na cultura intelectual. Seria o caso, então, de configurar a opinião das massas por meio das elites intelectuais. Quais elementos seria necessário transmitir? Qual é o ideário neoconservador?

1.2. O ideário neoconservador

O neoconservadorismo caracteriza-se fundamentalmente por aceitar a modernidade social e rejeitar os resultados aos quais a modernidade cultural chegou historicamente. Para o neoconservador, é preciso buscar as causas das crises sofridas pelas sociedades capitalistas tardias na perda de autoridade do sistema burguês de valores, mais que na economia ou no aparelho estatal. O surgimento e o desenvolvimento da sociedade capitalista produziram-se graças a uma correspondência, historicamente única, entre uma ordem econômica baseada no trabalho livre, na propriedade privada e na acumulação, por um lado, e, por outro, em uma ética econômica calvinista. Com o capitalismo, essa correspondência se rompeu, e entramos em uma era de decadência.

Curiosamente, tanto os neoconservadores como os velhos conservadores *à la* MacIntyre contemplam nosso momento como a última etapa de uma história, que teve início em uma idade de ouro e nos levou mais tarde, por conta de um "pecado", a uma situação apocalíptica, comparável à queda do Império Romano. Só que no esboço veteroconservador de MacIntyre a idade de ouro é também a idade de uma linguagem moral plena de sentido, já que os deveres morais são racionalmente exigidos por um *télos* ao qual o homem aspira e o indivíduo sabe quais *virtudes* deve incorporar para manter viva a *comunidade* na qual ele adquire sua própria identidade. A "queda" se produz no decorrer da modernidade, quando a razão deixa de perceber os fins a partir dos quais era racional exigir deveres e quando o indivíduo troca sua identidade concreta, comunitária, por essa "identidade abstrata" que lhe é conferida pelo universalismo moderno: ser sujeito de deveres e de direitos, cidadão do mundo. Só resta a falta de sentido para um mundo que carece de roteiros traçados, que é um caos e não um cosmos. A redenção exige, então, o retorno ao paraíso perdido pela modernidade: a recuperação do *télos* e da *comunidade*.

Por sua vez, o neoconservador situa a idade de ouro no início da modernidade, quando a autonomia moral do indivíduo é funcionalmente mediada pelos imperativos do mundo do trabalho, em um contexto de obediência ao Estado; quando as avaliações morais satisfazem as exigências funcionais do aparelho produtivo. Nesse caso, a redenção exige a configuração de uma ordem moral que facilite o funcionamento do sistema legado pela modernidade econômica e social (Dubiel, 1985, p. 38-9). Quais seriam as chaves do novo cosmos assim alcançado?

Essas chaves seriam sugeridas – falando de um modo muito esquemático – tanto pelo diagnóstico das crises das sociedades capitalistas tardias feitas por determinados grupos, como pelas soluções que se arbitram para mitigá-las. E é o diagnóstico e a solução o que faz com que os mencionados grupos mereçam a qualificação de "neoconservadores"; ou pelo menos assim deveria ser, se abandonássemos o funesto e capcioso costume de substantivar esses qualificativos, incorrendo na "falácia do sujeito e do predicado".

Semelhante falácia consiste em considerar certos indivíduos como conservadores – seja qual for seu modo de pensar e de agir – e outros como progressistas – seja também qual for seu modo de pensar e de agir –, quando é preciso recordar que *operari sequitur esse* [o agir decorre do ser] e não vice-versa, de modo que chegamos ao que alguém realmente é por aquilo que ele pensa e faz. Vejamos, pois, que é preciso pensar e agir para ter a reputação de neoconservador, antes de qualificar com esse adjetivo indivíduos ou grupos concretos.

É chamado de "neoconservador" aquele que atribui as crises das sociedades do capitalismo tardio a um pretenso "excesso de democracia", ao caráter disfuncional do Estado intervencionista do bem-estar, ao trabalho desestabilizador de uma "classe intelectual de esquerda" – que conforta as massas em suas exigências de autodeterminação – e à perda de autoridade do sistema burguês de valores. As receitas apropriadas para remediar uma crise desse modo diagnosticada consistiram – falando esquematicamente – em frear as ânsias de autodeterminação da cidadania, optando pelo modelo elitista de democracia, em vez do modo participativo[8]; em limitar o intervencionismo estatal, reduzindo o papel do Estado a um mínimo, que consistiria em se ocupar das obras públicas, da defesa externa e da ordem pública (ou seja, em garantir o conforto e a segurança dos cidadãos, em vez de intervir para assegurar a liberdade e a igualdade); em fortalecer a sociedade civil, entendida ao modo de Hegel e da economia clássica, como um sistema de necessidades, em que cada indivíduo é fim em si mesmo, mesmo que para realizar esse fim necessite da mediação universal; em reelaborar um mundo de valores que abrigue o liberalismo político e econômico.

Um retrato falado como o que acabamos de desenhar certamente se torna bastante inadequado quando pretendemos, com ele, nos referir a um conjunto muito vasto de pensadores. Em princípio, porque o neoconservadorismo, que é o que de momento nos importa, difere nos diversos países, como Habermas e Dubiel exemplificam ao comparar o neoconservadorismo norte-americano ao da República Federal da Alemanha (Dubiel, 1985; Habermas, 1985b, p. 30-56); em segundo lugar, porque as posições conservadoras, por serem reativas, são difíceis de definir.

Com efeito, como destaca Schnädelbach, o conservadorismo apresenta-se como uma postura reativa desde a época da Revolução Francesa, quando tenta frustrar a tentativa iluminista de estabelecer uma nova ordem, até o momento presente, quando reage contra uma pretensa "revolução cultural da esquerda" (Schnädelbach,

---

[8] Cf. cap. 9 do presente livro.

1986, p. 40-1; Lübbe, 1983b, p. 622-32). Esse caráter reativo o leva a se considerar ideologicamente neutro, comprometido unicamente em reparar as nefastas consequências provocadas pelos revolucionários. Essa aparente neutralidade ideológica semeia a desunião entre os conservadores, de modo que se torna difícil identificá-los. Além disso, ela os predispõe a aderir ao poder estabelecido para evitar os riscos com os quais os revolucionários nos confrontam. O animal heráldico dos conservadores é – segundo Schnädelbach – a coruja de Minerva, que concebe e legitima *a posteriori* o que acontece; alusão inequívoca a Hegel, à qual voltaremos posteriormente, ao confrontar a eticidade – "conservadora" – com a moralidade – "transformadora".

Por isso é que é errôneo ter a pretensão de, a partir dos traços expostos anteriormente, oferecer um retrato adequado de Bell e Von Hayek, de Berger, Marquard e Nozick. E é ainda mais errôneo atribuir a todos eles, *qua* conservadores, a defesa da vida privada diante do compromisso público e a aposta em um individualismo insolidário, em vez de solidário. Porque se é verdade que Nozick advoga um Estado mínimo, e com ele uma corrente de "libertários" anarcocapitalistas (Muguerza, 1991a, p. 153-208; Castiñeira, 1994), o mesmo não se pode dizer daqueles que, como Bell, veem na criação da comunidade e da moral cívica necessária para mantê-la uma das opções que permitirão remediar as contradições das sociedades capitalistas tardias.

Segundo minha opinião, aqueles que – como é o meu caso – acreditamos que a modernidade moral ainda não se consumou e que deve fazê-lo, não têm tempo a perder inventando inimigos aos quais chamar de "conservadores", para poder permanecer como de esquerda. A questão é, antes, detectar o motivo pelo qual os homens não podem se realizar em sua autonomia solidária e quais insatisfações têm sido semeadas pela modernidade moral em seu desenvolvimento, insatisfações que expliquem o surgimento de posturas reativas sérias e rigorosas. Nesse sentido, as posições anarcocapitalistas, defensoras da privacidade e da insolidariedade, muito pouco nos podem ensinar; mas o retorno do elitismo democrático é um sério motivo para reflexão, porque se apresenta como insuperável, se quisermos levar em conta os homens tal como são, sem cair em utopismos frustrantes[9]. Além disso, a proposta do comunitarismo, contra o universalismo abstrato da modernidade moral, não pode ser alegremente descartada – como faz Habermas – sem parar para pensar no motivo pelo qual as sociedades pós-industriais sentem falta da comunidade. Será que é porque rejeitam o universalismo moral, herança do Iluminismo?

1.3. Retorno do comunitarismo: religião civil e moral universal

Boa parte dos conservadores pré-modernos e dos neoconservadores apresenta diante dos tribunais uma acusação, entre outras, contra a modernidade moral: ter gerado um *universalismo abstrato*, que priva os indivíduos de identidade e as sociedades de coesão e de significados comuns. Como pedir aos indivíduos, com base em um universalismo desses – tanto em sua versão liberal como em sua versão socialista – que encarnem virtudes cívicas, que sacrifiquem seus desejos em proveito do grupo? Não é necessário que eles se sintam integrados à comunidade para que se possa pedir-lhes sacri-

---

[9] A meu ver, seria preciso distinguir entre *concepções democráticas* do homem e da sociedade (participativa/elitista) e os *mecanismos para realizá-las, que podem ser a representação ou a democracia direta*. Cf., para isso, García-Marzá, 1993.

fícios como esses? Visto que nas páginas anteriores já comentamos um pouco o comunitarismo pré-moderno, passaremos a nos ocupar do neoconservador, exemplificando-o em uma figura cientificamente indiscutível como a de Bell.

Segundo Habermas, Bell é um neoconservador "com reservas". "Com reservas" porque não responsabiliza uma pretensa "classe intelectual de esquerda" pelas excessivas demandas dos cidadãos; neoconservador porque atribui ao modelo moral imperante – o hedonismo, no caso – a crise das sociedades capitalistas tardias e propõe em lugar dele uma solução inclusive "pré-moderna": o retorno a alguma concepção da religião.

Com efeito, dirá Bell em *Las contradicciones culturales del capitalismo*: "As contradições que vejo no capitalismo contemporâneo derivam do afrouxamento dos fios que antigamente mantinham unidas a cultura e a economia e da influência do hedonismo, que se transformou no valor predominante da sociedade" (Bell, 1976). O hedonismo, a ideia do prazer como modo de vida, tornou-se a justificação cultural do capitalismo, quando, na realidade, contribui para destruir suas bases: para manter suas instituições, o capitalismo assumiu as legitimações de uma cultura outrora antiburguesa. Dito isso, a cultura hedonista está chegando a seu fim e beira o risco do niilismo, que Nietzsche já anunciava como consequência final do racionalismo e do cálculo. Portanto, é preciso recuperar um sistema comum de significados que abriguem o liberalismo econômico e, sobretudo, político, e Bell acredita que a solução *mais avançada* para isso é uma solução simultaneamente antiquada: retornar a alguma concepção de religião. A religião, "ao buscar significados vivos no nível mais profundo do ser, transforma-se na resposta mais avançada" (Bell, 1982, p. 163).

Contudo, para Habermas, a solução religiosa não parecerá tão avançada, e sim pré-moderna, porque tenta reconstruir os vínculos sociais contando com imagens religiosas do mundo com conteúdo, já orientadas pela modernidade. É por isso – dirá nosso autor – que os neoconservadores confundem a causa da crise com seu efeito, porque a primeira não consiste no desajuste entre economia e cultura, e sim no fato de que as relações humanas se monetarizaram e burocratizaram, transformando-se em mercadorias (Habermas, 1988, p. 53)[10]. A racionalidade estratégica, própria do sistema econômico e político, "colonizou" o mundo da vida, que deveria ser controlado pela racionalidade comunicativa. Não se trata, portanto, de ajustar uma cultura adequada ao sistema nem de regressar a vínculos pré-modernos, como seria o caso da religião. Trata-se de evitar que o modelo de racionalidade estratégica, com seus meios de controle – dinheiro e poder –, invada o mundo da vida.

De minha parte, aceitando que é o monopólio da racionalidade estratégica que cria uma profunda insatisfação nas sociedades capitalistas tardias, ao impedir a autodeterminação solidária dos indivíduos, eu gostaria de recordar a Habermas, porém, que o recurso a uma concepção da religião não é apenas pré-moderno, mas também iluminista. Outra coisa é em que consiste tal religião, se é transcendente ou unicamente imanente. Para esclarecer esse ponto, já é um lugar-comum citar Maquiavel e entrar depois no capítulo VIII do Livro IV do *Contrato social*, de Rousseau, intitulado "Da religião civil". Faremos isso resumidamente, sem esquecer que Rousseau é um pensador iluminista, não pré-moderno.

---

[10] Vai em direção parecida o trabalho de Beorlegui (1988, p. 9-32); por isso, fiel a sua vocação antropológica, ele busca uma fundamentação da ética comunicativa em "Bases antropológicas de la ética comunicativa", em VV.AA. (1989, p. 55-74).

Segundo Rousseau, ao Estado é necessário que todo cidadão tenha uma religião, que o leve a amar seus deveres cívicos. Essa necessidade ancestral era expressa no mundo antigo pelo politeísmo, quando cada comunidade equiparava o culto aos deuses com a obediência às leis do Estado e, ao lutar contra outros povos, achava que também estava lutando contra os deuses deles. Naquele tempo, a religião do indivíduo como *homem* e a religião do indivíduo como *cidadão* eram idênticas, mas o cristianismo rompeu com essa harmonia, ao convidar o *homem* a ser interiormente fiel a um Deus, Pai de todos os homens, cujo reino não é deste mundo. A religião interior, sem templos nem ritos, é a religião do Evangelho, que se estende aos deveres eternos da moral; por sua vez, a religião civil – a religião do cidadão – está limitada a um único país, considera infiéis aqueles que estão fora dele, lança mão de dogmas, de ritos e de um culto público.

Essa última forma de religião – dirá Rousseau – é benéfica porque faz dos cidadãos seres sociais e amantes da pátria; é perversa porque gera superstição e intolerância. Já a religião do homem – a religião do cristianismo evangélico – é boa porque é verdadeira, porque irmana todos os homens e cria uma sociedade indestrutível, mas, por outro lado, contraria o espírito social. E não soluciona as coisas um terceiro modo híbrido de religião que, como a religião dos lamas, dos japoneses e do cristianismo romano, segundo Rousseau, põe o indivíduo a serviço do sacerdote e do político: essa terceira forma, "evidentemente má" (Rousseau, 1986, p. 136)[11], cria uma contradição interna ao indivíduo entre o homem e o cidadão.

A solução de nosso autor será, então, defender uma religião do Estado, que obrigue os cidadãos a amar seus deveres cívicos,

---

[11] Sobre o tema da religião na obra de Rousseau, cf., entre nós, Pintor Ramos, 1982.

sem deixar de levar em conta que os dogmas dessa religião interessam ao Estado apenas na medida em que se referem à moral e aos deveres para com os demais. Haverá, portanto, "uma profissão de fé puramente civil, cujos artigos cabe ao soberano fixar não exatamente como dogmas de religião e sim como sentimentos de sociabilidade, sem os quais é impossível ser bom cidadão ou súdito fiel" (Rousseau, 1986, p. 140). Quem não acreditar em tais dogmas pode ser desterrado do Estado, não sob a acusação de ímpio, e sim de insociável, de ser "incapaz de amar sinceramente as leis, a justiça, e de, se necessário, imolar a própria vida a seu dever" (Rousseau, 1986). A religião civil torna-se, então, para Rousseau, *conditio sine qua non* de nossa competência moral enquanto cidadãos (Lübbe, 1983a, p. 81).

Com certeza, Rousseau comete um pecado de "pré-modernidade" ao exigir que os dogmas da religião civil, simples, poucos, exatos, carentes de explicações e de comentários, sejam objeto de profissão de fé obrigatória, porque uma religião civil iluminista e pós-iluminista supõe, contra o politeísmo de outrora, que o iluminismo político-religioso já se consumou e que existe liberdade religiosa, de modo que se torna intolerável forçar uma profissão de fé. A religião estatal iluminista surge exatamente com o objetivo de ordenar uma sociedade de homens capazes de optar por suas próprias crenças: só em uma sociedade pluralista tem sentido uma religião civil iluminista. Qual é esse sentido?

Em meu modo de ver, o de criar uma comunidade de significado entre os indivíduos, a partir da qual se justifique pedir-lhes os sacrifícios exigidos pela vida comum. Adquirir identidade no seio de um grupo, compartilhar com ele significados comuns confere sentido à vida e legitima a exigência de encarnar determinadas virtudes cívicas. Em minha opinião, os retornos à religião civil e à comunidade de sentido estão estreitamente ligados, e não acho que o fato de o número dos que os preconizam se multiplicar deva levar-nos a tachá-los simplesmente de nostálgicos. Temos é de indagar se a tarefa que as comunidades realizam também pode ser cumprida por uma moral universalista.

Com efeito, nas últimas páginas de *Problemas de legitimación en el capitalismo tardio*, depois de uma tentativa de mostrar como chegamos ao universalismo moral de um modo irreversível em nosso tempo, Habermas pergunta-se se uma ética linguística universalista – uma ética discursiva – poderia assegurar as identidades dos indivíduos e dos grupos no marco de uma sociedade mundial. O retrocesso das imagens religiosas do mundo com conteúdo parece ter privado os indivíduos de sentido e de orientação para a ação, afundando-os na anomia. Mesmo assim, o sentido ainda é para o indivíduo mais valioso que a felicidade. Temos de renunciar a ele quando as religiões tradicionais deixam de ser fonte de sentido e de orientação da ação para as sociedades? A ética discursiva, diferentemente de outras éticas mais pretensiosas[12], sabe-se incapaz de realizar boa parte da tarefa levada a cabo pelas religiões tradicionais: sabe-se incapaz de redimir as culpas, de enxugar o pranto, de sanar as dores, de vencer a morte. Mas pode, pelo menos, ser doadora de identidade e de sentido? (Habermas, 1974, p. 142-5; Cortina, 1985, p. 186ss.). Essa pergunta, há tanto tempo aberta, ainda não recebeu resposta. Enquanto isso, o comunitarismo pretende dar sua própria solução ao problema.

Realmente, como aponta Giner, mesmo no caso de Rousseau, a religião civil apresenta-se como um *substrato credencial comum*, que

---

[12] Refiro-me às éticas da compaixão, que curiosamente pretendem atribuir à ética tarefas que competem a uma religião transcendente.

pretende conferir realidade à vontade geral, chave de sua doutrina política[13]. Em princípio, Rousseau acreditaria que o conjunto de homens livres, heterogêneos, seria capaz de gerar a vontade geral e, não obstante, ao final perceberia que um semelhante conjunto provoca apenas uma variedade de interpretações e de decisões: justamente por causa do objetivo de legitimar sua *politeía*, Rousseau teve de recorrer a uma religião do cidadão, não do homem; a uma religião mais mundana que transcendente.

Acho que é nessa linha que se inscreve a proposta de Bell, convicto de que é necessário "um vínculo transcendente que una suficientemente os indivíduos, para que eles sejam capazes, quando preciso, de fazer os necessários sacrifícios de seu egoísmo" (Bell, 1982, p. 263). Porque o liberalismo, em seu desenvolvimento, situou os indivíduos em uma contradição: por um lado, gerou um *individualismo*, baseado nos desejos – não nas necessidades –, que só pode desembocar no egoísmo. Por outro, a ordem política democrática, de configuração também liberal, exige cada vez mais *responsabilidade* social. A solução estaria na defesa do liberalismo econômico, renegando, porém, a busca de satisfações burguesas como carente de fundamento moral e advogando-se a necessidade de bens públicos, na defesa do liberalismo político – mas utilizando como árbitro não o mercado, e sim *o lugar público*. O lugar público abarca o lar doméstico e a economia de mercado e utiliza os mecanismos do mercado no marco explícito dos objetivos sociais: se a natureza de um lar consiste em ter coisas em comum, a do lugar público consiste em satisfazer as necessidades comuns.

---

[13] Cf. Giner, 1991, p. 357-87. A seguir, utilizo esse trabalho reiteradamente. Cf., do mesmo autor, sobre esse ponto: "La consagración de lo profano", 1987, p. 169-88.

A única base sobre a qual uma sociedade pode sobreviver é o fortalecimento de seu caráter comunitário, que exige reafirmar seu passado, reconhecer os limites dos recursos e a prioridade das necessidades sobre os desejos e compartilhar uma concepção da equidade que dê às pessoas a sensação de justiça e de integração na sociedade. Caso contrário, falta a consciência de que existe uma vontade comum. A religião tem um papel indiscutível nessa aspiração integradora.

A religião do cidadão pode ser entendida como o conjunto de elementos de uma cultura religiosa, que se integra ao sistema político e, portanto, não fica na órbita das comunidades religiosas – antes, vincula os cidadãos à comunidade política, conferindo-lhes legitimidade (Lübbe, 1983a, p. 80); ou então, ao contrário, como um processo de sacralização de traços da vida comunitária, que se plasma em rituais públicos, liturgias cívicas ou políticas, para conferir poder a uma coletividade e reforçar sua identidade, atribuindo-lhe transcendência ao atribuir carga numinosa a seus símbolos e carga épica a sua história (Giner, 1991). Se o recurso a Deus na constituição ou nos discursos políticos viria a fazer parte do primeiro modo de entender a religião civil, as procissões cívicas – como a de 9 de outubro em minha comunidade autônoma –, a sacralização de uma batalha – a tomada de Valência por Jaime, o Conquistador, a batalha de Almansa –, a santificação de uma pretensa vontade popular, a deificação do "povo" – ou da raça – e o esforço em atribuir à regra das maiorias o papel da voz de Deus passariam a fazer parte do segundo modo de entender a religião civil.

Mas nem sempre – nem principalmente – a religião civil significa o retorno de certos elementos da religião transcendente como vínculo social, como pretendem alguns crentes nostálgicos de velhas glórias confessionais, e sim a sacralização, a atribuição de uma transcendência que carece de elementos comunitários, por natureza imanentes, para reforçar o sentimento de comunidade. Nesse ponto, os mestres são os nacionalismos, que sacralizam uma história convenientemente interpretada, e também datas, folclore, línguas, além de todos aqueles que, conscientes da desigualdade reinante nas sociedades democráticas, reclamam a resignação de todos os cidadãos, dado o caráter sagrado – transcendente – da constituição, da vontade do povo ou da regra das maiorias. Esse procedimento sacralizador do profano busca insistentemente tecer uma *vontade comum* em uma *comunidade de desiguais*. Como pedir algo além de resignação e até mesmo participação àqueles que, na realidade, são tratados como desiguais?

Chegados a esse ponto, eu gostaria de recordar a *falácia* à qual já aludi, a *falácia do sujeito e do predicado*. Porque, se recorrer a uma religião civil para integrar comunitariamente os indivíduos é um procedimento neoconservador, também devem ser chamados de neoconservadores aqueles que sacralizam nos discursos as constituições democráticas, as vontades populares, as maiorias, quando na realidade mantêm a desigualdade social no mesmo patamar em que está. Por isso, eu pediria aos políticos que se querem progressistas que sejam administradores da justiça e não sacerdotes de uma religião secular[14]: nisso se conhecerá seu empenho pelo progresso.

E, voltando à comparação entre religião civil e transcendente, é preciso lembrar que, na religião transcendente, subsiste sempre um âmbito de mistério, de verdade, de salvação, que escapa ao poder mundano, enquanto a religião civil se limita a alimentá-lo (Giner, 1991). Por isso, o fiel de uma religião transcendente e o fiel de uma

---

[14] Para esse ponto, cf. também o cap. 10, tópico 4, desta obra: "Política como gestão, não como religião secularizada".

religião civil veem-se submetidos a tensões distintas, se querem viver de acordo com sua fé. O primeiro, se não se contentar em fazer de sua religião uma relação interna exclusiva com Deus e se tentar colaborar com a transformação da realidade social, terá de manter o difícil equilíbrio de não *reduzir* a religião a uma religião civil, legitimadora de determinado projeto, sem com isso se eximir do compromisso com projetos determinados. O "crente civil", por sua vez, também se encontra – como pontuado por Bell – diante da grande contradição ético-religiosa das sociedades pós-industriais: apesar de só uma religião civil ter condições de nos devolver o vínculo comunitário e, com ele, o sentido e a identidade, "ser exclusivamente paroquial é ser sectário e perder os vínculos com outros homens, outros conhecimentos, outras fés"; enquanto a ética liberal – poderíamos dizer a ética universalista – nos abre ao universo, à humanidade, "ser apenas cosmopolita é carecer de raízes" (Bell, 1982, p. 164).

Nessa tensão, sociologicamente considerada neste tópico, o neoconservadorismo opta pelo arraigamento, pela *civitas*, mesmo com o risco de cair no paroquialismo; a modernidade crítica, pelo menos por enquanto, opta pelo universalismo, pela *humanitas*, mesmo com o risco de desarraigamento. Essa tensão sociológica tem seu similar filosófico no debate que opõe neoaristotélicos e neo-hegelianos aos neokantianos; os partidários da eticidade hegeliana aos defensores da moralidade kantiana. Passaremos a nos ocupar desse debate filosófico.

2. De Platão a Aristóteles. Da utopia à tradição

O adjetivo "neoaristotélico" tem, sem dúvida, uma longa tradição que remonta, pelo menos, à escolástica e se estende hoje a filósofos tão relevantes quanto MacIntyre. Contudo, o problema consiste em decidir o que hoje se quer dizer com esse adjetivo ao designar uma corrente de filosofia prática, que de algum modo volta à cena social com a recompilação de trabalhos editada por Riedel sob o título de *Rehabilitierung der praktischen Philosophie* (Riedel [org.], 1972-4). Essa corrente não somente vincula a reabilitação da filosofia prática ao ressurgimento de Aristóteles, como também – e aqui está a sua peculiaridade – ao neoconservadorismo. Para esclarecer esse extremo, é útil recorrer, com Schnädelbach, ao procedimento ideal--típico de comparar o pensamento de Platão com o pensamento de Aristóteles, que esclarece a relação Kant-Hegel, modernidade crítica-neoconservadorismo. Segundo Schnädelbach, são três os pares de conceitos nos quais deveríamos nos concentrar para estabelecer a comparação: teoria/práxis, práxis/*poíesis,* ética/*éthos*; não obstante, só o terceiro seria verdadeiramente explicativo do neoaristotelismo e, por isso, é à sua análise que vamos nos restringir[15].

Com efeito, para um aristotélico, o ponto de partida da filosofia prática é sempre um *éthos* já vivido, um determinado *caráter* individual e comunitário, no qual o saber prático se insere. O raciocínio prático não se move em um mundo de ideias, separado de nosso mundo contingente, nem se sustenta em um imperativo formal, como se fosse possível refletir moralmente partindo do zero. O raciocínio prático pertence sempre a um *contexto* vital, do qual não se pode desligar. Por isso, o ponto de partida da reflexão há de ser sempre a *experiência hermenêutica*, que não pode ser confundida com a experiência empirista pelo fato de estar ancorada nas instituições e na tradição[16].

---

[15] Cf. Schnädelbach, 1986, trabalho de que farei uso reiteradamente nesse ponto. Cf. ainda Pleines, 1989, p. 133-57.

[16] Para a ética hermenêutica, cf. Gadamer, 1975; 1967b, p. 176-91; 1967a, p. 205-17; Gadamer *apud* Riedel, 1974, p. 325-34; Pöggeler (org.), 1972, p. 45-81; Nabert, 1943, com prólogo de Ricoeur; Ricoeur, 1978, p. 175-92; Kockelmans *apud* Kuhlmann e Böhler, 1982, p. 649-84; Gómez Heras, 2000; Conill, 2006b.

O eticista neoaristotélico entende, pois, que o *éthos* individual e comunitário é o lugar do raciocínio prático, lugar do qual não se pode escapar mediante critérios que o transcendam. Por isso fixa sua meta em conservar esse *éthos* e em transformá-lo e aperfeiçoá-lo por meio da ética. O conservadorismo desse conceito de ética se mostrará – se é que se pode falar assim – em duas de suas consequências políticas de maior destaque: a *crítica das utopias* e a *rejeição das fundamentações éticas últimas*.

Na tradição aristotélica, a crítica ao "para além" prático, à orientação rumo a um bem ideal funda-se na convicção de que o bom está no mundo. A ação não pode ser entendida, então, como produção de um mais além em um mais aquém, de um dever ser que ainda não é, no mundo do ser, exceto como realização de possibilidades reais.

É certo que o neoaristotelismo moderno introduz a razão na história, de modo que o *éthos* não é pensado estaticamente, e sim como *resultado* do processo histórico. Não obstante, isso não significa abjurar do antiutopismo, porque, para o aristotélico, mesmo que o *éthos* vivido seja resultado da história, nem por isso é resultado do desdobramento de um sujeito da história. Esse sujeito não existe. Não se tem – e nisso o neoaristotélico se diferencia do neo-hegeliano – uma filosofia da história. Mesmo que um e outro concordem em adotar o *éthos* no qual se cristaliza a história como ponto de partida da ética e o aperfeiçoamento desse *éthos* como ponto de chegada, os neoaristotélicos negam que uma filosofia da história possa nos assegurar um final feliz. Por isso é que eles se veem obrigados a se aferrar à tradição, à experiência prática já acumulada: para o neoaristotélico, o tradicionalismo é quase inevitável (Schnädelbach, 1986, p. 52).

Por outro lado, o neoaristotelismo rejeita todo e qualquer *fundamento* normativo da ação que se pretenda independente da realidade prática. O conceito de fundamentação é aqui radicalmente distinto do conceito moderno: as fundamentações têm de ser indicações e argumentos dirigidos hermeneuticamente, cuja meta consiste sobretudo em alcançar o acordo com o *éthos* correspondente já vivido. Porque um dos grandes defeitos do imperativo kantiano consiste em acreditar que podemos começar a refletir sobre a experiência moral e extrair conclusões sobre elementos *a priori* do conhecimento, sem levar em consideração que, antes de nos compreendermos a nós mesmos na reflexão, já estamos nos compreendendo na família, na sociedade e no Estado em que vivemos. Os pré-conceitos do indivíduo são muitos mais que seus conceitos: são a realidade histórica de seu ser (Gadamer, 1977, p. 344).

A *tradição* surge para o Iluminismo como a contrapartida da *autodeterminação*, porque não exige fundamentos racionais, antes se impõe silenciosamente. Apesar disso, na visão dos hermeneutas, não há por que haver contradição entre tradição e razão: encontramo-nos desde sempre em tradições que são algo de próprio; a tradição é um momento da liberdade e da história que precisa ser afirmado, assumido, cultivado. Desse reconhecimento, infere-se que o ponto de partida da reflexão ética é – seguindo Hegel – a *substância ética* e um conceito ampliado de experiência, diferente do conceito de experiência experimental das ciências[17].

A expressão "substância ética" remete-nos ao *éthos* concreto de quem age moralmente e ao da comunidade a que pertence, que se exprime em usos, normas e leis. Para dar significado às leis, um

---

[17] Cf. Conill, "Hacia una antropología de la experiencia", em *El enigma del animal fantástico*, e *Ética hermenéutica*, 2006b.

indivíduo define a substância concreta da vida social. Tais leis são reais – não abstratas –, e o indivíduo só se realiza em sentido pleno quando encontra seu verdadeiro conteúdo universal *na* e *com a* ordem ética de sua sociedade. De modo que ele pode criticar alguns aspectos específicos dessa sociedade, mas nunca – como pretendem os kantianos – questioná-la por inteiro. É por isso que Hegel fala de uma "reconciliação com a realidade". Por isso – dirá Marquard – o discurso iluminista da "publicidade raciocinadora" se demonstra perigoso, sendo preciso abandoná-lo, deixando unicamente o discurso parlamentar, que legitima normas segundo a divisa neo-hobbesiana *auctoritas, non veritas facit legem*, e o discurso hermenêutico "literalizado", que se situa sob a divisa *originalitas, non veritas facit interpretationem*. É que – para Marquard – até agora os filósofos se dedicaram a transformar o mundo, e já é hora de respeitá-lo (Marquard *apud* Stierle e Warnung, 1984, p. 29-44; Apel, 1988a, p. 154-78).

3. "Progresso", afinal? De Hegel a Kant

Para neoaristotélicos e neo-hegelianos, as fundamentações últimas estão, então, excluídas. Não apenas porque uma fundamentação que pretenda transcender um *éthos* concreto e questioná-lo carece de sentido, mas também porque semelhante modo de proceder seria *imoral*. E, curiosamente, aqui se produz uma feliz coincidência entre os contendentes de nossa disputa, porque ambos se acusam reciprocamente de *imoralidade*.

Com efeito, os kantianos consideram imoral uma ética que se conforma com o *éthos* vivido, que não o questiona, que apenas formula imperativos hipotéticos e regras de prudência, voltados para alcançar uma vida boa. E não porque desconfiem dos projetos da felicidade ou da eficácia da prudência, e sim porque veem nesse ater-se ao *éthos* concreto uma atitude regressiva.

Seguramente, no desenvolvimento filogenético da consciência moral, o estágio atual se situa no nível pós-convencional. E isso significa que já ultrapassamos aquele nível – convencional – no qual o certo consistia em agir segundo as normas da própria comunidade. Diferentemente do nível convencional, a consciência moral situada no pós-convencional distingue as *normas* da própria comunidade – morais, jurídicas, políticas, sociais ou religiosas – dos *princípios* éticos formais que nos permitem distinguir as normas corretas das incorretas. O princípio kantiano da autonomia da vontade ou o princípio da ética discursiva obriga os indivíduos a *dissentir* das normas vigentes, quando elas não se verificam como legitimadas por eles, e a confirmá-las quando estão em conformidade com eles.

Em meu modo de ver, a única justificação moral do dissenso, que tanto agrada a meu querido amigo Javier Muguerza (1991a, especialmente a parte III), repousa em princípios a partir dos quais o indivíduo se sabe legitimado para fazer juízo das normas de sua comunidade.

E é essa liberdade do indivíduo diante do *éthos* vivido que convida os hegelianos a tachar os kantianos de imorais. Os kantianos parecem esboçar um universo newtoniano, sem caminhos institucionalmente tratados, sem mapas morais das avenidas; um universo no qual os indivíduos, a sós com seus princípios formais, a sós com a bússola do imperativo, veem-se constantemente obrigados a traçar caminhos. E é verdade que os filósofos morais hão de construir bússolas e ensinar a manejá-las, mas sua tarefa primária consiste em informar os caminhos já traçados, as veredas já transitadas.

Dirá Bien: "Acho que aquele que queira fazer as pessoas saberem que os caminhos já não servem e que se carece de uma bússola age irresponsavelmente"[18].

A ética da eticidade supõe um mundo no qual já confiamos, de modo que só em casos limite é preciso utilizar a bússola, enquanto os kantianos fazem dos casos limite casos normais. Como não recordar aqui a crítica de Gehlen a uma cultura da autodeterminação e da autorrealização, que veio substituir a cultura da regulação, possibilitada pelas instituições? (Gehlen, 1956; 1957)[19]. Como não recordar também as tentativas de Schmitt e Forsthoff de liberar a política de qualificações morais?

A priori, uma moral universalista carece de limites, dado que a partir do imperativo categórico tudo pode ser posto em questão; portanto, também a ação política se vê subordinada ao juízo moral. Mas essa moralização do mundo político pode favorecer atitudes terroristas, porque o terrorista, que se autocompreende como defensor último da justiça, vai querer realizar a liberdade por meio da violência direta: apelando a princípios universais, praticará o "terror da virtude" (Lübbe *apud* Oelmüller, 1978, p. 126-39; Marquard *apud* Oelmüller, 1979, p. 332-42; Marquard *apud* Stierle e Warnung, 1984)[20].

Isso explicará, parcialmente, a prevenção do neoconservador diante do "ponto de vista moral", que pode se tornar destru-

---

[18] Cf. Bien, *Podiumsdiskussion*, mantida com Apel e Bubner por ocasião do Hegelkongress sobre *Moralität und Sittlichkeit*, em Zurique, 1986.

[19] Nesse contexto, não é de estranhar que o neoconservadorismo tenha aceitado a teoria tecnocrática, a ponto de Dubiel qualificá-la como "conservadorismo tecnocrático defensivo", aludindo especialmente a Schelsky, Freyer e Gehlen. Cf. Dubiel, 1985, p. 120ss.

[20] É curioso que González Vicén considere precisamente que o kantismo é incapaz de legitimar o terrorismo da virtude. Cf. "La obediencia al derecho", em *Estudios de Filosofía del Derecho*, 1979; "La obediencia al derecho. Una anticrítica", 1985a, p. 101-5.

tivo para as instituições. Por isso, mais que prover kantianamente os *homens* com uma bússola ética a partir da qual eles possam discernir pessoalmente, é necessário fazer deles obedientes "cidadãos de um Estado com boas leis", inculcando-lhes virtudes comunitárias, que se tornem costumes (Hegel, *Princípios de filosofía del derecho*, parágrafos 151 e 153). Em face da *bússola crítica*, manejável por todo homem, o *costume acrítico* do cidadão previne contra qualquer questionamento do *éthos* existente. E a isso o kantiano replicará que privar os homens do discernimento é destruir o moral, tanto mais quando se sabe que diante de situações novas o costume é impotente, ao passo que a bússola permite traçar caminhos novos moralmente legitimados.

E – veja você por quais caminhos – ficou comprovado que o verdadeiramente "progressista" não é abandonar fundamentações e princípios éticos em prol de uma humilde redução ao *éthos* concreto, ao contexto particular, como se houvesse algo mais à medida humana que a pretensão "sobre-humana" de transcender o contexto. Ficou comprovado que o temível para aqueles que, apoiados nas instituições existentes, repudiam toda crítica como mal-intencionada ou utópica, é Kant, e não Hegel: é o kantismo dos princípios que, descobertos no *éthos concreto*, o transcendem, deixando nas mãos dos homens a bússola a partir da qual *discernir*. Bússola que só leva à prática do terror quando faz falta[21] e que permite aos homens formar um juízo a partir do qual assentir ou dissentir de um modo autônomo. Essa *autonomia pessoal* do juízo e da ação é a chave da "moralidade" kantiana, que mantém sempre desperta a capacidade *pessoal* de crítica. Hegel tentou dar-lhe um solo firme nas institui-

---

[21] Afinal de contas, Kant rejeitou o direito de resistência, cf. 1989, VI, p. 318ss.; Muguerza, 1986, p. 27ss.; Cortina, 1987, p. 111-20; 1989c, p. LIIISS. Para uma transformação dialógica da bússola kantiana, cf. Siruana, 2003.

ções, superando-as na "eticidade", e não deve ter tido grande êxito, dado que os sucessores de um e de outro continuam a se enfrentar. Talvez a verdade do direito formal e da moralidade não seja a eticidade – talvez ainda tenhamos de buscar um "quarto" que, com sorte, seja a verdade de todos eles.

4. Para além da eticidade e da moralidade. Entre o Eu e o Nós

Atualmente, o enfrentamento entre neoaristotélicos/neo-hegelianos e neokantianos costuma se dar sob a bandeira dos termos aos quais Hegel deu um determinado significado, dentro do processo do desenvolvimento do Espírito: *moralidade* e *eticidade*. Hegel usou esses termos justamente como conceitos-chave em sua crítica à ética kantiana. Não obstante, antes de recorrer à caracterização hegeliana, teremos de reconhecer que eles, hoje em dia, são objeto de diferentes acepções. Cinco são as acepções propostas por Bien, a saber: 1) Moralidade e eticidade podem ser definidas de um modo abstrato, como faz Hegel nos parágrafos correspondentes da *Enciclopédia das ciências filosóficas* e dos *Princípios da filosofia do direito*; 2) Tais termos podem ser tomados, respectivamente, como interpretação da ética kantiana e da ética aristotélica, que é a acepção assumida por Bien[22]; 3) Com eles, podemos referir-nos à conduta, em uma situação concreta, de um sujeito que ou se atém ao moral, ou se atém ao legal; 4) Também podemos entender por "eticidade" as éticas que se ocupam da vida boa e por "moralidade" aquelas que se veem às voltas com o agir correto; 5) Por último, a distinção entre eticidade e moralidade pode ser utilizada para traçar ti-

---

[22] Bien, *Podiumdiskussion*, citada na nota 43 deste capítulo.

pologicamente as fronteiras entre uma ética de deveres concretos e de bens, por um lado, e uma ética de normas, por outro; uma ética material, teleológica e utilitarista, e uma ética deontológica, formal, universalista.

Não se pode duvidar de que a polêmica entre a moralidade e a eticidade foi, quando menos, entendida a partir dessas perspectivas, mas é bom que retornemos à caracterização hegeliana, se quisermos averiguar até que ponto Hegel superou Kant[23].

Hegel entende por *"moralidade"* o ponto de vista a partir do qual se há de conceber um indivíduo como sujeito livre e capaz de autolegislação racional. Para isso é necessário pagar um alto preço: separar o "ser da subjetividade racional" – limitado à pura interioridade do indivíduo – da realidade exterior, que carece por isso de razão. Nessa realidade, estão incluídos o meio natural e o meio social do agente, assim como suas ações e consequências. Da moralidade surgirão, no entender de Hegel, tanto um conceito inadequado de razão prática subjetiva como um conceito de realidade exterior, e ainda um conceito inadequado da relação entre ambas.

A *razão prática subjetiva* apresenta-se como razão pura interior, radical, rigorosa, abstrata, vazia e, portanto, impotente. A *realidade exterior*, da qual o indivíduo faz parte, apresenta-se como carente de razão, indiferente à razão, a-histórica e sempre distanciada na medida mesma da realização das exigências da razão. O conceito de realização entre ambas é, no caso da moralidade, inadequado, porque impede a elaboração do conceito de razão prática.

---

[23] Cf. Hegel, *Principios de filosofía del derecho*, especialmente os parágrafos 33, 41, 104, 141 e 142; Kuhlmann, 1986, p. 7ss., obra à qual, a seguir, recorrerei reiteradamente. A filosofia hegeliana do direito mereceu uma atenção especial entre nós, atenção de que são mostra os trabalhos de López Calera, 1973; López Calera, 1976, p. 517-25; C. Díaz, 1987a; Valcárcel, 1988; Amengual, 1987, p. 207-15; Amengual, 1989a; p. 107-21; Amengual, 2001; Amengual (org.), 1989b.

A razão prática tem de se realizar na realidade, mas a razão subjetiva se encontra, na moralidade, confrontada com uma objetividade exterior indiferente, o que impossibilita a passagem das exigências impotentes da razão subjetiva para a objetividade externa indiferente. Com isso o abismo entre o dever ser e o ser permanece aberto.

Certamente, a concepção kantiana da razão prática supõe, segundo Hegel, uma ideia de atuação racional distinta da que é preconizada por Hobbes, dado que não identifica o bem com o interesse nem a razão com o cálculo. Por isso, pretende Hegel reconstruir a ideia clássica de uma ordem racional objetiva universal, mas contando com a autonomia do sujeito, que é preciso reconhecer sem restrição. Não obstante, dadas as características do ponto de vista moral kantiano, é necessário elaborar um conceito de liberdade que permita não apenas deduzir os conteúdos concretos de atuação, como também superar a ideia de uma sociedade que é reflexo de interesses particulares em luta constante (Álvarez *apud* Flórez e Álvarez, 1982, p. 171-201, especialmente p. 197ss.).

Hegel chamará de *eticidade* a perspectiva a partir da qual a razão prática não é considerada subjetiva – bloqueada no interior do indivíduo, como uma exigência impotente, em confronto com a realidade exterior –, e sim como uma razão historicamente realizada na exterioridade; como um princípio que se tornou real nos costumes, nas instituições, nas formas de vida, como "ser ético objetivo" (Hegel, *Princípios de filosofía del derecho*, parágrafo 141; Kuhlmann, 1986, p. 7-8).

Não se trata, então, de anular a autonomia do sujeito, dissolvendo-a na comunidade, mas sim de realizá-la na realidade exterior, algo impossível para a moralidade interiorista kantiana. Ocorre que, para isso, é imprescindível transformar a filosofia transcendental da subjetividade em uma filosofia transcendental da intersubjetividade, em suma, transitar "do Eu para o Nós"[24], porque para que um sujeito se reconheça a si mesmo como pessoa, como sujeito de deveres concretos e de virtudes, faz-se necessário o reconhecimento de outros sujeitos no seio de uma comunidade.

E é nesse sentido que Hösle, entre outros hegelianos, propõe levar adiante em nosso tempo a dialética das posições filosóficas, que nos leva de um estágio *crítico-abstrato* a um estágio *ético-concreto*, de Sócrates a Platão e Aristóteles, de Kant a Hegel. Do mesmo modo que na *politeía* platônica foi superado o princípio crítico do *lógos* socrático e, na filosofia hegeliana do direito, o princípio crítico formal de Kant, atualmente é preciso superar o ponto de vista da moralidade pós-kantiana em um estágio ético, no qual se produza a síntese de subjetividade e objetividade, em um conceito de eticidade substancial, que não suponha o retorno a um aristotelismo da "eticidade substancial ingênua", estranha ao princípio moral kantiano e aos princípios formais da moral pós-convencional (Hösle apud Kuhlmann, 1986, p. 136-82; Hösle, 1984). Ao contrário, esse conceito de eticidade substancial plasmaria na exterioridade o princípio moral pós-convencional da pragmática formal que, além de *crítico* e *reflexivo*, como o kantiano, ordena realizar a *intersubjetividade*: o *nós universal*.

Certamente, éticas kantianas, como a discursiva (expressão ética da pragmática transcendental e universal), tentam defender-se das críticas dirigidas por Hegel a Kant, rejeitando os dois mundos – numênico e fenomênico – introduzidos pelo último. Todavia, pelo

---

[24] Com essa expressão, aludo especialmente ao livro de Valls Plana, *Del yo al nosotros*, 1971.

fato de serem kantianas, continuam a ser alvo de objeções como as seguintes: são *formalistas*, visto que separam forma e conteúdo (Hösle, 1986, p. 138; Hegel, *Princípios de filosofía del derecho*, parágrafo 135 acrescentado), de modo que só o procedimento formal é fundamentado, enquanto as normas materiais concretas dependem de discursos, na realidade, fáticos. Incorrem em *abstracionismo deontológico*, ao separar nas questões práticas as normativas, acessíveis à discussão racional, e as avaliativas, não suscetíveis de fundamentação racional; como se fosse possível conceber a justiça e a correção sem pressupostos materiais ou sem o esboço de uma vida boa. Pecam também por *universalismo abstrato*, visto que seu *lógos* dialógico transcende os contextos e práxis concretos. E sofrem de *impotência do mero dever*, já que o princípio ético não esclarece como aplicar os princípios morais. Aqui, nem a prudência aristotélica nem o juízo reflexionante kantiano podem fechar o abismo entre o princípio formal e as situações concretas.

Contudo, além disso, se Kant empenhou seu esforço em uma filosofia transcendental da subjetividade, a ética discursiva pretende ter assumido essa necessidade – à qual aludíamos antes – de um *reconhecimento recíproco* para que um sujeito possa até mesmo compreender-se a si mesmo como pessoa, atingindo uma *filosofia transcendental da intersubjetividade*, nos passos de Hegel e de Mead. Se em Kant um sujeito monológico tenta comprovar quais normas valerão universalmente, na pragmática transcendental e universal, uma comunidade de diálogo será aquela que realizar essa comprovação. A passagem do Eu ao Nós, do sujeito monológico à comunidade universal de diálogo, está dada. Se com essa transformação será possível continuar a manter a *autonomia pessoal*, isso é algo que veremos adiante, mas o certo mesmo é que aqui se pretende ter realizado Kant, superando-o, na medida em que o conceito de vontade racional – do "que todos poderiam querer" – se plasma em um diálogo potencialmente universal.

É contra esse ponto que se volta a mais fina crítica de alguns hegelianos, como Hösle: o que Hegel tentou fazer foi exatamente transformar a filosofia transcendental kantiana da subjetividade em uma filosofia transcendental da intersubjetividade, assegurando-a por meio de uma teoria das instituições, que deve ser interpretada como fim em si mesma e "cuja superação em um futuro utópico não apenas seria impossível, como indesejável" (Hösle, 1986, p. 142). É por isso que a pragmática transcendental e universal supõe um retrocesso com relação a Hegel e exatamente no ponto que constitui sua meta: a filosofia da intersubjetividade. Ela só conferiria estabilidade e dignidade se fosse capaz de plasmar a intersubjetividade nas instituições.

Ao que tudo indica, parece ter sido isso o que Hegel pretendeu. Por isso – é o que dirá Hösle – não se pode entender a parte III das *Grundlinien* – "A eticidade" – como descrição de um *éthos* fático, e sim como uma *doutrina normativa* das instituições, que aperfeiçoa as determinações abstratas do direito civil e penal da primeira parte e os princípios morais da segunda, concebendo sua realização. A parte III pretende esboçar como obrigatória uma determinada forma de convivência entre homens e mulheres (a monogamia), uma forma de ordenamento econômico (economia de mercado, baseada nos princípios da divisão do trabalho e da igualdade jurídica formal, exposta a intervenções estatais) e uma determinada forma de Estado (a monarquia constitucional) (Hösle, 1986).

Todavia, é possível conservar o princípio universalista da Moralidade em um *éthos* concreto que, além de se realizar historicamente, pretende ter um caráter normativo? Um princípio ético pode continuar sendo *crítico* se se encarnar em um *éthos* concreto, identificando-se com ele? Receio que Hegel não tenha conseguido superar a Moralidade, *conservando-a*, porque não há uma única teoria racional das instituições, tampouco um *éthos* privilegiado, que os demais devam imitar. Os princípios éticos não podem *sujeitar-se* a nenhum deles, mesmo que, na qualidade de críticos, pareçam terroristas.

Por isso o formalismo – ou instrumentalismo – continua vigente depois de Hegel, opondo ao *conformismo* dos substancialistas a possibilidade de uma revisão formal constante. Passar do homem socrático para a *pólis* platônico-aristotélica, da pessoa kantiana para a eticidade hegeliana, da comunidade ideal de diálogo para uma comunidade política concreta não significa realizar o princípio do *lógos* socrático, da *autonomia* da vontade ou o da *participação* discursiva, e sim recortá-los, conformando-se no final das contas com o que existe. Opção muito do agrado dos conservadores, que resistem a permitir que a razão moral meça a atividade política.

É claro que se abrem alguns caminhos, tentando mediar a oposição entre o *conformismo material* e o *revisionismo formal*. Nesse sentido, Taylor, inclinado à proposta de MacIntyre de uma "ética de bens", considera que "o erro do racionalismo moderno consiste em aceitar que o pensamento ligado à práxis vital tem de permanecer inevitavelmente prisioneiro do *statu quo*, que nosso juízo moral só pode ser crítico ao preço de sua independência dos contextos práticos de ação"[25]. Pelo contrário, Taylor acha que essa pretensão de independência é um dos *bens* aos quais nossa civilização aspira, de

---

[25] Cf. Taylor *apud* Kuhlmann, 1986a, p. 130. Cf. também o tópico 2.6 da presente obra.

modo que, na base de uma ética instrumental, há sempre uma ética de bens. Acontece que esses bens nem sempre são imanentes às práxis, como quer MacIntyre, mas também, em determinadas ocasiões, *transcendentes* a elas.

Nessa linha, seria possível superar a oposição entre éticas de regras e de bens, revisionistas e conformistas, por meio de uma *ética dos bens transcendentes à práxis*, que consistiria essencialmente no seguinte: vivemos práticas às quais determinados bens são imanentes, mas alguns deles transcendem nossas práticas vitais e nos permitem distanciar-nos delas, rechaçá-las ou confirmá-las. Portanto, a partir de uma ética material – já que, em última medida, todas as éticas o são – transcenderíamos uma práxis dada e poderíamos questioná-la. Essa seria, então, uma proposta "substancialista" de ir além da moralidade e da eticidade.

Por seu lado, a proposta "procedimentalista" de transcender tais momentos consistiria ou em deixar em mãos do direito e da política a elaboração de teorias adequadas das instituições (na linha de Habermas), ou em solicitá-la da ética aplicada, na linha de Apel (Apel, 1988b; Cortina, 1993; Martínez Navarro, 2000; Cortina e García-Marzá [orgs.], 2003; Conill, 2004b; García-Marzá, 2004; Lozano, 2004; Conill e Gozálvez [orgs.], 2004a). Uma das vertentes possíveis da ética aplicada é – como dissemos – a *ética política*, que tentará discernir como realizar na vida pública o princípio da autonomia da vontade ou da ética discursiva. Em nossos dias, aqui se inseriria uma teoria da democracia participativa (Cortina, 1993, cap. 7).

Todavia, em sua tarefa de aplicação, nossa ética não pode reclamar o universalismo que caracteriza sua vertente fundamentadora, exatamente porque tem a ver com contextos concretos e não existe uma teoria única das instituições, uma legislação jurídica racional única, uma forma concreta racional de governo única. Só podemos exigir de qualquer uma delas que proponha procedimentos tais para a tomada de decisões que todos os envolvidos por elas se saibam decisivos para o resultado final.

Esse princípio ético crítico prolonga o princípio moderno da autonomia da vontade. Seu quase inexistente exercício é a causa da insatisfação nas sociedades do Ocidente e do Oriente, não seu exercício excessivo. Porque já faz parte de nossa consciência pessoal e social e se encontra encarnado em algumas instituições – nesse sentido, o "bom" já está no mundo –, mas se vê realizado de modo tão deficiente que é impossível conformar-se com qualquer *éthos* existente. Por isso é tarefa de uma ética da responsabilidade tentar articular de modo viável o princípio de autonomia, e não rebaixá-lo ou anulá-lo em prol de uma pretensa prudência institucional. Isso sim seria conservadorismo. Seja chamado de "neoconservador" todo aquele que teorizar ou agir desse modo.

II
ÉTICA SEM MORAL

5
A estrutura da razão prática: moral, direito e política na ética discursiva

1. A ética discursiva: uma ética da modernidade crítica[1]

A ética discursiva foi se configurando a partir dos anos 1970 como um dos raios do denso núcleo filosófico constituído pela pragmática formal (transcendental ou universal), a teoria da ação comunicativa, uma nova teoria da racionalidade, uma teoria consensual da verdade e da correção e uma teoria da evolução social. A partir desse núcleo teórico-prático, a ética discursiva mantém excelentes relações com outros saberes práticos, tais como o direito, a política e a religião, a ponto de, nos últimos tempos, ela vir trabalhando inclusive em uma filosofia do direito, em uma teoria dos direitos humanos e inspirando a ideia de um Estado de direito. Quanto a suas relações com a religião, elas são, na superfície, de convivência pacífica, mas em profundidade a ética discursiva se viu acusada de constituir até mesmo uma "religião civil" (Brumlik *apud* Kuhlmann, 1986, p. 265-300; Cortina *apud* Camps, 1989e, p. 571-3).

---

[1] A apresentação da ética discursiva é muito breve neste livro, pois já a havia feito em *Razón comunicativa y responsabilidad solidaria*, *Ética mínima*, *Crítica y Utopía: la Escuela de Frankfurt* e "Ética discursiva", *apud* Camps, 1989d.

Assim construída, nossa ética conserva o *status* de uma ética em sentido "forte", que não acredita no fracasso do projeto moral iluminista, mas que, por senti-lo incompleto, se disponibiliza a levá-lo a cabo. O Iluminismo – pelo menos certas correntes iluministas – pressupunha a fé no progresso técnico e moral, desde que o primeiro estivesse a serviço do segundo: a racionalidade técnica era *ancilla* da razão prática. O fato de a razão instrumental ter se transformado em senhora, e de seu triunfo ter como consequências o emotivismo e o niilismo, não significa tanto o fracasso, mas sim o desvio com relação a ideais de liberdade, igualdade e fraternidade, que devem ser encarnadas. Trata-se, então, de reconstruir com meios atuais uma razão moral, que tem sua matriz na modernidade, mas tentando evitar criticamente as consequências indesejáveis que a história de fato apresentou e que poderiam ter origem nela.

Diz-se que no neoconservadorismo, que não é nem "pré-" nem "pós-" moderno, a modernidade tornou-se conservadora; em nossa proposta, ao contrário, a modernidade mantém seu potencial emancipador a partir de uma ideia *mínima* – os nossos são tempos de mínimos – de *racionalidade,* de *universalidade* e de *exigibilidade.*

Efetivamente, a ética discursiva se autoinsere na taxonomia ética como *cognitivista, universalista, instrumental, deontológica* e *de princípios.* Situada no nível pós-convencional do desenvolvimento da consciência moral, sabe que não lhe cabe prescrever formas concretas de vida, ideais de felicidade, modelos comunitários – inclusive nacionais – de virtude, e sim proporcionar os procedimentos que nos permitam legitimar normas e, portanto, prescrevê-las com uma validade universal.

São, definitivamente, a pragmática universal (Habermas) ou transcendental (Apel) e a teoria da ação comunicativa que hão de desentranhar o mínimo de racionalidade necessário para exigir um mínimo universalmente normativo. Porque ambas desvelam nos atos de fala as pretensões formais de validade – verdade, correção, veracidade, inteligibilidade – que, mesmo sendo pragmaticamente pressupostas em atos de fala *imanentes* a determinadas formas de vida, *transcendem* em sua pretensão as formas concretas de vida, alcançando a universalidade. Quem quiser questionar tais pretensões, com base no mundo concreto da vida, já as aceitou no próprio momento em que as questionou.

Em meu modo de ver, a dupla perspectiva – numênica e fenomênica –, que constituía a chave do idealismo transcendental, se contrai agora em um mundo da vida no qual as pretensões de racionalidade têm de ser aceitas ou rejeitadas de modo imanente, mas no qual essas pretensões transcendem toda forma de vida concreta. Como *hermeneutas*, sabemos que temos de falar *a partir de* tradições concretas; mas, como hermeneutas *críticos*, também sabemos que as pretensões de validade, que configuram pragmaticamente nossos atos de fala, possuem uma força crítico-normativa de alcance universal.

Essa contração da dupla perspectiva kantiana, que confere à racionalidade comunicativa seu aspecto peculiar, se transforma paulatinamente, em minha opinião, na chave da fundamentação racional do direito positivo e na chave da ética.

Com efeito, no próprio seio do *direito positivo*, Habermas pretende ler um momento de *intocabilidade*, necessário para sua legitimação, e um momento de *instrumentalidade*, próprio das funções que lhe competem. Ambos os momentos são vitais para o direito positivo, surgido evolutivamente do direito sagrado, do direito burocrático e do direito consuetudinário, que inspiraram mais tarde o direito natural e o direito racional. O momento de "intocabilidade" não provém do direito sagrado, ao passo que o de "instrumentalidade" tem seus antecedentes no direito burocrático? Se a resposta a essa pergunta for positiva, a raiz última da fundamentação do direito seria a força categórica do sagrado.

Poderíamos dizer outro tanto de uma ética discursiva que, adentrando os valhacoutos da lógica do discurso prático, descobre as regras necessárias de reconhecimento recíproco entre os interlocutores e, inclusive, a configuração contrafaticamente pressuposta de uma situação ideal de fala, que desenha as condições ideais da racionalidade. Por fim, o princípio da ética discursiva faz a validade de toda norma depender do consenso racional entre os envolvidos por ela, um consenso no qual se demonstra a coincidência entre os interesses individuais e os universais. Tais prescrições não implicam a força categórica dos preceitos morais religiosos? Não se conserva no valor normativo categórico daquilo que "todos poderiam querer" a força de uma vontade divina que ordena incondicionalmente?

Certamente, a dupla perspectiva kantiana – a do numênico incondicionado e a do fenomênico necessariamente condicionado – desenha os perfis de uma razão comunicativa, ao mesmo tempo imanente e transcendente, e conserva-se, mesmo pragmaticamente transformada, em uma fundamentação da moral e do direito que, para ter força crítico-normativa, fixa o momento da incondicionalidade.

Portanto, não há necessidade de retornar à pré-modernidade para reconhecer o caráter racional do mundo prático, como pretendem os comunitários neoaristotélicos, nem é preciso apostar no fragmento para livrar-se de uma razão totalizante e homogeneizadora. Tampouco nosso destino é o *etnocentrismo* pragmatista, tampouco é ética racional a da submissão ao imperativo concreto do dado. Ao contrário, nas estruturas pragmáticas de nossa linguagem, desenha-se uma racionalidade "prática" que, a partir de um mínimo de *incondicionalidade*, nos aparelha com o cânon indispensável para construir uma ética da autonomia, uma teoria crítica da sociedade, um direito positivo legítimo e nos aparelha, inclusive, para articular a noção de um Estado de direito. Sem esse mínimo de racionalidade, universalidade e incondicionalidade, a autonomia humana é impossível, restando apenas o império obscurantista e dogmático do dado.

2. A estrutura da razão prática[2]

> Com isso voltamos à questão fundamental da filosofia prática, uma questão que nos tempos modernos voltou a ser reflexivamente acolhida, enquanto pergunta pelos procedimentos e pelas premissas a partir dos quais as justificações podem ter um poder gerador de consenso [...]. Esse é o ponto de convergência para o qual parecem tender hoje as tentativas de renovação da filosofia prática[3].

Com essas linhas, publicadas em 1976 em *La reconstrucción del materialismo histórico,* Habermas pretendia voltar a registrar um acontecimento crucial que veio se produzindo paulatinamente no âmbito da filosofia prática: descartadas as noções de legitimação, que contam com imagens do mundo com conteúdo, a lógica da evolução social nos levou ao instrumentalismo. Hoje em dia – dirá

---

[2] As origens deste capítulo podem ser encontradas em 1988b, p. 85-98; 1988e, p. 43-63; 1989f, p. 69-87; 1989i, p. 125-35; 1990a, 37-49.

[3] Cf. Habermas, 1981b, p. 271. Dado que nesse ponto concordo com Habermas, não posso aceitar o convite de C. Díaz para passar *De la razón dialógica a la razón profética,* 1991.

Habermas nessa mesma obra –, "só possuem força legitimante as regras e as premissas comunicativas, que permitem distinguir um acordo ou um pacto, alcançado entre pessoas livres e iguais, diante de um consenso contingente ou forçado" (Habermas, 1981b, p. 254); não importa se tais regras são interpretadas a partir de construções jusnaturalistas ou contratualistas, em termos de filosofia transcendental, a partir de uma pragmática linguística ou no marco de uma teoria do desenvolvimento da consciência moral.

Hoje, o que importa é, em todos esses casos, que a filosofia prática deixou de se interessar por conteúdos e, seguindo um caminho iniciado pela modernidade, ocupa-se dos *procedimentos* em virtude dos quais juízos ou preceitos são legitimados. Para esse instrumentalismo, filho do *formalismo* moderno, parecem se inclinar as tentativas de uma renovação da filosofia prática.

Moral, direito e política se veriam, então, afetados por um instrumentalismo, segundo o qual a legitimação moral, a jurídica ou a política não mais procedem do conteúdo de normas ou proposições, e sim do procedimento pelo qual foram obtidas. Porque a razão substancial, que se expressava na tradição metafísica, foi perdendo seu lugar, e é em determinados procedimentos que se expressa a razão, ou antes, a racionalidade. Naturalmente, semelhante evolução não deixa de apresentar à filosofia prática problemas de primeira grandeza, como o seguinte: qual é a estrutura de uma razão prática, que se expressa por meio de procedimentos morais, jurídicos e políticos? Que relação existe entre esses três procedimentos: de rejeição mútua, de complementação ou de identificação?

No que se refere às *relações entre moral, direito e política*, já é conhecida a posição da ética discursiva em suas origens. Apel esforça-se para superar a "tese da complementaridade" da democracia liberal entre vida privada e vida pública, entre o politeísmo axiológico e o monoteísmo da razão técnica no âmbito público (Apel, 1983, p. 352ss.). E, para Habermas, a lógica do desenvolvimento dos sistemas normativos leva a apagar a dicotomia entre moral interna e externa, a relativizar a oposição entre os campos regulados pela moral e os campos regulados pelo direito. É tempo de perguntar pelas premissas geradoras de consenso, comuns a ambas as esferas, assim como à esfera política, concluindo que "só a ética comunicativa é universal (e não está limitada, como a ética formalista, a um âmbito de moral privada, divorciado das normas jurídicas)" (Habermas, 1974, p. 111). Trata-se, pois, de dissolver as fronteiras entre o cosmopolitismo do homem e as lealdades do cidadão; entre o universalismo da consciência e o particularismo político?

Em "Moralität und Sittlichkeit", Habermas reconhece que moral, direito e política são universos de discurso, que "guardam uma relação entre si e se sobrepõem, mas não devem se identificar" (Habermas *apud* Kuhlmann, 1986, p. 37, n. 21; Muguerza, "Ética y comunicación" (1987); García-Marzá, 1992). Do ponto de vista da fundamentação, a moral e o direito pós-tradicionais mostram as mesmas características estruturais, às quais foi conferida força jurídica. Mas o direito, diferentemente da moral, livra os destinatários dos problemas que fundamentar, aplicar e obter normas acarreta e os transfere para os órgãos estatais.

O discurso político também se relaciona com o discurso moral e o jurídico, dado que as questões políticas fundamentais são de natureza moral e, por outro lado, o poder político só pode ser exercido por meio de decisões juridicamente vinculantes. Mas a política também mantém sua especificidade, que consiste em estabelecer fins coletivos no âmbito da formação pública da vontade.

Essas pontuações são seguramente bem escassas para definir a estrutura da razão prática. Por isso recorreremos a trabalhos posteriores, nos quais ela recebe tratamento mais minucioso.

2.1. Um resquício de metafísica no direito positivo?

Nos trabalhos mencionados (Habermas, 1998a, p. 535ss.), Habermas defenderá que a moral *pós-convencional*, o *direito positivo* e o *Estado democrático* são certamente três âmbitos *diferentes* no espectro prático, mas que são, ao mesmo tempo, inseparáveis, não só porque são *complementares*, mas também pelo fato de se acharem inevitavelmente *entrelaçados*. Uma moral pós-convencional da responsabilidade precisa de complementação jurídica, porque não pode exigir responsavelmente o cumprimento das normas válidas se os destinatários não têm garantia jurídica de que serão universalmente cumpridas[4]; mas, do mesmo modo, o direito positivo, deficitário do ponto de vista da fundamentação, precisa do concurso de uma razão moral, que expressa em seu seio a ideia de imparcialidade instrumental. No que diz respeito à ideia de Estado de direito, e mesmo quando a política for o âmbito apropriado do pacto e da negociação, não é menos certo que a legitimidade política afunde suas raízes em uma legalidade que reflete a estrutura da razão prática; mas, por outro lado, a força legitimadora do direito também tem sua fonte no procedimento democrático legislador. Isso porque uma reconstrução do surgimento e da evolução de cada uma das dimensões do âmbito prático, a partir de um núcleo primitivo indife-

---

[4] Essa seria uma das razões que, a meu ver, abonaria a obediência ao direito, se é que queremos ressuscitar a polêmica, suscitada entre nós por González Vicén e na qual, pelo que sei, intervieram Díaz, Muguerza, Atienza, Fernández, Guisán, e da qual eu mesma me permiti participar. A respeito, cf. também Díaz, 1994.

renciado, mostra seu entrelaçamento na medida em que cada um deles está condicionado e é condição da evolução dos demais.

Manter essas teses supõe obviamente confrontar-se com a teoria weberiana da racionalização, que, aplicada ao direito moderno, chegará a afirmar que a legitimidade das ordens políticas modernas só é possível pela legalidade, na medida em que esta possui determinadas qualidades *formais* nas quais se expressa sua racionalidade específica. É preciso, portanto, rever não apenas a concepção weberiana do direito, mas também sua concepção da racionalidade.

Com efeito, na perspectiva weberiana, a força legitimadora do direito não procede de sua conexão com a moral, mas o contrário: toda tentativa de moralização – de introdução de postulados tais como "justiça" ou "dignidade humana" – pressupõe uma tentativa de *materializar* o direito, destruindo sua racionalidade formal. Mas, mesmo assim, a partir da análise weberiana da formalização do direito, desvelam-se pressupostos de teoria moral implícitos nela, que são inconciliáveis com a neutralidade axiológica, declarada por Weber a esse respeito. Ao entender unicamente a racionalidade em um sentido moralmente neutro, tem consistência a prevenção de Weber contra a introdução da justiça no direito positivo: aceitando a racionalidade como racionalidade de regras, racionalidade da escolha e racionalidade científica, as qualidades formais do direito só podem ser descritas como racionais em um sentido moralmente neutro (Habermas, 1981a, p. 239ss.). Contudo, são esses os aspectos que conferem força legitimadora à legalidade da dominação ou essa tarefa é realizada por implicações morais que podem ser extraídas delas, com a ajuda de pressupostos empíricos sobre a constituição e o funcionamento da ordem econômica?

Valores como a *segurança jurídica*, a *igualdade diante da lei*, a possibilidade de submeter os princípios jurídicos a uma *prova discursiva* conferem força legitimadora a uma racionalidade formal, que não é, de modo algum, moralmente neutra. O "erro" de Weber consistiria, entre outros, em considerar a esfera do direito uma ordem que, como a economia e o Estado, é suscetível de racionalização no sentido da racionalidade teleológica, evitando o aspecto fundamentador da razão prático-moral, para limitar-se ao aspecto cognitivo-instrumental de aplicação (Habermas, 1981a, p. 332ss.). Não obstante, o direito que conhecemos herdou dois momentos que davam forma ao sistema jurídico nas culturas antigas – seu caráter de *não disponível* e, apesar disso, de *instrumentalizável*, ao mesmo tempo –, que não são assumidos na noção de direito positivo, submetido aos cânones da razão teleológica.

Com efeito, uma reconstrução do surgimento do direito moderno mostra-nos de que forma, na estrutura jurídica tripartite das culturas antigas – configurada pelo direito sagrado, pelo direito burocrático do soberano e pelo direito consuetudinário –, se alojam dois momentos, dos quais mais tarde tentarão dar conta o direito racional e o direito positivo: o soberano está subordinado a um direito sagrado que lhe confere legitimidade e que, portanto, é intocável para ele; por outro lado, ao regular de forma judicial os conflitos, vale-se do direito *instrumentalmente*. A perda das imagens do mundo com conteúdo e a absorção do direito consuetudinário no direito especializado acarretam a destruição da estrutura tripartite do direito e sua redução a um direito positivo, que deve continuar a ostentar os dois traços antigos: *intocabilidade* e *instrumentalidade*. A primeira tentativa de manter a síntese corre por conta do *direito racional*.

No direito racional moderno, o nível pós-tradicional da consciência moral faz o direito depender de *princípios* e transforma sua racionalidade em racionalidade *instrumental*. Apesar do descuido weberiano do formalismo ético e das teorias contratuais nesse ponto, o contratualismo trata exatamente de conectar os dois momentos aludidos, mesmo sem sucesso – porque se uma linha como a hobbesiana garante a instrumentalidade do direito positivo, mas não sua "indisponibilidade" por parte do soberano, uma linha como a kantiana assegura sua intocabilidade, mas não seu caráter instrumental. Certamente não é possível fundamentar no próprio pacto a força do direito, porque a obrigatoriedade *categórica* que acompanha o princípio *pacta sunt servanda* subjaz ao pacto. E é esse nível categórico de fundamentação, derivado do direito sagrado, o que se vê satisfeito na fundamentação moral do direito kantiano – e não no instrumentalismo hobbesiano –, mesmo ao preço de *transformar o direito em um modo deficiente da moral*.

Mesmo assim – pensa Habermas –, apesar do fracasso do direito racional, é preciso extrair ensinamentos úteis tanto do *formalismo ético* como da figura jurídico-política do *contrato social*: o formalismo ético limita sua tarefa a proporcionar um teste para comprovar a validade das normas morais, deixando de lado as preferências axiológicas, aconselháveis em um *éthos* concreto. Por sua vez, a figura do contrato propõe um procedimento cuja racionalidade garante a correção das decisões tomadas com base nele. Essa é exatamente a oferta que deve ser aceita por um direito positivo contemporâneo, consciente do caráter irreversível do impulso da juridificação e que não pretenda retornar ao jusnaturalismo ou ao "materialismo" ético.

Efetivamente, a análise que Habermas faz do impulso da juridificação, próprio do Estado social, leva-o a concluir que tal impulso está ligado a uma moralização do direito e que o processo é irreversível. Portanto, é necessário buscar um fundamento moral do direito, que não reviva as propostas do direito natural – seja a partir do cristianismo ou a partir da ética dos valores – tampouco retorne a Aristóteles, já que

> [...] o direito natural, renovado a partir do cristianismo ou a partir da ética dos valores, ou o aristotelismo estão inermes, porque não são apropriados para destacar o núcleo racional da práxis judicial. As éticas de bens e valores caracterizam em cada caso *conteúdos normativos* particulares. Suas premissas são demasiado fortes para fundamentar decisões universalmente vinculantes em uma sociedade moderna, caracterizada pelo pluralismo das crenças. Só as teorias da moral e da justiça construídas instrumentalmente prometem um procedimento *imparcial* para fundamentar e ponderar princípios (Habermas, "Wie ist Legitimität durch Legalität möglich?", em *Erste Vorlesung über Recht und Moral*).

Podemos dizer, portanto, que na disputa entre *instrumentalistas* e *substancialistas*, só os primeiros podem suprir o déficit de fundamentação do direito positivo, porque a aceitação de qualquer conteúdo impossibilitaria o universalismo normativo necessário em uma sociedade pluralista. Esta é, a meu ver, a grande "verdade" do instrumentalismo: ele pode nos apetrechar com os elementos morais necessários, porque a carência de conteúdos e a opção pelo procedimento acompanham a obrigatoriedade universal em um contexto pluralista.

Qualificar essa posição de jusnaturalista parece, então, improcedente, trate-se de um jusnaturalismo ontológico ou de um jusnaturalismo deontológico, desde o momento em que não distinguimos entre dois tipos de direito – natural e positivo –, nem deduzimos princípios jurídicos a partir de um conceito de natureza humana, nem traçamos princípios jurídicos que legitimem o direito positivo, tampouco negamos caráter de direito a um sistema normativo, reconhecido por órgãos que tenham acesso ao aparelho coator estatal, pelo fato de não satisfazerem princípios de justiça. Todavia, tais princípios estão entranhados no próprio seio do direito positivo, como condição de suas qualidades instrumentais: contrariá-los pressupõe privar o direito de seu marco legitimador e também da organização política que sua legitimidade recebe dessa legalidade.

Porque o *caráter categórico*, sem o qual o direito positivo carece de uma força para obrigar que transcende os pactos, e que teve origem no direito sagrado, passando depois a constituir o núcleo do direito racional, *desloca-se agora para o interior do próprio direito positivo*: as normas jurídicas, dado que a elas subjaz uma pretensão de correção, não expressam apenas uma racionalidade cognitivo-instrumental, mas também uma racionalidade comunicativa. No direito positivo, lemos um momento moral – seu momento fundamentador – que consiste na "força transcendente de um procedimento autorregulador, que controla sua própria racionalidade".

Trata-se, então, de aplicar a doutrina kantiana dos *dois mundos*, como é usual no procedimento habermasiano, transformando a dupla perspectiva em dois momentos em tensão de um mesmo âmbito. Se, diante do contextualismo radical, é preciso defender um mínimo de racionalidade universal, é porque tal racionalidade se revela, ao mesmo tempo, como imanente e transcendente à práxis cotidiana. Imanente, porque não pode se expressar para além dos jogos linguísticos concretos, dos contextos em que os indivíduos se pronunciam pelo sim ou pelo não; transcendente porque as pretensões de validade da fala transcendem, em sua exigência universal, os limites contextuais da práxis determinada. Subsiste, portanto, um "resquício de metafísica" nesse caráter transcendente, categórico, da racionalidade comunicativa: o resquício de metafísica necessário para combater a metafísica, mas que deveria impedir Habermas de chamar nosso tempo de "pós-metafísico", porque é exatamente esse resquício que o dota de sentido, de um cânon normativo e crítico[5].

O mesmo pode ser dito do mundo jurídico, porque enquanto seu núcleo não estiver unicamente nas mãos da racionalidade cognitivo-instrumental, mas depender da pretensão de correção normativa, ele mostra uma racionalidade ao mesmo tempo imanente e transcendente, que aplica ao direito positivo a dupla perspectiva do idealismo transcendental: a instrumentalidade dos imperativos, próprios à perspectiva fenomênica, e a categoricidade das leis morais, próprias da perspectiva numênica, que Kant ainda distribuía no mundo jurídico entre o direito positivo e o direito racional, unem-se no direito positivo.

Por isso não é preciso ir além do direito positivo, buscando uma fundamentação jusnaturalista; tampouco podemos nos conformar com a imanência plena de um positivismo tosco, porque o momento transcendente – o momento normativo da tradição sagrada – é parte constitutiva do direito positivo. Portanto, podemos dizer que a legalidade possibilita a legitimidade porque um *resquício de metafísica* – que tanto Habermas quanto Rawls abjuram abertamente –

---

[5] Essa é uma das críticas dirigidas por Conill a Habermas, em diálogo com um dos trabalhos de Habermas que mais tarde seria publicado em *Nachmetaphysiches Denken* (1998). Cf. Conill, 1988, p. 331.

está aninhado no conceito de racionalidade e, consequentemente, no direito autônomo.

Habermas dirá que contamos com teorias da justiça instrumentalmente construídas e que, situadas na tradição kantiana, conferem maior credibilidade ao ponto de vista defendido: o neocontratualismo rawlsiano, excessivamente "decisionista", na opinião de Habermas; a teoria do desenvolvimento da consciência moral de Kohlberg, muito "empática" para o gosto habermasiano, por se servir da aceitação do *papel*; e a ética discursiva, que parece mais próxima de Kant por aparelhar-nos com um procedimento argumentativo na formação racional da vontade, mas que acredita superar Kant, dado que a universalidade proposta é instrumental e não meramente formal[6]. Nessas três posições fica demonstrado que o direito instrumental e a ética pós-convencional de princípios se remetem um ao outro, descartando os inconvenientes do jusnaturalismo material. Em que se distinguirão o procedimento moral e o procedimento jurídico?

2.2. Instrumentalismo moral e instrumentalismo jurídico

Em princípio, é preciso reconhecer com Habermas que tanto as teorias da justiça que encarnam o ponto de vista moral como as que

---

[6] Seguindo uma linha interpretativa, que acabou sendo semelhante, tentei em *Ética mínima* extrair da "justiça como imparcialidade" elementos para uma justificação moral do direito (cf. cap. 8). Já ali, eu mantinha que uma filosofia política que pretenda articular adequadamente liberdade e igualdade para um modelo político democrático – modelo que se legitima legalmente – requer como tarefa prioritária uma reflexão moral sobre os fundamentos do direito. Nesse sentido, a justiça como imparcialidade nos apetrecha com um jusnaturalismo e um personalismo instrumentais, baseados na instrumentalização da noção moral kantiana de pessoa, portanto, na autonomia, e que permitem uma justificação empírico-prática. Uma das maiores limitações da justiça como imparcialidade consistiria em tentar conectar normatividade e relativismo contextualista.

encarnam o procedimento jurídico repousam na ideia de que a racionalidade do procedimento há de garantir a validade dos resultados a que se chega com ele. Dito isso, a partir daqui, as diferenças começam.

A primeira delas consiste em reconhecer a superioridade do direito sobre a moral, na medida em que tomamos como cânon a racionalidade instrumental. A circunstância segundo a qual o direito está ligado a critérios institucionais, independentes, permite comprovar se a decisão foi tomada segundo as regras oportunas, mesmo sem participar do procedimento; enquanto a moral exige que se reconstrua o ponto de vista adotado e se comprove discursivamente se o procedimento foi corretamente seguido.

A segunda diferença reforçará a modéstia da ética: dado que o procedimento moral é imperfeito, determinadas matérias carecem de regulamentação jurídica e não podem ser deixadas a cargo da "regulamentação moral", porque o procedimento moral demonstra insuficiências cognitivas e motivacionais. *Insuficiências cognitivas,* visto que não garante infalibilidade, univocidade, tampouco que se consiga o resultado em um prazo definido. Com mais certeza, a aplicação às situações concretas é sempre complexa, visto que nunca se tem certeza de haver destacado as qualidades relevantes da situação[7]. Mas a moral também padece de uma maior *debilidade motivacional,* porque a reflexão moral exige que se questione aquilo que, na vida cotidiana, é tido como evidente e que sejam postos em dúvida os caminhos de sempre. Essa é – como recordamos – uma das características da "Moralidade" em confronto com a "Eticidade", e Habermas acredita que as motivações respaldadas pela Eticidade têm uma força de que não disporão os juízos morais.

---

[7] A meu ver, nesse sentido, a "ética do diálogo", proposta por Wellmer em *Ethik und Dialog,* seria de grande valia.

Outras diferenças entre moral e direito seriam, em síntese, as seguintes: o fato de que exista uma analogia entre a pretensão de validade das normas morais e a pretensão teórica de verdade, enquanto à pretensão de validade do direito positivo se acrescenta a contingência, no momento de estabelecê-lo, e a faticidade da coação que o acompanha; a circunstância – já comentada – de que o direito exime os indivíduos da tarefa de fundamentar normas – coisa que a moral não pode fazer –, visto que se elas são institucionalmente fixadas; o fato de que nos discursos jurídicos a argumentação sobre normas tenha um limite temporal, visto que existe um prazo determinado para a decisão; uma limitação quanto ao método, porque é preciso contar com normas já válidas; uma limitação prática, porque os temas e as provas hão de ser limitados; e uma limitação social, em relação com a participação e a divisão de papéis. A argumentação moral, ao contrário, carece desse tipo de limitações e submete-se apenas a seu próprio controle.

A todas essas diferenças, que assinalam as fronteiras no âmbito prático entre os procedimentos moral e jurídico, cabe acrescentar uma nova, de crucial importância para nosso tema, e que confirmaria a defesa, que tentei levar a cabo em outro lugar, de que a obediência ao direito é um dever ético indireto (Cortina, 1987). Seria o seguinte:

Na perspectiva habermasiana, a relação existente entre moral e direito é de *complementação* – não de identificação –, e essa necessidade de complementação, quando consiste na urgência de absorver, a partir do poder coativo do direito, as inseguranças que o procedimento moral oferece, pode ser moralmente fundamentada. Exatamente por razões morais será necessário apelar ao direito, que conta com a faculdade coativa.

Em princípio, fazemos referência a Apel e a sua abordagem de um dos temas centrais em uma ética da responsabilidade: o problema de esclarecer até que ponto o cumprimento das normas morais *é exigível* em uma moral universalista responsável (Apel, 1986, p. 94ss.). Porque, assim como uma ética da intenção de inspiração kantiana pode exigir incondicionalmente que as normas morais sejam cumpridas, mesmo que o sujeito que deve obedecer ao preceito não tenha garantia alguma de que os demais vão cumpri-lo, uma ética da responsabilidade – como é o caso da ética discursiva – considera irresponsabilidade exigir obediência a um preceito nessas condições, já que isso poderia acarretar graves males ao sujeito moral. Uma coisa é o conselho, outra, a *exigência moral: exigir moralmente* a um grupo oprimido que não faça uso de armas e procure entabular um diálogo sincero e sem reservas com o poder constituído, sem a garantia de que o pretenso interlocutor agirá do mesmo modo, é simplesmente irresponsável. Para isentar o princípio ético do abstracionismo utópico, é necessário contar com garantias de que ele vai ser universalmente cumprido, e a moral não pode oferecer essas garantias. Por isso uma ética da responsabilidade só pode exigir moralmente o cumprimento de normas que contam com a obrigatoriedade jurídica (Habermas, 1998a, p. 535ss.). Em minha maneira de ver, essa postura leva a ética discursiva a incorrer – como veremos adiante – naquilo que Apel chama em outros contextos de "o paradoxo leninista".

Moral e direito não apenas se diferenciam, como também se complementam e se entrelaçam mutuamente, como apontamos no começo. Que relação guardam com a política, se é que esses três âmbitos vão expressar a estrutura da racionalidade prática?

2.3. Ideia de um Estado de direito

À primeira vista, não parece que o mundo político, centrado na luta pelo poder, tenha relação com um instrumentalismo moral, segundo o qual normas legítimas são apenas aquelas que *efetivamente* levam em conta todas as pessoas afetadas por elas. Contudo, também é verdade que, se quisermos continuar a falar de legitimidade – e não apenas de legitimação social (Díaz, 1984; 1990; 2003) – do poder político, se o exercício parlamentar tem de ter um núcleo racional-prático e não ficar entregue à luta fática pelo poder, o cânon instrumental que temos considerado também tem um papel relevante no mundo político. As leis surgidas das maiorias parlamentares podem arrogar-se legitimidade com base na ideia de *imparcialidade*, dado que o positivismo jurídico se mostra insuficiente: a partir da ideia de que uma lei pode ter surgido da vontade única do povo. É essa ideia que proporcionará um cânon crítico para examinar a realidade constitucional, a partir da noção de um Estado que extrai sua legitimidade de uma racionalidade que garante a imparcialidade nos procedimentos legislativo e jurisprudencial.

É certo que, a partir dessa noção, não é possível determinar algumas instituições legítimas com valor universal, porque essa é uma questão que deve ser contextualmente analisada. Mas a partir da ideia de imparcialidade, da ideia de uma vontade racional, entendida como "o que todos poderiam querer", podemos elaborar modelos democráticos normativos, dando atenção a contextos diferentes, que tenham, contudo, uma *aspiração* comum: *proporcionar procedimentos que garantam que os interesses de todos os envolvidos serão realmente levados em conta*. Para tanto, será preciso rever o funcionamento da instituição parlamentar, os mecanismos de participação dos cidadãos, a regra das maiorias, a situação das minorias, mas também os mecanismos de opinião pública, os meios de comunicação de massas e as estruturas sociais.

Não obstante, uma vez que tenhamos averiguado a estrutura da razão prática a partir de uma ética da modernidade crítica, como a discursiva, teremos de reconhecer que o fato de o instrumentalismo constituir hoje um dos centros prioritários de interesse da filosofia prática não significa que ele esteja isento de inconvenientes ou, pelo menos, de sérias limitações. Porque se a racionalidade instrumental é a racionalidade mais facilmente adequável a um mundo plural, a um mundo no qual o politeísmo axiológico é uma realidade, não é menos certo que limitar a tarefa da razão prática a produzir premissas geradoras de consensos tem sérias repercussões nos campos em que se expressa, especialmente no da filosofia moral. Reduzir o âmbito da ética ao dos procedimentos legitimadores de normas supõe – em meu modo de ver – renunciar a elementos que vêm constituindo parte imprescindível do saber ético e acabar *reduzindo o moral a uma forma deficiente de direito.*

6
Limites de uma ética pós-kantiana de princípios

Foram feitas múltiplas críticas à ética discursiva ao longo de suas duas décadas de vida, críticas que apontam em duas direções: elas ou põem em dúvida sua *validade* como teoria filosófica, ou lamentam suas *limitações*.

No primeiro caso, as críticas dizem respeito às objeções às diferentes dimensões do núcleo filosófico que a constitui e, a meu ver, são especialmente preocupantes os ataques à teoria consensual do verdadeiro e do certo, que configura – como Wellmer, entre outros, indica – a pedra angular do edifício (Wellmer, 1986, p. 51ss.). Contudo, não vou atacar a validade de uma ética que me parece a mais acertada. Antes, alinhando-me em suas fileiras, me permitirei situar-me na posição heterodoxa daqueles que a percebem como excessivamente limitada.

Claro que, segundo a própria confissão de Habermas, nossa ética se apresenta como uma ética modesta, que deve pagar esse preço por manter os traços de uma filosofia moral kantiana: formalismo, cognitivismo, universalismo e deontologismo. Todavia, em meu modo de ver, essa modéstia é infundada e pode ter, além do mais, duas consequências negativas, uma no nível da metalínguagem ética, outra no nível da linguagem moral. No primeiro caso, podemos chegar a um empobrecimento extremo da filosofia moral, que acabe por dissolvê-la em outras disciplinas; em nível de linguagem moral, pode levar-nos – como reza o título de nosso livro – a dissolver o fenômeno moral.

Atribuir esse "modesto" empobrecimento a uma pretensa fidelidade à ética kantiana me parece infundado, porque a filosofia moral de Kant, apesar de seu cognitivismo, formalismo, universalismo e deontologismo, amplia seu campo de ação para além das normas, ao bem moral, ao móvel das ações, aos fins, ao valor e às virtudes. A ponto de construir, pedra por pedra, não apenas uma *ética mínima*, como também uma *antroponomia*[1].

Eis por que tento neste capítulo expor minhas críticas à ética discursiva, fundamentalmente a partir daqueles aspectos que – em minha opinião – não recebem atenção nela, e sim na ética de Kant. Porque a ética discursiva – como a de Wellmer – não me parece ser excessivamente kantiana em determinadas ocasiões e, em outras, demasiadamente pouco, mas sempre peca por carência.

Uma vez indicados os limites, dedicaremos a última parte do livro a tentar superá-los, extraindo, a partir da ética que nos ocupa, virtualidade que, em meu modo de ver, está implícita nela. Desse modo, ela se verá enriquecida, para além do instrumentalismo e do substancialismo, com uma teoria dos direitos humanos, com uma certa "doutrina da virtude" ou "da atitude", que conta com elementos como valor, móvel moral da ação, *télos* e também com o *éthos* individual que é preciso encarnar segundo o princípio ético; uma reflexão sobre a democracia participativa, inclusive, virá comple-

---

[1] Cf. Cortina, 1989c, especialmente LXXXIV-LXXXVI; Conill *apud* Carvajal, 1999, p. 265-84. Os limites da ética discursiva também foram abordados por García-Marzá, 1992, e por Elvira, 1998.

mentar essa tentativa de extrair de uma ética mínima uma certa antroponomia. Para chegar a isso, porém, começaremos pelos limites.

1. Superação do etnocentrismo?

Para dizer a verdade, e mesmo contradizendo um pouco o projeto que acabo de esboçar, é preciso indicar que, no próprio nível da fundamentação do princípio ético, a ética pós-kantiana pretende "superar Kant" na medida em que tenta rebaixar o pretenso etnocentrismo da filosofia kantiana. Uma ética universalista há de descobrir um princípio ético que não apenas expresse as intuições de uma cultura ou de uma época determinada, mas sim que tenha validade universal. Apenas a fundamentação de um princípio ético, que não se atinja mediante um "fato de razão", *more* kantiano, pode eliminar a suspeita de "falácia etnocêntrica". É preciso poder demonstrar que nosso princípio ético não reflete apenas os preconceitos dos adultos, brancos, centro-europeus e educados ao modo burguês, como ocorreria se partíssemos da consciência moral.

Por isso o ponto de partida não pode ser mais um fato sociologicamente determinado, tampouco já especificado como moral, e sim um "fato transcultural", seja o fato da ação comunicativa, o fato da argumentação ou o da discussão sobre normas morais, o que implica ao mesmo tempo problemas teóricos e práticos[2]. Trata-se de partir de um fato maximamente intersubjetivo, já não mais especificado como moral, e de submetê-lo à reflexão transcendental, chegando assim à síntese da apercepção, que unifica o âmbito teórico e o âmbito prático em um "nós" transcendental. Do "eu penso" kantiano passamos para o "nós argumentamos" (Apel, 1991).

---

[2] Cf. Kuhlmann, 1987, p. 366-74; *Ética comunicativa y democracia*, 1991; 1985. Cf. também, nessa mesma linha, Böhler, 1985.

Produz-se, desse modo, um avanço relativo a Kant, porque o ponto de partida não é exclusivamente moral e porque a ética pode utilizar a reflexão transcendental se se limitar a descobrir um "fato da razão". Mas também se produz um progresso relativamente ao neokantismo de Marburgo, que tentou reconstruir o sistema de filosofia transcendental a partir da teoria do conhecimento, das condições *a priori* da possibilidade físico-matemática das ciências.

Com efeito, segundo Cohen, é inaceitável que o método transcendental possa ser assumido na lógica e rechaçado na ética; por isso, ele propõe sua ampliação para todo o sistema, teórico e prático. E nesse sentido, visto que nas ciências do espírito também há de haver uma matemática que contenha os pressupostos puros, é a ciência do direito que tem de realizar essa tarefa: "A ciência do direito pode ser considerada a matemática das ciências do espírito e, por conseguinte, a matemática da ética" (Cohen, 1921, p. 67)[3]. Por isso, a ética há de ser elaborada como filosofia do direito e não pode haver, em princípio, diferença alguma entre ética e direito (Cohen, 1921, p. 277).

Contudo, essa ampliação sistemático-metodológica sofrida pelo kantismo nas mãos do neokantismo de Marburgo constitui para alguns a causa de seu fracasso, já que

> uma gnosiologia, pensada originariamente para as ciências da natureza, é assim transposta ao campo do direito, à ética, à religião, isto é, a um campo no qual, por definição, não há "fatos" e no qual, portanto, apenas de modo impróprio e analógico pode ter lugar uma redução a categorias formais (González Vicén, 1985b, p. 46).

---

[3] Cf. também, do mesmo autor, *Kants Begründung der Ethik nebst ihren Anwendungen auf Recht, Religion und Geschichte*, 2. ed. corrigida e ampliada, 1910.

Por seu lado, a ética pós-kantiana tem consciência de que nenhum "fato moral" ou jurídico pode constituir o ponto de partida da reflexão, e por isso partirá da ação comunicativa, do fato da argumentação ou da discussão sobre o fundamento do moral (que é, ao mesmo tempo, teórica e prática), na intenção de, com isso, superar o etnocentrismo moral kantiano e também seu possível "cientificismo" metódico – especialmente o cientificismo metódico declarado da Escola de Marburgo, que pretende aplicar universalmente o método transcendental a partir das características que lhe são próprias em sua aplicação às ciências da natureza.

Claro que, apesar de a posição da Escola de Marburgo ser manifesta a esse respeito, ainda se podia perguntar se, afinal, Kant não utilizou um conceito de dedução transcendental tão amplo que lhe permitiu estendê-lo ao âmbito prático, mesmo modulando-o na aplicação, apesar da afirmação da segunda *Crítica*: "a realidade objetiva da lei moral não pode ser demonstrada por dedução alguma" (Kant, *Kritik der praktischen Vernunft* [KpV], V, p. 47)[4]; assim como se podia perguntar se a ética discursiva consegue superar o "facticismo" com seu novo ponto de partida. Visto que já me ocupei do primeiro ponto em outro lugar, vou agora me referir ao segundo.

É lógico que, nesse caso, o ponto de chegada é constituído por um conjunto de regras, que fazem do discurso um discurso racional, na medida em que as regras não podem ser rechaçadas sem que se incorra em contradição performativa, de modo que a não contradição performativa é o sintoma da racionalidade. Mas cabe ainda perguntar se tais regras são também do *discurso* racional, ou se são as regras tidas por *determinadas sociedades* como capazes de confe-

---

[4] Ocupei-me do conceito de dedução transcendental e de sua possível aplicação ao âmbito prático no "Estudio preliminar" a Kant, 1989, p. XXVI-XXXI. Cf. também a bibliografia ali citada.

rir racionalidade a seus discursos; determinadas sociedades para as quais a ideia de igualdade de direitos já constitui uma chave moral e jurídica. A igualdade na participação é uma condição de possibilidade da racionalidade de um discurso com sentido, ou é uma aderência moral-jurídica, que obtém assentimento em determinadas sociedades exatamente porque nelas a consciência da igualdade já é um *factum* moral-jurídico?

Porque se poderia dizer que o racional em um discurso é que participem, sobretudo, os especialistas. Que, dado que o tempo é um recurso escasso, não se devem distribuir igualitariamente as oportunidades de participação, visto que é racional priorizar aqueles que estão habilitados a oferecer melhores soluções. Essa opção seria perfeitamente racional e assuntível por um elitismo democrático, que tenta conciliar a utilização racional dos especialistas com o desejo de não renunciar à democracia. Parece, então, que o direito à igual participação não pode ser atribuído sem mais *à* racionalidade, como tampouco em Kant o princípio moral se deduzia da razão pura. Em ambos os casos, descobre-se o que é a racionalidade por meio da consciência moral e jurídica de uma época determinada, esteja ela expressa na consciência ou na linguagem. Isso significa eliminar a validade de nossa proposta?

Em meu modo de ver, significa antes reconhecer que a razão é *histórica* e o método transcendental, hermenêutico-crítico; de modo que é necessário um processo de amadurecimento na reflexão, que depende do nível de consciência moral, política e jurídica alcançada. Exatamente porque as "novas" características podem ser utilizadas para reconstruir criticamente a história, mostram com isso sua imanência e, ao mesmo tempo, sua mínima transcendência[5].

---

[5] Nesse sentido, Apel fala do *Selbsteinholungspostulat* (postulado da autorrecuperação, segundo Smilg) das ciências reconstrutivas. Cf., por exemplo, 1988, p. 50ss.

2. À ética não importa se uma boa vontade é possível

Em segundo lugar, e já chegando às limitações próprias dos neokantianos, a ética da qual nos ocupamos refere-se a si mesma como a uma ética modesta, mas – como apontamos anteriormente – sua modéstia pode se transformar em vulnerabilidade, se relegar um tema-chave como o tratamento do *bem* em proveito da *correção*. E, nesse momento, não estou me referindo às questões da vida boa, que comentarei adiante, e sim ao *bem moral*, do qual se ocupam inveteradamente até mesmo as éticas que relegam o tema da felicidade ao segundo plano. As éticas pós-kantianas não parecem ter outro objeto além dos elementos *coativos*, *exigentes* do fenômeno moral, e essa unilateralidade trará péssimas consequências.

Evidentemente, é possível exonerar as éticas pós-kantianas de suas culpas, recorrendo ao deontologismo kantiano. Mas esse deixou de ser um expediente lícito a partir do momento em que Kant inicia sua primeira obra ética sistemática – a *Fundamentação da metafísica dos costumes* – remetendo-nos não à felicidade, e sim ao bem moral, ao moralmente bom. E essa é, segundo Vorländer, a grande peculiaridade da inversão copernicana em matéria moral. Pode-se captar a peculiaridade da ética crítica em escritos anteriores a 1784, mas em meados desse mesmo ano, produz-se o apogeu,

> livre de qualquer colaboração religiosa, no primeiro escrito puramente ético do já sexagenário, com toda a intensidade acumulada em todos esses anos para a expressão mais enérgica na afirmação com que inicia sua *Grundlegung*: "Nada há de possível no mundo, nem fora dele, que possa ser considerado como bom sem limitação, a não ser uma boa vontade" (Vorländer, 1977, p. 294).

Claro que há a beleza, mas ela é boa *para* a visão; claro que há a ciência, mas ela é boa *para* resolver problemas; claro que existe um temperamento afável, mas a afabilidade é boa *para* a convivência sem problemas. A bondade desses bens – estéticos, técnicos, psicológicos – é *relativa* a determinados interesses, aspirações e necessidades. A bondade "em si" – sem "para" – só convém a uma vontade boa, a uma pessoa boa. O bem irrestrito, sem relações nem paliativos, é o bem moral.

Até agora, as éticas iniciaram seu percurso baseadas em um conceito de bem não moral – cosmológico, ontológico, teológico, psicológico –, supondo que sua maximização constitui o bem moral. Desse modo, o moral depende sempre de outras dimensões e a elas se subordina; sendo assim, essas dimensões são comuns aos demais seres naturais. O moral está, então, submetido à lei da causalidade e, além disso, as comparações entre o homem e os demais seres naturais são possíveis desde a perspectiva de sua utilidade: desde a perspectiva de *para* que e *em que medida* são bons. É possível estabelecer, a partir desse ponto, equivalências para o intercâmbio.

Mas não é isso o que os homens querem dizer quando falam de uma vontade boa. E o ponto de partida da ética consiste nesse conhecimento comum das pessoas sobre o que pode ser considerado moralmente bom. Por isso, na *Grundlegung*, o início da reflexão crítica será a análise de um dado de experiência: o que os homens entendem por "bem moral" (Cortina *apud* Guisán, 1988a, p. 146-7).

Certamente, a análise da vontade boa, que constitui o bem moral, leva-nos imediatamente, na própria *Grundlegung*, ao dever, e a segunda *Crítica* pospõe o tratamento do bem ao do dever, porque apenas a partir do princípio prático é que a "experiência moral" pode ser ordenada. Todavia, o tema da bondade moral aparece na ética deontológica kantiana, diferenciando-a, como *bem objetivo*, do simples bem-estar subjetivo. Também seria possível replicar que a ética discursiva fez uso, em certas ocasiões, do conceito de pessoa boa (Habermas, 1981b, p. 81). Inclusive Apel insiste que a moral precisa de uma *boa vontade*[6]. Não obstante, em ambos os casos, o que verdadeiramente importa é a *disponibilidade para o diálogo*, porque, em uma ética da responsabilidade, o bem consiste em que *o bom aconteça* e não na bondade da intenção, não na bondade do agente.

Mas prescindir da *bondade da intenção*, desinteressar-se *daquilo que torna moralmente bom um motivo* – que o converte em motivo moral – e deslocar o interesse ético exclusivamente para *aquilo que torna uma situação correta* situa – a meu ver – a ética e a moral em um lugar bem precário. Parece que a interioridade do formalismo não é superada, sendo conservada, mas é abandonada em prol do instrumentalismo. Mas, então, queremos realizar a liberdade interior na legislação exterior ou isso fica unicamente na exterioridade? O que leva então as normas a serem denominadas de "morais"?

3. A moral como forma deficiente de direito

Para responder a essa pergunta, em princípio, poderia nos servir de sintoma o juridicismo no qual incorrem os neokantianos de Marburgo, levados por seu *páthos* cientificista e também por seu ímpeto em potenciar uma moral social que esqueça, religiosa que é, a dimensão interior. Não será, então, que as éticas de tradição kantiana, em vez de fazer do direito um modo deficiente de moral – algo

---

[6] Apel dirá expressamente: "A *realização prática da razão* por meio da vontade (boa) sempre necessita de um compromisso que não se pode demonstrar" (1983, II, p. 392).

que Habermas diz de Kant –, se inclinaram preferentemente a fazer da moral uma forma peculiar – quando não deficiente – de direito? Buscar a origem dessa dependência na filosofia prática kantiana talvez não seja sem sentido, mesmo que seja antes o processo de dessubjetivação sofrido depois dela – o que está situando a moral em um não-lugar. A passagem para a filosofia da linguagem por meio da psicologia social de Mead não se deu sem gerar consequências.

3.1. Reino dos fins e paz perpétua

É uma hipótese plausível afirmar que a filosofia kantiana, em sua totalidade, pode ser interpretada na perspectiva de uma filosofia jurídica a partir do momento em que a dedução transcendental é uma prova da posse de determinados conhecimentos. Mesmo que as perguntas *"quid juris?"* e *"quid sit ius?"* não se identifiquem, o desafio da razão prática "não deve haver guerra porque esse não é o modo de os homens procurarem seus direitos" não está unicamente voltado para os indivíduos ou para os Estados entre si em estado de natureza, mas também para todos aqueles que disputam acerca da legitimidade dos pretensos conhecimentos da razão. Por isso, em certa ocasião, me permiti qualificar a *razão crítica* de *razão jurídica*[7].

Mas, com muito mais motivo, tanto a esfera da natureza como a da liberdade são possíveis por meio de uma ideia central: a ideia de *lei* – quer proceda do entendimento para o conhecimento teórico da natureza, quer da razão para agir sob a ideia de liberdade. E mesmo que, por isso, Kant tenha sido acusado de incorrer em uma falácia naturalista, ao transformar a lei natural em decalque da

---

[7] Cf. Cortina, 1989c, especialmente p. XXIII-XXXI. O próprio Kant irá falar de uma "razão superior e judicial", em *Kritik der reinen Vernunft*, A 739 B 767.

lei moral, pode-se também perguntar se, em último termo, não incorre em falácia humanista, porque talvez o mundo natural tenha "aprendido" legalidade com o mundo humano. Esse conceito surge da lei da experiência religiosa, da experiência moral ou da experiência jurídica?

Na tradição ocidental, seguramente a experiência moral aproxima-se mais da virtude como excelência do caráter e da felicidade como busca da vida boa. Será a *Stoa* que dotará a moral de um selo deontológico depois da falência da *pólis*, e a Idade Média que fará confluir felicidade e cumprimento da lei divina, mas o conceito de lei é mais próprio originariamente do mundo jurídico-político que do mundo moral. A subjetivação da felicidade e dos fins acaba situando a lei no centro da reflexão moral nas filosofias de tradição kantiana, contudo, na filosofia do próprio iniciador dessa tradição, existem critérios para distinguir entre uma moral e um direito unidos pela ideia de *lei*: a moral fica mais "juridificada" que o direito "moralizado", porque a categoricidade do direito racional não consegue transformá-lo em moral.

Critérios distintivos entre ambos os tipos de legislação seriam, entre outros, os seguintes: 1) o motivo do agente – no primeiro caso, o respeito à lei; no segundo, um motivo empírico; 2) o tipo de coação – autocoação no que se refere à moral, coação externa no que diz respeito ao direito; 3) o âmbito de liberdade – interna ou externa – regulada; 4) os objetos da legislação – as máximas no caso da moral, as ações no caso do direito; 5) o tipo de exigência – moralidade ou apenas legalidade – que cada uma dessas legislações pode apresentar ao agente; 6) o sujeito que julga acerca da legitimidade da norma – o sujeito agente ou o legislador; 7) o ideal para o qual se volta a legislação, que no caso da moral consiste em uma comunidade ética, um reino dos fins, para chegar ao qual se faz necessária uma conversão pessoal do coração, enquanto um direito "situado nos limites da simples razão" tende a uma paz perpétua pela qual trabalharia até um povo de demônios como seres inteligentes (Kant, *Zum ewigen Frieden* [*ZeF*], VIII, p. 366; 1989, VI, p. 354-5).

Certamente, atribuir ao sujeito um âmbito de liberdade interna, fazer dela o fundamento do moral e considerar o sujeito autônomo como critério último da correção do juízo moral supõe conceder ao formalismo moral um *status* particular diante da legislação religiosa e jurídica: ao sujeito autônomo resta decidir se uma máxima é lei moral e se é a conversão do coração que conduz a um reino dos fins. Enquanto isso, o direito racional é expresso pela categoricidade, mas não pela moralidade: o princípio da autonomia da vontade não se identifica com a vontade única do povo, nem o juízo do sujeito autônomo é o do legislador jurídico, nem é a conversão do coração que leva um povo de demônios a trabalhar por uma paz perpétua. A proibição da razão prático-moral "não deve haver guerra" também tem como destinatária a razão prudencial e hábil, porque o império da legalidade não é mais o da moralidade.

3.2. Adeus ao sujeito autônomo

A passagem do formalismo para o instrumentalismo, da lógica transcendental para a pragmática universal ou transcendental, não se produz sem repercussões para o sujeito autônomo e, portanto, para o "ponto de vista moral". Retalhos substantivos desse sujeito ficaram pelo caminho, como é caso do motivo moral, do âmbito da liberdade interna, da autocoação, do tipo de exigência, do sujeito do juízo moral e até mesmo do ideal da legislação moral, porque tudo o que aponta para uma "dimensão interior" foi se apagando do horizonte. No contexto da ética discursiva, passa-se a conceber a moral – assim como o direito – como um mecanismo de resolução de conflitos, mesmo que as normas morais – é o que se diz – sejam fins em si, enquanto as normas jurídicas também são meios para metas políticas. Certamente, os conflitos morais podem se apresentar à deliberação individual e não apenas à deliberação social, mas em tal caso se trata mais de uma internalização, porque, tendo o solipsismo metódico sido rejeitado por ser mentiroso, recorremos a Hegel e à psicologia social de Mead. "Somos o que somos" – repetirá Habermas invocando Mead – "graças à nossa relação com os outros"; a universalidade moral afunda suas raízes na sociabilidade e por isso é preciso universalizar não só a forma, como também o conteúdo do ato: é preciso universalizar os interesses.

Trata-se, porém, de, com esse procedimento, proteger os dois polos do processo de socialização, que se expressam por meio da linguagem: os indivíduos, aos quais se refere o uso dos pronomes pessoais, e a rede de relações sociais, expressas por meio da trama linguística e sem cujo fortalecimento é impossível até mesmo a individualização, porque esse processo só é possível mediante o reconhecimento recíproco. Kohlberg erra o alvo ao querer unir, depois das críticas de Gilligan, justiça e benevolência, porque as duas grandes intuições morais de nossa época – a compaixão pelos indivíduos vulneráveis e o cuidado com as redes sociais às quais devem sua identidade e promoção – exigem duas atitudes que, em determinada ocasião, me permiti chamar as "virtudes do socialismo pragmático": justiça e solidariedade (Cortina *apud* Camps, 1989d, p. 557ss). A primeira trata de defender as liberdades iguais e os direitos iguais dos indivíduos que se autodeterminam, enquanto a solidariedade – não a benevolência –

se volta para os componentes de uma forma de vida que, ao compartilhá-la, se irmanam[8]. Nenhuma dessas duas atitudes pode ser negligenciada pelo socialismo pragmático. Contudo, permitir à justiça cumprir sua incumbência moral suporia a defesa respeitosa de indivíduos autônomos. Mas como entender a autonomia moral sem levar em consideração a dimensão subjetiva, para a qual concorrem intenção, motivo, autocoação, critério último do juízo?

Realmente, o conceito de autonomia, que antes era fundamento do moral, passou por uma transformação, visto que nos remete à capacidade de todo falante competente de elevar pretensões de validade na práxis comunicativa, ao passo que o momento moral é lido nos pressupostos pragmáticos do discurso prático bem como no pressuposto contrafático, comum ao discurso teórico e ao discurso prático, de uma situação ideal de fala. Mas então o fundamento se desloca para o *direito a* defender argumentativamente os próprios interesses e convicções e a obter, mesmo assim, dos demais interlocutores réplicas argumentadas, algo que me permite, a meu ver, fundamentar uma teoria dos direitos humanos que conjugue racionalidade e história, mas deixa a possível autonomia do sujeito – nesse caso, de seu juízo moral – em uma situação difícil. Porque ou o sujeito deve aceitar como critério último do moralmente correto o que uma comunidade real argumentante decida faticamente, ou "formação discursiva da vontade" significa meramente utilizar o diálogo objetivando formar o próprio juízo, reservando-se a decisão última, ou então o sujeito deve recorrer ao juízo hipotético de uma comunidade ideal de argumentantes.

---

[8] Nesse sentido, Habermas, em "Gerechtigkeit und Solidarität", critica a posição mantida por Kohlberg em Kohlberg, Boyd e Levine, "Die Wiederkehr der sechsten Stufe: Gerechtigkeit, Wohlwollen und der Standpunkt der Moral", ambos publicados em Edelstein e Nunner-Winkler, 1986, p. 291-318 e 205-40, respectivamente.

No primeiro caso, o sujeito vê-se obrigado a aceitar como *moralmente* correto – não como politicamente aceitável ou como juridicamente positivizável – o que uma comunidade da qual não façam parte todos os afetados decida, uma comunidade que não argumenta em condições de simetria nem apresenta garantia alguma de que a força do melhor argumento vá se impor. Porque a ideia de uma comunidade ideal, mesmo desde sempre inserida *contrafaticamente* na práxis comunicativa, só é *reguladora* quando se trata de fundamentar normas com um âmbito de validade universal, ou seja, normas morais em sentido estrito. Por isso os discursos realizados advocatoriamente ou internalizados desempenham apenas uma função substitutiva: as argumentações *in foro interno* não equivalem aos discursos reais que não tenham podido ser levados a cabo. Essa seria a vantagem da ética discursiva diante do monologismo kantiano e também diante do monologismo rawlsiano, que, em último termo, possibilita apenas uma situação fictícia.

Isto posto, se as condições de racionalidade só podem ser contrafaticamente pressupostas, como formular juízos morais? Aparentemente se vangloriará de "boa vontade" aquele que estiver disposto não só a empreender um caminho dialogante para resolver conflitos, como também a aceitar como moralmente correto o resultado, fugindo do mundo heraclitiano dos adormecidos, que pensam ter inteligência própria, para ingressar no mundo dos despertos, que dão atenção ao comum. Obviamente, em tal caso, a ética discursiva há de reconhecer a falibilidade de todos os conhecimentos morais, como Habermas sustenta, e afirmar com características de universalidade e necessidade unicamente as implicações morais dos pressupostos pragmáticos da argumentação – mas a ideia de um juízo moral que não apenas sabe ser sempre falível, como também aceita como critério do certo o que uma comunidade real esteja disposta a aceitar como tal, respeita a ideia de sujeito autônomo?

Se esse não nos parece o modo mais adequado de salvaguardar a autonomia do sujeito, que parece ser missão da justiça, vemo-nos obrigados – em minha opinião – a recorrer a um dos caminhos que restam. Seguindo o primeiro, entramos em uma "ética do diálogo", do tipo da que Wellmer propõe. Para Wellmer, o preceito da universalização supõe uma correta interpretação das características relevantes de um caso e exige, portanto, um diálogo que leve o sujeito a essa melhor compreensão; mas isso não significa substituir o princípio da autonomia da vontade pelo princípio dialógico, fazer do princípio dialógico o princípio moral, mas um dos princípios exigidos no âmbito moral (Wellmer, 1986, p. 48).

Seguindo esse caminho, vamos tomar um beco sem saída, porque na realidade apostamos em realizar *monologicamente* um experimento mental: tentar conceber qual seria o juízo moral resultante no caso de se celebrar um diálogo em condições de racionalidade. Experimento semelhante permite ao sujeito manter uma reserva em face dos acordos fáticos e continuar a defender o que, para ele, é um juízo que respeita as condições da racionalidade. Mas se esse é o modo de entender a autonomia do juízo, *conditio sine qua non* do sujeito autônomo, temos de reconhecer que regressamos à universalização monológica, típica da representação kantiana de um possível reino dos fins: o monologismo, o direito a defender que o resultado do próprio experimento mental constitui o moralmente certo, mesmo que a comunidade fática não entenda assim; a ideia de que os demais podem ter universalizado incorretamente é, então, a única saída.

Além disso, e como sugere Wellmer, apelar a uma representação como essa supõe recorrer a um "absoluto", que Wellmer limita à pragmática transcendental, mas é – a meu ver – extensível à pragmática universal: o recurso a uma situação ideal supõe uma interpretação pragmático-linguística da filosofia adorniana da reconciliação, que Adorno pensou como ruptura com a razão existente, porque nos enfrentamos aqui com a imagem de um *Juízo Final*. Mais que apontar para uma comunhão dos santos, a representação de uma comunidade ideal seria uma imitação desse Juízo Final no qual a verdade e a correção serão definitivamente conhecidas, de modo a se fazer justiça a todas as pretensões de validade elevadas na história (Wellmer, 1986, p. 88ss.). *Outra vez, a razão crítica é razão jurídica.* Que tipo de conhecimento moral é proporcionado por essa racionalidade comunicativo-prática, que o torna superior ao "empatismo" kolhbergiano e ao "decisionismo" da "justiça como imparcialidade"?

Com toda a certeza, a crítica de Habermas a Rawls baseia-se fundamentalmente na convicção de que sua proposta contratualista, como tentativa de construir o ponto de vista moral, supõe um retrocesso em relação a Kant. O sujeito autônomo kantiano conta com um motivo moral – o sentimento de respeito –, ao passo que as "partes" da posição original agem movidas apenas pela prudência; e, por outro lado, a ética kantiana satisfaz as pretensões de cognitivismo moral, já que o sujeito pode, mediante a razão prática, conhecer a lei moral, enquanto só se pode exigir das partes rawlsianas decisões racional-teleológicas e não é possível um conhecimento moral que exceda o âmbito dos interesses próprios. O conhecimento prático-moral pertence ao cabedal do teórico, que tem de explicar por que é que constrói a posição original de determinado modo.

Realmente, essa crítica de "hobbesianismo" voltada contra Rawls, junto com a dificuldade de conciliá-lo com seu kantismo, não é nova, mas, mesmo assim, pode ser suavizada se recordarmos as características que nosso autor atribui às pessoas morais: não apenas o véu da ignorância e a racionalidade, mas também um quadro formado por duas faculdades morais, dois interesses de ordem suprema, um interesse de ordem superior e, em relação com a autonomia plena, os dois elementos de toda noção de cooperação social, o racional e o razoável (Rawls, 1993; Cortina, 2000, p. 193ss.). Claro que é o filósofo moral quem, contando com esses elementos, decide quais seriam os princípios da justiça; não parece que essa tarefa seja encomendada aos atingidos por ela. Mas, uma vez que construímos um conceito que representa o ponto de vista moral, não se poderia dizer que qualquer um que queira julgar moralmente deveria assumir esse ponto de vista? E não é a uma ficção semelhante que tem de recorrer a ética discursiva, mesmo estando ela contrafaticamente pressuposta?

Por outro lado, talvez fosse bom aprender com a cautela rawlsiana em limitar sua "justiça como imparcialidade" a uma concepção política da justiça que, enquanto tal, é moral e se aplica à estrutura básica de uma sociedade; no caso de Rawls, de uma democracia constitucional moderna. Haver-se com uma doutrina moral compreensiva, como o utilitarismo, não seria o objetivo da justiça como imparcialidade, porque essa concepção reclamaria uma concepção do bem, e essa é uma visão de totalidade para a qual é impossível encontrar um "consenso sobreposto". É preciso enfrentar, então, primeiro o problema do certo, antes do problema do bom, e até mesmo restringi-lo ao âmbito político da justiça da estrutura básica da sociedade.

Certamente a ética discursiva também prescinde do bom na proposição de uma ética modesta e mínima; contudo, não limita sua pergunta pelo certo à dimensão jurídico-política de uma sociedade. Dado que a natureza da racionalidade comunicativa – que traz entranhado em si o *télos* da linguagem – mostra o caráter dialógico do *lógos* humano e visto que nela se lê o princípio ético, a nossa não é uma concepção do certo aplicada ao mundo social, mas a *teoria do certo em geral*. Mas, então, é preciso perguntar qual é o lugar da legislação moral.

No contexto kantiano, do qual a ética discursiva pretende ser a mais legítima herdeira, tampouco a felicidade ou o bem subjetivo era objeto da ética. Mas as leis morais não tinham como missão assegurar um âmbito de liberdade externa para que cada qual pudesse ser feliz à sua maneira, porque essa era a missão do direito. A felicidade é um fim do homem, não do cidadão, e entre os princípios da constituição civil estão a liberdade de ser feliz à própria maneira e a liberdade de não aceitar nenhuma lei à qual eu não tenha podido dar meu consentimento (Kant, *Gemeinspruch*, VIII, p. 290-2; *ZeF*, VIII, p. 349-50; 1989, p. 314). Mas essa é uma legislação pertencente ao mundo jurídico e não ao mundo moral. Não se pode dizer que uma "ética mínima" assumiu as funções que o formalismo kantiano reservava ao direito, mas sem – obviamente – substituir o direito, gozando, portanto, de um estatuto ambíguo – para não dizer inexistente – enquanto procedimento?

Para responder a essa pergunta, convém lembrar a distinção, anteriormente feita, entre procedimento moral e procedimento jurídico, tal como Habermas a esboça. À luz dessa distinção, o procedimento moral nos é apresentado como sumamente imperfeito: falta-lhe um código normativo ao qual se incorporar, pode ampliar-se em um diálogo sem limite de tempo e, além disso – por sua própria lógica –, exige eliminar todo limite de espaço, sofre de deficiências cognitivas, motivacionais. Depois de um longo *et cetera*, o procedimento moral se nos revela impotente para apresentar exigências, se não estiver respaldado pela coação externa, própria do direito.

Isso porque, em último termo, a Moralidade, que se ergue na pretensão de construir uma bússola para questionar as evidências e os costumes do *éthos* concreto, encontra-se em inferioridade de condições relativamente aos defensores da *Eticidade*, que incorporaram a moral às instituições. Satisfazer o ideal de liberdade radical, próprio da modernidade, a pretensão de universalidade e o ímpeto de revisão e de crítica tem, para a moral "interiorizada", o efeito nocivo de uma maior debilidade motivacional. Mas, com mais segurança, eu diria que essa Moralidade interiorizada do procedimentalismo enfrenta o inconveniente – relativamente à moralidade kantiana – de que já não lhe importa a intenção do sujeito, e sim "que o bom aconteça" e, por outro lado, ela é impotente para fazer com que o bom aconteça, dada sua imperfeição como procedimento.

É precisamente esse amontoado de vulnerabilidades que obriga a "complementar" a moral com o direito positivo, "absorvendo suas inseguranças" por meio de uma regulação que possa ser coativamente imposta, de modo que uma ética da responsabilidade só pode exigir de seus destinatários o cumprimento das normas se existir garantia jurídica de que elas vão ser universalmente cumpridas. Uma ética assim não corre o risco de cair naquilo que, em outro contexto, Apel chama de o "paradoxo leninista"? (Apel *apud* Oelmüller, 1978a, p. 160ss.).

Segundo Apel, esse paradoxo, referido à moral, consiste em não exigir o cumprimento de determinada moral enquanto a situação social e econômica o impeça, ou seja, enquanto ainda estiver vigente a moral classista, porque "as condições não estão dadas", tampouco exigir esse cumprimento quando as "condições estão dadas", porque então essa moral se tornou desnecessária, dado que os interesses do indivíduo já coincidem com os interesses da coletividade.

Em minha opinião, algo similar poderia acontecer com a ética discursiva: as normas procedimentalmente legitimadas não poderiam obrigar moralmente quanto não obrigassem juridicamente, mas, nesse caso, a exigência e a obrigação morais se tornariam inúteis. O que restaria, então, do moral, se até mesmo a dimensão deontológica se torna supérflua?

Não obstante, depois de ressaltar as deficiências da racionalidade moral enquanto racionalidade instrumental, Habermas continua a apresentá-la como "um procedimento público que obedece a sua própria lógica e que, desse modo, controla sua própria racionalidade" e também como um fator que não se confronta com o direito positivo, e sim que se estabelece no seio do direito positivo como algo dotado de um caráter procedimental e valioso para a fundamentação de possíveis conteúdos normativos. Que estatuto cabe na realidade a tão estranho "algo"?

Para mim, esse procedimento público, essa argumentação sem limites de espaço e tempo, que não corre por meios institucionais, mas depende da espontaneidade dos componentes da comunidade real; esse diálogo aberto a todos os interlocutores potenciais, mas que na verdade se aproxima de uma opinião pública raciocinadora, irremediavelmente dirigida pelos poderes fáticos, perdeu tanto as vantagens da Moralidade quanto as da Eticidade. Porque não é mais o reduto último de um sujeito autônomo que, mesmo se sabendo pessoa graças a um processo de socialização, também se sabe sujeito de sua intenção e de seu juízo moral, mas tampouco encontrou um lugar institucional em um sistema democrático.

Resta, portanto, unicamente essa noção "moral" de justiça como imparcialidade, estabelecida no direito positivo e na ideia de Estado de direito e que lhes confere uma aura de inviolabilidade, herdada do direito sagrado. Certamente, os traços da razão prática moderna são os traços de uma legislação imparcial, mas, se importam apenas à liberdade externa, talvez se possa dizer que ainda é o direito racional que confere força obrigatória ao direito positivo, mesmo já não estando situado "sobre ele", e sim em seu interior. *Talvez se possa dizer que a ética discursiva é simplesmente uma* democratização *e uma* pragmatização *do direito racional moderno* (Cortina, 1990a).

A argumentação moral sobreviveu como um desses diálogos "edificantes", dos quais Rorty fala, que só servem para não interromper a conversação. Talvez porque não seja tão simples reconstruir o sujeito autônomo a partir do socialismo pragmático, visto que a condição sem a qual o mundo moral não existe é um sujeito semelhante – e não o indivíduo nem a comunidade.

Falar de autonomia exige – a meu ver – haver-se com um sujeito competente para elevar pretensões de validade da fala, legitimado para defendê-las participativamente através de um diálogo, igualmente legitimado para forjar para si um juízo sobre o certo, mesmo que esse juízo não coincida com os acordos fáticos e desde que não entre em contradição pragmática com os pressupostos racionalizadores do diálogo. Um sujeito capaz de agir por motivações morais, enquanto opta por interesses generalizáveis. A autonomia – *conditio sine qua non* do moral – não é algo que se possa socializar – a despeito de Habermas –, assim como se pode socializar o sistema bancário. E um sujeito moral é forjado no diálogo intersubjetivo, mas não menos no diálogo intrassubjetivo[9].

---

[9] Cf. Aranguren, prólogo a Cortina, 2000; Cortina *apud* Apel, Cortina, Zan e Michelini, 1991. Mas me permito pôr em dúvida, contudo, que a autonomia do sujeito moral possa ser construída a partir do *individualismo ético* que Muguerza propõe em *Desde la perplejidad* e que – a meu ver – fortalece mais a *idiossincrasia* dos sujeitos que sua *autonomia*. Cf. Cortina, "Una crítica 'pática' de la racionalidad práctica", *Arbor*.

4. Vontade política e vontade moral

Sem abandonar, ainda, o âmbito das relações entre moral e direito, é preciso dar lugar a uma nova apreciação. O fato de o princípio da ética discursiva, como princípio legitimador de normas moralmente certas, basear-se no decalque de um princípio de legitimação de decisões políticas, pode acarretar, ainda por cima, o inconveniente de fazer pesar sobre a vontade e o juízo morais o gravame das realizações espúrias da política existente.

Em princípio, a vontade, conceito-chave da vida moral, importa na perspectiva de sua formação, que se identifica como "formação discursiva" ou "formação democrática", de modo que seria vontade racionalmente formada a vontade disponível ao diálogo. A meu ver, surgem daqui pelo menos duas consequências.

De um lado, as decisões particulares de consciência tenderão à racionalidade sempre que tentarem se plasmar em um diálogo real, sendo o diálogo intrassubjetivo unicamente substitutivo, sucedâneo do diálogo real, quando este não possa ser levado a cabo. Diante disso, o sujeito se vê às voltas com uma difícil tensão: tem de julgar como moralmente correto e tem de querer aquilo que queiram faticamente os reais envolvidos, modo sumamente adequado de extinguir os messias, empenhados em salvar o povo a despeito dele mesmo, mas também modo que pode levar a confundir o *possibilismo político* com o juízo e o querer morais. Esse é o motivo pelo qual o sujeito moral deve manter a difícil tensão entre a comunidade real e a ideal, entre o que querem faticamente os sujeitos implicados em uma sociedade ideologizada e o que eles poderiam querer em uma situação de racionalidade. A formação moral da vontade não pode ser encomendada ao possibilismo político.

Com maior razão, contudo, a deplorável identificação que fazemos nas democracias existentes entre "procedimento democrático" e "votação e regra de maiorias" deixa nossa vontade moral dialógica em péssima situação, porque leva a pensar erroneamente que essa vontade deve *querer moralmente* o que *se pactue por maioria*. A chave de nossa ética consistiria em julgar e querer moralmente o que um consenso obtido por maioria decida. Mesmo assim, acho que entender nossa ética desse modo é *mal-entendê-la* e que seus fundadores não se esforçaram suficientemente para desfazer tal mal-entendido.

Já na perspectiva política, a decisão por maioria é um mecanismo simples, que constitui um mal menor, visto que o racional seria decidir por unanimidade, mas a unanimidade é, em muitas ocasiões, inacessível. Por isso a famosa regra tem de vir acompanhada de mecanismos que garantam o respeito às minorias e a suas posições. Por isso a urgência em fomentar, no momento anterior à tomada de decisões, a informação, o diálogo, a livre exposição de argumentos. E o que dissemos da vontade pode ser dito, com muito mais justeza, da vontade moral.

O importante nela não é se guiar pelo consenso, no qual culmina ou não o procedimento dialógico, e sim *habituar-se* a percorrer o caminho anterior a ele. Caminho que consiste em cultivar a *atitude* dialógica – não monológica – de quem está disposto a conhecer os interesses dos atingidos por uma norma, escutar seus argumentos, expor os próprios e não se deixar convencer por interesses particulares – de indivíduos ou de grupos –, exceto pelos generalizáveis. Isso supõe desenvolver a capacidade de reconhecer todos os prováveis interlocutores como pessoas – ou seja, não apenas os participantes do diálogo, mas todos os atingidos por uma decisão –, e, portanto, estar disposto a optar pela solução que não negligencie nenhum deles.

Moralmente, não é essencial que um procedimento semelhante culmine no acordo sobre uma norma. A urgência da vida política obriga a apelar para o mal menor da votação e das maiorias, mas o mesmo não se dá com a moral, que, apesar dos fundadores da ética discursiva, é questão mais de *atitudes* que de normas. Só se for assim considerada, ela terá na democracia o lugar que lhe negávamos no tópico anterior.

5. Ética sem moral

Isso porque nossa ética corre o risco de incorrer naquilo que Apel, em outro contexto, chama de "falácia abstrativa", porque só leva em consideração a dimensão racional do homem, esquecendo-se da dimensão "tendente". A unidade aristotélica de razão e tendência está centrada na racionalidade.

Com isso não quero dizer, para contentar a Guisán, que a ética de que tratamos esteja esquecida da componente sentimental e passional humana, como se qualquer interesse não racional fosse patológico, como Kant queria. Ao contrário, os envolvidos levam para o diálogo seus interesses, que são os que compõem o conteúdo do moral. Estava me referindo antes ao fato de que no nível filosófico – não no nível da vida cotidiana, que moralmente ostenta o "primado substancial" – só importa à nossa ética o princípio racional, e não as motivações dos sujeitos, o valor que os leva a optar por uma racionalidade comunicativa nas situações concretas, o tipo de virtudes que predispõe a agir de acordo com ela. Dada essa modéstia no tratamento dos temas, pode acontecer que ela se degenere em uma ética não valorativa, assim como os cientistas radicais desejaram uma ciência isenta de valor.

Com efeito, o cientificista, levado por seu ímpeto de chegar a uma ciência objetiva, aceita com entusiasmo o postulado weberiano da *Wertfreiheit*, da não valoração. É exatamente contra semelhante pretensão que se levantava nossa ética, ao acreditar ser impossível o funcionamento da racionalidade científica sem o funcionamento das racionalidades hermenêutica e ética. Por isso não deixa de ser curioso que, quando o postulado da *Wertfreiheit* já não é mais um ideal tanto para as ciências do espírito como para as ciências da natureza, o procedimentalismo ético pareça voltar a demonstrar seu valor, desde que aplicado à ética: a partir dela, é possível falar da moral *sem valores*.

De meu lado, porém, concordo com Taylor em reconhecer, que sem a percepção de um valor, sem experimentar algum elemento como valioso, não há motivo para que o indivíduo tenha de seguir um princípio. Daí vem a superioridade da ética kantiana ao falar do ser racional como algo "absolutamente valioso", ao qual cabe a dignidade, não um preço. Daí decorre que, em meu modo de ver, só se o princípio racional da ética discursiva for considerado valioso ou se for possível indicar elementos valiosos, ele deve ser incorporado em *atitudes*, cujo cultivo pode gerar aquilo que se entendeu tradicionalmente como *virtudes* e que compõe uma parte substancial da dimensão moral. E, nesse ponto, é preciso reconhecer que nossa ética ficou só, inclusive entre os procedimentalistas, visto que tanto Rawls quanto o reconstrutivismo de Erlangen falam de virtudes sem dificuldade alguma (Lorenzen e Schwemmer, 1975, p. 179-80).

Se a ética de que tratamos se ocupou de algo parecido com uma virtude, ocupou-se da formação democrática da vontade, da disponibilidade para o diálogo. Mas essa é uma virtude "dianoética", uma virtude intelectual, desconectada de possíveis virtudes "éticas", de virtudes do caráter. Não é estranho que tal restrição tenha merecido o nome de "intelectualismo moral" (Ilting *apud* Kuhlmann e Böhler, 1982, p. 612-48; Schnädelbach, 1986, p. 57-9).

Nesse sentido, Schnädelbach previne a ética discursiva contra a costumeira confusão entre saber e virtude. Definitivamente, as normas normalizam sem heteronomia onde não apenas são reconhecidas cognitivamente, mas também praticamente por livre decisão, e essa aceitação prática sempre contém um elemento de decisão que não se identifica com o aperceber-se cognitivo. Curiosamente, o intelectualismo da ética discursiva repousa em uma inconsistência com sua proposta pragmática, porque é estranho admitir a teoria dos atos de fala e, ao mesmo tempo, defender o cognitivismo na fundamentação das normas.

Com efeito, se a racionalidade for entendida estruturalmente – e não acidentalmente – a partir da ação comunicativa, então todas as circunstâncias da "realidade da razão" também são circunstâncias da ação real. Na razão real, portanto, também estão sempre em jogo o querer e o decidir. O cognitivismo de nossa ética é cognitivismo ao preço de eliminar os elementos ilocucionários e perlocucionários, mas isso significa eliminar os elementos que fazem de sua teoria uma teoria pragmática. Exatamente – pensa Schnädelbach – a teoria dos atos de fala obriga a ética a recordar a *prohaíresis*.

Mesmo assim, de meu lado, acredito que o defeito da ética que nos ocupa não consiste tanto em confundir saber e virtude, mas em eliminar – e acho que isso é o que Schnädelbach definitivamente também quer dizer – a dimensão do querer e, portanto, a virtude. A meu ver, podem-se ler as razões dessa eliminação na polêmica mantida com neoaristotélicos e neoconservadores. Visto que estes últimos preconizam o retorno ao *éthos* concreto, às instituições, às virtudes e aos costumes de uma vida ética, o procedimentalismo teme que tal retorno seja um retrocesso. A Eticidade hegeliana – como já dissemos – não supõe uma superação da universalidade kantiana, e sim o contrário, porque reconduz ao relativismo moral das diferentes culturas ou nações. As virtudes – pensam Apel e Habermas – são sempre próprias dos povos, constituem um elemento que os diferencia, não unificante. Por isso não são tema da ética, entendida como filosofia moral; pertencem ao âmbito da psicologia, da pedagogia ou, no máximo, a uma "parte c" da ética, ainda por elaborar.

Isto posto, o criador do formalismo ético, ao qual se filia a ética discursiva, elaborou uma *Tugendlehre*, uma doutrina da virtude, depois de se ter ocupado da fundamentação na *Grundlegung* e na *Crítica da razão prática*, mas sem sair ainda da metafísica dos costumes, sem chegar à antropologia[10]. Claro que aqui a virtude se fixa não como excelência do caráter, à maneira aristotélica (Conill e Montoya, 1985, p. 126ss.), nem como âmbito que nos predispõe a desempenhar bem nosso papel no seio de uma comunidade, no sentido de MacIntyre, e sim como "faculdade e decisão refletida" de resistir "ao adversário da intenção ética em nós", ao modo estoico: como *fortitudo moralis* para cumprir o dever e o agir segundo os fins da razão prática[11]. Mesmo sendo específica a capacidade de a razão propor fins a si mesma, alcançá-los supõe desenvolver virtudes que nos predisponham a agir em consonância com eles. Dessa forma, é

---

[10] Para fazer distinção entre "antropologia teórica" e "antropologia pragmática", cf. Vlachos, 1962, p. 203-4. Vlachos constrói as teorias ética e política kantianas sobre a base da teleologia e da antropologia.

[11] Cf. Kant, 1989, VI, p. 380. Para uma crítica "feminista" a essa concepção da virtude, cf. Guisán, "I. Kant: una visión masculina de la ética", *apud* Guisán, 1988, p. 167-96, e o capítulo 11 do presente livro.

possível chegar a um reino de seres autônomos, atentos a suas próprias leis, algo que é o fim supremo originário da razão, dado que – como Cohen aponta – "a *autonomia*, a legislação universal própria, é *autotelia*" (Cohen, 1910, p. 270). Como chegar a um fim desses partindo de seres que também se veem atraídos por leis alheias? A partir das virtudes próprias de uma sociedade determinada ou a partir de um *éthos* universalmente assimilável, não ligado exclusivamente a uma cultura, nação ou época?[12].

Em minha opinião, responder a essa pergunta é essencial se as éticas pós-kantianas de princípios pretendem se encarnar nas instituições. Poderíamos dizer com Apel que, uma vez descoberto o princípio ético no sexto estágio da evolução da consciência moral, o sétimo teria de consistir em sua encarnação. Mas isso exige – creio eu – uma doutrina da virtude, cultivável a partir da *valorização positiva* do princípio descoberto.

Nessa ordem de coisas, seria necessário complementar o que Apel chamou de uma *antropologia do conhecimento* com uma *antropologia da valorização*. O ponto de partida para elaborá-la poderia ser uma doutrina da virtude, adequada ao princípio da ética discursiva, que teria se constituído como *antroponomia*, em um sentido equivalente àquele que Kant lhe atribui. Naturalmente, semelhante antroponomia apresentaria o "inconveniente" de pretensão à universalidade e de chocar, em consequência, tanto por conta de uma concepção particularista do *éthos* como pela potenciação neonietzschiana das diferenças. Contudo, acho que ambos os "choques" podem ser suavizados.

---

[12] "[...] mas posto que, considerando objetivamente, não pode haver mais que uma razão humana [...], a *moralidade* diz com direito: só há uma virtude e uma doutrina dela, isto é, um único sistema que une mediante um princípio todos os deveres de virtude" (Kant, 1989, p. 207).

Naquilo que diz respeito à concepção do *éthos*, uma ética do caráter não tem por que se identificar – a meu ver – com uma ética do caráter comunitário, porque o cultivo de determinadas virtudes pode ser universalmente proposto como necessário para incorporar um princípio ético, sem necessidade do conjunto de virtudes e costumes que – segundo se diz, mesmo sendo mais que discutível – configuram o espírito de uma comunidade concreta. Uma ética de atitudes e de virtudes precisa se ocupar dos modos de se enfrentar a vida adequados aos princípios éticos. Nesse sentido, Gilligan fala do cuidado (*care*); Kohlberg, de entender o cuidado como justiça e benevolência, no nível de princípios e de atitudes, e a ética discursiva, no da solidariedade. Uma ética de atitudes não tem por que se ocupar dos caracteres individuais ou do *éthos* de uma comunidade nacional.

Dito isso, o temor de construir uma ética de atitudes universais, correspondentes a princípios universais, procede – em meu entender – do medo da acusação de "totalitarismo", procedente sobretudo de correntes neonietzschianas, que veriam nisso uma tentativa de homogeneização. Diante delas, nossa ética alega limitar-se a princípios universais, deixando a realização ética a grupos e a indivíduos. As invectivas contra o universalismo ético estariam, portanto, baseadas em mal-entendidos (Apel, 1988a, p. 154-78).

Segundo Apel, a rebelião contra o universalismo seria incumbência, em princípio, da crítica pós-moderna ao conceito ilustrado de razão. Em sua *História da sexualidade*, Foucault defende uma ética do *cuidado de si*, no sentido da autorrealização do indivíduo em um modo de vida belo. Como Nietzsche, Foucault vê no estoicismo e, sobretudo, no cristianismo o ponto de inflexão da moral clássica do *cuidado de si* individual para a ética universalista. Kant abriria um caminho ulterior nessa tradição, na medida em que a relação do homem consigo mesmo já não é mais a preocupação com a autorrealização individual. O indivíduo deve se submeter ao juízo racional universal idêntico, de modo que "a busca de uma forma moral, aceitável por todo mundo, no sentido de que todos deveriam se submeter" parece "catastrófica"[13] a Foucault.

Lyotard se pronunciaria em um sentido semelhante ao considerar a teoria consensual da fundamentação de normas como uma forma ameaçadora de exercício totalitário do poder, dado que o consenso, como fonte de legitimidade, violentaria a heterogeneidade dos jogos de linguagem. O saber pós-moderno, ao contrário, aguça a sensibilidade para as diferenças e fortalece nossa capacidade de tolerar o incomensurável. Seu princípio não é a homologia dos especialistas, mas a paralogia do inventor (Lyotard, 1984, p. 117).

A Eticidade conservadora – como vimos antes – também se opõe ao universalismo, que tem o "existente ético" na conta de proibido, enquanto ele não esteja discursivamente permitido. Por isso, se os filósofos se dedicaram até agora a transformar o mundo, já é tempo de respeitá-lo, dirá Marquard (*apud* Stierle e Warnung, 1984).

Contudo, segundo Apel, essas rejeições ao universalismo se baseiam em um mal-entendido: na confusão entre as éticas de princípios e as éticas das virtudes, preocupadas em desenhar uma vida boa. Estas pertenceriam a níveis anteriores ao pós-convencional no desenvolvimento da consciência moral, já que buscam discernir como viver uma vida boa no seio de uma comunidade concreta, de modo que suas respostas têm de ser particularistas. Aquelas, por sua vez, deixam essas questões para os indivíduos e os grupos e se ocupam exclusivamente dos princípios universais legitimadores de normas. Por isso, aqueles que acusam nossa ética de incor-

---

[13] *Les nouvelles littéraires*, 28 de junho de 1984.

rer em universalismo homogeneizador parecem não entender que aqui não se trata da vida boa. Se fosse assim, os princípios, como tentativas de resposta, pareceriam vazios e até mesmo repressores das tendências sensíveis à autorrealização. E, nesse sentido – pensa Apel – Kant tem certa culpa por não ter esclarecido suficientemente a distinção (Apel, 1988a, p. 163-7).

Efetivamente, segundo Apel, a Doutrina da Virtude kantiana provoca uma falsa sensação: a de que podemos descobrir os deveres e as virtudes que nos levam à autorrealização concreta, deduzindo-os do princípio de moralidade, de uma forma universalmente válida. Isso porque – é o que acha Apel – Kant não conheceu a relação de complementaridade entre o critério universal da moralidade e a eticidade pessoal ou coletiva, ligada ao universal concreto de uma totalidade vital; enquanto a ética discursiva deseja manter essa relação de complementaridade. Em meu ponto de vista, contudo, o que acontece é que Kant foi mais atento do que a ética discursiva no que se refere ao que seja "autorrealização", termo – se é que ele existe – utilizado, mas pouco esclarecido em filosofia moral.

Em meu modo de ver, pode-se entender por "autorrealização" a plena satisfação das aspirações de um indivíduo concreto, ou apenas a satisfação das aspirações que uma antroponímia considera como *conditio sine qua non* da humanidade de um indivíduo. Se tomarmos autorrealização em sua primeira acepção, então não há ética alguma que possa indicar o caminho para alcançá-la, porque o indivíduo é único, e única é sua realização. Religião, estética, psicologia, sociologia, ética deveriam aplicar-se à tarefa de esclarecer o que torna cada homem – e não "os homens" – feliz. Mas se tomarmos a autorrealização em sua segunda acepção, como acesso a um grau mínimo sem o qual não se pode qualificar alguém valorativamente como homem, as éticas universalistas sempre assinalaram virtudes e atitudes para que nos comportemos de modo humano, nunca inumano.

Por isso a Doutrina da Virtude kantiana não indicava – a despeito de Apel – as virtudes que fazem os homens felizes (quem se atreveria a fazê-lo sem levar em consideração a "loteria" natural e social?), e sim aquelas que são *conditio sine qua non*, não da felicidade individual, mas da humanidade pessoal.

E toda ética pós-convencional que venha a descobrir um princípio sob cuja luz devam ser julgadas as normas está a exigir o desenvolvimento de virtudes que o incorporem. Virtudes que ela tem de explicitar, porque, caso contrário, uma ética que confia à *arte* os modelos de autorrealização; à *religião, à arte e às ciências* as ofertas de felicidade; ao *direito e à política* a *legitimação* de normas e a *formação* da vontade; às diferentes *comunidades e aos grupos* a configuração de *virtudes dissolveu um fenômeno chamado moral.*

III
A PESSOA – O SUJEITO AUTÔNOMO E SOLIDÁRIO – É A MEDIDA DA DEMOCRACIA

7
O *éthos* democrático: *télos*, valor, virtude[1]

Neste final de século, no qual competem no terreno filosófico as propostas dos chamados "jovens conservadores" – que anunciam o fim da modernidade –, os "veteroconservadores" – partidários da pré-modernidade –, os "neoconservadores" – dependentes do legado econômico da modernidade, mas não de suas consequências culturais – e a chamada "modernidade crítica", só esta última parece considerar o projeto iluminista como unicamente incompleto, como um projeto que também merecer ser prolongado em suas vertentes cultural e moral. Na disjuntiva "fracasso ou vigência", à qual constantemente se faz referência, a chamada "modernidade crítica" se pronunciaria pela vigência de um projeto que, apesar de tudo, carece de crítica.

Com o propósito de levá-lo a termo, seria necessário praticar, mais que o "pós", o "neo"; retomar contato com as raízes do mais bem-sucedido pensamento moral do Iluminismo: o do formalismo kantiano. Juntamente com a razão técnica, exprimível em im-

---

[1] Este capítulo tem origem em "La reconstrucción de la razón práctica. Más allá del procedimentalismo y el substancialismo", em *Estudios filosóficos*, 1988, p. 165-93, e em "Substantielle Ethik oder wertfreie Verfahrensethik? Der eigentümliche Deontologismus der praktischen Vernunft", em Apel e Pozzo, 1990, p. 320-52.

perativos hipotéticos, a categoricidade da razão prática seria o mais precioso legado – nesse caso, moral – do Iluminismo. Portanto, é necessário pronunciar outra vez o *zurück zu Kant* e recuperar – mesmo que transformando-o – o procedimentalismo ético de Kant.

É claro que a ética kantiana – é preciso confessá-lo quando se comemora o bicentenário da publicação da *Crítica da razão prática* – parece despertar certa rejeição em meio ao público, dado que se apresenta como uma ética deontológica e de princípios. Enquanto *deontológica*, propõe como objeto o dever, as normas, a exigibilidade e a coação, ao passo que suas oponentes desfrutam objetos tão atrativos quanto a vida boa, os bens, as virtudes, a solicitude, a vontade de poder ou o jogo. E enquanto ética de princípios, consciente de sua situação no nível pós-convencional no desenvolvimento da consciência moral, costuma ser considerada em alguns círculos oposta a uma ética de atitudes. Se os princípios são enunciados prescritivos universalizados, que servem como fio condutor para os juízos morais sobre conflitos entre normas, a atitude relaciona-se antes com o caráter, as disposições ou as virtudes. Uma ética de princípios parece se enfrentar com uma ética das atitudes, que é a que pode dar lugar ao hábito e à virtude; em suma, a um *éthos*.

O bem certamente se apresenta como mais atrativo que as normas; e uma moral do *éthos*, arraigada em uma comunidade e em suas instituições, parece mais apropriada para homens frágeis que a rigorosa moral de princípios. E hoje, não obstante tudo isso, as éticas deontológicas, procedimentalistas e de princípios, que vieram à luz por intermédio da *Grundlegund* e da *Crítica da razão prática*, mantêm uma pujança talvez nunca alcançada desde a época de Kant. Apesar das críticas provenientes do neoaristotelismo e do neo-hegelianismo, apesar dos ataques advindos do neonietzschianismo, as éticas deontológicas e de princípios ocupam atualmente um lugar privilegiado.

Contudo, na avaliação dos neoaristotélicos, as éticas procedimentais fracassaram. Na melhor das hipóteses, Taylor concede que o potencial dessas éticas pode ser mantido, desde que elas sejam *reconstruídas* a partir de uma ideia do bom, com o que se conseguiria mediar as éticas procedimentais com as substanciais[2]. A meu ver, essa tentativa de mediação está fadada ao fracasso, se entendermos por "ética" a reflexão filosófica – isto é, reflexão conceitual e com pretensões de universalidade – sobre o fenômeno moral. Nesse sentido, o único ponto de partida viável seria a ética procedimental, que está em concorrência com a vertente universal do fenômeno moral.

Todavia, acredito ainda que, no decorrer da polêmica entre neoaristotélicos e neokantianos, foi-se configurando um conceito tão empobrecido de ética procedimental, que hoje se fazem necessárias ou a reconstrução ou a superação dele. Tentarei, então, mostrar, na medida do possível, que não só existem motivos para que as éticas procedimentais continuem vigentes atualmente, prolongando a tarefa iluminista de Kant, como podem oferecer muito mais do que supõe a embriaguez de uma polêmica. Para tanto, tomarei como ponto de partida a proposta de Taylor, segundo a qual as éticas procedimentais podem manter sua vigência, desde que sejam reconstruídas a partir de uma ética substancial, e tentarei mostrar que uma reconstrução como a que Taylor propõe não é necessária nem possível, mas aponta para uma ampliação interessante das éticas procedimentais.

---

[2] Cf. Taylor *apud* Kuhlmann, 1986a; Taylor *apud* Honeth e Joas, 1986b, p. 35-52. Por essa razão Taylor proporá recuperar as fontes da moral em *Sources of the Self*, 1989.

1. Procedimento e valor

Na visão de Taylor, todas as teorias que dão primazia ao certo se baseiam, na realidade, em uma ideia do bom, porque quando se pergunta por que devemos seguir determinado procedimento, visto que outras opções são possíveis e até mais atrativas, a resposta surge de uma explicação positiva da *conditio humana*, portanto, também do bom. Seria mérito de Kant ter reconhecido um valor para o homem, diante do que essa teoria não está tão longe assim da lógica do *télos* e do "bom", tendo-a simplesmente trasladado. Em última instância, as éticas procedimentais fundamentam-se em uma ética substancial, porque só se pode responder à pergunta "por que tenho de seguir determinado procedimento?" com "valorações fortes", como a dignidade do homem (Kant), o acordo racional (ética discursiva) ou o conceito kantiano de pessoa (Rawls).

Eu gostaria de observar, desde o princípio, que, a meu ver, as éticas procedimentais se baseiam em uma "valoração forte", como quer Taylor; que Heller tem razão quando afirma que "a racionalidade comunicativa é uma escolha, uma *escolha de valor*" (Heller, 1984, p. 297). Porque, apesar de o princípio da ética discursiva estar entranhado na dimensão pragmática dos atos de fala e mesmo que segui-lo seja indispensável no processo de socialização, em situações de conflito, é possível *optar* por ele ou pela alternativa solipsista. Apesar de seus protestos, o próprio Habermas admite que entendemos como "moralmente boas" as pessoas que, em situações de conflito, mantêm a competência interativa, em vez de rejeitar inconscientemente o conflito (Habermas, 1981b, p. 81). E assim demonstra, definitivamente, que é necessária uma decisão individual, talvez não no sentido de Tugendhat, e sim no sentido da "boa vontade" kantiana, que Apel de algum modo recupera ao afirmar que "a *realização prática da razão* por meio da vontade (boa) sempre necessita de um compromisso que não pode ser demonstrado" (Apel, 1983, II, p. 392). E, a meu ver, esse *compromisso* carece de sentido se não seguir a *percepção de um valor.*

Todavia, o fato de as éticas procedimentais suporem a percepção de um valor não significa – em minha opinião – que estejam apoiadas em uma teoria substancial da vida boa, na qual se faça presente o conjunto de bens humanos possíveis, ordenado de modo tal que com isso se alcance a felicidade. Porque a ética procedimental – e esse "motivo" foi visto muito bem por Taylor – pretende se ocupar do *universalizável* no fenômeno moral, mas não dos bens relativos a determinados indivíduos, grupos ou sociedades. Os próprios "bens transcendentes" a uma práxis, dos quais Taylor fala, teriam de se submeter a um procedimento de *universalização,* se quisessem provar sua bondade universal, mesmo que apenas faticamente: o *procedimento* continua sendo necessário para provar a *bondade.*

As éticas procedimentais não precisam, portanto, apoiar-se em uma ética substancial, mas uma ética substancial teria de apelar para procedimentos. Mas algo de que carecem as éticas das quais nos ocupamos é apoiar-se em um *valor*. E, a meu ver, é esse elemento valioso o que permite entrelaçar *princípios* e *atitudes*, porque o interesse por um valor motiva determinadas atitudes, que geram o hábito e a virtude. A ética procedimental, então, pode contar *não apenas com procedimentos,* mas também com *atitudes, disposições* e *virtudes,* motivadas pela percepção de um *valor;* em suma, com um *éthos universalizável.* De onde surge o valor é uma pergunta a qual só se poderia responder recorrendo a uma *reconstrução da razão prática.*

Certamente, é próprio da estrutura da ação racional tender a um fim, sem o qual não se poderia falar de sentido subjetivo da ação; mas – essa *seria minha hipótese* –, no caso da razão prática, a ação por ela regulada não pode ser considerada um meio posto a serviço de um fim, situado fora dela, porque a ação inclui o *télos* em si mesma. E precisamente esse momento teleológico, incluído na própria ação, faz dela um tipo de ação maximamente valiosa e realizável por si mesma: o *télos*, para aqueles que desejem comportar-se racionalmente, leva ao *déon*. *O momento é deontológico por ser teleológico.*

A meu ver, as éticas deontológicas, com as devidas matizações, são fiéis a uma herança clássica, presente já em um modelo tão marcadamente teleológico como o de Aristóteles, e isso explica parcialmente sua vigência. Apesar dos protestos de Habermas, creio que desemboca na ética discursiva um deontologismo teleológico, que esteve presente na filosofia do ser quando o ser era objeto da filosofia; esteve presente na filosofia da consciência quando a consciência atraiu o interesse filosófico, e está presente na filosofia da linguagem depois da *pragmatic turn*. Exemplo disso seriam o modelo ético mais relevante da filosofia do ser – a *Ética a Nicômaco* –, o modelo mais relevante da filosofia da consciência – a ética kantiana – e os modelos que hoje tentam encarnar dialogicamente a "vontade racional". Talvez uma rápida síntese deles possa confirmar o que vamos apontar a título de hipótese: 1) a *especificidade* da razão prática não consiste em alcançar determinados efeitos, utilizando para isso determinadas ações, e sim em assinalar certas ações como tendo o fim em si; 2) a ação valiosa, assinalada pela razão prática, não nos leva a uma ética de bens, e sim a uma ética de valores, atitudes e virtudes. *Procedimento* e *éthos* não têm por que ser opções disjuntivas, já que a percepção de um procedimento como valioso gera um *éthos* correspondente.

2. A reconstrução da razão prática: *télos* e *déon*

2.1. O conceito aristotélico de *práxis teleía*

É patente que a filosofia prática de Aristóteles é teleológica, no sentido de que entende as ações humanas como dirigidas para um *télos*. E, todavia, não é menos certo que na constituição da *práxis* diante da *poíesis*, na configuração da *phrónesis* diante da *tékhne*, ela entra em um momento deontológico.

Efetivamente, no livro VI da *Ética a Nicômaco*, no momento de distinguir entre a ação e a produção, o elemento distintivo consiste em que "o fim da produção é diferente dela, mas o da ação não pode sê-lo; a boa atuação é, em si, um fim" (*Ética a Nicômaco*, VI, 5, 1140 b 6-7). E, por outro lado, nos livros I e X, a felicidade nos é apresentada como uma atividade à qual convém ser desejada por si mesma, que se basta a si mesma. Pertencem a esse tipo as atividades virtuosas e os jogos agradáveis. Mas, visto que o homem virtuoso – que constitui definitivamente o critério – não considera felicidade os jogos agradáveis, a felicidade arraigar-se-á na prática das atividades virtuosas e, concretamente, no exercício da mais excelente delas, que é a contemplação. Ela é a mais adequada ao homem e aquela que podemos exercer com mais continuidade. Eu gostaria de me deter nesse ponto, porque a continuidade marcará o caráter específico da racionalidade do prático, como mostra a excelente interpretação de Cubells, que para tanto recorre à distinção, praticada por Aristóteles na *Metafísica*, entre *práxis teleía* e *práxis atelés* ou *kínesis*. A felicidade pode ser definida como *práxis teleía*, como atividade perfeita por ter o fim em si mesma; enquanto na *práxis atelés* ou *kínesis*, uma coisa é a ação, outra, o fim. A ação, neste último caso, é meio com respeito ao fim, tendência para ele. Na *práxis teleía*, pelo contrário, tendência e fim se identificam; existe simultaneidade temporal entre ambos. Como se justifica tal simultaneidade? (Cubells, 1967, p. 94-123).

O próprio Aristóteles exemplifica essa situação do seguinte modo: " [...] vive-se e, ao mesmo tempo, já se viveu, desfruta-se e já se desfrutou; se não fosse assim, seria preciso que alguma vez acabasse, como quando diminui, mas não agora, quando se vive e já se viveu" (*Metafísica*, IX, 7, 1048 b 25-7). Isso é o que acontece na práxis do homem enquanto homem, isto é, na contemplação: o conhecimento move a vontade, que, por sua vez, desperta um novo desejo. A sucessão entre desejo e felicidade não tem por que ser interrompida, por isso nos encontramos diante de uma atividade contínua. Ao contrário, na atividade em que tendência e fim se dão sucessivamente, alcançar o fim supõe o desaparecimento da tendência. Por isso, aqui, o fim é perfeição e limite da ação.

O conceito de *práxis teleía* ilumina, portanto, o campo prático em toda a sua amplitude: na ética teleológica de Aristóteles, o momento constitutivo da racionalidade do prático é deontológico. Se – com Cubells – entendemos toda a vida como tendência que alcança o fim em cada um de seus momentos e que se dirige para tal fim mediante a sucessão de todos eles, a razão prática, com seu deontologismo teleológico peculiar, estrutura a vida toda.

2.2. A teleologia kantiana das faculdades do ânimo

Na filosofia prática kantiana, podemos encontrar explicitamente diversas acepções do conceito de fim, três dentre as quais parecem particularmente relevantes para nosso trabalho: o "fim-fundamento", o "fim-consequência" e o "fim que é ao mesmo tempo um dever". O primeiro deles estaria caracterizado na *Metafísica dos costumes* como "objeto do livre-arbítrio (de um ser racional), cuja representação o determina a uma ação para produzir esse objeto" (Kant, 1989, p. 381); enquanto *A religião dentro dos limites da simples razão* caracteriza o segundo no seguinte sentido:

> Embora a moral não necessite, em prol de si mesma, de nenhuma representação de fim que tivesse de preceder a determinação da vontade, mesmo assim pode ser que haja uma referência necessária a tal fim, a saber: não como ao fundamento, mas como às consequências necessárias das máximas que são adotadas em conformidade com as leis (Kant, *Die Religion innerhalb der Grenzen der blossen Vernunft*, vi, p. 4).

E Kant acrescenta, no mesmo contexto, que sem relação com um fim não pode haver no homem nenhuma determinação da vontade; a ideia de fim tem de estar presente em alguma de suas acepções, mesmo que falte com fim-fundamento, porque um arbítrio que sabe *como*, mas não *para onde* há de agir não pode bastar-se. Esse "para onde" do agir moral marcará o caminho da teleologia individual e coletiva, que leva para o *bonum consummatum* e para a sociedade cosmopolita. Dele darão conta os tratados religiosos, jurídicos e de filosofia da história, assim como *A metafísica dos costumes*. Mas, visto que essa direção do agir moral só importa para aqueles que já estão interessados na virtude, nós nos limitaremos ao momento teleológico que possa atuar como fundamento de determinação da vontade, ao *fim-fundamento*. No momento de determinação da vontade pela lei moral, está presente algum fim que atue como fundamento de determinação da vontade?

Deixando de lado os "fins que são simultaneamente deveres" e que correspondem mais ao terreno da "autocracia" que ao da autonomia da razão, passo a me referir ao *elemento formal da determinação moral da vontade*.

A *análise da vontade pura* assinala um conteúdo, uma matéria pura da faculdade de desejar, cuja relação com a faculdade de desejar não radica, portanto, no sentimento de prazer. Com isso se mostra que entre a mera forma do querer e o *a priori* prático não existe uma relação de identidade, que justificaria a acusação de formalismo, e que o conteúdo positivo do *a priori* prático já está esboçado na forma de uma legislação universal. Esse conteúdo consistirá em uma *comunidade de seres autônomos*, que é suprema condição limitativa dos fins subjetivos e, portanto, fim em si. O conceito de seres autolegisladores que são fins em si mesmos constitui o conteúdo da forma moral. A pergunta que decorre disso é clara: se existe um conteúdo *a priori* da forma do querer, pode-se considerá-lo como fim-fundamento de uma vontade boa?

A meu ver, o fato de o conceito de fim em si mesmo poder ser extraído do conceito de vontade pura mostra que ele pode ser considerado fundamento de determinação da vontade, mediante a lei moral; pois, como o próprio Kant afirma: "Fim é o que serve à vontade de fundamento objetivo de sua autodeterminação, e tal fim, quando é posto pela simples razão, deve valer igualmente para todos os seres racionais" (Kant, *Grundlegung*, IV, p. 427). No nível da ação, isso significa que, no caso de tais afirmações poderem se realizar sinteticamente, fica justificada a existência de preceitos categóricos, que são aqueles por meio dos quais a racionalidade prática se exprime.

Com isso, naquilo que se refere ao momento teleológico-deontológico, a razão prática kantiana se assemelharia ao intelecto prático aristotélico, porque os imperativos categóricos se caracterizam por terem incluído o fim na própria ação ordenada, enquanto os imperativos hipotéticos submeteriam o preceito a um fim diferente da ação. Se a ordenação dos fins em referência a uma atividade da qual não é preciso perguntar "para quê" constitui a tarefa do intelecto prático, a adequação dos fins a um fim do qual não é preciso perguntar "para quê" constitui a tarefa da razão prática kantiana. Um momento que é deontológico por ser teleológico é imprescindível para especificar a racionalidade do prático.

Por isso Kant poderá afirmar que o imperativo hipotético, entendido segundo a estrutura "meio/fim", não constitui mistério algum, porque essa é a estrutura da vontade racional. Mas o imperativo categórico entrelaça imediatamente o preceito com a vontade de todo ser racional, algo que não está contido no conceito habitual de "vontade de um ser racional". Isso só tem sentido se esse conceito se ampliar à capacidade de uma vontade universalmente legisladora, que se considera como fim em si, que é *autotélica*.

Por outro lado, o conceito de fim encontra-se presente na razão prática na medida em que essa faculdade tem como meta criar uma *vontade boa*, e não nos fazer felizes ou nos tornar habilidosos. As regras da prudência e da habilidade pertencem a um uso calculista da razão, que é teórico-técnico, porque o fim do cálculo já está dado pela natureza. O uso prático tem por meta produzir uma vontade boa, pois, caso contrário, a natureza agiria em vão. Não é propósito meu discutir se essa natureza que age intencionalmente é utilizada como uma forma de expressão ou se é preciso supor aqui uma metafísica teleológica. O que desejo ressaltar é que não se entende a filosofia de Kant sem uma *teleologia das faculdades do ânimo*.

Se Aristóteles supunha uma ordem teleológica do ser, que fazia o fim e o bem coincidirem, Kant supõe uma ordem teleológica das faculdades do ânimo que lhe permite confiar, em última instância, que todas terão um uso correto. Por isso, a Crítica tem por tarefa descobrir, em cada caso, qual é esse uso e impedir excessos. Essa confiança básica na ordenação teleológica das faculdades do ânimo reproduz, a meu ver, a *teleologia aristotélica do ser*, mas no nível da *consciência*; enquanto a pragmática formal a reproduzirá por meio da *linguagem*, porque a linguagem também terá um uso originário e usos derivados. O uso originário será determinado pelo *télos* da linguagem, e ater-se a ele, em caso de conflito, suporá ater-se à razão prática, entendida agora como racionalidade comunicativa. Um mesmo modelo teleológico, uma *confiança na ordem* do ser, da *consciência* e da *linguagem*, constitui o pano de fundo de alguns modelos filosóficos, cuja única alternativa total possível é o caos.

Mas, voltando a Kant, a convicção de que a razão nos foi dada para produzir uma vontade boa e a descoberta de que um ser com capacidade autolegisladora não deve se submeter a leis alheias – se quisermos respeitar a lei racional – assinala esse ser como *fim em si, absolutamente valioso,* que tem *dignidade, não preço.* E isso nos permite estender uma ponte entre o princípio supremo de uma ética pós-convencional e o sentimento, de modo que seja necessário o cultivo de uma atitude que corresponda ao princípio de moralidade e permita encarná-lo em motivações.

Com efeito, se a passagem do mundo natural para o mundo moral só é possível mediante um sentimento do sublime, que é de alguma forma um sentimento moral, *os conceitos de fim em si* e de *reino dos fins* "permitem aproximar a lei moral da intuição e, portanto, do sentimento" (Kant, *Grundlegung,* IV, p. 436-7). Como o próprio

Kant reconhece, o princípio da moralidade pode ser representado por meio da forma da universalidade, por meio do reconhecimento do fim em si mesmo e por meio da concordância de todas as máximas em um reino dos fins. Todas as máximas que desejem se transformar em leis morais devem se submeter a esse tríplice critério; contudo, mesmo que o melhor no juízo moral seja proceder pelo método mais estrito, baseando-se na fórmula da universalidade, para aproximar a lei moral da intuição é mais que útil orientar-se pelos três conceitos. Porque, naquilo que se refere à proximidade com o sentimento moral, existe entre eles uma gradação: a representação que um homem tem a respeito de si mesmo, ou como fim em si, ou como membro de uma comunidade de seres que são fim em si, está mais próxima do sentimento que a representação da lei em sua universalidade. Talvez seja essa a razão pela qual os termos-ponte entre o princípio e a atitude, os termos "valor absoluto" e "dignidade", introduzem-se mediante o reconhecimento do fim em si e do reino dos fins.

Por isso não é de estranhar que autores como Heller ou Tugendhat retornem à formulação kantiana do fim em si mesmo, nem que Tugendhat recorra explicitamente a essa condição subjetiva das ações morais, em virtude da qual os homens reconhecem sua grandeza. Com efeito, para Tugendhat, o reconhecimento empírico – e essa é a novidade perante Kant – que o homem tem de seu próprio valor – e do qual Kant se aproxima ao afirmar que o homem se experimenta a si mesmo como fim – constitui o fato empírico em que a moral se fundamenta. Não há dúvida de que essa é uma tradução empírica de Kant, mas isso permite ao filósofo, segundo Tugendhat, cooperar com o investigador empírico do processo de socialização.

A meu ver, façam-se ou não tais traduções empíricas, algo de muito positivo decorre de tudo isso para as éticas procedimentais. As éticas procedimentais podem fazer afirmações de *valor*, que permitem aos indivíduos e aos grupos se interessarem por esses elementos valiosos. O que não implica elaborar uma ética substancialista de bens, e sim explicitar o que na verdade já está implícito em uma ética procedimental. Nesse sentido, acho que Kant é um exemplo de que é possível construir uma *ética de atitudes e virtudes em nível de uma ética pós-convencional de princípios*. Não é preciso retroceder com Taylor para uma ética de bens, porque uma ética procedimental pode ampliar sua preocupação com os princípios à preocupação com as atitudes e as virtudes que é preciso cultivar para encarnar esses princípios.

2.3. O acordo como *télos* da linguagem

A última das propostas a que vou me referir é a ética discursiva, tal como desenvolvida por Apel e Habermas. Como indica Wellmer, trata-se de uma "ética dialógica" e não de uma "ética do diálogo", porque nela o princípio dialógico entra no lugar do princípio moral, enquanto na ética do diálogo um princípio do diálogo ocupa um lugar central entre os princípios morais deduzidos (Wellmer, 1986, p. 48).

A ética dialógica, sob todos os aspectos deontológica, de princípios e procedimental, também distingue diversas formas de racionalidade; e nela também – a meu ver – a racionalidade que poderíamos designar como "prática", para guardar a analogia com a proposta kantiana, é constituída por um momento deôntico-teleológico. Mas, agora, o lugar no qual leremos esse momento não é o ser, não é a consciência, mas *a linguagem: a estrutura do ato de fala*.

Com efeito, a ética discursiva distingue entre diversos tipos de racionalidade, mesmo partindo da unidade da razão humana: racionalidade lógico-matemática, científico-técnica, estratégica, consensual-comunicativa e discursiva. Vamos nos ocupar dos três últimos, diante de nosso interesse pela filosofia prática. A partir deles, podemos chegar ao conceito de consciência moral (certamente tributário de Mead) e ao de bem moral.

A consciência moral é, segundo Habermas, a "capacidade de utilizar a competência interativa para uma solução consciente de conflitos de ação, relevantes em perspectiva moral" (Habermas, 1981b, p. 77). Portanto, o bem moral – como já destacamos antes – consiste na capacidade de preservar a competência interativa em situações de conflito. A bondade moral pode ser outra vez predicada da vontade e, então, passa a ser entendida como uma atitude de disponibilidade para a solução dialogada de conflitos. Quem adota uma atitude dessas está disposto a dialogar e a não se deixar convencer, exceto pela força do melhor argumento: a boa vontade guarda uma estreita relação com a formação discursiva da vontade.

Naturalmente, se o princípio da ética discursiva encontra acolhida nas democracias ocidentais, isso se deve em parte ao fato de que os programas educativos e culturais promovem a disponibilidade para o diálogo como modo mais adequado para solucionar racionalmente os conflitos. Contudo, a pergunta que sempre surge é a seguinte: supondo que a mentalidade tenha mudado e que se proponha a violência generalizada como meio de resolução de conflitos, que são dialogicamente resolvíveis, o princípio da ética discursiva deixaria de valer?

Na perspectiva kantiana, o fim da razão prática é, em todo caso, produzir uma boa vontade, mesmo que os homens não queiram fazer de seu próprio valor o princípio subjetivo da ação. Na ética discursiva, o princípio ético continuaria pertencendo às condições de possibilidade da argumentação, dando-lhe sentido. E aqui vou me permitir considerar a pragmática formal como o último exemplo de minha hipótese: a chave da ética dialógica consiste também em um teleologismo deontológico, que atualmente se lê na estrutura do ato de fala. Se com isso se consegue escapar das redes da metafísica é algo que depende em grande medida daquilo que entendemos por "metafísica". Talvez a uma concepção transformada da metafísica não escapassem nem a pragmática transcendental, nem a universal[3], mas esse é um tema que ultrapassa um trabalho centrado no teleologismo deontológico da razão prática.

Com efeito, em *Teoria da ação comunicativa*, Habermas dedica expressivo espaço a demonstrar que o uso linguístico orientado para o acordo (*Verständigung*) é o modo originário de usar a linguagem, e para tanto recorre à distinção introduzida por Austin entre atos locucionários, ilocucionários e perlocucionários (Habermas, 1983, p. 388ss.). Depois de dialogar com diferentes posições, ele chega à conclusão de que os efeitos perlocucionários só podem ser alcançados com a ajuda de ações linguísticas quando estas são consideradas como meios dentro do contexto de ações teleológicas que buscam o êxito. Constituem, portanto, um sintoma de que as ações linguísticas se integram no contexto de ações estratégicas. O objetivo do ato ilocucionário (o entendimento) é aqui utilizado para alcançar objetivos não ilocucionários. O uso da linguagem orientado pelas consequências não é, portanto, um uso linguístico originário, e sim o resultado de inserir ações linguísticas, que perseguem metas ilocucionárias, no contexto de ações que buscam o êxito.

---

[3] Cf. Conill, 1988, especialmente os caps. 12 e 13.

Objeções posteriores forçaram Habermas a rever sua teoria do significado e a distinguir entre dois tipos de efeitos perlocucionários: aqueles que surgem do conteúdo semântico daquilo que é dito e os que se produzem contingentemente, de forma independente dos contextos regulados de modo gramatical. Nessa perspectiva, todas as perlocuções deixam de poder ser coordenadas com a classe de ações latentemente estratégicas. Estrategicamente pretendidos seriam unicamente os efeitos que só são produzidos quando não se declaram ou quando se produzem mediante ações linguísticas enganosas. Nesse caso, o uso linguístico orientado para o entendimento põe-se a serviço de interações estratégicas. Estamos em face de um uso da linguagem "orientado pelas consequências".

As ações linguísticas podem, portanto, ser estrategicamente utilizadas, mas o uso linguístico voltado para o acordo é o modo de usar a linguagem, já que ela está essencialmente dirigida a provocar um acordo entre os interlocutores. *Entender-se de modo indireto – dar a entender ou deixar entender –* é, portanto, *parasitário.* Por isso Habermas chega a afirmar:

> O acordo é inerente como *télos* à linguagem humana. Linguagem e acordo não se comportam reciprocamente como meio e fim, mas só podemos esclarecer o conceito de acordo quando definimos o que significa utilizar proposições com sentido comunicativo. Os conceitos de fala e de acordo se interpretam reciprocamente[4].

Segundo o próprio Habermas, isso não significa que falar seja uma ação autossuficiente, que tem seu fim em si mesma, e que por isso há de se distinguir das ações que pretendem um fim externo a

---

[4] Cf. Habermas, 1983, p. 387; "entgegnung", em Honneth e Joas, 1986, p. 364.

si. Definitivamente, os interlocutores pretendem suas próprias metas, que se coordenam por meio da linguagem.

Dito isso e levando em conta: 1) que a linguagem é o único meio de coordenação da ação; 2) que cabe distinguir em seu seio um uso originário e um uso derivado; 3) que o uso originário se distingue por comportar o *télos* próprio da linguagem, pode-se – a meu ver – dizer que *o que confere especial valor à ação comunicativa é o fato de realizar o fim próprio da linguagem*. Essa é a razão pela qual, mesmo se mudasse a mentalidade no que concerne a considerar a solução dialogada de conflitos como o melhor meio entre outras possibilidades, ela continuaria a sê-lo, porque a própria estrutura da linguagem voltada para o acordo o mostra.

Naturalmente, essas afirmações são vitais para uma ética discursiva, porque seguir sem reservas as metas ilocucionárias do próprio discurso em prol do acordo supõe adotar uma forma de vida transparente e desinteressada, na medida em que os atores estão dispostos a perseguir apenas os interesses que podem ser conjugados com os demais, e, portanto, a dialogar sobre eles sem reservas. Essa é a razão pela qual – a meu ver – se poderia falar de uma nova *teleologia* e, além disso, de uma *teleologia moral*. Porque a linguagem é originariamente encaminhada a alcançar um *fim moral* – a conjunção de interesses, a união entre a vontade particular e a universal –, e seu uso correto exige, portanto, uma *forma de vida moral*: a do homem que quer o universal, na tradição de Kant, Hegel e Marx, e o busca sem reservas.

3. Um *éthos* universalizável

Atitudes e *princípios* não estão tão longe uns dos outros como pretendem alguns críticos das éticas procedimentais. Assim como não é nem necessário, nem possível reduzir o *éthos* a uma forma de vida não universalizável; nem se trata, por último, de confundir os elementos maximamente valiosos com uma ordenação de bens. Pelo contrário, a forma de vida daquele que, sem reservas, busca o acordo é um *éthos* universalizável; um *éthos* que se sente impelido a cultivar quem aprecia o valor do princípio da ética discursiva. A partir daqui, creio que seja possível explicitar uma doutrina da virtude, seguindo a intuição kantiana, mas sem nos restringir ao *éthos* de uma época e sociedade determinadas, como de fato ocorreu com o fundador do procedimentalismo. A meu ver, explicitar tal "doutrina da virtude" pós-kantiana complementaria substancialmente as valiosas contribuições da ética discursiva e a livraria de simplificações injustas.

Para fechar este capítulo, vou me permitir assinalar quatro traços que, creio, devem fazer parte desse *éthos* universalizável. Em algum lugar, já falei deles, e são os trabalhos de Apel sobre Peirce que os sugeriram a mim[5].

Se o pesquisador – tal como Peirce o esboça – deseja satisfazer sua vocação à verdade, há de assumir uma atitude caracterizada pelos seguintes traços: movido pelo interesse na verdade, que não é um interesse "patológico", mas um interesse puro pela razão teórica e, consciente da finitude de que padecem seus interesses e convicções subjetivos, há de adotar uma atitude de *autorrenúncia, reconhecimento, compromisso* e *esperança*. Autorrenúncia em face dos próprios interesses e convicções que, em virtude de sua limitação, obscurecem o caminho rumo à verdade; reconhecimento do direito dos membros da comunidade real de pesquisadores a expor

---

[5] Cf. Apel, 1997. Cf. também o cap. 10 do presente trabalho, assim como Cortina, 1989j, p. 75-7.

suas próprias descobertas e da obrigação, diante deles, de justificar os próprios achados; compromisso na busca da verdade, porque só se pode encontrá-la por meio dos participantes reais em uma comunidade real, mesmo falível; esperança no consenso definitivo, que é crítica e garantia dos consensos fáticos e, nesse sentido, ideia reguladora. Em suma, o pesquisador vê-se forçado a *abandonar o egoísmo* e a *aceitar as chaves fundamentais do socialismo lógico*: autorrenúncia, reconhecimento, compromisso moral e esperança.

Transferidas essas características do homem com vocação investigativa para o homem com vocação humana, a autorrenúncia[6], o reconhecimento, o compromisso moral e a esperança transformam-se em traços de um *éthos* extensível a todo homem. Uma teleologia nitidamente ética se distende ao longo da história; uma teleologia que não se contenta com uma imagem do mundo com conteúdo, mas que confia na racionalidade das ações humanas e espera sua corroboração do compromisso transubjetivo.

---

[6] No âmbito prático, a autorrenúncia não supõe renúncia aos próprios interesses, mas sim àqueles que não são generalizáveis. Isto é, renúncia ao egoísmo, não em prol do altruísmo, mas da solidariedade.

8
Uma teoria dos direitos humanos[1]

1. Os direitos humanos como ficções úteis

Em sua célebre obra *After virtue*, depois de ter tomado o pulso moral de nossa época, MacIntyre chega a uma conclusão desanimadora a respeito dos direitos humanos: eles não existem e acreditar nesses direitos é o mesmo que acreditar em bruxas e em unicórnios. A prova de que eles não existem é idêntica à que avaliza a inexistência de bruxas e de unicórnios: o fracasso de todas as tentativas de mostrar que existem. Definitivamente, a noção de direitos humanos, como a noção de utilidade, não passa de uma *ficção moral*, que pretende nos prover de um critério objetivo e impessoal, sem consegui-lo. Utilidade e direitos humanos são conceitos simulados para resolver diferentes conjuntos de fenômenos, e isso explica o fato de eles constantemente entrarem em disputa. Logo, direitos humanos não existem, eles são ficções morais (MacIntyre, 1987, p. 95).

---

[1] Este capítulo constitui uma reformulação de "Diskursethik und Menschenrechte", conferência pronunciada no curso "Ethik und Diskurs", que, sob a orientação de Apel, se realizou no Inter-University Centre de Dubrovnik, em 1988, e foi posteriormente publicada no *Archiv für Rechts und Sozialphilosophie*. Em sua origem, encontra-se o trabalho "Pragmática formal y derechos humanos".

Naturalmente, uma afirmação como essa só pode ser feita no interior de um marco que a justifique, e esse marco será o diagnóstico sobre a *situação da linguagem moral de nosso tempo* que nosso autor se acha obrigado a fazer: nossa linguagem moral não passa de um conjunto de fragmentos, que formou na época grega uma unidade coerente, mas que hoje se conecta de forma incoerente, por ter perdido o contexto que lhe dava sentido na Grécia. A *teleologia,* arraigada em um *conceito funcional do homem,* justificava as regras morais, como aquelas que devem ser cumpridas para se poder alcançar o *télos* próprio do homem. Não obstante, o protestantismo e o jansenismo incorporam um novo conceito de razão, o de uma razão decaída, que é incapaz de compreender o verdadeiro fim do homem. E é precisamente essa impossibilidade de desvelar racionalmente o fim do homem que faz do projeto iluminista de fundamentar racionalmente a moralidade um projeto fracassado. Divorciados o uso e o significado das expressões morais em nossa época, graças a esse fracasso, o emotivismo irracionalista incorporou-se a nossa vida social. Continuamos atribuindo às expressões morais o significado que elas teriam se alguma das tentativas iluministas de fundamentação tivesse triunfado, mas usamos essas expressões de forma emotiva, irracional, com a convicção interior de que esses projetos fracassaram, em sua totalidade.

O retorno à racionalidade do moral passa, para MacIntyre, pelo retorno à pré-modernidade, porque o projeto moderno – na visão dele – leva necessariamente a Nietzsche e ao emotivismo. Faz-se necessário, então, regressar a algo similar ao aristotelismo, porque Hume, Kant, Mill e seus seguidores não apresentam uma terceira alternativa viável.

Contudo, talvez MacIntyre não esteja tão certo. Talvez o emotivismo não seja a resultante necessária do projeto moral iluminista, mas justamente o resultado de um *desvio* relativamente às metas que presidiam esse projeto; talvez o fracasso da modernidade provenha da infidelidade aos objetivos de, pelo menos, algumas de suas propostas, e não da própria lógica delas. Por isso, este capítulo se propõe, muito modestamente, a tentar esboçar uma teoria dos direitos humanos, *racionalmente* fundada na ética discursiva, uma das propostas neoiluministas atuais.

Se fundamentações racionais desse tipo, ou de tipo semelhante, fossem possíveis, estaria invalidado o discurso segundo o qual os direitos humanos são ficções, superstições ou fabulações úteis, como é o caso de Bentham ou MacIntyre, entre outros; mas também as afirmações do pragmatismo *à la* Rorty, que, em última instância, faz a validade desses direitos depender do "consenso sobreposto", surgido em determinadas sociedades, ou as pretensões de um *pensiero debole*, como o de Vattimo, que tenta fundamentar a igualdade em bases niilistas.

Como já comentamos, Rorty tenta mostrar que o etnocentrismo é inexcedível, na medida em que só podemos entender por "verdade" a possibilidade de justificar nossas convicções diante de um público. Naturalmente, esse público é uma comunidade determinada e não uma espécie de realidade não humana, independente dos diferentes contextos, que proporciona objetividade. Comportar-se etnocentricamente significa "dividir o gênero humano naqueles diante dos quais podemos justificar nossas decisões e os demais. O primeiro grupo – o *éthnos* – abarca aqueles com os quais podemos coincidir o bastante para possibilitar uma conversação frutífera" (Rorty, 1988, p. 27-8). A tarefa do filósofo consistiria – como sabemos – mais em fomentar a solidariedade do *éthnos* do que em tentar uma objetividade não humana.

Em relação aos direitos humanos, renunciar a uma realidade não humana também significa – nas palavras de Rorty – renunciar a alguns "consolos metafísicos". Sobretudo, renunciar à ideia de que "a pertinência à nossa espécie biológica comporta certos 'direitos'"; algo que só tem sentido "se às semelhanças biológicas se soma a posse de algo não biológico, que liga nossa espécie a uma realidade não humana e, com isso, confere-lhe uma dignidade moral" (Rorty, 1988, p. 28). Dado que realidade assim não existe, o pragmatista tem de se contentar com a ideia de que atribuir direitos às pessoas não significa nada além de que "deveríamos tratá-las de uma maneira determinada. Contudo, com isso não oferecemos nenhuma *razão* por que deveríamos tratá-las dessa maneira" (Rorty, 1988, p. 29).

Por sua vez, Vattimo afirma que o *niilismo* é o único "fundamento" possível para defender o valor central do pensamento emancipatório moderno (a igualdade), porque qualquer fundamentação que pretenda oferecer um critério para a crítica comporta desigualdades. Inevitavelmente. A rejeição da fundamentação – o niilismo – proporcionaria o único "fundamento" possível para defender a igualdade.

Pelo contrário, penso que a falta de fundamentação, que possa oferecer um cânon crítico a partir do qual questionar as realizações efetivas, as intuições morais e as convenções fáticas, só pode – como disse antes – conformar o conformismo com os fatos sociais, com o dogmatismo do vigente. Por isso tentarei esboçar uma teoria dos direitos humanos, não apenas *hermenêutica*, na medida em que ela se saiba arraigada em tradições, mas também crítica, enquanto transcenda canonicamente essas mesmas tradições. Para tanto, dividirei a exposição em duas partes: a primeira tratará de esboçar os elementos da ética discursiva que possam proporcionar uma base racional para uma teoria dos direitos humanos, de modo a configurar uma fundamentação filosófica para eles; na segunda parte, tentarei expor os direitos fundamentados sobre essa base, bem como as propriedades que poderíamos atribuir-lhes em uma teoria que pretenda mediar transcendentalidade e história.

Como pano de fundo para a exposição, farei uso do esquema teleológico adiantado no capítulo anterior. Como dissemos ali, se "a função mais própria do homem" – para fazer um uso analógico da linguagem aristotélica – é, no esquema kantiano, a de forjar para si uma boa vontade, o esquema teleológico subsiste em uma reflexão filosófica sobre a linguagem, que distingue nele um uso originário e um uso derivado. Se o *télos* da linguagem é o acordo e se a linguagem é o único meio de coordenar a ação, a fundamentação racional das regras morais é um *télos* racional. E essas afirmações não são supérfluas para uma reflexão filosófica sobre os direitos humanos porque, em última instância, eles terão como base racional o *télos* intrínseco à linguagem humana.

2. Lógica do discurso prático e ética da argumentação

Toda teoria dos direitos humanos se vê confrontada, desde o início, com um *trilema*: 1) ou se trata de direitos imutáveis, derivados da natureza ou da razão; 2) ou podem identificar-se com exigências éticas originárias do conceito de dignidade humana; 3) ou são estabelecidos no decorrer da história por desígnio do legislador (Cortina *apud* González, 1999, p. 36-55).

O primeiro caminho – o direito natural – choca-se hoje contra o problema de estabelecer, como fundamento para decisões universalmente vinculantes em uma sociedade moderna *pluralista*, conteúdos normativos deduzidos de suas premissas. Com isso se mostra a incompatibilidade entre as normas com conteúdo e o pluralismo da sociedade moderna (Habermas, "Wie ist Legitimität durch Legalität möglich?", em *Erste Vorlesung über Recht und Moral*; López Calera, 1981, p. 152-3). Mas, em minha opinião, tampouco o segundo caminho oferece uma base racional, que apela para um conceito já aceito de dignidade humana, pois ainda seria necessário responder à pergunta: por que os homens têm uma dignidade especial? A resposta a essa pergunta é aquela que há de ser oferecida pela base racional. A última proposta – o positivismo jurídico – faz os direitos humanos dependerem unicamente de decisões históricas, sem explicar por que eles se apresentam como exigências mesmo antes de seu reconhecimento jurídico fático.

Em meu modo de ver, a única possibilidade de evitar o trilema, superando o jusnaturalismo, a fundamentação ética na ideia de dignidade humana e também o positivismo, consistiria: 1) em defender um conceito *dualista* de direitos humanos, assim como o de positivação jurídica (Peces-Barba, 1988a; 1988b, p. 193-205; 1991); 2) em buscar uma base ética para os direitos humanos em uma ética procedimental compatível com o pluralismo das crenças, e não em uma ética substancial; 3) essa ética procedimental tem de possibilitar uma mediação entre transcendentalidade e história. Naturalmente, o conceito de direitos humanos, correspondente a um nível moral pós-convencional, surge na modernidade, e sua concreção depende de determinados contextos, mas isso não significa que sua *validade* dependa de decisões históricas, porque não apenas sua positivação jurídica é necessária, como também o é a reflexão filosófica sobre sua legitimidade.

Postas assim as coisas, creio que a ética discursiva pode satisfazer as três condições mencionadas, já que se apresenta como uma ética procedimental, que pode mediar condições transcendentais e acordos fáticos, condições ideais e decisões reais. O positivismo jurídico estaria, assim, superado, sem se cair por isso em um jusnaturalismo com conteúdo. Se cabe ou não atribuir-lhe o nome de "jusnaturalismo procedimental", é algo que devemos resolver depois de ter tentado desenhar a base racional para os direitos humanos, por meio da *lógica do discurso prático* e da *ética da argumentação*.

A *lógica do discurso prático*, no sentido de Habermas, conduz-nos a certas regras, tomadas de empréstimo a Alexy: 1) regras de uma lógica mínima ou exigências de consistência, que se encontram no nível lógico-semântico; 2) pressupostos pragmáticos, que descobrimos ao contemplar as argumentações como processos de acordo, que consistem na busca cooperativa da verdade: aqui já aparecem regras de conteúdo ético, que supõem relações de reconhecimento recíproco; 3) regras que configuram a estrutura de uma situação ideal de fala, isenta da repressão e da desigualdade, na medida em que a argumentação se nos apresenta como um processo de comunicação, que há de satisfazer certas condições para alcançar um acordo racionalmente motivado (Alexy *apud* Oelmüller, 1994). Nesse último âmbito, Habermas propõe as seguintes regras, em ligação com Alexy:

1. Todo sujeito capaz de falar pode participar dos discursos.
2. *a)* Toda pessoa pode problematizar qualquer afirmação.
   b) Toda pessoa pode introduzir qualquer afirmação no discurso.
   c) Toda pessoa pode expressar suas posições, seus desejos e suas necessidades.
3. Não se pode impedir falante algum, mediante coação interna ou externa ao discurso, de exercer seus direitos, expressos nas regras acima.

A partir dessas regras, entende-se que uma norma só pode ser acordada em um discurso prático quando o princípio de universalização vale. Mas a ética discursiva pode também recuar a um princípio – o princípio da ética discursiva –, que reza assim: "Só podem pretender validade as normas que consigam (ou que poderiam conseguir) a aprovação de todos os envolvidos, como participantes de um discurso prático" (Habermas, 1983, p. 103).

Apel certamente apontou também, desde *A transformação da filosofia*, para esses dois níveis – o do reconhecimento recíproco e o da situação ideal de fala –, ao ampliar a ética da ciência para uma *ética da argumentação*. O cientista, movido pelo interesse na verdade, vê-se obrigado – como dizíamos no capítulo anterior – a assumir uma atitude de autorrenúncia, reconhecimento, compromisso e esperança. Se ampliarmos a comunidade científica a uma comunidade humana, que tenta alcançar o verdadeiro e o certo mediante o discurso teórico e prático, podemos falar de uma ética da argumentação, cuja norma fundamental reza assim:

> Todos os seres capazes de comunicação linguística devem ser reconhecidos como pessoas, visto que em todas as suas ações e expressões são interlocutores virtuais, e a justificação ilimitada do pensamento não pode renunciar a nenhum interlocutor e a nenhuma de suas contribuições virtuais à discussão[2].

Em meu modo de ver, tal princípio configura uma dimensão fundamental do princípio da ética discursiva: a dimensão que não

---

[2] Cf. Apel, 1983, II, p. 380-1. Na terceira parte de *Ética aplicada y democracia radical* (1993), tentei aplicar a ideia de pessoa como interlocutora válida nos distintos âmbitos da vida social.

leva em consideração primariamente a *norma*, e sim o *reconhecimento como pessoas de todos os seres capazes de comunicação*. Depois de ter considerado todos os aspectos do princípio – o da norma e o da pessoa –, já podemos tentar esboçar uma teoria dos direitos humanos a partir dessa base racional.

3. Notas para uma teoria dos direitos humanos

Para esboçar uma teoria dos direitos humanos é necessário, em princípio, explicar o que se entende por essa expressão. Entendo por "direitos humanos" os direitos que são atribuídos a todo homem pelo fato de ser homem. Em nosso caso, essa definição tautológica (Pérez Luño, 1984, p. 25) estaria explicada porque contamos com uma pragmática linguística como base para nossa caracterização do homem: entendemos por "homens" os seres que possuem *competência comunicativa*, ou que *poderiam* possuí-la.

Certamente, uma caracterização semelhante confronta-nos com todos os problemas decorrentes de se tomar como referência uma única qualidade do homem e, além disso, uma qualidade que não parecem possuir todos aqueles que consideramos homens. Mas também tem a vantagem de nos permitir uma *fundamentação normativa* dos direitos humanos mediante o princípio da ética discursiva. Se levássemos em conta apenas uma qualidade biológica – o pertencimento à espécie humana – e nela tentássemos fundamentar os direitos humanos, incorreríamos inevitavelmente em falácia naturalista. Em nosso caso, pelo contrário, evitamos a falácia naturalista, já que a reconstrução dos pressupostos inexcedíveis dos atos de fala nos leva a um resultado filosófico: que todo participante virtual em um discurso prático tem de ser reconhecido como pessoa e, portanto, alguns direitos hão de ser-lhe atribuídos, direitos claramente distinguíveis daqueles que estabelecemos ao longo da história. Se pudéssemos entender esses *direitos pragmáticos* como *direitos humanos*, poderíamos resolver o problema que é mediar *transcendentalidade* e *história*.

Sem dúvida, o problema da "eternidade" e, ao mesmo tempo, da "historicidade" dos direitos humanos é um dos mais árduos de nosso campo. E, nesse sentido, a ética discursiva pode distinguir entre dois tipos de direitos: 1) aqueles que são descobertos por meio da reflexão transcendental, porque todo aquele que argumentar seriamente já os reconheceu; e 2) aqueles que são reconhecidos pelas comunidades concretas de comunicação ao longo da história. Esse segundo tipo de direitos há de ser reconhecido em um *contexto* determinado, ou seja, relacionado a uma situação material e cultural determinada e com uma consciência coletiva determinada[3]. Ao contrário, os direitos fundamentados nos pressupostos pragmáticos da fala têm de já ter sido aceitos ao entrar em cada discurso fático e concretizados por meio dos consensos faticamente situados. Podemos chamar esses "direitos pragmáticos" de "direitos humanos"? A resposta depende, creio eu, de nosso conceito dos direitos humanos – e não apenas do direito –, porque esse é um caso peculiar no campo do direito, situado entre moral e direito[4].

Em minha maneira de ver, os direitos humanos são um tipo de *exigência* – não de meras aspirações –, cuja satisfação deve ser legalmente obrigada e, portanto, protegida pelos organismos cor-

---

[3] A meu ver, Laporta fala em sentido semelhante de um direito derivado, em conexão com Raz. Cf. Laporta, 1987a, p. 71-7.

[4] Eu gostaria de agradecer as críticas que Kuhlmann, Bölher, Maihofer e Gümther me fizeram sobre esse ponto em Dubrovnik, e, muito especialmente, as críticas que Kettner me dirigiu por escrito. Todas elas me estimularam a esclarecer minha posição e não a deixar de fazê-lo.

respondentes. A razão para isso é a seguinte: a satisfação dessas exigências, o respeito por esses direitos são condições de possibilidade para se poder falar de "homens" com sentido. Se alguém não *quisesse* apresentar essas exigências, dificilmente poderíamos reconhecê-lo como homem. Se alguém não *respeitasse* tais direitos em outros, dificilmente poderíamos reconhecê-lo como homem, porque ambos agiriam contra sua própria racionalidade ao se comportarem desse modo.

Exigir a satisfação de tais exigências e tentar satisfazê-las é condição necessária para ser homem. Por isso se pode dizer que os direitos humanos representam um tipo de exigência que demanda positivação com razões indiscutíveis e que, portanto, pretendem ser satisfeitas mesmo quando não forem reconhecidas pelos organismos correspondentes. Por isso todo homem está legitimado para fazê-los valer como direitos, mesmo que não tenham sido reconhecidos como tais pelas legislações correspondentes[5]. Nesse sentido, considero os "direitos pragmáticos" como direitos humanos. Como poderíamos caracterizá-los com maior clareza?

Levando em consideração a caracterização tradicional dos direitos humanos[6], creio que poderíamos atribuir-lhes as seguintes qualidades:

1) Tratar-se-ia de direitos *universais*, já que são atribuídos a todo falante competente.
2) Seriam direitos *absolutos*, na medida em que, ao entrarem em conflito com outros direitos, constituiriam o tipo de exi-

---

[5] Daí provém a ampliada concepção jusfilosófica dos direitos humanos como direitos morais e não "legais". Cf., por exemplo, Hart, 1955, p. 175-91; Brandt, 1959, cap. 17; Feinberg, 1980, p. 153ss.; Fernández, 1984, p. 104ss.; Nino, 1984, p. 34ss.

[6] Para os problemas decorrentes dessa caracterização, cf. Laporta, 1987b, p. 23-46.

gência que deve ser prioritariamente satisfeito (Gewirth, 1982). "Caráter absoluto", no caso dos direitos humanos, significa "prioridade na satisfação".

3) Esses direitos seriam *inegociáveis,* porque o simples fato de questioná-los e de discutir sua validade por meio de um discurso prático estaria em contradição com os pressupostos da fala, porque a intenção de satisfazê-los é condição de racionalidade da própria argumentação que os questionara (Díaz, 1984, p. 142). Nesse sentido, acredito que não precisamos temer que a ética discursiva, corretamente entendida, vá deixar nas mãos dos consensos fáticos as decisões sobre a vida, a integridade física ou moral de qualquer falante competente, porque a racionalidade dos discursos em que se argumentou sobre isso exigiria dos participantes a intenção de respeitá-los. Decidir sobre a morte ou sobre a prática da violência física ou moral seria transgredir os pressupostos pragmáticos que dotam a própria argumentação de sentido.

4) Avançando um pouco mais, estaríamos diante de direitos *inalienáveis,* dado que o sujeito não pode alienar sua *titularidade* sem contradizer sua própria racionalidade, mesmo que possa alienar seu *exercício.*

5) O estatuto desses "direitos", mesmo antes de sua desejável positivação, seria efetivamente o de *direitos*, na medida em que, por serem condições de racionalidade da fala, os falantes competentes estão autorizados pela própria racionalidade a exercê-los e a exigir que os organismos competentes os protejam. Portanto, não seriam meras aspirações, e sim – como dissemos – exigências racionais que, por sua lógica interna, exigem ser positivadas para gozar de proteção jurídica.

Depois de ter caracterizado os direitos humanos com as qualidades acima, que tradicionalmente lhes são atribuídas, mesmo que convenientemente definidas, tentaremos determinar de que direitos se trata. Mas, como nossa teoria é filosófica, não pretendo apresentar uma declaração completa e detalhada, que deve levar em conta os contextos determinados e a situação material e cultural específica, e sim apenas enumerar os direitos que devem ser reconhecidos independentemente dos contextos. Nesse sentido, eu proporia o seguinte:

1) Todo interlocutor virtual de um discurso prático, no qual se discute sobre normas, cuja entrada em vigor o afeta, tem ao menos direito à vida. De outra forma, dificilmente poderia participar da argumentação ou por ela ser levado em conta.
2) Ele não pode ser forçado a tomar posição na discussão por nenhuma coação física ou moral, porque só a força do melhor argumento é um motivo racional.
3) Ele está legitimado para ser reconhecido como pessoa, ou seja, como interlocutor igualmente habilitado, nos discursos em que se discutem normas, cuja entrada em vigor poderia afetá-lo.
4) Daqui se depreende o direito a participar de tais discursos, levantar questões, expressar e defender argumentativamente as próprias posições, necessidades e os desejos; assim como o direito daqueles que defendem posições contrárias a defendê-las com argumentos.
5) Todo participante virtual de um discurso prático sobre normas, cuja entrada em vigor possa afetá-lo, tem ainda o seguinte direito: seus argumentos reais ou virtuais têm de ter um efeito nas decisões tomadas consensualmente. Isso

significa levar a sério a liberdade positiva no sentido de Berlin (1969). Como chegar a isso é uma questão técnica. Naturalmente, a princípio, temos de pressupor apenas contrafaticamente uma sociedade na qual os argumentos de todos tenham incidência efetiva nas decisões consensuais. Mas se quisermos agir racionalmente, sem cair em contradição pragmática, é preciso nos esforçarmos para alcançar tal meta, provendo os meios técnicos para tanto. Nesse caso, a meta é uma ideia reguladora, em um sentido como o que Kant expressa no seguinte texto: "[...] mesmo que esse último [a paz perpétua], que se refere à consumação desse propósito, continuasse a ser um mero desejo, certamente não nos enganaríamos ao aceitar a máxima de agir nessa direção; porque é um dever" (Kant, 1989, p. 354-5).

6) O direito de participar dos discursos e de ser convencido unicamente pela força do melhor argumento exige não apenas liberdade de consciência, liberdade religiosa e liberdade de opinião, como também liberdade de associação. E poderíamos até mesmo dizer que tal direito exige – em face da opinião de Kant (1989, p. 238) – a veracidade dos outros interlocutores.

Dito isso, visto que, desde o começo, vislumbramos um *télos* na comunicação – o acordo – que só pode ser plenamente produzido em condições de simetria material e cultural, outros direitos decorrem dessa caracterização teleológica do falante competente, direitos que só podem ir se concretizando na história:

– o direito a condições *materiais* que permitam aos interlocutores discutir e decidir em pé de igualdade;

– o direito a condições *culturais* que permitam aos interlocurores discutir e decidir em pé de igualdade.

Estes são, a meu ver, os direitos humanos que podem ser derivados da base racional da ética discursiva[7]. Com isso, hoje se veem desacreditados o emotivismo, o ceticismo e o pragmatismo radical, sem necessidade de retomar o aristotelismo. Naturalmente, haveria muito a objetar a nossa enumeração e caracterização de tais direitos, que, por isso mesmo, ficam, de bom grado, abertas à crítica construtiva.

---

[7] No capítulo 10 de *Alianza y contrato* (2001), tentei reconstruir essa proposta de fundamentação dos direitos humanos a partir de uma versão enfática da ética discursiva.

9
Democracia como forma de vida[1]

Em meados do século XX, a filosofia política, segundo vozes autorizadas, deixara de existir. E, curiosamente, uma das causas de sua extinção consistia, para alguns politólogos, no consenso alcançado pelas democracias ocidentais em torno da superioridade dessa forma de governo em comparação com qualquer outra[2]. Do ponto de vista da reflexão, o modelo democrático parecia comparativamente justo e igualitário; a partir da práxis, parecia indiscutível a validade da democracia em face do totalitarismo fascista e do chamado "socialismo real". Voltar a investigar as diferentes formas de governo configurava, então, uma tarefa supérflua, destinada, no final das contas, a mostrar a superiodade da democracia. Mas, pelo menos, o termo "democracia" deixara de ser um problema.

Não obstante, em nosso tempo, a filosofia política é um dos ramos mais florescentes da filosofia, entendida precisamente como reflexão sobre a democracia, porque o desencadeamento de semelhante forma de organização trouxe à luz um grande número de

---
[1] Este capítulo constitui uma reformulação do trabalho intitulado "La democracia como modelo de organización social y como forma de vida", publicado em *Iglesia viva*, 1988, p. 41-54.
[2] Cf., por exemplo, Partridge *apud* Quinton, 1974, p. 52-83. Para uma revisão da posição que aqui defendo, cf. Cortina, 1993, caps. 6-9.

ambiguidades. A primeira delas consiste em nos lembrar que não existe um *conceito* único de democracia, exceto a afirmação abstrata de que se trata do "governo do povo, pelo povo e para o povo". Quando descemos ao terreno do concreto nos damos conta de que não estamos diante de uma essência imutável, que recebe historicamente diversas formas, e sim de uma forma de organização que só pode ser caracterizada a partir de determinada teoria; uma teoria que tem como base uma concepção do homem e de sua realização na vida social. Nesse sentido, as diferentes versões da teoria clássica da democracia, a teoria elitista, a participativa, o neocontratualismo ou as teorias econômicas desenham conceitos de democracia diversos, traduções de antropologias distintas[3].

Hoje é impossível definir a democracia, a não ser no contexto de alguma das teorias elaboradas sobre ela. Sob o guarda-chuva da muito ampla caracterização "governo do povo, pelo povo e para o povo", vai-se abrigando um bom número de especificações, que foram surgindo sucessivamente por reflexão e crítica de um modelo anterior. Curiosamente, um modelo *realista*, empenhado em descrever exclusivamente aquilo que os homens *são*, foi sucedido por um modelo *moralizador*, defensor de um maior número de possibilidades no homem e empenhado em indicar como uma sociedade verdadeiramente democrática deve ser. Esse modelo moralizante volta a ser sucedido – por efeito da célebre lei do pêndulo – por um modelo realista, e a cadeia segue.

Geralmente se diz – algo que parece bastante acertado – que o que os realistas ganham em factibilidade perdem em desejabilidade: seus modelos descrevem o que existe de modo conveniente,

---

[3] Para uma exposição clara dessas teorias, cf. Macpherson, 1982; Nelson, 1986; Held, 1987. Sobre o caráter polissêmico do termo "democracia", cf. ainda o trabalho de Sotelo *apud* vv.AA., p. 43-54.

mas não despertam o desejo de construir uma sociedade democrática; os "moralistas", por seu lado, tornam o ideal democrático atraente, mas encontram enormes dificuldades na hora de sua realização. Talvez os realistas sejam excessivamente reacionários e os moralistas, excessivamente utópicos, mas a verdade é que, para falar da realidade, não podemos prescindir nem do conceito – que é sempre normativo – nem do existente, que nos obriga a matizar o conceito. A ideia é o conceito e sua realização.

Esclarecer qual é hoje o modelo *praticável, moralmente desejável e legítimo* que concilie *realismo, atrativo moral* e *legitimidade* é atualmente tarefa prioritária da ética e da filosofia política, assim como será a tarefa deste capítulo.

Mas não o será menos o fato de que o desencadeamento do modelo democrático revelou algumas características de sua estrutura, que levaram a caracterizá-la inclusive como "contraditória". Ou seja, que o decantado desencanto procede, às vezes, de uma realização defeituosa da democracia, mas em outras decorre do desconhecimento de sua própria lógica. É como Giner aponta em algum lugar: "A democracia é um sistema de antinomias, cuja viabilidade depende de sua solução constante no processo político" (Giner, 1987, p. 235). Ignorar o caráter antinômico da democracia só pode levar, a meu ver, a frustrações maiores, talvez, que aquelas que podem ser causadas por uma realização imperfeita, porque se trata de situações estruturalmente aporéticas, que é preciso assumir e resolver institucionalmente.

Vamos nos ocupar a seguir desses dois pontos – *conceito e lógica contraditória da democracia* –, não sem defender uma tese. Em primeiro lugar, a tese de que, mesmo que a democracia se tenha transformado *de fato* em um *mecanismo* para decidir quem deve exercer o poder, e concretamente na aplicação indiscriminada da regra das maiorias, a democracia *moralmente desejável e legítima* não se reduz a mero mecanismo; consiste, antes, em um modelo de organização social baseado no reconhecimento da *autonomia dos indivíduos* e de todos os *direitos* implicados pelo exercício da capacidade autolegisladora e no reconhecimento de que a direção da vida comunitária deve ser o resultado da *igual participação* de todos. O respeito à autonomia individual e coletiva só é alcançado em uma forma de vida participativa que ajude a desenvolver o senso da justiça.

Essa tese central acarretará, pelo menos, três *subteses*: a encarnação da democracia na vida social só pode ter êxito e ser gratificante se formos capazes de articular as antinomias da estrutura democrática e de institucionalizar essa articulação; em segundo lugar, é preciso distinguir entre concepções globais do homem democrático e de sua realização na vida social – como a participativa e a elitista – e os mecanismos pelos quais essas concepções globais se tornam operativas – democracia direta, representativa, de assembleia etc. –, sem confundir a concepção antropológica participativa com determinados mecanismos de participação, como o referendo ou a assembleia[4]; e, por fim, como terceira subtese, defenderei que unicamente um *éthos solidário*, uma atitude solidária perante a vida social, pode inspirar uma democracia sem frustrações. Se nos esquecermos de tornar "vivíveis" as antinomias democráticas e apostarmos no egoísmo – por mais esclarecido que ele seja – contra a solidariedade, a democracia como forma de vida fracassará e subsistirá um mecanismo que renuncia aos ideais pelos quais surgiu e que lhe conferem – ao menos verbalmente – legitimidade e desejabilidade moral. Desses dois conceitos contrapostos de democracia – mecanismo e forma de vida – passaremos a nos ocupar a seguir.

---

[4] Cf. nota 9 do capítulo 4 do presente trabalho.

1. Democracia como mecanismo e como forma de vida

Todos sabem que a ideia moderna de democracia surgiu como crítica da burguesia primitiva aos privilégios feudais. Assim como também se sabe que, no decorrer do desenvolvimento do capitalismo e da industrialização, o *páthos* da *autodeterminação* com que ela nascera se desvaneceu e veio a ser substituído pela ideia de uma *competição* entre elites – que lutam pelo voto do povo – que é mediada pelos partidos.

Dois modelos se delineiam, então, desde o começo, apesar de suas diversas encarnações: a democracia entendida como o máximo possível de participação dos cidadãos na direção da vida pública e a democracia entendida como um governo de elites, às quais os cidadãos outorgam o poder de decidir. O primeiro modelo mergulhará suas raízes em Rousseau e Mill, continuará nos anos 1970 nos trabalhos de Bachrach e Pateman e é defendido em nosso tempo por partidários da teoria crítica[5]; enquanto a teoria elitista, de certa forma esboçada nas concepções de Mill e Bentham, tem como antecessores Pareto e Mosca, por "fundador" Schumpeter nos anos 1940 e hoje é reabilitada por uma ampla corrente político-cultural denominada – como vimos – "neoconservadorismo". Vamos nos dedicar, em primeiro lugar, a delinear os traços fundamentais de ambas.

1.1. A teoria elitista

Em sua obra célebre, *Capitalismo, socialismo e democracia*, de 1943, Schumpeter propõe uma caracterização daquilo que ele cha-

---

[5] Para a origem e o desenvolvimento da teoria participativa, cf. Pateman, 1970. Para a teoria elitista, também no que se refere a sua origem e desenvolvimento, cf. Bachrach, 1973.

ma "a teoria clássica da democracia" nos termos seguintes: "O método democrático é o sistema institucional de gestação das decisões políticas, que realiza o bem comum, deixando que o povo decida por si mesmo as questões em litígio por meio da eleição dos indivíduos que hão de se reunir para levar sua vontade a cabo" (Schumpeter, 1984, p. 321).

Na visão de Schumpeter, uma caracterização como essa pressupõe a aceitação de conceitos indefinidos, e talvez indefiníveis, como os de "vontade do povo" e "bem comum". Pode-se falar realmente de uma vontade do povo unificada, da qual o povo tem consciência? O bem comum, se é que ele existe, pode ser determinado? Os governantes expressam a vontade popular, ou nem sequer foram eleitos por todo o povo, tendo ganhado uma competição por votos? Na verdade, não existe sociedade alguma à qual corresponda o modelo descrito, com o qual há ou não democracias, ou a democracia não é o que se expressa na citação acima. Os conceitos "vontade do povo", "vontade geral" ou "bem comum" são vazios.

Se a teoria clássica sobrevive, apesar de ser constantemente contrariada pelos fatos, isso se deve – segundo Schumpeter – à sobrevivência da fé religiosa na qual se apoia, porque a vontade popular é o simulacro da vontade de Deus; o bem comum, a tradução do plano divino e a igualdade estão tomados pelo igualitarismo cristão, contrário a toda análise empírica. Por outro lado, a conquista da democracia que está entranhada na história de alguns povos, como o norte-americano, é um modelo hábil para pequenas comunidades e, por fim, proporciona aos políticos um disfarce demagógico, que lhes permite ocultar as verdadeiras responsabilidades.

Schumpeter concluirá disso tudo que a maioria dos politólogos estará de acordo em admitir "outra teoria da democracia", que *des-*

creva o que realmente se passa nos países democráticos e que permita resolver algumas dificuldades: a de acreditar que o povo tem uma opinião definida sobre cada questão e que a exprime elegendo representantes, que tratarão de pô-la em prática; portanto, acreditar que o fim primário do sistema democrático é dar poder ao eleitorado para decidir nas controvérsias políticas, e o fim subordinado, eleger os representantes.

Ao contrário, conforme a "outra teoria", a ordem desses fins ficará invertida: *o papel do povo consiste em criar um organismo intermediário que crie um executivo nacional.* Dessa inversão decorre a consideração da democracia como um *método*, como um *mecanismo* que tem como fim manter o equilíbrio social. A participação, que era defendida pela teoria rousseauniana, não é um fim em si; antes pode até levar a maus resultados, a resultados injustos. Por isso, democracia é "aquele sistema institucional para chegar a decisões políticas, no qual os indivíduos adquirem o poder de decidir por meio de uma luta em competição pelo voto do povo" (Schumpeter, 1984, p. 343). O motor do sistema é a competição entre os políticos pelo voto dos cidadãos, e esse mecanismo produz um equilíbrio estável. Obviamente, mesmo tendo sido pensado para a vida política, esse mecanismo poderia ser transposto para outras formas de organização social.

Semelhante caracterização da democracia apresentaria grandes vantagens em comparação com a teoria clássica. Dentre essas vantagens, caberia destacar as seguintes: 1) proporciona um critério para distinguir uma democracia de outros tipos de governo e permite, portanto, realizar pesquisas empíricas; 2) realmente leva em conta as volições individuais, dado que permite que qualquer líder traga-as à luz; 3) esclarece a relação existente entre democracia e liberdade individual, dada a liberdade de competição e discussão; 4) reconhece o pluralismo, representado pela diversidade de elites; 5) aceita o fato fidedigno do caudilhismo e a necessidade de especialistas em uma sociedade de massas, altamente complexa no que se refere ao saber; 6) conta com a tendência à apatia, típica da maior parte da população; 7) permite a punição do governo por meio do voto de desconfiança; 8) interpreta a vida política como simulacro da econômica, tal como ela se desenvolve nos países capitalistas. Diante das ofertas dos empresários, os cidadãos se comportam como consumidores que optam por determinados produtos ou por outros – o *homo œconomicus* também explica a organização política; 9) se se pretende que a democracia consista na realização da vontade do povo, surgirão grandes dificuldades quando se perceber que é a maioria quem decide, porque não se pode dizer seriamente que a vontade geral e a vontade da maioria se identificam. Realismo, visto que contamos com uma descrição de tudo o que se passa nos países democráticos; aceitação do papel que cabe às elites e às massas nas sociedades complexas; soberania entendida como aceitação ou rejeição dos líderes; possibilidade de utilizar os achados da economia capitalista são características fundamentais de uma teoria, que conjuga elementos tão díspares quanto elitismo e democracia.

Naturalmente, choveram críticas a esse modo de conceber a democracia. Trata-se de uma concepção que fomenta a desigualdade, em contradição com a essência igualitária da democracia; reforça a apatia no povo, condenando-o a assumir o papel de "massa" inveteradamente; não satisfaz o ideal de autonomia individual, legitimador da democracia, na medida em que reduz a competição eleitoral; interpreta a vida social a partir de um esquema econômico capitalista, que não tem por que constituir a essência permanente dos homens; esquece que os líderes não apenas estão interessados em atender às aspirações do povo, para se manterem no poder, como podem satisfazer estrategicamente as aspirações de classes ou de grupos com "demanda solvente" e criar no restante novas necessidades; e, por fim, pode-se dizer que esse modo de conceber a democracia não valoriza a capacidade realizadora da participação. Como Bachrach afirma em algum ponto, o povo não pode desistir da própria inteligência e dos próprios sentimentos, entregando a capacidade decisória a um governo e retirando-se para a vida privada. Um despotismo benévolo seria uma *contradictio in terminis* (Bachrach, 1973, p. 23): os homens não têm de se desenvolver apenas no setor privado. Contra semelhante reducionismo à vida privada, que protege apenas a chamada "liberdade de" (a libertação de determinados campos no que diz respeito a qualquer interferência alheia), levantar-se-ia a concepção participativa da democracia.

1.2. A teoria participativa

Podemos encontrar um conjunto de fatores favoráveis ao conceito participativo de democracia, que podemos recolher do que há de mais maduro na tradição democrática. O primeiro deles consistirá no fato de que a participação na organização da vida social é o modo mais verdadeiro de expressar a capacidade *autolegisladora* do homem, cuja descoberta obrigou a repudiar toda heteronomínia, toda legislação externa. Só quando se influi realmente nas decisões que orientam a vida pública é que se pode satisfazer a afirmação, talvez metafísica, de que o homem é capaz de dar-se a si mesmo suas próprias leis e que, consequentemente, é inumano submetê-lo a leis alheias.

É nesse sentido que Berlin falou de uma "liberdade positiva" ou "liberdade para", diferentemente da "liberdade negativa" ou "liberdade de". Se com a segunda nos referimos ao âmbito no qual um homem pode atuar sem interferências alheias, com a primeira respondemos a pergunta "quem é que está me governando?", "quem dirige minha vida?" (Berlin, 1969).

Mas o exercício participativo não apenas satisfaz uma necessidade metafísica, como tem repercussões de ordem psicológica e educativa. Os defensores da teoria participativa ressaltam a estreita relação existente entre as qualidades dos indivíduos, suas características psicológicas e os tipos de instituições em que vivem.

Por exemplo, segundo Rousseau, um sistema ideal é aquele que desenvolve a ação responsável por meio do exercício participativo. Por meio dele, o cidadão vê-se impelido a levar em consideração algo além de seu próprio interesse imediato, a considerar o interesse geral, e isso o obriga a deliberar segundo um senso de justiça. Por outro lado, o exercício da participação permite ao indivíduo transformar-se em seu próprio dono, na medida em que as leis resultantes são queridas por ele, e, por fim, acrescenta aos cidadãos o sentimento de pertença a uma comunidade.

Mill acrescentará a essa função autorrealizadora e educativa uma função felicitante, que é necessário ter em conta. Na opinião de Mill, os homens se comprazem no exercício de suas capacidades, no desenvolvimento de suas potencialidades e, por isso, uma sociedade atinge a maior felicidade em seu conjunto quando alcança o maior desenvolvimento possível das capacidades dos indivíduos que a compõem. Visto que o sistema democrático se baseia na participação dos cidadãos na vida pública, a comunidade cresce em intelecto, virtude, atividade prática e eficiência graças a esse sistema. E, ao se interessarem pela vida pública, os indivíduos desenvolvem sentimentos altruístas, que são uma fonte de felicidade para os homens.

Portanto, não se entende a democracia aqui como um mecanismo, posto a serviço do equilíbrio social, e sim como uma *forma de vida individual e comunitariamente valiosa*, que respeita e fomenta o caráter *autolegislador* dos indivíduos, educa-os na *responsabilidade* e no *senso de justiça*, e é, por isso, fonte de *felicidade*.

E com maior razão, acrescenta nos indivíduos o sentimento de *autoestima*, uma vez que o exercício participativo pressupõe o reconhecimento mútuo da capacidade na direção da vida pública. Sem um reconhecimento externo da própria capacidade, os fundamentos da autoestima são minados, e um homem não tem nem sequer ânimo e confiança para levar seus projetos adiante. A democracia participativa não é, então, meio para outra coisa, mas sim uma forma de vida valiosa em si.

Diante das duas concepções de democracia expostas, uma "realista", descritiva, portanto, empiricamente útil, e outra "idealista", moralmente atrativa, mas aparentemente não muito praticável, por qual das duas poderíamos optar, uma que fosse ao mesmo tempo praticável e moralmente desejável? Nesse momento, as espadas parecem continuar em riste, como muito brevemente comentaremos a seguir.

1.3. Neoconservadorismo e teoria elitista

Nos anos 1970, ressurgiu o confronto entre uma teoria elitista e uma participativa, mas com uma pequena variação, segundo Dubiel adverte. Se Schumpeter pretendera apenas descrever, a nova teoria elitista pretende *normatizar* e transformar-se no fundamento de programas autoritários; com isso passará a fazer parte do complexo fenômeno político-cultural que foi então denominado "neoconservadorismo" (Dubiel, 1985).

Não é difícil estabelecer a ligação entre teoria elitista e neoconservadorismo quando prestamos atenção às origens hodiernas dessa postura reativa. Como sabemos, o relatório da Comissão Trilateral sobre os problemas do desenvolvimento nos Estados Unidos, Europa Ocidental e Japão tem como conclusão o diagnóstico: "excesso de democracia" (Crozier, Huntington e Watanuki, 1975). Os mesmos pensadores liberal-conservadores que, nos anos 1940 e 1950, haviam lançado os fundamentos de uma compreensão antitotalitária da democracia, repudiam agora o modelo participativo, porque um "excesso de democracia", assim entendido, conduz apenas à "ingovernabilidade das sociedades", logo, à crise. Como aponta Dubiel, os argumentos empíricos se apresentam no marco de uma tese que já é clássica: o maior perigo para uma comunidade democrática é a superestimulação anárquica do princípio de autodeterminação (Dubiel, 1985, p. 50). Essa superestimulação leva à ingovernabilidade e, portanto, às crises atuais.

A solução neoconservadora para as causas das crises aglutina três elementos coincidentes com a teoria elitista: 1) não existe formação pública da vontade que possa servir como base para as decisões públicas – grande quantidade de decisões políticas será tomada de forma alheia a uma decisão democrática; 2) é necessário substituir a democracia como "governo do povo" pelo "governo querido pelo povo"; 3) uma democracia que funciona é semelhante a um equilíbrio de mercado, porque os cidadãos se comportam como consumidores e os políticos, como empresários que competem pelo voto. Em suma, tratar-se-ia de restaurar as condições sugeridas por

Schumpeter para o funcionamento democrático e cujo não cumprimento teria dado lugar ao fenômeno da "ingovernabilidade".

Diante disso, e tendo chegado a esse ponto, a pergunta que não podemos deixar de fazer é a seguinte: se às crises dos anos 1970 e 1980 devem-se uma compreensão inadequada da democracia como participação, como autodeterminação, por que ela, na realidade, não é nem deve ser um mecanismo para manter o equilíbrio social? Ou o que ocorre é que a democracia legítima é aquela que maximiza a autodeterminação dos indivíduos e as paupérrimas realizações elitistas às quais fomos submetidos geraram protestos de frustração? Não pode ser que – como Dubiel sugere – a intranquilidade se deva a uma consciência de autodeterminação e de igualdade madura e que se sente desfalcada?

A resposta positiva a essa última pergunta constitui a tese que Dubiel sustenta, como representante da teoria crítica, diante do neoconservadorismo. Eu, por minha vez, vejo-me obrigada a manter a interrogação aberta e as posições – crítica e neoconservadora – esboçadas, porque me faltam dados para determinar se a consciência de autodeterminação amadureceu. O que tentarei é responder, dos pontos de vista ético e político, à pergunta pelo conceito legítimo de democracia, moralmente desejável e praticável.

2. A democracia real

Quando aplicamos o adjetivo "real" a certas ideologias, como a socialista, costumamos nos referir a suas realizações até agora. Se aplicássemos esse mesmo uso à democracia e se quiséssemos nos referir a suas *realizações* nos países ocidentais, eu me atreveria a dizer que a teoria elitista descritiva (não a normativa) da democracia está com a razão: a democracia reduziu-se a um mecanismo para eleger elites representativas, valendo-se da regra das maiorias. Nesse sentido, a "democratização" da vida social consistiria em uma extensão da regra das maiorias aos diversos tipos de organização social, de modo que em cada um deles a massa possa eleger seus representantes.

Sendo assim, uma coisa é a realização, outra, a realidade; uma coisa é aquilo em que, de fato, as coisas se tornaram, e outra, aquilo que poderiam e deveriam ser. Nesse sentido, não é democracia real – a meu ver – a democracia até agora realizada, e sim *as realizações que se valem dos conceitos que,* em última instância, *são usados para legitimá-las.* A realidade inclui não apenas o que existe, mas também os princípios que são usados para legitimá-lo; princípios que, ao mesmo tempo, sempre podem servir de critérios para a crítica.

Nessa perspectiva, acredito poder afirmar que a democracia é uma forma de organização social superior a outras porque tem em sua base não exclusivamente a concepção de *homo œconomicus,* senão a de um homem que é, inclusive, econômico, mas fundamentalmente *autolegislador.* A moderna descoberta de que todo homem tem capacidade de dar a si mesmo suas próprias leis, e portanto é um sujeito e não um objeto para os outros homens, só pode se encarnar socialmente na vida democrática – por isso, é o princípio que a legitima e lhe dá sentido.

Certamente, nenhuma das realizações da democracia respeitou e fortaleceu o caráter autônomo de todos e de cada um de seus cidadãos, mas isso não significa que a democracia legítima, a democracia real, deixe de ser aquela que se propõe meta semelhante. O que acontece é que, para alcançá-la, é preciso percorrer um longo caminho, no qual é preciso ir configurando paulatinamente

– mas sem perder a orientação – um *éthos* democrático. Encarná-lo em meio às dificuldades empíricas estruturais é a tarefa da democracia real.

2.1. A lógica contraditória da democracia

Giner, não faz muito tempo, apontava em seus *Ensayos civiles* que a estrutura democrática se ressente de problemas formais que pertencem *per se* à forma como vivem as sociedades complexas e avançadas. As condições históricas podem arrefecê-los ou agudizá-los, não eliminá-los. E eu penso que eles só podem ser assumidos e articulados a partir de um *éthos* democrático.

A estrutura lógica da democracia consistiria, segundo Giner, no desdobramento de vários "axiomas", semelhantes aos que sugerimos (participação, igualdade, cidadania, comunidade, individualismo), que se trata de pôr em prática mediante uma rede de instituições e processos e que, além disso, é constituída por um conjunto de dilemas políticos essenciais (Giner, 1987, p. 219-55).

O primeiro deles será a "contradição entre um e todos", expressivo do fato de que a democracia tenha de ser o governo de todos (todos são autolegisladores), mas só pode ser exercida, em sociedades de massas, por uma minoria. Pareceria, então, que esse dilema só poderia ser resolvido se transformando a vida democrática em um mecanismo de eleição de elites, especialmente se levando em conta que a crescente complexidade do saber aconselha a recorrer aos especialistas. Obviamente, existiriam mecanismos retificadores (delegação de governo, participação popular por meio de paralisações, existência de uma multiplicidade de governos, a presença de corporações e de movimentos sociais, governantes que podem ser recrutados de todos os níveis sociais). Mesmo assim, esses mecanismos não levam a uma autolegislação autêntica da parte de todos os indivíduos.

Tanto mais que a segunda das contradições se refere ao fato de que a unidade componente básica da democracia tem de ser o indivíduo, enquanto, na realidade, são as corporações. A tendência a formar coalizões é inevitável. Quando as pessoas não podem alcançar individualmente seus fins, unem-se para alcançá-los coletivamente por meio de coalizões estáveis (instituições, grêmios, partidos, sindicatos) ou flutuantes (movimentos sociais). Só a corporação tem capacidade negociadora com o que cresce e se desenvolve, o que alguns passaram a chamar de "feudalismo democrático": como cada indivíduo se sente impotente para defender seus interesses, alia-se a outros indivíduos que se encontram em igual situação, presta juramento de vassalagem ao grupo – recordando procedimentos feudais –, e este lhe garante a satisfação de seus desejos e a defesa contra o inimigo (Hortal *apud* VV.AA., 1985, p. 27-33; Cortina, 1991; 1998). O indivíduo, como elemento básico autolegislador, dissolve-se na corporação, que é quem negocia, pactua, firma contratos. Nessa "construção gremial da realidade", como Giner a classificou, que reproduz o feudalismo medieval, mesmo pretendendo fundar-se em princípios democráticos, pode-se dizer que estamos em uma sociedade democrática? O que acontece com quem fica de fora?

Teríamos outras contradições para comentar, mas de momento tenho de me contentar com enumerá-las: a possibilidade de chegar a uma tirania das maiorias (Mill, 1970, p. 59), o risco de fomentar a "inveja democrática" e colaborar com o triunfo da mediocridade e do espírito do mínimo denominador comum, o risco de que o indivíduo deixe de forjar para si um pensamento próprio e se afunde no critério majoritário, a necessidade de aproveitar o potencial dos especialistas, sem que isso implique transformar em massa os demais cidadãos etc. São essas algumas das aporias que uma vida democrática deve levar em consideração, fiel ao caráter autolegislador do homem. São essas algumas das aporias que um *éthos* democrático deve assumir.

2.2. O *éthos* democrático

Se uma das descobertas nucleares da modernidade é a do caráter autolegislador dos indivíduos, talvez seja um achado de nosso tempo o de que esse caráter não pode ser plasmado na vida social se não for por meio daquilo que chamamos um *éthos dialógico*, que viria a coincidir com o *éthos* democrático.

Que todos possam se dar suas próprias leis significa que todos podem decidi-las conjuntamente, depois de manter um diálogo por meio do qual tentem conciliar o interesse individual com o geral. As decisões que afetam um conjunto não podem ser tomadas por um grupo unilateralmente, monologicamente, e sim depois de um diálogo voltado para buscar a melhor solução para todos os envolvidos pela decisão. Isso supõe o cultivo de uma atitude, até mesmo de uma forma de vida, que delineamos em algum capítulo anterior[6] e na qual voltamos a insistir.

Em princípio, seria dialógica a atitude de todos aqueles que reconhecem nos demais indivíduos – assim como em si mesmos – uma capacidade legisladora, de modo que os consideram – como a si mesmos – interlocutores habilitados no momento de dialogar sobre as decisões que os afetam e de tomar parte nelas. Aquilo que an-

---

[6] Cf. cap. 7, parágrafo 3, do presente livro.

tes chamamos de "participação" não seria apenas "direito ao voto", e nesse ponto acho que as éticas dialógicas foram mal-entendidas. O que legitima uma decisão não é simplesmente que ela seja tomada por uma maioria, porque uma decisão majoritária pode defender interesses particulares, tanto quanto uma decisão minoritária. O que legitimaria essa decisão seria: 1) o estabelecimento de um diálogo do qual participassem todos os afetados pela decisão que vai ser tomada, ou então, no caso de ser inviável a participação direta de alguns deles, que participassem por meio de *autênticos* representantes de seus *interesses*; 2) o diálogo se daria em condições de informação suficiente; 3) os participantes estariam dispostos a chegar a uma decisão na qual fossem defendidos interesses generalizáveis; 4) visto que o racional nas decisões é seguir a regra de unanimidade, mas como unanimade é algo a que raramente se chega, seria preciso arbitrar mecanismos que fizessem sentir na decisão final os interesses de todos os envolvidos.

Naturalmente, tudo isso implicaria, como condição de possibilidade, o compromisso de respeitar a vida e a integridade física e moral dos potenciais participantes do diálogo, bem como o de fomentar positivamente seu progresso material e cultural, de modo que possam chegar realmente ao nível de interlocutores válidos. A eliminação física e moral do interlocutor potencial, o desinteresse – consciente ou inconsciente – de que ele alcance um nível material e cultural digno são sintomas de que não se aceita o caráter autolegislador dos indivíduos nem, portanto, o procedimento democrático.

Sugeri em algum lugar que o princípio de universalização, que consiste, em nível moral, na intenção de situar-se no lugar do outro na hora de defender interesses e de tomar decisões, é o verdadeiro motor do progresso. E é verdade eu continuo defendendo isso. Só a atitude, propugnada pela tradição democrática, de atender não apenas aos próprios interesses, mas aos de todos os envolvidos em um pacto – atitude que revela um senso democrático de justiça –, pode constituir o autêntico motor do progresso.

Trabalhar pelo progresso – dizia eu naquela ocasião – não consiste em rotular o próprio grupo e decidir que os demais são de direita. Trabalhar pelo progresso não consiste em alardear irreligiosidade. Trabalhar pelo progresso não consiste em criar uma moral legitimadora das próprias estratégias e detratora das dos outros. Trabalhar pelo progresso, e não pela reação, significa fazer do princípio de universalização o princípio racional e sentimental da convivência.

Aquele que, no momento de decidir as normas que vão reger as relações sociais, pratica racional e emocionalmente a assunção ideal de *papel*; aquele que fomenta, na vida privada e na vida pública, a comunicação voltada a conhecer os interesses pessoais sem se deixar enganar pelos rótulos; aquele que se recusa a prestar vassalagem, porque isso o impede de se pôr no lugar dos que ficam de fora; aquele que pratica a universalidade – a humanidade – racional e cordialmente pôs os ideais da modernidade não apenas na cabeça, mas também nos pés; não apenas na razão, mas também no coração. Esse continua sendo – creio eu – o único motor do progresso.

Apenas um *éthos* semelhante seria capaz, a meu ver, de *realizar* uma democracia real; uma democracia legítima e moralmente desejável.

10
Para além do coletivismo e do individualismo: autonomia e solidariedade[1]

1. Nem socialismo nem liberalismo: sem senhas de identidade

Para um espectador desavisado, nossos tempos podem se manifestar como tempos de mistura: tempos de economia mista (mescla de mercado livre e de intervenção); de política mista (nem liberalismo selvagem nem socialismo dogmático); de filosofia mista (nem razão pura, nem pura experiência). Foram-se os dias em que os "princípios" da economia, da política e da filosofia eram defendidos em toda a sua pureza, o que produz uma bem fundada tristeza em todos nós que fomos socializados em cosmovisões de princípios: em gerações anteriores à minha e também em minha própria geração. Achávamos que tínhamos *a priori* certas chaves do mundo e da história. Achávamos que essas chaves configuravam uma ideologia distinta de outras ideologias, uma práxis distinta de outras práxis. E, não obstante, com o passar do tempo – de bem pouco tempo – vimos declinar o valor hermenêutico daquelas nossas

---

[1] Este capítulo tem origem em um artigo publicado com o mesmo título em *Sistema*, 1990, p. 3-17.

chaves e aproximarem-se entre si as pretensas ideologias até praticamente a identificação. A realidade social, política e econômica nos venceu ao mostrar uma profunda aversão aos princípios extremos e ao exigir posições de centro. Que ideologia – política ou religiosa – não se vê convidada, nos países desenvolvidos, a se dirigir para o centro?

Para desconcerto dos marxistas, a mudança social transtornou todas as categorias centrais do materialismo histórico: a divisão de classes não dá conta dos diferentes grupos de interesse; a abolição da propriedade privada não é condição suficiente nem necessária de uma sociedade mais justa; o desemprego estrutural obriga a rever a concepção do homem como trabalhador produtivo; a promessa de uma sociedade da abundância, nascida do progresso tecnológico, se faz acompanhar da ameaça de uma destruição total; as ideias não dirigem a história, tampouco a estrutura econômica; a cientificidade do materialismo histórico é mais que duvidosa; considerar o homem como o conjunto de suas relações sociais leva a um coletivismo desumano; a moral não é o único motor do socialismo, mas sem ela não há motivos para se querer uma sociedade mais justa[2] – para não falar do tão falado fracasso do socialismo real e da necessidade de projetar um socialismo factível[3].

Mas não é menos certo que o *liberalismo* das origens também viu serem refutados seus dogmas iniciais, baseados na compreensão do homem como *indivíduo possuidor*, que nada deve de suas ca-

---

[2] O programa aceito no XXII Congresso do PCUS constata o papel crescente dos estímulos morais na construção do socialismo e formula um código moral, que desenvolve as tentativas, feitas desde os anos 1920, de sistematizar os princípios da moral comunista. Cf. Chartschew e Jakowlew, 1976, p. 24.

[3] Em *Los socialistas en el poder*, Sotelo esboça uma panorâmica dos socialismos existentes e possíveis, apostando no socialismo democrático (1986, particularmente p. 13-36). Atualmente, entre outros, ocupa-se do socialismo "factível" Paramio em *Tras el diluvio* (1988, p. 41ss.); há ainda o livro já citado de Quintanilla e Vargas Machuca.

pacidades à sociedade, sendo legítimo proprietário do produto de seu trabalho e tendo na propriedade o mais firme apoio de sua liberdade (Macpherson, 1979, p. 225-6). Porque, diante de tais dogmas, é impossível negar o fato de que o processo de socialização possibilita a configuração do indivíduo com suas capacidades, de modo que não existe nenhum indivíduo que não tenha contraído uma dívida com a sociedade e que se mantenha independente dela (Mead, 1972; Walzer, 1990, p. 20-1). Como é impossível continuar afirmando que o egoísmo como motor da economia, a mão invisível como harmonizadora dos interesses individuais e a eliminação da intervenção estatal sejam os gestores ótimos da economia e, consequentemente, da liberdade – mesmo na situação ótima da anarquia, é preciso recorrer a um Estado mínimo, reconhecerá o anarcocapitalismo (Nozick, 1974) –, as crises se superam sempre que se mitiga a anarquia da produção, os monopólios retalham a liberdade de mercado e os cidadãos exigem não apenas liberdade, mas também igualdade. Liberdade e igualdade são os dois grandes valores da modernidade aos quais nenhuma ética política, nem liberal, nem socialista, quer mais renunciar.

Nesse sentido, o Programa 2000 do PSOE reconhecerá de bom grado o que até o presente não se admitia na Espanha com toda a clareza: que a matriz ética do socialismo é liberal, porque de origem liberal são seus valores próprios, a liberdade, a igualdade e a fraternidade. E, por sua vez, o liberalismo ético-político de nossos dias se aplicará com empenho à tarefa de conciliar os valores de liberdade e de igualdade em alguma concepção coerente da justiça. Depois vamos nos ocupar (MacIntyre, 1988, p. 343-4) com a questão de saber se com isso o liberalismo não pretende chegar a solução alguma, mas apenas dar a impressão de que a preocupação com a descoberta de alguns princípios da justiça é a meta da ordem social liberal, porque não nos importa fazer juízos de intenções, e sim confirmar, em nível de ética política, o que dizíamos no princípio: que as posições liberais e socialistas se aproximaram até o ponto de não apenas em nível prático, mas também teórico, ser praticamente impossível atribuir-lhes *senhas de identidade*. Nas democracias ocidentais – e eu acrescentaria que nos países do Leste também – vai-se produzindo o que alguns autores chamam de um "consenso sobreposto" (Rawls, 1985; Rorty *apud* Peterson e Vaughan, 1987), consenso que eles só percebem na superfície, mas que, creio eu, afeta as raízes mais profundas.

Com efeito, segundo os autores mencionados, nas democracias ocidentais se produz um consenso sobreposto entre diferentes convicções religiosas, filosóficas e ideológicas que, mesmo discordando entre si em sua concepção do homem e na teoria ética em que se apoiam, coincidem em aceitar certos pontos comuns. Isso possibilita a convivência democrática, que é preciso defender a todo custo, e por isso a ética política tem como meta proteger e fomentar o consenso já existente e renunciar a qualquer tentativa de fundamentação da democracia, porque na verdade as fundamentações diferiríam entre si e seriam apenas motivo de discórdia. Justamente para evitar conflitos nesse nível, que poriam em perigo o acordo e atentariam contra a ideia-chave do ponto de vista iluminista – a ideia de tolerância –, é preciso que os indivíduos privatizem suas concepções religiosas e filosóficas e exteriorizem apenas o que pode fomentar o acordo.

É de se acreditar que liberais e socialistas, crentes e não crentes tenham chegado a consensos em diversos pontos em uma democracia constitucional, porque tanto a constituição como um bom número de instituições são mostra clara de um acordo entre as diferentes partes. Mas eu diria, indo além dos autores citados, que, naquilo que diz respeito a liberais e socialistas, parece que o consenso vai se ampliando progressivamente para as posições filosóficas que fundamentam tais elementos, isto é, para a concepção do homem e de sua realização na vida social. Os fundamentos antropológicos que pareceria necessário privatizar para não quebrar um consenso, que só se produz na superfície, não precisam mais ser silenciados, porque as propostas de uns e de outros só podem ser chamadas de específicas, tanto na superfície como nas raízes filosóficas.

Isso porque fomos vencidos pela realidade social, política e econômica; justamente aquela realidade que as propostas liberais e socialistas ajudaram a configurar e que hoje, nos países ocidentais, também no nível da ética política, mostra-se como "centrista". Porque não defende uma liberdade selvagem nem um igualitarismo irracional, mas exige uma *justiça* entendida como conciliação entre a liberdade e a igualdade.

E não se pode dizer – por esforço em ainda manter certa identidade – que, mesmo isso sendo certo, o liberalismo defende um *individualismo possessivo, insolidário,* enquanto o socialismo aposta em um *individualismo solidário, cooperativo.* Sem dúvida, essas são expressões concisas e contundentes, boas e ajustadas para um *slogan* publicitário ou para uma campanha eleitoral. Mas quem as usar – acho – deve saber que não está fazendo justiça à realidade e que a realidade sempre vence: é melhor antecipar-se a ela do que ir a reboque.

As propostas ético-políticas liberais mais relevantes de nossa época não defendem um individualismo insolidário. Como confessa Nozick em *Anarchy, state and utopia,* produziu mais irritação do que outra coisa, inclusive entre aqueles que o apreciam, e o malthusianisno de Von Hayek é citado entre as obras do ramo como raridade. O esforço da ética política liberal está mais inclinado a estender a ponte entre o indivíduo – ao qual não pode renunciar – e a coletividade, de modo a se fazer justiça a uma linguagem como a moral, que não é mera expressão de preferências subjetivas – como queria o emotivismo –, mas profere afirmações impessoais do tipo "isso é justo", bem diferentes do subjetivismo do "a mim me agrada".

Claro que lançar essa ponte ainda é algo difícil para um pensamento que, partindo do indivíduo e de seu egoísmo, quer extrair modelos impessoais de justiça e, até mesmo, a virtude da solidariedade. E esse seria – poderíamos dizer – o reagente para verificar se uma teoria ético-política é tipicamente liberal: se ela ainda se vê em dificuldades na hora de extrair *solidariedade* do indivíduo.

Por sua vez, boa parte das éticas políticas socialistas não escolásticas de nossa época realizam um verdadeiro esforço para abandonar um coletivismo desumano e para recuperar o indivíduo concreto. Todavia, elas também encontram obstáculos no caso para se desincumbir de uma redução do homem ao conjunto de suas relações sociais e para avaliar teoricamente seu caráter *autônomo*.

Portanto, o liberalismo tenta transformar o individualismo possessivo, insolidário, das origens, em um individualismo cooperativo, solidário. O socialismo, por sua vez, esforça-se para abandonar o coletivismo e fazer justiça à autonomia pessoal. Isso porque, em minha opinião, essas duas posições podem ser entendidas – ao modo hegeliano – como *lados* de um mesmo fenômeno que, tomados isoladamente, são *unilaterais* e necessitam, portanto, "transpassar" para um terceiro. Nele se conservariam as conquistas irrenunciáveis de ambos, mas superando-os, porque se trataria de conjugar a *autonomia pessoal* – mais que o individualismo – com a solidariedade.

Não se trata, então, para os que fomos socializados em cosmovisões de princípios, de renunciar a eles, mas de tomar consciência de que a verdade dos que outrora pareciam adversários irreconciliáveis se encontra em uma ética política, que assume as conquistas de ambos, *transformando o individualismo em autonomia e o coletivismo em solidariedade*.

Uma política que queira e saiba gerir esses valores será – a meu ver – uma política legítima. Os políticos não são criadores de valores, sacerdotes de uma religião secularizada, mas gestores dos valores que a sociedade já compartilha.

Vamos nos ocupar agora do modo com que foi possível para a ética política transitar de um individualismo possessivo e de um coletivismo para a conjunção de autonomia e solidariedade.

2. Do individualismo possessivo à autonomia pessoal

Em alguns ambientes, é atribuído ao neoconservadorismo atual um individualismo insolidário, que lança suas raízes no individualismo possessivo, do qual Macpherson fala com tanto acerto. E visto que, de algum modo, o neoconservadorismo é identificado com o neoliberalismo, poder-se-ia dizer que, assim como a concepção do homem como indivíduo possuidor constituiu o pano de fundo ideológico do capitalismo contemporâneo, ela agora serviria de pretexto antropológico para um neoliberalismo domesticado.

Lembremos que a modernidade pressupõe o nascimento da "razão subjetiva", mediante o liberalismo contratual de Hobbes, como uma razão calculadora, que pretende unicamente conciliar os interesses antagônicos no seio de uma comunidade humana, que é preciso construir atendendo a critérios de utilidade. O sujeito que tal razão constitui seria concebido – segundo Macpherson – como proprietário de sua pessoa e de suas capacidades, sem dever nada por eles à sociedade; o indivíduo será livre precisamente na medida em que for proprietário de si mesmo, de suas capacidades e do produto de suas capacidades, sem depender da vontade dos demais. As consequências desse individualismo para a ordem social e política consistirão em conceber a sociedade como um conjunto de indivíduos livres e iguais, que se relacionam entre si mediante o intercâmbio, como proprietários de sua pessoa, de suas capacidades e dos produtos adquiridos por meio do exercício das mesmas. Nessa perspectiva, a *relação* que o indivíduo pode contrair com os demais está sempre na mira de seu próprio benefício, visto que só a contrai voluntariamente se ela lhe interessa; disso decorre que a sociedade política tenha como sentido proteger a liberdade do indivíduo sobre sua pessoa e bens e possibilitar as relações de intercâmbio (Macpherson, 1979, p. 16-7 e 225-6).

Não obstante, é necessário reconhecer que esse individualismo possessivo, pano de fundo antropológico de uma sociedade do capitalismo originário, hoje é acolhido no âmbito teórico no máximo como um neolibertarismo (Muguerza, 1984; Vallespin, 1985, p. 135ss), que não pode se estender perfeitamente ao pensamento neoconservador em seu conjunto e ainda menos à vertente do pensamento neoliberal que considera como inacabada a tarefa moral do Iluminismo.

Em algumas esquematizações muito simplistas, passou-se a atribuir ao neoconservadorismo em toda a sua amplitude a crítica ao Estado do bem-estar, a proposta de um liberalismo domesticado, a defesa do Estado mínimo em nível político, a insolidariedade como virtude em nível moral. Obviamente, com tão desalmado inimigo, está mais que justificado empreender a luta pela *hegemonia cultural*, e para tanto se prepara a teoria crítica, convicta – assim como os neoconservadores – de que deter hoje a hegemonia política e econômica passa por deter a hegemonia cultural. Todavia, mesmo sendo certo que todo organismo vivo se vê obrigado a reduzir a complexidade do real para poder sobreviver, também é certo que simplificar em excesso leva a desconhecer, e o desconhecimento só gera estratégias equivocadas. Porque é impossível atribuir as características mencionadas a um espectro que abarca desde Nozick, Von Hayek ou Friedman até Bell, Nisbet ou Berger; desde Lübbe e Marquard a Spaemann. Para não falar dos casos, já paradigmáticos, de Rawls e Dworkin.

De tudo isso se depreende que *identificar o neoliberalismo com o neoconservadorismo é algo impossível* e que as características que pretendem traçar as linhas do retrato falado do neoconservador não podem ser aplicadas nem sequer aos chamados neoconservadores.

Em nível teórico, o individualismo possessivo de nosso tempo é muito restrito. Os pré-modernos o abominam e apenas um número restrito de neoconservadores o assumiria, exceto a tese do Estado mínimo. E já é sintomático que a posição liberal ético-política que mais literatura produziu em nosso tempo – a teoria da justiça de Rawls – rejeite todas as características que mencionamos e induza seriamente a perguntar se não estamos diante de um pensamento socialista.

Desde quando um liberalismo contratualista vai aceitar uma posição original, na qual os indivíduos estejam dispostos a submeter suas capacidades naturais e sociais à vontade geral? Que contrato é esse que não está voltado para proteger o que já se possui no estado de natureza, antes submete capacidades e propriedades ao que todos poderiam querer? E o princípio da diferença, decidido em tais condições de imparcialidade, não é nitidamente socialista?

Diante de tais questões, as respostas são variadas, e eu também gostaria de arriscar a minha: em meu modo de ver, a teoria da justiça assim esboçada já está situada no terceiro momento de que falamos, para além do individualismo possessivo e do coletivismo, na terra limítrofe entre a autonomia e a solidariedade.

Porque, certamente, a posição original responde a uma concepção individualista e monológica, na medida em que cada indivíduo deve calcular, como indivíduo *racional,* quais princípios será mais conveniente proteger e quais planos fomentar, quaisquer que sejam eles. Assim como é verdade que a razoabilidade, pela qual os indivíduos racionais compreendem que quem compartilha os custos também há de compartilhar os benefícios, introduz, junto à racionalidade do egoísmo, a razoabilidade da *cooperação*. E, sobretudo, que as condições de imparcialidade na qual a escolha tem lugar expressam aquilo que Kant entendeu como *autonomia,* e a defesa da autonomia pessoal não pode ser confundida com a do individualismo. Um indivíduo é todo ser completo em seu gênero, seja animal ou vegetal, enquanto a pessoa autônoma se define por ser o ponto de encaixe entre o individual e o universal: *por ser um indivíduo capaz de dar-se a si mesmo leis universais.*

Com efeito, se na modernidade a razão subjetiva começa a se expressar filosoficamente no contratualismo hobbesiano como razão calculadora, não é menos certo que atinge seu ápice no conceito kantiano de "pessoa" como ser autolegislador. A pessoa autônoma, que tem como única "posse" anterior ao pacto, como único direito inato, a liberdade, que traz consigo a igualdade[4], é dotada de uma

---

[4] Cf. Kant, 1989, p. 237-8. A *eleuteronomia* é a chave da ética kantiana, como mostra Conill em *Enigma del animal fantástico* (1991) e em *Ética hermenéutica* (2006b).

razão calculadora, mas também de uma razão legisladora em duplo âmbito: o da liberdade interna e o da liberdade externa; o interior, ou moral, e o exterior jurídico-político. Em ambos, o princípio supremo pelo qual o indivíduo decide é a vontade universal: a vontade que governaria moralmente em um reino em que todos os seres racionais fossem tratados como fins; a vontade que regeria o mundo cujas leis tivessem sido queridas por todos. Em ambos os casos, o indivíduo é algo mais que um lugar de preferências subjetivas, porque mostra sua capacidade especificamente humana quando assume a perspectiva da universalidade.

Nessa concepção, não há outro direito inato além da liberdade, que é entendida como autolegislação interna e como participação na legislação externa. Por isso, no estado de natureza, a propriedade só é possuída provisoriamente, e tal posse só adquire um caráter peremptório no estado civil por meio da vontade comum. É por isso que a entrada na sociedade política não depende de um interesse individual, mas é antes uma obrigação moral, por ser o único modo de realizar o direito inato à liberdade.

Portanto, não se deve estranhar que o apelo do indivíduo, para ser pessoa, a uma razão universalizadora tenha sido interpretado como um princípio de coletivismo, que também afligiria Rousseau e Hegel, culminando em Marx. A liberdade positiva, que vai além da negativa, limitada a defender um âmbito privado, requer hipostatizações em uma vontade geral, em um espírito absoluto ou em uma classe, que acabam afogando o indivíduo na coletividade (Berlin, 1969). Curiosamente, a liberdade positiva desemboca em um homem que não passa do conjunto de suas relações sociais, que é apenas parte de um todo. Por isso a individuação é um pesadelo, produzido pela instituição da propriedade privada; e uma propriedade social fará o indivíduo voltar à realidade e tomar consciência de que seus interesses coincidem com os da coletividade.

Não obstante, a posição de Rawls supõe um retorno à *autonomia* kantiana, ao *personalismo – que não é individualismo –* de Kant: o único direito "inato", o único que não se submete a pacto, é a liberdade, entendida como capacidade legisladora igual. Diante daquilo em que poderiam acreditar um conservadorismo pré ou pós-moderno, ou até mesmo um neoconservadorismo, a tarefa *moral* do Iluminismo não fracassou, mas está inacabada, porque o legado moral de uma influente corrente iluminista – aquela que defende a autonomia como liberdade igual conforma nosso sentido da justiça, mesmo que não governe completamente nossas decisões jurídicas e políticas. Daí a necessidade de fixar os princípios da justiça, os princípios da *liberdade externa* (da liberdade legal) a partir de uma noção de pessoa entendida como autonomia.

Se com isso se reproduz ou não a noção kantiana de imperativo categórico, não é algo em que vamos nos concentrar aqui, mas me parece necessário apontar o seguinte: o imperativo kantiano se impunha aos indivíduos regulando as máximas de sua liberdade interna e, nesse caso, o único motivo possível era o respeito à lei; mas, no caso da liberdade externa, legal, o legislador deve legislar levando em conta o que todos poderiam querer para satisfazer seus planos de vida individuais. No caso de uma democracia, se supõe que todos os cidadãos são legisladores – mesmo que seja pela mediação parlamentar – e que devem ter como critério aquilo que todos poderiam querer para concretizar seus planos individuais. A liberdade legal é *participação* e, na ação concreta, não tem por que atender a um motivo moral.

A concepção moral rawlsiana da justiça limita-se à *liberdade jurídico-política* e não atinge a liberdade interna. Seu ponto de partida são os indivíduos, mas não os indivíduos e suas preferências subjetivas, como no individualismo metodológico (Conill *apud* Cortina, Conill, Domingo e García-Marzá, 1994, cap. 3), e sim *pessoas autônomas*, que conciliam o individual e o universal, *pessoas razoáveis*, conscientes de que quem divide o ônus deve compartilhar os benefícios, e até mesmo *pessoas solidárias*, na medida em que decidem os princípios da justiça supondo que podem ocupar o lugar natural e socialmente pior situado. Portanto, não é de estranhar que esse liberalismo transformado se aproxime poderosamente de posições filosóficas "socialistas", que também alteraram o modelo do socialismo clássico. Umas e outras parecem ter "transpassado" para um terceiro momento, ao qual não sabemos dar um nome, mas que tem por pilares éticos a autonomia e a solidariedade.

3. Do coletivismo ao individualismo solidário?

Segundo alguns escritos que tentam traçar as linhas teóricas do socialismo do futuro, a autonomia do indivíduo é a chave moral do socialismo, que se apresenta como um individualismo. O socialismo é um individualismo – é o que nos dizem – porque os postulados individualistas, por fazerem parte da tradição intelectual do Ocidente, são muito atrativos e porque a esquerda nunca foi adversária do individualismo, e sim a determinada forma de entendê-lo[5]. E certamente podemos acrescentar, de nosso lado, que autores socialistas como Vorländer, expoente máximo do socialismo neokantiano, reconhecem que "não existe oposição entre um *socialismo* corretamente entendido e um legítimo *individualismo*; antes, pelo contrário, um e outro se condicionam e se exigem reciprocamente", porque

---

[5] Cf. Programa 2000 (1988).

o que se pretende, seguindo o Marx do *Manifesto comunista*, é chegar a uma associação na qual "o livre desenvolvimento de cada um seja a condição do livre desenvolvimento de todos" (Vorländer *apud* Zapatero, 1980, p. 195). A redução do homem ao conjunto de suas relações sociais, patrocinada pela Tese VI sobre Feuerbach, a dissolução da ética em sociologia, não devem ser lidas – de acordo com essa linha interpretativa – em chave *coletivista*, e sim justamente *individualista*. Só que o indivíduo tem de ter consciência de que seu livre desenvolvimento depende do livre desenvolvimento de todos, diante do que se poderia pensar em um individualismo possessivo, competitivo, insolidário.

O individualismo possessivo incorre – para falar como Apel e Habermas – em "solipsismo metodológico", como se mostra claramente nas teorias contratuais clássicas, por acreditar que os indivíduos são capazes de se entender a si mesmos antes de sua entrada no pacto. Pelo contrário, todo aquele que utiliza uma regra linguística – dirão nossos autores – mostra com isso que está imerso em uma comunidade de falantes e que só a partir da comunicação com eles será capaz de conhecer até mesmo seus próprios interesses e de chegar a determinar o que considera certo e o que considera errado. Essa posição, à qual passaremos a chamar *socialismo pragmático*, recorre à afirmação de Mead, "somos o que somos a partir de nossa relação com os outros", indicando como indispensável para o autoconhecimento, para nossa própria configuração como indivíduos, o *reconhecimento recíproco*. Porque é impossível transformar-se em pessoa se não for no seio de uma comunidade, na qual outros nos reconheçam como tal e aos quais reconheçamos como tais. O processo de socialização é parte indispensável do processo de personalização pelo qual nos tornamos autônomos.

Não obstante, essas considerações – que, a meu ver, deveriam constituir a medula de um socialismo atual e futuro, e em qualquer consideração ética que deseje ser justa com a realidade – não parecem ser importantes para alguns teóricos do socialismo, mais preocupados em evitar o rótulo de "coletivistas" do que em traçar as linhas de uma ética política ajustada à realidade. Creio que esse medo de ser tachados de coletivistas é o que os leva a transitar para um "individualismo de esquerda": o socialismo não é um coletivismo, e sim um individualismo, mas de "esquerda", isto é, *solidário*, e entenderá a solidariedade como cooperação com todos aqueles que gozam de autonomia moral[6].

Diante de tal afirmação, eu gostaria de fazer, pelo menos, dois esclarecimentos: 1) que não é preciso retomar um individualismo obsoleto para evitar a tentação de coletivismo, já que o valor do indivíduo humano provém de sua autonomia, que é preciso defender e respeitar jurídico-politicamente; 2) que a solidariedade, normalmente mais bem protegida pela tradição socialista que pela liberal, não é unicamente cooperação. Já me ocupei do primeiro esclarecimento nas páginas anteriores, recordando que é o caráter de ser autônomo – não simplesmente indivíduo – que confere especial dignidade ao homem. Mesmo assim, eu também gostaria de entabular agora um breve diálogo com meu bom amigo Savater, que propôs há algum tempo o egoísmo esclarecido como base ética para uma democracia e que talvez se viu em certas dificuldades semânticas para defendê-lo.

Com efeito, segundo o *Dicionário da Real Academia*, "egoísmo" significa "amor imoderado e excessivo que alguém tem por si mesmo e que o faz atentar desmedidamente a seu próprio interesse,

---

[6] Para uma interpretação solidarista de Rawls, cf. Martínez Navarro, 1999.

sem se importar com os demais"; ao passo que o *Dicionário de María Moliner* entende como "egoísta" a pessoa "que antepõe em todos os casos sua própria conveniência à dos demais, que sacrifica o bem-estar de outros ao seu próprio ou reserva apenas para si o desfrute das coisas boas que estejam a seu alcance".

Atentando, então, ao significado e uso dos termos, o egoísmo de pouco adianta para fundar uma moral solidária, por mais que se enfeite, a ponto de algum dicionário de sinônimos e antônimos relacionar entre os antônimos do termo "egoísmo" o termo "solidariedade". Desse modo, ou mudamos de idioma, ou do egoísmo provirá, no máximo, um amor interessado por aqueles que influenciam diretamente o próprio bem-estar. Talvez por razões como essas Savater optou mais tarde pelo *amor-próprio*, mesmo que, para tanto, tenha tido de apelar para o "amor a si mesmo" (Savater, 1988), pelo fato de "amor-próprio" significar "desejo de ser estimado e de merecer e obter elogios". Em meu modo de ver, porém, essas substituições também não resolvem muito as coisas, porque a solidariedade exige uma dialética de *autocentramento* e *descentramento* que não surge de um querer-se a si mesmo por mais racional que seja.

Com efeito, a solidariedade significa uma relação entre pessoas, que participam com o mesmo interesse de determinada coisa, e exprime a atitude de uma pessoa no que se refere a outras quando põe interesse e esforço em um empreendimento ou assunto delas. Exemplo de tal atitude seria assinar um abaixo-assinado ou aderir a uma greve para defender interesses de outros. Portanto, se o egoísmo e o amor-próprio supõem *autocentramento* e a afirmação do indivíduo como axiologicamente anterior à comunidade, de modo que cada indivíduo valorize a vida comunitária e a dos demais homens segundo o benefício que lhe reportem, o *homem solidário* já se sabe inscrito em uma comunidade, com a qual *já* compartilha interesses, e, além disso, valoriza como *valioso em si* cada um de seus componentes. Obviamente, há de se valorizar a si mesmo, algo que algumas éticas parecem ter esquecido, fazer da autonegação a atitude moral por excelência. Mas isso não significa que, a partir de seu amor a si mesmo, tenha de calcular o benefício que os demais lhe trazem. Contra esse cálculo, como base da moral, erguem-se a descoberta da *própria pertença a uma comunidade* e a descoberta de que há seres – os homens – *em si*, e não apenas *para mim, valiosos*. Viver segundo essa descoberta exige uma dialética de autocentramento e descentramento que configura os perfis de uma moral solidária para além do egoísmo e da autonegação (Cortina, 1997; 1998; 2001). E com isso passamos ao segundo esclarecimeneto que fizemos anteriormente: a solidariedade não é exclusivamente cooperação.

Parece que transformar a solidariedade em cooperação é conveniente por duas razões: 1) porque a solidariedade suporia aderir a uma causa, mesmo que não se revele rentável para quem adotar tal atitude, e isso significa introduzir uma relação de *assimetria* entre aquele que exerce a solidariedade e aquele que se beneficia dela, relação que supõe certa superioridade da parte do primeiro e de inferioridade da parte do segundo. É mais digno para o beneficiário – é o que se diz – saber que o benefício pode ser mútuo do que sentir-se unilateralmente beneficiado: a cooperação aumenta a autoestima em medida maior do que a solidariedade desinteressada; 2) com mais razão, parece que o egoísmo individual é a mais firme base para construir qualquer edifício moral e que, portanto, terão mais força persuasiva e penetração mais duradoura as ofertas cooperativas, das quais se esperam benefícios mútuos, do que as solidárias, das quais só uma parte espera benefícios.

Essas são certamente razões de peso, e não serei eu quem há de desdenhar – naquilo que diz respeito à primeira delas – o valor da *autoestima*, porque acredito que é um grande mérito de determinado pensamento liberal ter percebido que a *autoestima* é um dos bens primários, aos quais homem nenhum gostaria de renunciar, já que sem estima pela própria pessoa e pelo próprio projeto de vida nenhum indivíduo se encontra com "moral" – com ânimo – para levá-lo adiante. Nesse sentido, acho que todas as morais que exaltaram uma humildade entendida como autonegação atuaram contra os homens. Aceito isso; penso, porém, que as razões em favor de uma atitude solidária não se deixam reduzir às que advogam uma atitude cooperativa.

Os jogos cooperativos são, sem dúvida, recomendados pela lógica da decisão racional quando os jogadores acham que podem extrair deles maiores benefícios que os dos jogos competitivos – por isso não se pode dizer que a lógica neoconservadora seja a do conflito e a do confronto, e sim a que toma como ponto de partida os indivíduos, considera as alternativas de ação que se abrem diante deles e sugere critérios de escolha racional, aconselhando a cooperação, quando ela comporta maior benefício do que a competição. Ninguém seria tão tolo, a não ser em casos patológicos – que existem –, de investir em uma competição desenfreada quando pode extrair igual ou maior benefício cooperando. Por isso um indivíduo insolidário pode se comportar cooperativamente sempre que seja um indivíduo racional. E apelando justamente para o egoísmo racional como a base mais firme sobre a qual alicerçar condutas cooperativas, aqueles que defendem essa postura estão admitindo que, afinal, o egoísmo é o único pretexto para inculcar hábitos e atitudes nos homens. Sem dúvida, isso é o que pensaria um individualismo possessivo, e não um socialismo, tampouco uma concepção de ética social e política que entenda a *pessoa autônoma* como *fim em si mesma* e, portanto, como *merecedora de solidariedade e resultante* de um processo de socialização – portanto, *produto da solidariedade*. Vejamos com mais calma essas duas razões para a solidariedade.

Em primeiro lugar, o reconhecimento moderno, que hoje consideramos irreversível, de que todo homem é fim em si mesmo e, portanto, valioso em si, exige por parte daqueles que assim o consideram uma adesão que lhes permita levar a cabo seus planos vitais legítimos, adesão que não pode estar condicionada a uma contraprestação, que nem sempre é possível. Sem dúvida, sempre que possível, é preciso apelar para a cooperação, que aumenta o benefício e a autoestima; mas em um mundo humano no qual as desigualdades naturais jamais poderão ser eliminadas e as sociais, dificilmente, a solidariedade para com todo ser valioso em si é uma atitude necessária.

Levar em conta prioritariamente os mal situados na distribuição do orçamento, no interesse da igualdade; redistribuir a renda não apenas em questões de benefício mútuo, mas de justiça com os que são valiosos em si.

E, por outro lado, é preciso reconhecer que um indivíduo vem a sê-lo em uma trama de relações sem a qual nem sequer se poderia falar de indivíduos. Porque é impossível transformar-se em pessoa, a não ser no seio de uma comunidade, na qual outros nos reconhecem como tais e aos quais reconhecemos como tais também. O processo de socialização faz parte de um processo de pessoalização, no qual os sujeitos não se instrumentalizam reciprocamente, no qual não se consideram mutuamente como meios para os próprios fins, e sim como fins valiosos – e não apenas para mim – em si. Não se trata, então, de fazer da cooperação uma atitude aconselhável para os indivíduos, mas de mostrar que a solidariedade é o *elemento vital* dos homens, como nos mostra em nosso tempo determinado modo de entender a "virada linguística".

Segundo essa concepção, a práxis linguística revela um duplo polo, sem o qual deixaria de existir como tal. Por um lado, o uso de pronomes pessoais aponta para sujeitos, sem os quais desapareceria o acontecer linguístico, porque são eles que têm capacidade de se comunicar, de participar de argumentações e de aceitar ou rejeitar os acordos aos quais se possa chegar. Esse seria o polo dos *sujeitos*, dos quais importa, antes de tudo, o caráter de autônomos. Estão voltados para proteger essa autonomia os princípios da *justiça*, que reconhecem ao ser que desfruta dessa mesma autonomia direitos como homem e como pessoa, sendo o primeiro deles a *participação* na legislação do país em que vive. Em meu modo de ver, mesmo que a participação surja do reconhecimento da autonomia pessoal como direito, isso não significa reduzir a segunda à primeira, nem mesmo referida à participação em um diálogo. Essa "socialização" da autonomia, na qual incorrem autores como Habermas, parece-me um reducionismo coletivizante incapaz de dar conta da autonomia pessoal. O diálogo intersubjetivo, como bem sabe Aranguen, não substitui o intrassubjetivo.

Mas, ao mesmo tempo, a práxis linguística mostra que é impossível as pessoas subsistirem sem uma trama de relações intersubjetivas, sem um mínimo de reconhecimento recíproco entre os participantes em uma linguagem, que os habilite a se considerarem mutuamente como pessoas. A justiça é, então, necessária para proteger os sujeitos autônomos, mas igualmente indispensável é a solidariedade, porque a primeira postula igual respeito e direitos iguais para cada sujeito autônomo, enquanto a segunda exige empatia e preocupação com o bem-estar do próximo: os sujeitos autônomos são insubstituíveis, mas também o é a atitude solidária de quem reconhece sua inserção em uma forma de vida compartilhada.

Em meu modo de ver, portanto, uma ética política que faz justiça à realidade social é aquela que colabora na formação de homens autônomos e solidários, distanciados tanto de um coletivismo homogeneizador quanto de um individualismo sem senhas humanas de identidade. Abandonar o coletivismo, porque ele é desumano, é opção bastante saudável, mas para isso não é preciso apostar em um individualismo que também não dá conta do que são os homens. Talvez aqueles que entendam o socialismo na linha de Habermas, como "uma forma de vida que possibilita a autonomia e a autorrealização em solidariedade" (Habermas, 1985a, p. 373), devessem optar antes por dar atenção ao caráter pessoal – autônomo – dos homens e à solidariedade que constitui seu elemento vital.

4. Política como gestão, não como religião secularizada

Foi-se o tempo – eu apontava, não sem certa tristeza, no início deste capítulo – em que os princípios da economia, da política e da filosofia eram defendidos em toda a sua pureza. Liberais e marxistas viram os conceitos-chave de suas respectivas convicções se transformarem, até desembocarem nessa sociedade de "pós" -liberalismo, -marxismo, -filosofia. Também os crentes, que confiaram em um ou em outro como mediação ótima para realizar o reino de Deus, veem com assombro que não existem mediações válidas *a priori*, que a política não é o equivalente funcional da religião em uma sociedade secularizada: é preciso, em cada momento e em cada lugar, analisar a situação e as possíveis saídas, deliberar, discernir, decidir – em suma, realizar a tarefa de ser homem –, sem recorrer a uma ideologia determinada, que poupe do trabalho de deliberação em situações de incerteza. Encontramo-nos, então, em uma situação eticamente desmobilizadora? Não resta – como indiquei em algum lugar (Cortina, 1991, especialmente os caps. 3 e 4) – outra moral a não ser a do camaleão?

Este modesto trabalho pretendeu mostrar exatamente o contrário, e não por razões de grêmio, mas sim porque eu, que o escrevo, acredito que chegamos a uma situação nova, ao terceiro momento superador de unilateralidades, no qual são princípios éticos a autonomia e a solidariedade, herdados de tradições liberais e socialistas. Como realizá-los é atribuição dos especialistas nos diversos saberes – entre eles, dos políticos. Ao final, a política irá perdendo – e já não sem tempo – esse halo, que ainda a transfigura, de religião secularizada, essa aparência de ideologia que compromete a vida, para mostrar paulatinamente sua *face gestora*.

"Ideologia" – dirá Downs – é a imagem de uma sociedade boa e o principal meio para construí-la; na ciência política moderna, as ideologias aparecem quase como instrumentos do poder político, mais do que como representações de objetivos reais; por isso as diferentes cosmovisões vêm matizadas pelo desejo de seus adeptos de conquistar o poder[7]. As ideologias – seguindo com Downs – desempenham um papel indispensável no processo eleitoral dos países democráticos porque, ligadas aos diferentes partidos, permitem aos votantes distinguirem entre eles, sem necessidade de ter de estar a par de uma ampla gama de questões, levando em consideração que as eleições se realizam em situações de incerteza. O eleitor poupa energia calculadora, porque a ideologia que o partido parece defender permite-lhe tomar esse "atalho".

---

[7] Cf. Downs, 1973, p. 103. Downs remete em nota a Mannheim, 1955.

Mas o recurso às diferentes ideologias – continuará nosso autor – só é racional a curto prazo, porque os eleitores racionais estão interessados em influenciar o *comportamento* dos partidos políticos, não em suas *declarações*. E como as ideologias são declarações *per se*, se os partidos não diferem entre si pelo comportamento, tornam-se idênticos para o eleitorado: *comportam-se* de modo igual, mesmo falando de modo diferente. Portanto, o eleitor que continua votando em um partido por sua ideologia, mesmo que esse partido não se distinga de outros, será exclusivamente o eleitor *dogmático* (Downs, 1973, p. 197; Cortina, 1991, cap. 3).

"As utopias não são más", afirmam Quintanilla e Vargas Machuca em sua tentativa de traçar o retrato do socialismo do futuro. "Maus são o dogmatismo e a irracionalidade" (1989, p. 31). Que dizer, então, de um eleitorado dogmático, que acolhe irracionalmente as declarações ideológicas e prescinde do comportamento?

As utopias – como indicam os autores citados – "seriam modelos de organização social que exemplificam, em sua simplicidade, os valores básicos que são propostos como guia para a configuração concreta de uma sociedade real" (Quintanilla e Vargas Machuca, 1989, p. 30). Por minha vez, eu ponderaria que as utopias tentam plasmar os valores básicos que compõem determinada ideologia em modelos concretos de organização social. Mas exatamente porque a realidade social muda constantemente, como dissemos desde o começo, e refuta em sua mudança toda configuração utópica concreta, vale mais considerar essas configurações como revisáveis, refutáveis, de acordo com Quintanilla e Vargas Machuca, mantendo, contudo, os *valores* que lhes dão sentido e que dão, inclusive, sentido à necessidade de mudar o projeto de organização social quando ele é mais um obstáculo que uma ajuda para encarná-los.

Por isso, mais que construir utopias refutáveis – e, portanto, racionais, segundo o racionalismo crítico de nossos amigos –, eu proporia aos políticos prestar atenção aos valores compartilhados pela realidade social – pois eles não são agentes de moralização nem sacerdotes de uma religião secularizada –, e tratar de gerir modelos sociais que permitam encarná-los, que os tornem viáveis. Porque o campo da política é, sem dúvida, o campo do possível, mais do que o campo do utópico, mas a tarefa do político consiste não em ater-se passivamente ao possível, mas em *fazer ativamente com que o valioso seja possível*. E não deixa de ser curioso como o âmbito do possível cresce prodigiosamente nas mãos do político responsável e como míngua nas mãos do pragmático.

Tornar possível uma sociedade de *homens autônomos em solidariedade* é, a meu ver, a tarefa política de uma época herdeira do liberalismo e do socialismo. Os partidos políticos cujo comportamento consista realmente em geri-la serão fiéis à sua tarefa e à realidade social e contribuirão para configurar um mundo racional, no qual os eleitores – abandonando o dogmatismo de quem fica colado à declaração ideológica, mesmo sem concordar com o comportamento – atentem ao comportamento que dá sentido a um governo legítimo.

Não sei se é lá muito aconselhável construir utopias concretas a partir desses valores; talvez seja mais fecundo apontar problemas que teriam de ser enfrentados por aqueles que hoje, em um país como o nosso, desejassem tornar possível a sociedade proposta. Ampliar e aprofundar a democracia seria o meio mais oportuno, mas uma afirmação semelhante não deixa de ser formal, enquanto não atacarmos questões como as seguintes: a contradição que se produz entre a corporativização da sociedade e a aspiração de autonomia dos sujeitos; a impossibilidade de entender como realizada a autonomia de algumas minorias, cuja voz não tem a menor incidência nas decisões; a insatisfação que produz uma democracia elitista, as dificuldades de organizar uma democracia participativa e a incógnita que ainda pressupõe o termo "participação", chave da legitimação democrática, mas talvez não identificável com "democracia direta"; a dificuldade de pontuar qual é o papel dos especialistas e qual o papel do povo – ou, lamentavelmente, massa – em uma organização democrática; a necessidade de estabelecer um sistema de prioridades na distribuição dos orçamentos que revele a *real* preocupação com a autorrealização daqueles que, material e culturalmente, carecem de condições para se autorrealizar; articular uma resposta coerente com as aspirações dos movimentos sociais; dar atenção a uma ordem internacional que não interesse apenas estrategicamente, mas também solidariamente; abrir um espaço de opinião pública ao qual possam ter livre acesso e fazer ouvir sua voz todos os grupos que tenham algo a oferecer.

Essas seriam apenas algumas das questões que, a meu ver, teriam de ser enfrentadas por aquele que, para além de um coletivismo homogeneizador, mas também de um individualismo sem senhas humanas de identidade, quisesse fazer justiça, na teoria e na práxis, aos valores-chave de nossa realidade social[8].

---

[8] Hoje esses assuntos giram em torno da noção de cidadania, da qual me ocupei em *Ciudadanos del mundo*.

11
Do feminino e do masculino: as virtudes esquecidas no *moral point of view*[1]

1. O trabalho criador da razão instrumental

É um bom jeito de começar um capítulo explicar seu título, e creio que nesse caso não é demais seguir tão sadio costume, levando em conta que nele, aliás, se faz uma estranha mistura de gêneros – neutro, feminino, masculino –, pouco ortodoxa à primeira vista.

A razão de tudo isso é simples: eu não pretendia referir-me tanto às mulheres e aos varões e ao prejuízo sofrido pelas primeiras em um mundo masculino (ainda que se trate de algo do qual nunca se deva esquecer), e sim ao prejuízo que mulheres e varões – homens – sofremos por obra e graça desses estranhos tipos ideais nos quais se passou a encarnar as qualidades "femininas" e as qualidades "masculinas"; tipos que não compõem, obviamente, a imagem de mulher ou varão algum, e sim um estranho monstrengo, digno de ser considerado neutro.

---

[1] Este capítulo tem origem em "De lo femenino y lo masculino. Notas para una filosofía de la Ilustración", em VV.AA., *Mujeres y hombres en la formación del pensamiento occidental* (1989, p. 291-301); "Por una Ilustración feminista", *Leviatán*, 1989, p. 101-11; "Lo masculino y lo femenino en la ética", em VV.AA., *La mujer, realidad y promesa* (1989, p. 44-56).

E assim a humanidade se vangloriou de um verdadeiro empenho em assinalar qualidades "femininas" e "masculinas" e em atribuí-las a pretensos ideais de mulher e de homem. Desde Adão e Eva, passando por tantas figuras expressivas da "autêntica feminilidade" e da "autêntica masculinidade", os homens mostramos um afã de classificar, que alguns atribuem à *razão identificadora*, à *razão instrumental*. Para sobreviver em um mundo transbordante de acontecimentos, obstinadamente adverso a toda tentativa de classificação, a razão identificadora propõe fixar claramente os gêneros, as espécies e, evidentemente, as diferenças específicas. Não tanto as diferenças individuais – "este é João", "esta é Elisa" – quanto as específicas e de classe – "isto é um lagarto", "este é um elefante", "isto é uma fêmea", "isto é um macho".

Assim, cada qual com seu cartaz identificador e explicativo ao pé da jaula, é possível deambular por esse estranho zoológico do mundo, que, de outro modo, seria uma selva inabitável.

Obviamente, a razão identificadora das diferenças zoológicas aguçou seu bem conhecido engenho na hora de marcar as fronteiras no seio do gênero humano: eis aqui – disse há muitos séculos – um ser fisiologicamente constituído para ter filhos, e a isso vamos chamar "mulher". Será doce e terna, fofoqueira e astuta, preocupada com o concreto, incapaz de se interessar por questões universais e de entender algo delas, sentimental, instintiva, irreflexiva, visceral. Terá como domínio os salões de baile, os bordéis e os lares. Porque não há mulher que não seja formosa. Não há mulher incapaz de cuidar de um lar.

Por trás de um grande homem haverá uma grande mulher, mas nunca adiante. E diante de toda situação confusa, será aconselhável *chercher la femme*.

Eis aqui, ao contrário, um ser humano, fisiologicamente incapaz de ter filhos, dotado – desde que bem alimentado – de força física (mas não de resistência física). Vamos chamá-lo "varão". Será amante das grandes palavras – justiça, liberdade, solidariedade –, ativo e empreendedor, genial na utilização da razão abstrata, competitivo e agressivo, preocupado com o universal. Serão suas as ciências e as artes, a política, a técnica e a economia. Será sua a vida pública, porque, com a força de minha palavra, o dotei de condições para isso.

E a razão instrumental olhou essa sua criação e viu que era boa, porque era útil, porque poupava infinidade de energias. A partir de então – e isso já faz muitos séculos –, deixou de ser preciso perguntar, em cada geração, quem devia ocupar-se da vida pública e quem devia ocupar-se da vida privada. Não foi mais preciso perguntar se a economia devia ser misericordiosa e a política, compassiva, se a técnica também tinha de estar a serviço dos pequenos e as instituições, a serviço dos casos concretos. Porque a misericórdia e a compaixão, o pequeno e o concreto são coisa de mulheres faz muitos séculos.

E vendo a razão instrumental-identificadora que sua criação era útil, propôs-se a mantê-la intacta durante anos sem fim. E alcançou seu propósito. Demonstração disso é a sociedade em que vivemos, mas também as reflexões filosóficas sobre ela, de modo que a ética não está isenta de culpa nesse caso. Aparentemente, ainda menos as éticas formalistas da "justiça", das quais estávamos falando.

2. A pretensa masculinidade das éticas deontológicas

Com efeito, em um sugestivo trabalho intitulado "I. Kant: una visión masculina de la ética", publicado na coletânea *Esplendor y miseria de la ética kantiana*, Esperanza Guisán assume a tarefa de demarcar um limite entre certas éticas que poderiam ser consideradas como "masculinas" e outras que poderiam ser caracterizadas como "femininas" e acusa a ética de Kant de pertencer ao primeiro membro da divisão.

> Apesar – afirma Esperanza Guisán – de se poder dizer que, em algum sentido, todas as éticas supõem historicamente, em alguma medida, uma visão masculina da tarefa filosófica moral, visto que foram formuladas, pensadas e construídas por homens até praticamente o século atual, mesmo assim, com os devidos cuidados, eu me atreveria a sugerir que a ética de Hume, por exemplo, é muito mais "feminina" que a de Kant, assim como a de Mill é decididamente feminina, quando não feminista, em oposição à de Nietzsche, por exemplo, que é masculina, viril e até mesmo "machista." (Guisán, 1988, p. 167)

Para realizar essas caracterizações e lançar acusações semelhantes, nossa autora recorre aos *papéis* habitualmente reservados a mulheres e homens, assumidos no processo de socialização, em virtude dos quais o "masculino" foi vinculado à ideia de racionalidade abstrata, enquanto o feminino se limita ao terreno dos sentimentos e ao mundo concreto. Nesse sentido, uma das grandes debilidades da ética kantiana consistiria em "ser uma visão masculina do fenômeno moral, que não levou em conta a análise dos sentimentos e propósitos morais dos seres humanos" (Guisán, 1988, p. 168).

Entre tais sentimentos, caberiam os de simpatia e benevolência, ao passo que a felicidade e o bem-estar poderiam ser considerados como o propósito moral fundamental.

Com isso, Esperanza Guisán inscreve-se explicitamente nas fileiras daqueles que criticam as éticas deontológicas por sua masculinidade, como é o caso recente de Gilligan. Este enfrenta a teoria kohlbergiana do desenvolvimento da consciência moral, tachando-a de "masculina", por estar centrada na formação dos *juízos* sobre a *justiça* e desinteressar-se da perspectiva moral "feminina" da *solicitude* (*care*); por estar centrada nos princípios, e não nas consequências das ações para o bem-estar (Gilligan, 1982).

Kohlberg, por seu lado, tentou assumir as críticas de Gilligan da seguinte forma: o ponto de vista moral consiste em uma operacionalização do princípio do respeito pelas pessoas, que subjaz à concepção do estágio sexto e que pode, por sua vez, ser entendido como atitude. Como atitude, o respeito consiste na disponibilidade para ver os outros de determinado modo, e com sua ajuda, como princípio, aquela atitude pode furtar-se a operações cognitivas e a ações. Por outro lado, o respeito é composto, por sua vez, de dois elementos, que também são interpretáveis como atitudes e princípios: a benevolência e a justiça. No estágio sexto, benevolência e justiça harmonizam-se no princípio de respeito às pessoas (Kohlberg, Boyd e Levine *apud* Edelstein e Nunner-Winkler, 1986, p. 208-9).

Como representante de uma ética deontológica de raiz kantiana, Habermas também se sentiu interpelado de certo modo pelas críticas de Gilligan. A ética discursiva – segundo reconhece abertamente – acolhe as intuições morais das éticas da compaixão, na medida em que dá atenção à vulnerabilidade dos indivíduos; por outro lado, reconhecendo que esses indivíduos são fruto do reconhecimento recíproco nas relações intersubjetivas, fruto de um processo de socialização, ocupa-se da solidariedade indispensável para proteger e fortalecer as redes sociais. Do respeito pela integridade de uma pessoa vulnerável não surge, em sentido estrito, a solicitude (*Fürsorge*) por seu bem-estar, como quer Kohlberg. "Por isso o ponto de vista complementar do tratamento individual igual não é a benevolência, e sim a solidariedade" (Habermas, 1986, p. 20-1).

Certamente, essas éticas masculinas contemporâneas, que lutam para sanar as próprias deficiências recorrendo a sentimentos de benevolência, compaixão, solicitude, solidariedade, e que mantêm fora de seus limites um tema como o da felicidade, parecem afundar suas raízes em seu deontologismo explícito, na ética que, desde o começo, vimos qualificando de masculina: a ética kantiana, imersa no processo do Iluminismo. Nela, não apenas a felicidade não pode, de modo algum, constituir o fundamento da determinação da vontade, como também o objetivo da moral – com todos os esclarecimentos introduzidos pela *Metafísica dos costumes* – consiste em atingir o domínio do eu numênico sobre o eu fenomênico, as inclinações e os interesses patológicos. A razão legisladora, que se exprime através de *princípios*, há de se impor às inclinações ao longo de um processo de cultivo da virtude: da virtude entendida ao modo viril dos estoicos (Kant, 1989, p. 405).

Nesse contexto, não é de estranhar – poderá pensar uma ética feminista – que a doutrina jurídico-político kantiana adote uma posição em relação às mulheres concretas – não mais com as qualidades "femininas" – que contradiz abertamente a elaboração de uma ética universalista, baseada no princípio de *autonomia de todo ser racional*. A seu estilo, dever-se-ia duvidar de que as mulheres fizessem parte do *universo autolegislador*; ou, o que dá no mesmo, da *política ativa* e do *mundo moral*.

3. A liberdade jurídica das mulheres

Com efeito, se recorrermos a obras jurídico-políticas, tais como o *Gemeinspruch*, *A paz perpétua* ou *A metafísica dos costumes*, encontraremos uma *assimetria* suspeita entre os três princípios *a priori* do

Estado jurídico, que segue em detrimento de um setor da população, do qual faz parte a população feminina. Os princípios seriam a *liberdade* de todo membro da sociedade enquanto homem (*Mensch*); a *igualdade* entre ele e qualquer outro enquanto súdito; e a *independência* (*Selbstständigkeit*) de todo membro da comunidade enquanto cidadão (Kant, *Gemeinspruch*, VIII, p. 290; *ZeF*, VIII, p. 349-50; *MdS*, VI, p. 314). Se a divisão em tais princípios não é analítica, mas sintética – seguindo a sugestão da *Crítica do juízo* –, então a liberdade jurídica dos *homens* representa a condição, a igualdade dos *súditos*, o condicionado, e a independência dos *cidadãos*, a união do condicionado com sua condição (Kant, *Kritik der Urteilskraft* [*KdU*], V, p. 197; Philonenko, 1976, p. 59-68). Seria, então, preciso esperar uma simetria entre homens livres e cidadãos e, não obstante, vamos mais adiante deparar a inesperada distinção entre *cidadãos ativos* e *passivos*.

Os cidadãos passivos também fazem parte, por direito próprio, da sociedade civil e se encontram idealmente presentes na noção de vontade geral e na ideia de contrato original, que possui uma indubitável realidade moral-jurídica; contudo, são incapazes de exercer *efetivamente* a liberdade jurídica; são incapazes de participar ativamente da legislação do Estado.

Com efeito, se a liberdade jurídica for entendida, à maneira da *Paz perpétua* e da *Metafísica dos costumes*, como "a faculdade de não obedecer a nenhuma lei externa, a não ser na medida em que pude dar-lhe meu consentimento" (Kant, *ZeF*, VIII, p. 350; *MdS*, VI, p. 314); entendida, portanto, como "liberdade positiva", no sentido de Berlin, e não apenas "negativa", como se apresenta no *Gemeinspruch*, há uma parte da comunidade à qual está proibido exercê-la, porque uma parte da comunidade está incapacitada para votar, mesmo que os cidadãos ativos tenham a obrigação de protegê-la por conta da legislação (Berlin, 1969; Bobbio *apud* Weil *et alii*, 1962, p. 105-18; Pérez Luño, 1984, p. 214-9). Sabe-se perfeitamente quem são aqueles que se encontram em situação semelhante: aqueles que carecem da qualidade *social* requerida para ser autossuficientes, qualidade que consiste na posse de determinada propriedade, e aqueles que carecem da qualidade *natural* exigida para isso, qualidade que se reduz ao fato de ser um varão adulto. Crianças e mulheres estão *naturalmente* excluídas do exercício ativo da cidadania.

Sem começar agora a discutir se o direito ao voto significa um direito autêntico de participação na legislação da sociedade civil, permito-me apenas recordar com Philonenko que a privação desse requisito mínimo a um setor do corpo social inviabiliza a síntese entre o condicionado (o homem) e a condição (o súdito) no cidadão, porque o número de cidadãos ativos é consideravelmente inferior ao de homens. Atribuir essa restrição à *razão pura* não melhora a situação, porque a liberdade jurídica externa fundamenta-se, em última instância, na *liberdade prática*, ou seja, na autonomia que se identifica com a autolegislação moral. Aconteceria, então, que, por razão pura, isto é, de um modo universal e necessário, mulheres, crianças e todos os que "não são seus próprios senhores" se veriam excluídos do exercício *efetivo* da liberdade externa e, portanto, da manifestação da autonomia na comunidade civil.

Trata-se, então, de uma *contradição* na obra kantiana entre o que a razão prática afirma – a liberdade prática (interna) e a liberdade jurídica (externa) de todo homem (*Mensch*) – e os condicionamentos históricos de uma sociedade machista, adultocêntrica e capitalista? Ou existe a convicção implícita de que só os varões adultos e proprietários são capazes de vida jurídica ativa porque só eles são capazes de vida moral?

Visto que a discriminação derivada de qualidades sociais requer um tratamento distinto do tratamento das qualidades naturais, e dado que este capítulo está preferencialmente centrado na problemática do masculino e do feminino, vou me limitar a essa última e me permitirei, com respeito a ela, lançar unicamente uma hipótese, que na verdade se apresenta mais como uma sugestão. A *hipótese* seria a seguinte: não se trata apenas de afirmar que a filosofia de Kant potencializa as qualidades consideradas masculinas, tais como a racionalidade abstrata, relativamente às qualidades "femininas", como a sensibilidade concreta; *trata-se de perguntar se na base da discriminação jurídico-política encontra-se a inconfessada convicção de que as mulheres são realmente incapazes de vida moral*. Não serão as pretensas qualidades "femininas", que toda mulher deve assumir, as que as incapacitam para uma vida moral e, portanto, para uma vida política ativa?

Pistas para uma possível resposta podem ser encontradas, em meu modo de ver, em uma obra kantiana do período chamado "pré--crítico", que posteriormente tentarei considerar à luz da *Crítica do juízo*. Refiro-me ao primeiro tratado kantiano do problema estético em sua vertente *sentimental*: a análise de alguns sentimentos que, publicada em Königsberg em 1764, leva o título *Observações sobre o sentimento do belo e do sublime*. Depois de examinar os diferentes objetos do sentimento do sublime e do belo, nosso autor aplica os resultados de seu exame à diferença e à relação recíproca existente entre os dois sexos. As qualidades do masculino e do feminino vão fixar-se em uma filosofia do Iluminismo, em uma filosofia da maioridade da humanidade. *Ligar essas qualidades, examinadas no campo estético, com a discriminação sofrida pelas mulheres no âmbito jurídico--político, mediante uma discriminação moral latente*, é uma grande tentação, para não dizer um desafio.

4. Do belo e do sublime

Certamente, nas *Beobachtungen,* Kant se propõe explicitamente a adotar o ponto de vista de um observador, mais que o de um filósofo, e a realizar uma descrição fenomenológica de um sentimento peculiar, que se apresenta em uma dupla faceta: como sentimento do sublime e como sentimento do belo. Em ambos os casos, nós as tratamos com uma emoção agradável, mas de modo diferente.

Os montes, a tempestade ou a vaga ideia do inferno afetam em sua magnificência o sentimento do sublime; campinas e vales, pelo contrário, proporcionam uma sensação agradável, alegre e sorridente, que impressiona a quem está tomado pelo sentimento do belo. O sublime sempre há de ser grande e singelo; o belo, contudo, pode ser pequeno e estar engalanado. O sublime *comove,* enquanto o belo *encanta* (Kant, *Beobachtungen,* II, 1. Abschnitt).

Semelhante descrição vai nos conduzindo, de maneira imperceptível, a esboçar esse típico quadro de diferenças, que virão a ser aplicadas ao masculino e ao feminino, e que teve a força de relegar as mulheres à vida privada. A inteligência, a audácia, a veracidade e a retidão são – é o que nos dizem – qualidades grandes e sublimes; enquanto o engenho, a astúcia e a lisonja são, por sua vez, belas. A vida pública pode ser perfeitamente guiada pelas primeiras qualidades, enquanto as últimas têm seu lugar próprio no lar e nos salões galantes.

Mas isso não é o mais grave. Não se trata apenas de ir configurando uma *divisão sexual do trabalho* baseada nas "aptidões" especiais de cada sexo. As qualidades sublimes – é o que dirá mais adiante nosso autor explicitamente – infundem *respeito,* as belas infundem *amor.* E isso significa para qualquer estudioso da filosofia kantiana, até mesmo para o mais superficial dentre eles, ir preparando o caminho para julgar a *capacidade moral* daqueles que possuem umas ou outras qualidades. Porque, como mais adiante anunciará a *Crítica da razão prática:* "O respeito pela lei moral é o único e, ao mesmo tempo, indubitável motor moral" (Kant, *KpV*, v, p. 78), a ponto de se poder dizer que "o respeito pela lei não é motor para moralidade, mas que é a própria moralidade, considerada subjetivamente como motor" (*KpV*, v, p. 76).

O sentimento de respeito, que só é despertado diante das pessoas, será identificado desde a *Grundlegung* como sentimento moral, enquanto o amor só pode ter lugar no mundo moral se estiver transformado em amor prático. O amor como inclinação é patológico, o amor prático ao próximo e a Deus se deontologiza, de modo a consistir na intenção de cumprir com os deveres que nos ligam a eles (*KpV*, v, p. 83). Curiosamente, essas análises de sentimentos, praticadas por uma ética deontológica à altura da segunda Crítica, já estão esboçadas nas *Beobachtungen* de 1764, na distinção entre *virtude genuína* e *virtudes adotadas*.

> Nas qualidades morais – ali nos será dito explicitamente – só a verdadeira virtude é sublime. Não obstante, existem algumas que são amáveis e belas e, desde que harmonizadas com a virtude, podem ser consideradas como nobres, mesmo que não se deva incluí-las na intenção virtuosa (*Beobachtungen*, II, p. 215).

Essas qualidades amáveis e belas não podem ser classificadas como virtudes autênticas porque só conduzem a resultados aparentemente virtuosos *externamente* e, por isso, podem gerar conflitos com as regras gerais da virtude. Entre tais qualidades, poderíamos incluir aquelas que atualmente parecem estar sendo reivindicadas pelas éticas "femininas": a compaixão, a polidez e a benevolência, que supõem um sentimento de prazer imediato em atos bons e benévolos.

Apesar de sua beleza e amabilidade, essas qualidades não podem *permanecer através das circunstâncias cambiantes, tampouco exceder o âmbito do particular e concreto*. Levada à generalidade, a compaixão perde sua natureza porque, apesar de se tornar sublime, se transforma por sua vez em um sentimento frio.

> Não é possível que nosso peito se interesse delicadamente por todo homem, nem que toda pena estranha desperte nossa compaixão. De outro modo, o virtuoso estaria, como Heráclito, continuamente desfeito em lágrimas, e com toda a sua bondade não seria mais que um terno folgazão (*Beobachtungen*, II, p. 216).

A benevolência e a simpatia não passam, pois, pelo teste da generalidade e, por isso, podem ser consideradas apenas como *virtudes adotadas*, que são belas e sedutoras; mas a "verdadeira virtude só pode se basear em *princípios*, que a tornam tanto mais sublime e nobre quanto mais *gerais*" (*Beobachtungen*, II, p. 217).

A *invariabilidade* e a *universalidade* dos princípios passam a ser os únicos móveis possíveis da *genuína virtude*, e ela, por se basear em princípios, é tanto mais sublime e venerável quanto mais bela e sedutora. De onde advêm os princípios é o que nos indica o único objeto respeitável: os princípios constituem a consciência do sentimento da beleza e da dignidade da natureza humana. De que virtudes estarão adornadas as mulheres – da genuína ou das adotadas – é o que veremos logo a seguir.

5. As virtudes esquecidas

Segundo as *Beobachtungen*, o sexo feminino se distingue pela nota do *belo*, enquanto o masculino se distingue pela *nobreza*. Não porque cada um deles se limite a possuir qualidades belas ou nobres, e sim porque

> em uma mulher todas as demais vantagens se combinam apenas para enfatizar o caráter do *belo*, nelas o verdadeiro centro, e, em contrapartida, entre as qualidades masculinas imediatamente sobressai o *sublime* como característica (*Beobachtungen*, II, p. 228).

A partir daqui, e como em um jogo, se vai desenhando o perfil do feminino e do masculino, perfil que *justifica conscientemente* – não inadvertidamente – a masculinidade do moral, porque à mulher convêm as *virtudes adotadas* (belas e sedutoras, mas aparentes), enquanto ao homem, por sua própria natureza, cabe a *virtude genuína*.

Efetivamente, a inteligência da mulher há de ser bela; a do varão, profunda, "expressão de significado equivalente ao sublime" (*Beobachtungen*, II, p. 229). A ciência da mulher não aborda objetos abstratos, e sim o humano e, dentre o humano, o homem; e há de se reger nela, mais que pela razão, pela sensibilidade. Incapaz de se elevar aos princípios, seu mundo é o do sensível, o do concreto. Por isso quem se esforçar na tarefa de educar as mulheres, há de estimular nelas o sentimento do belo e o sentimento moral da simpatia, valendo-se, para tanto, não de regras gerais, mas do exercício do juízo pessoal nos atos particulares da vida cotidiana.

A virtude da mulher – é que nos será dito nesta passagem, a meu ver, antológica – é uma *virtude bela* (antes essa virtude foi chamada, em juízo estrito, virtude adotada). A do sexo masculino deve ser uma *virtude nobre*. Evitarão o mal não por ser ele injusto, mas feio, e atos virtuosos são para elas os moralmente belos. Nada de dever, nada de necessidade, nada de obrigação. Para a mulher, é insuportável toda ordem e toda construção mal-humorada. Fazem algo só porque lhes agrada, e a arte consiste em fazer que lhes agrade aquilo que é bom. Parece-me difícil que o belo sexo seja capaz de princípios, e espero não ofender com isso; eles também são extremamente raros no masculino (*Beobachtungen*, II, p. 231-2).

Incapazes de princípios, de dever e de justiça, as mulheres também são incapazes de uma virtude autêntica. Só um fio fica solto: que, apesar de serem objeto de amor por parte dos homens, sentem respeito diante das qualidades sublimes deles. Mas esse é o único resquício de sublimidade que lhes resta: o de respeitá-la em outros.

O sentimento do belo e do sublime volta a ser objeto para o Kant da terceira *Crítica*; para o Kant da Crítica do juízo estético. Nela, o belo atende aos quatro momentos do juízo do gosto, como o objeto de uma satisfação desinteressada que, sem conceito, apraz universalmente; é apresentado como a forma da finalidade de um objeto, enquanto se percebe nele sem a representação de um fim; e como aquilo que, sem conceito, é conhecido como objeto de uma satisfação necessária (*KdU*, V, p. 211, 219, 236, 240).

O belo e o sublime coincidem em referir-se a objetos que causam prazer por si mesmos, e em ambos a satisfação se refere a conceitos, mesmo que não se determine quais. Mas, junto a outras, existe entre eles uma *diferença* crucial: assim como a beleza natural parece disposta a conformar-se a nosso juízo, produzindo satisfação ao comprovar sua finalidade, aquilo que desperta o sentimento do sublime parece, segundo sua forma, romper todos os moldes da imaginação. E o que é específico do objeto que julgamos como sublime está em sua *informidade*, diferentemente do objeto belo, caracterizado pela concordância de sua forma com a imaginação. Justamente essa carência de forma representável pela imaginação mostra sua desconformidade com ela e a incita a buscar o concurso da faculdade capaz de produzir conceitos inexponíveis: o concurso da *razão*.

É a mera descrição psicológica da formação do juízo do sublime que nos sugere sua justificação transcendental: diante de um objeto natural, ilimitado em sua quantidade ou superior em poder a todo cognoscível, a imaginação reage dolorosamente com um sentimento de incapacidade. Mas a dor se converte em prazer, e anunciamos que o objeto deve ser universalmente considerado como sublime. O sublime é, então, um predicado transcendental? Absolutamente não, porque não acrescenta o conhecimento do objeto, como se fosse determinado por ele. O sublime está em nós mesmos, e a intuição do objeto é mera ocasião de seu despertar. O mecanismo transcendental, capaz de dar razão da pretensão à universalidade e necessidade dos juízos do sublime, consiste na disposição teleológica da imaginação no que se refere à razão, e o objeto digno de se intitular sublime reside nela mesma.

Porque o infinitamente grande não pertence a nosso modo de conhecer objetos, mas a nossa razão, e a segura contemplação das forças da natureza desperta em nós a consciência de nosso poder diante delas. Mesmo que fisicamente inferiores, sentimo-nos independentes em um aspecto que não é fenomênico: "A humanidade em nossa pessoa permanece sem se rebaixar, mesmo que tenha de se submeter àquele poder" (*KdU*, v, p. 262; Cortina, 1981, p. 229-32). Não é de estranhar que se tenha utilizado a famosa admiração kantiana pelo céu estrelado e pela moral como expressão completa da sublimidade que conjuga o que é matemática e dinamicamente sublime.

"Duas coisas enchem o ânimo de admiração e respeito, sempre novos e crescentes, com quanto mais frequência e aplicação a reflexão se ocupa deles: *o céu estrelado sobre mim e a lei moral em mim*", reza a muito célebre conclusão da segunda Crítica. Duas coisas acessíveis à inteligência profunda dos homens e à sua sensibilidade para o *sublime,* para o *respeitável,* para o *moral.*

Em um mundo amoral, distanciado do dever e da ordem, no campo do jogo, da sensibilidade e do agrado, reinam as mulheres. Impossível pôr em suas mãos a moralização deontológica da vida privada. Impossível confiar-lhes a moralização, também deontológica, das instituições. Impossível dotá-las de liberdade jurídica ativa a partir de uma constituição republicana voltada para a construção de uma *paz perpétua.* A compaixão, a benevolência e o cuidado são muito pouca coisa para alcançar nada menos que uma paz perpétua.

E eu me pergunto, à altura de nosso fim de século, se não é o esquecimento dessas qualidades, consideradas femininas, o que tornou impossível não apenas a construção da paz perpétua, como até mesmo a conservação da esperança nela.

Bibliografia

ALBERT, H. *Die Wissenschaft und die Fehlbarkeit der Vernunft*. Tübingen: Mohr, 1982.
_____. Ethik und Metaethik. *Archiv für Philosophie*, vol. 11, 1961, H, 1/2, p. 28-63. [Trad. cast.: Valência: Teorema, 1978.]
_____. *Traktat über kritische Vernunft*. Tübingen: Mohr, 1968, cap. 1. [Trad. cast.: Buenos Aires: Sur, 1973.]
_____. *Transzendentale Träumereien*. Hamburg: Hoffmann und Campe, 1975.
ALEXY, R. Eine Theorie des praktischen Diskurses. In: OELMÜLLER, W. (org.) *Normenbegründung, Normendurchsetzung; El concepto y la validez del derecho*. Barcelona: Gedisa, 1994.
ÁLVAREZ, M. Fundamentación lógica del deber ser en Hegel. In: FLÓREZ, C. e ÁLVAREZ, M. *Estudos sobre Kant y Hegel*. Salamanca: [s.n.], 1982, p. 171-201, especialmente pp. 197ss.
AMENGUAL, G. Moralität als Recht des subjektiven Willens. *Hegel-Jahrbuch*, Berlin, Akademie Verlag, 1987, p. 207-15.
_____. De la filosofía del derecho a la crítica social. Acerca de la *Crítica a la filosofía del Estado de Hegel* (1843) de Marx. *Sistema*, 91, 1989a, p. 107-21.
_____. *La moral como derecho*. Madri: Trotta Editorial, 2001.
_____ (org.) *Estudios sobre la "Filosofía del derecho" de Hegel*. Madri: Centro de Estudios Constitucionales, 1989b.
APEL, K. O. Der Ansatz von Apel. In: OELMÜLLER, W. (org.) *Transzendentalphilosophische Normenbregründungen*. Paderborn: Schöningh, 1978a, p. 160ss.

_____. Der postkantische Universalismus in der Ethik im Lichte seiner aktuellen Missverständnisse. In: *Diskurs und Verantwortung*, 1988a, p. 154-78.

_____. *Diskurs und Verantwortung*. Frankfurt: Suhrkamp, 1988b.

_____. *El camino del pensamiento de Ch. S. Peirce*. Madri: Visor, 1997.

_____. El problema de la fundamentación filosófica última desde una pragmática trascendental del lenguaje. In: *Estudios filosóficos*, n. 102, 1978b, p. 251-99.

_____. *Estudios éticos*. Barcelona: Alfa, 1986.

_____. Fallibilismus, Konsenstheorie der Wahrheit und Letztbegründung. In: *Philosophie und Begründung*. [Editado pelo Forum für Philosophie Bad Homburg.] Frankfurt: Suhrkamp, 1987, p. 116-21. [Trad. cast.: APEL, K. O. *Verdad y responsabilidad*. Barcelona: Paidós, 1991.]

_____. La ética del discurso como ética de la responsabilidad. In: *Teoría de la verdad y ética del discurso*. Barcelona: Paidós, 1991.

_____. [Artigo] *La transformación de la filosofía*, vol. II, Madri, 1983, p. 350ss.

_____. *Teoría de la verdad y ética del discurso*. Barcelona: Paidós, 1991.

_____. *Transformation der Philosophie*. vol. II Frankfurt: Suhrkamp, 1973, 9ss., 96ss. [Trad. br.: APEL, K. O. *Transformação da filosofia*. vol. 2. São Paulo: Loyola, 2000.]

_____. Zuruck zur Normalität? – Oder könnten wir aus der nationalen Katastrophe etwas Besonderes gelernt haben? In: *Diskurs und Verantwortung*. Frankfurt: Suhrkamp, 1988c, p. 370-474. [Trad. parcial: APEL, K. O.; CORTINA, A.; ZAN, J. de & MICHELINI, D. (orgs.) *Ética comunicativa y democracia crítica*. Barcelona: Critica, 1991.

ARANGUREN, J. L. et al. *Ética y estética en Xavier Zubiri*. (Intr.: Diego García.) Madri, Trotta Editorial, 1996.

_____. *Ética*. Madri: Revista de Occidente, 1958.

_____. *Ética de la felicidad y otros lenguajes*. Madri: Tecnos, 1988.

_____. *La izquierda y el poder y otros ensayos*. Madri: Trotta Editorial, 2005.

_____. La situación de los valores éticos en general. In: *Los valores éticos en la nueva sociedad democrática*. Madri: Fundación F. Ebert/Instituto Fe y Secularidad, 1985, p. 13-20.

_____. *Moral de la vida cotidiana, personal y religiosa*. Madri: Tecnos, 1987.

ARISTÓTELES. *Ética a Nicômaco*, VI, 5, 1140 b 6-7

_____. *Metafísica*, IX, 7, 1048 b 25-27.

BACHRACH, P. *Crítica de la teoría elitista de la democracia*. Buenos Aires: Amorrortu, 1973.

BELL D. *The Cultural Contradictions of Capitalism*. Nova York: Basic Books, 1976. (Citada a edição espanhola.) [Trad. cast.: Madri: Alianza Editorial, 1977, 1982, p. 11.]

BELLAH, R. N. *Habits of the Heart*. Nova York: Harper and Row, 1985. [Trad. cast.: Madri: Alianza Editorial, 1989.]

BEORLEGUI, C. La Ilustración en la encrucijada. *Letras de Deusto*, n. 41, 1988, p. 9-32.

BERGER, P. *La revolución capitalista*. Barcelona: Península, 1989.

BERLIN I. *Four Essays on Liberty*. Londres/Oxford/Nova York: Oxford University Press, 1969. [Trad. cast.: Madri: Revista de Occidente, 1974.]

BLANCO, J.; PÉREZ TAPIAS, A. & SAÉZ L. Sobre "K. O. Apel. Una ética del discurso" e SIURANA, J. C. *Una brújula para la vida moral* (Granada: Comares, 2003). *Anthropos*, Barcelona, n. 183, 1999.

_____. *Discurso y realidad*. Madri: Trotta Editorial, 1994.

BOBBIO, N. Deux notions de la liberté dans la pensée politique de Kant. In: WEIL, E. et al. *La philosophie politique de Kant*. Paris: PUF, 1962, p. 105-18.

BÖHLER, D. *Rekonstruktive Pragmatik*. Frankfurt: Suhrkamp, 1985.

BRANDT, R. B. *Ethical Theory:* The Problems of Normative and Critical Ethics. Englewood Cliffs: Prentice Hall, 1959, cap. 17.

BRUMLIK, M. Über die Ansprüche Ungeborener und Unmündiger. In: KUHLMANN, W. (org.) *Moralität und Sittlichkeit*, 1986, p. 265-300.

CAMPS, V. *La imaginación ética*. Barcelona: Seix-Barral, 1983.

CASTIÑEIRA, A. (org.) *Comunitat i nació*. Barcelona: Proa, 1995.

_____ (org.) *La filosofia a Catalunya durant la transició 1975-1985*. Barcelona: Acta, 1989, p. 141-62.

_____. *Els límits de l'Estat. El cas de Robert Nozick*. Barcelona: Enciclopèdia Catalana, 1994.

CHAFUÉN, A. *Economía y ética*. Madri: Rialp, 1991.

CHARTSCHEW, A. G. e JAKOWLEW, B. D. Abriss der Geschichte der marxistisch-leninistischen Ethik in der UdSSR. In: *Ethik. Philosophisch-ethische Forschungen in der Sowjetunion*. Berlim: VEB, 1976, p. 24.

COHEN H. *Ethik des reinen Willens*. 3. ed. Berlim: [s.n.], 1921, p. 67.

_____. *Kants Begründung der Ethik nebst ihren Anwendungen auf Recht, Religion und Geschichte*. 2. ed. corrigida e ampliada. Berlim: [s.n.], 1910.

Conill, J. *Ética de la justicia*. Madri: Tecnos, 1992.

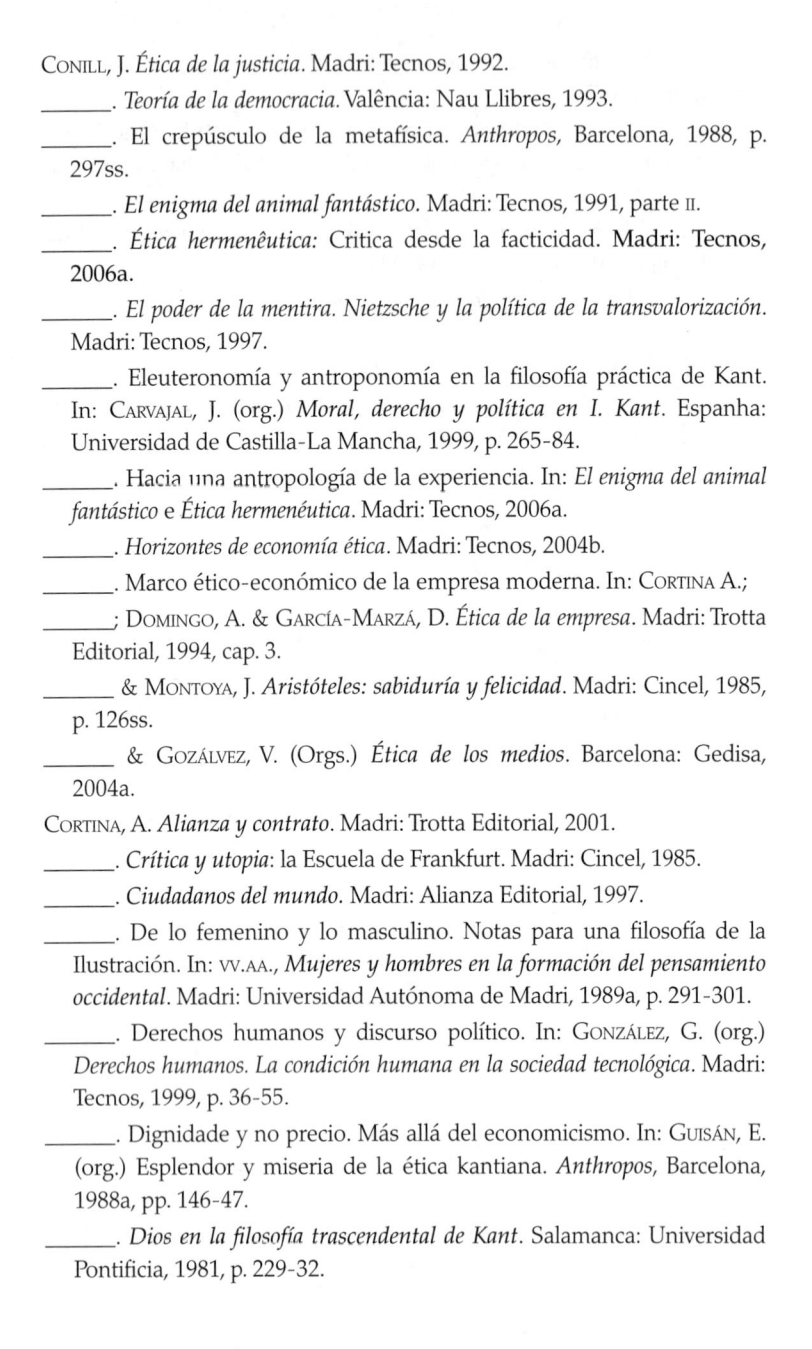

_____. *Teoría de la democracia*. Valência: Nau Llibres, 1993.

_____. El crepúsculo de la metafísica. *Anthropos*, Barcelona, 1988, p. 297ss.

_____. *El enigma del animal fantástico*. Madri: Tecnos, 1991, parte ii.

_____. *Ética hermenêutica:* Critica desde la facticidad. Madri: Tecnos, 2006a.

_____. *El poder de la mentira. Nietzsche y la política de la transvalorización*. Madri: Tecnos, 1997.

_____. Eleuteronomía y antroponomía en la filosofía práctica de Kant. In: Carvajal, J. (org.) *Moral, derecho y política en I. Kant*. Espanha: Universidad de Castilla-La Mancha, 1999, p. 265-84.

_____. Hacia una antropología de la experiencia. In: *El enigma del animal fantástico* e *Ética hermenéutica*. Madri: Tecnos, 2006a.

_____. *Horizontes de economía ética*. Madri: Tecnos, 2004b.

_____. Marco ético-económico de la empresa moderna. In: Cortina A.;

_____; Domingo, A. & García-Marzá, D. *Ética de la empresa*. Madri: Trotta Editorial, 1994, cap. 3.

_____ & Montoya, J. *Aristóteles: sabiduría y felicidad*. Madri: Cincel, 1985, p. 126ss.

_____ & Gozálvez, V. (Orgs.) *Ética de los medios*. Barcelona: Gedisa, 2004a.

Cortina, A. *Alianza y contrato*. Madri: Trotta Editorial, 2001.

_____. *Crítica y utopia*: la Escuela de Frankfurt. Madri: Cincel, 1985.

_____. *Ciudadanos del mundo*. Madri: Alianza Editorial, 1997.

_____. De lo femenino y lo masculino. Notas para una filosofía de la Ilustración. In: vv.aa., *Mujeres y hombres en la formación del pensamiento occidental*. Madri: Universidad Autónoma de Madri, 1989a, p. 291-301.

_____. Derechos humanos y discurso político. In: González, G. (org.) *Derechos humanos. La condición humana en la sociedad tecnológica*. Madri: Tecnos, 1999, p. 36-55.

_____. Dignidade y no precio. Más allá del economicismo. In: Guisán, E. (org.) *Esplendor y miseria de la ética kantiana*. *Anthropos*, Barcelona, 1988a, pp. 146-47.

_____. *Dios en la filosofía trascendental de Kant*. Salamanca: Universidad Pontificia, 1981, p. 229-32.

_____. Diskursethik und Menschenrechte. In: *Archiv für Rechts- und Sozialphilosophie*, [S.I.], vol. LXXXVI, 1990a, H. 1, p. 37-49.

_____. El ethos democrático: entre la anarquia y el Leviatán. In: FUNDACIÓN F. EBERT/INSTITUTO FE Y SECULARIDAD, SOCIEDAD CIVIL Y ESTADO. *Reflujo o retorno de la sociedad civil?* Salamanca: [s.n.], 1988b, p. 85-98.

_____. Estudio preliminar. In: KANT, I. *La metafísica de las costumbres*. Madri: Tecnos, 1989c, especialmente p. LXX LXXXVI.

_____. *Ética aplicada y democracia radical*. Madri: Tecnos, 1993.

_____. Ética discursiva. In: CAMPS, V. (org.) *História de la ética*. Barcelona: Crítica, 1989d, p. 533-77.

_____. *Ética mínima*. 6. ed. Madri: Tecnos, 2000.

_____. *Hasta un pueblo de demonios. Ética pública y sociedad*. Madri: Taurus, 1998.

_____. La calidad moral del principio ético de universalización. *Sistema*, [S.I], n. 77, 1987, p. 111-120.

_____. La democracia como modelo de organización social y como forma de vida. *Iglesia viva*, València, n. 133, 1988c, p. 41-54.

_____. La ética discursiva. In: CAMPS, V. (org.) *Historia de la ética*. vol. III. Barcelona: Critica, 1989e, p. 571-73.

_____. La moral como forma deficiente del derecho. *Doxa: Cuadernos de Filosofía del Derecho*, n. 5, 1989f, p. 69-87.

_____. *La moral del camaleón*. Madri: Espasa, 1991.

_____. La reconstrucción de la razón práctica. Más allá del procedimentalismo y el substancialismo. In: *Estudios filosóficos*, n. 104, 1988d, p. 165-93.

_____. Limítes y virtualidades del procedimentalismo moral y jurídico. In: *Anales de la Cátedra Francisco Suárez*, n. 28, 1988e, p. 43-63.

_____. Lo masculino y lo femenino en la ética. In: VV.AA. *La mujer, realidad y promesa*. Madri: PS Editorial, 1989g, p. 44-56.

_____. Para além do coletivismo e do individualismo: autonomia e solidariedade. *Sistema*, n. 96, 1990b, p. 3-17.

_____. *Por una ética del consumo*. Madri: Taurus, 2002.

_____. Por una Ilustración feminista. *Leviatán*, n. 35, 1989h, p. 101-11.

_____. Pragmática formal y derechos humanos. In: MUGUERZA, J. et al. *El fundamento de los derechos humanos*. Madri: Debate, 1989i, p. 125-35.

_____. *Razón comunicativa y responsabilidad solidaria*. 2. ed. Salamanca: Sígueme, 1989j.

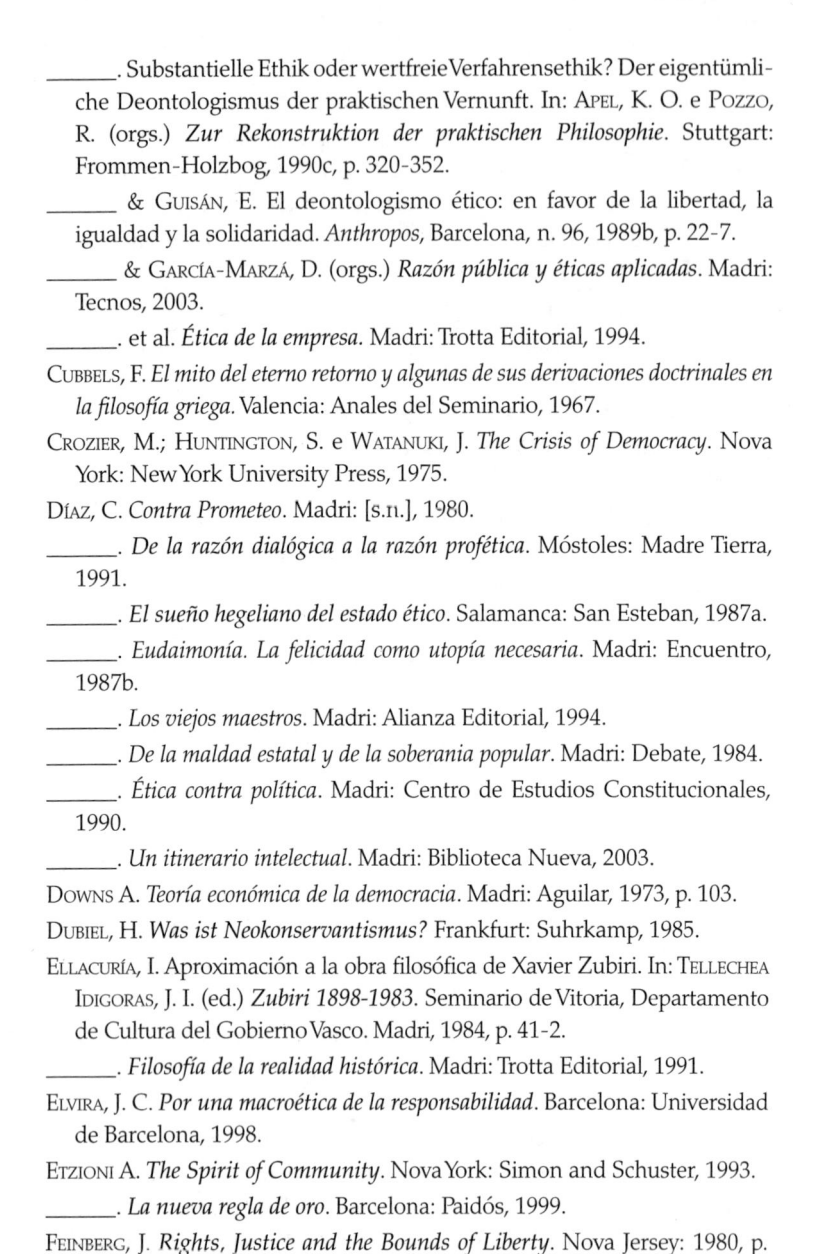

_____. Substantielle Ethik oder wertfreie Verfahrensethik? Der eigentümliche Deontologismus der praktischen Vernunft. In: APEL, K. O. e POZZO, R. (orgs.) *Zur Rekonstruktion der praktischen Philosophie*. Stuttgart: Frommen-Holzbog, 1990c, p. 320-352.

_____ & GUISÁN, E. El deontologismo ético: en favor de la libertad, la igualdad y la solidaridad. *Anthropos*, Barcelona, n. 96, 1989b, p. 22-7.

_____ & GARCÍA-MARZÁ, D. (orgs.) *Razón pública y éticas aplicadas*. Madri: Tecnos, 2003.

_____. et al. *Ética de la empresa*. Madri: Trotta Editorial, 1994.

CUBBELS, F. *El mito del eterno retorno y algunas de sus derivaciones doctrinales en la filosofía griega*. Valencia: Anales del Seminario, 1967.

CROZIER, M.; HUNTINGTON, S. e WATANUKI, J. *The Crisis of Democracy*. Nova York: New York University Press, 1975.

DÍAZ, C. *Contra Prometeo*. Madri: [s.n.], 1980.

_____. *De la razón dialógica a la razón profética*. Móstoles: Madre Tierra, 1991.

_____. *El sueño hegeliano del estado ético*. Salamanca: San Esteban, 1987a.

_____. *Eudaimonía. La felicidad como utopía necesaria*. Madri: Encuentro, 1987b.

_____. *Los viejos maestros*. Madri: Alianza Editorial, 1994.

_____. *De la maldad estatal y de la soberania popular*. Madri: Debate, 1984.

_____. *Ética contra política*. Madri: Centro de Estudios Constitucionales, 1990.

_____. *Un itinerario intelectual*. Madri: Biblioteca Nueva, 2003.

DOWNS A. *Teoría económica de la democracia*. Madri: Aguilar, 1973, p. 103.

DUBIEL, H. *Was ist Neokonservantismus?* Frankfurt: Suhrkamp, 1985.

ELLACURÍA, I. Aproximación a la obra filosófica de Xavier Zubiri. In: TELLECHEA IDIGORAS, J. I. (ed.) *Zubiri 1898-1983*. Seminario de Vitoria, Departamento de Cultura del Gobierno Vasco. Madri, 1984, p. 41-2.

_____. *Filosofía de la realidad histórica*. Madri: Trotta Editorial, 1991.

ELVIRA, J. C. *Por una macroética de la responsabilidad*. Barcelona: Universidad de Barcelona, 1998.

ETZIONI A. *The Spirit of Community*. Nova York: Simon and Schuster, 1993.

_____. *La nueva regla de oro*. Barcelona: Paidós, 1999.

FEINBERG, J. *Rights, Justice and the Bounds of Liberty*. Nova Jersey: 1980, p. 153ss.

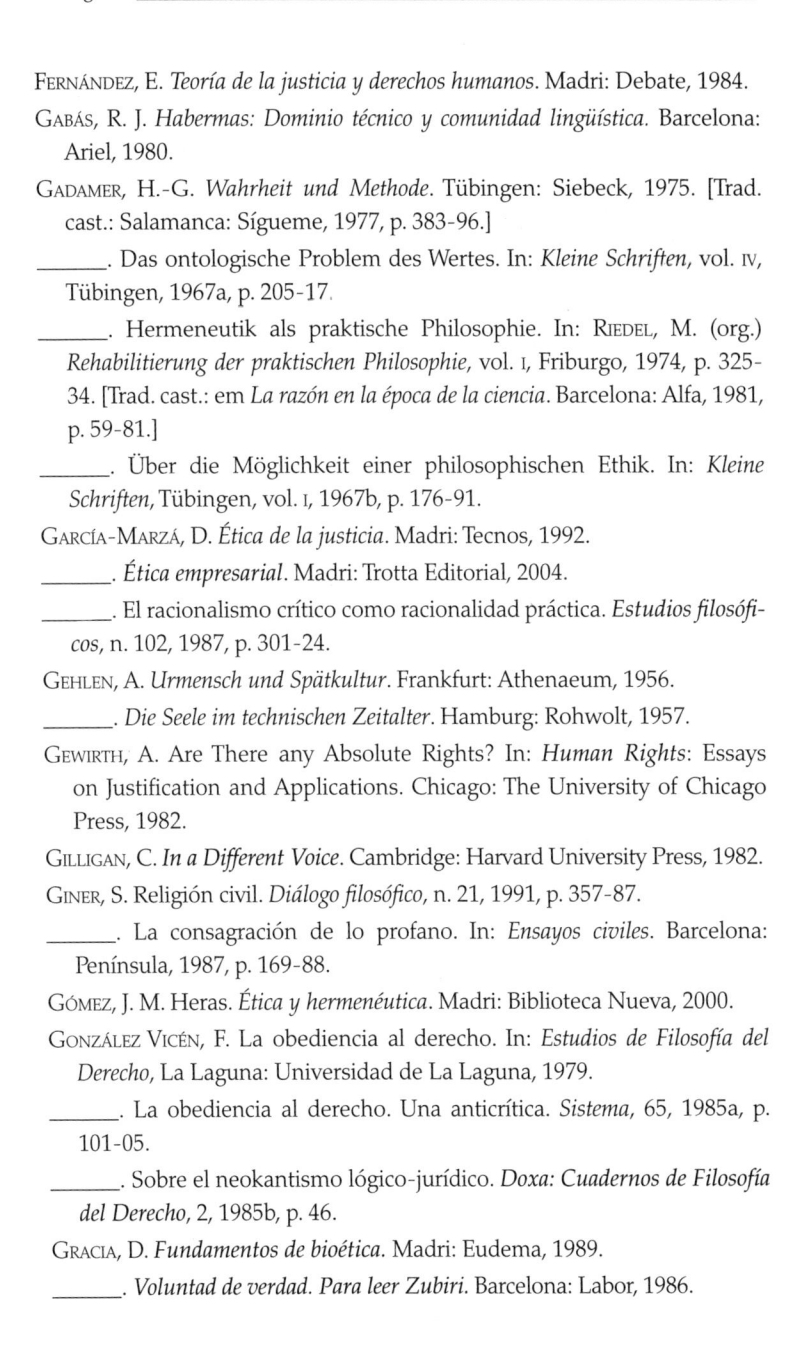

FERNÁNDEZ, E. *Teoría de la justicia y derechos humanos*. Madri: Debate, 1984.

GABÁS, R. J. *Habermas: Dominio técnico y comunidad lingüística*. Barcelona: Ariel, 1980.

GADAMER, H.-G. *Wahrheit und Methode*. Tübingen: Siebeck, 1975. [Trad. cast.: Salamanca: Sígueme, 1977, p. 383-96.]

_____. Das ontologische Problem des Wertes. In: *Kleine Schriften*, vol. IV, Tübingen, 1967a, p. 205-17.

_____. Hermeneutik als praktische Philosophie. In: RIEDEL, M. (org.) *Rehabilitierung der praktischen Philosophie*, vol. I, Friburgo, 1974, p. 325-34. [Trad. cast.: em *La razón en la época de la ciencia*. Barcelona: Alfa, 1981, p. 59-81.]

_____. Über die Möglichkeit einer philosophischen Ethik. In: *Kleine Schriften*, Tübingen, vol. I, 1967b, p. 176-91.

GARCÍA-MARZÁ, D. *Ética de la justicia*. Madri: Tecnos, 1992.

_____. *Ética empresarial*. Madri: Trotta Editorial, 2004.

_____. El racionalismo crítico como racionalidad práctica. *Estudios filosóficos*, n. 102, 1987, p. 301-24.

GEHLEN, A. *Urmensch und Spätkultur*. Frankfurt: Athenaeum, 1956.

_____. *Die Seele im technischen Zeitalter*. Hamburg: Rohwolt, 1957.

GEWIRTH, A. Are There any Absolute Rights? In: *Human Rights*: Essays on Justification and Applications. Chicago: The University of Chicago Press, 1982.

GILLIGAN, C. *In a Different Voice*. Cambridge: Harvard University Press, 1982.

GINER, S. Religión civil. *Diálogo filosófico*, n. 21, 1991, p. 357-87.

_____. La consagración de lo profano. In: *Ensayos civiles*. Barcelona: Península, 1987, p. 169-88.

GÓMEZ, J. M. Heras. *Ética y hermenéutica*. Madri: Biblioteca Nueva, 2000.

GONZÁLEZ VICÉN, F. La obediencia al derecho. In: *Estudios de Filosofía del Derecho*, La Laguna: Universidad de La Laguna, 1979.

_____. La obediencia al derecho. Una anticrítica. *Sistema*, 65, 1985a, p. 101-05.

_____. Sobre el neokantismo lógico-jurídico. *Doxa: Cuadernos de Filosofía del Derecho*, 2, 1985b, p. 46.

GRACIA, D. *Fundamentos de bioética*. Madri: Eudema, 1989.

_____. *Voluntad de verdad. Para leer Zubiri*. Barcelona: Labor, 1986.

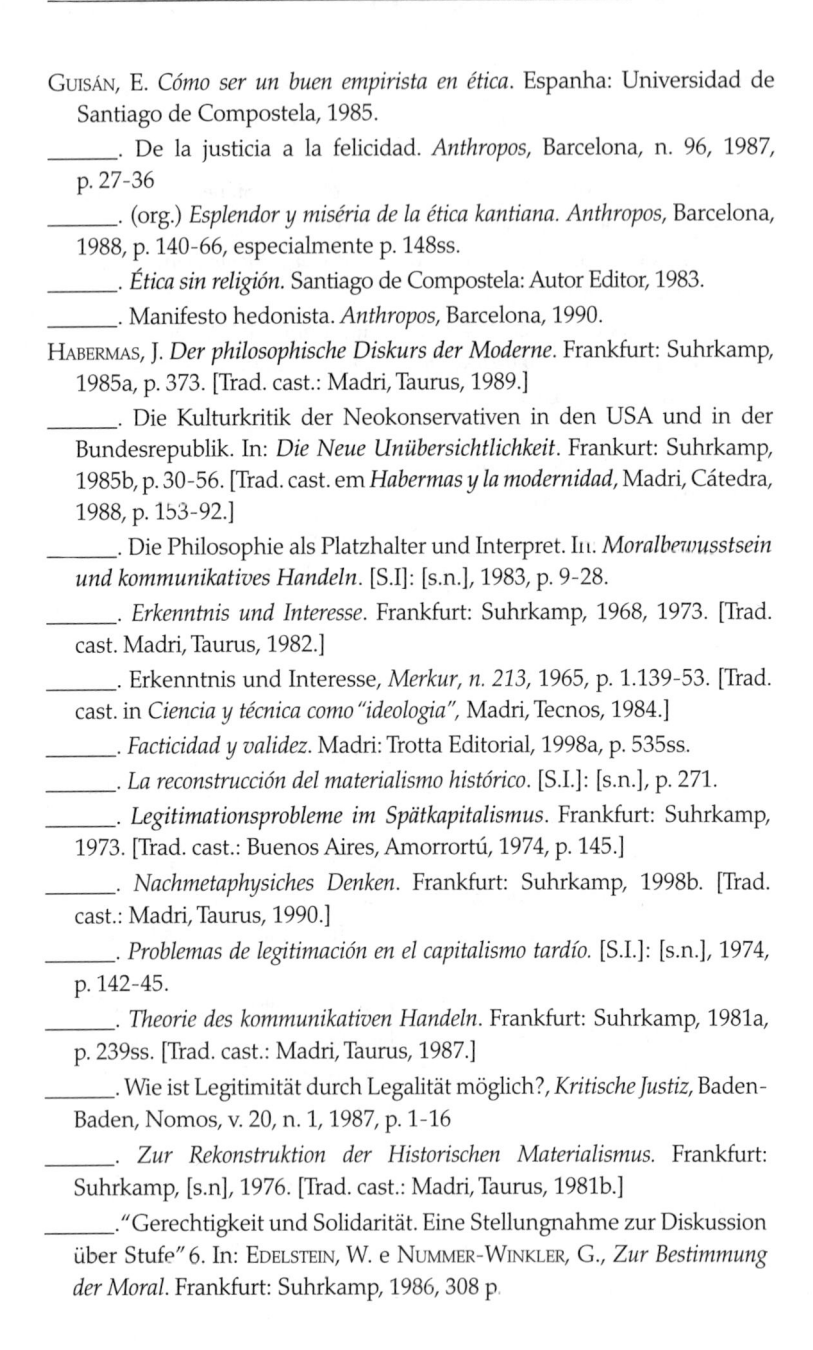

GUISÁN, E. *Cómo ser un buen empirista en ética*. Espanha: Universidad de Santiago de Compostela, 1985.

_____. De la justicia a la felicidad. *Anthropos*, Barcelona, n. 96, 1987, p. 27-36

_____. (org.) *Esplendor y miséria de la ética kantiana*. *Anthropos*, Barcelona, 1988, p. 140-66, especialmente p. 148ss.

_____. *Ética sin religión*. Santiago de Compostela: Autor Editor, 1983.

_____. Manifesto hedonista. *Anthropos*, Barcelona, 1990.

HABERMAS, J. *Der philosophische Diskurs der Moderne*. Frankfurt: Suhrkamp, 1985a, p. 373. [Trad. cast.: Madri, Taurus, 1989.]

_____. Die Kulturkritik der Neokonservativen in den USA und in der Bundesrepublik. In: *Die Neue Unübersichtlichkeit*. Frankurt: Suhrkamp, 1985b, p. 30-56. [Trad. cast. em *Habermas y la modernidad*, Madri, Cátedra, 1988, p. 153-92.]

_____. Die Philosophie als Platzhalter und Interpret. In. *Moralbewusstsein und kommunikatives Handeln*. [S.I]: [s.n.], 1983, p. 9-28.

_____. *Erkenntnis und Interesse*. Frankfurt: Suhrkamp, 1968, 1973. [Trad. cast. Madri, Taurus, 1982.]

_____. Erkenntnis und Interesse, *Merkur*, n. 213, 1965, p. 1.139-53. [Trad. cast. in *Ciencia y técnica como "ideologia"*, Madri, Tecnos, 1984.]

_____. *Facticidad y validez*. Madri: Trotta Editorial, 1998a, p. 535ss.

_____. *La reconstrucción del materialismo histórico*. [S.I.]: [s.n.], p. 271.

_____. *Legitimationsprobleme im Spätkapitalismus*. Frankfurt: Suhrkamp, 1973. [Trad. cast.: Buenos Aires, Amorrortú, 1974, p. 145.]

_____. *Nachmetaphysiches Denken*. Frankfurt: Suhrkamp, 1998b. [Trad. cast.: Madri, Taurus, 1990.]

_____. *Problemas de legitimación en el capitalismo tardío*. [S.I.]: [s.n.], 1974, p. 142-45.

_____. *Theorie des kommunikativen Handeln*. Frankfurt: Suhrkamp, 1981a, p. 239ss. [Trad. cast.: Madri, Taurus, 1987.]

_____. Wie ist Legitimität durch Legalität möglich?, *Kritische Justiz*, Baden-Baden, Nomos, v. 20, n. 1, 1987, p. 1-16

_____. *Zur Rekonstruktion der Historischen Materialismus*. Frankfurt: Suhrkamp, [s.n], 1976. [Trad. cast.: Madri, Taurus, 1981b.]

_____. "Gerechtigkeit und Solidarität. Eine Stellungnahme zur Diskussion über Stufe" 6. In: EDELSTEIN, W. e NUMMER-WINKLER, G., *Zur Bestimmung der Moral*. Frankfurt: Suhrkamp, 1986, 308 p.

HART, H. L. Are There any Natural Rights?. *Philosophical Review*, n. 64, 1955, p. 175-91.

HEGEL, G. W. F. *Princípios de la filosofía del derecho*. [S.I.]: [s.n.], especialmente os parágrafos 33, 41, 104, 141 e 142.

HELD, D. *Models of Democracy*. Cambridge: Polity Press, 1987.

HELLER, A. *Crítica de la Ilustración*. Barcelona: Península, 1984, p. 297.

HIERRO, J. *Problemas del análisis del lenguaje moral*. Madri: Tecnos, 1970, especialmente p. 13-45.

HÖFFE, O. *Einführung in die utilitaristische Ethik*. Munique: Beck, 1975.

HORTAL, A. Cambios en los modelos de legitimación. In: *Los valores éticos en la nueva sociedad democrática*. Madri: Fundación F. Ebert/Instituto Fe y Secularidad, 1985, p. 27-33.

HÖSLE, V. Eine unsittliche Sittlichkeit. In: KUHLMANN, W. (org.) *Moralität und Sittlichkeit*, p. 136-82.

_____. *Wahrheit und Geschichte*. Stuttgart: Fromann, 1984.

ILTING, K. H. Der Geltungsgrund moralischer Normen. In: KUHLMANN, W. e BÖHLER, D. *Kommunikation und Reflexion*. Frankfurt am Main, Suhrkamp Verlag, 1982, p. 612-48.

KANT, I. *Die Religion innerhalb der Grenzen der blossen Vernunft*, [S.I.], VI, [s.n.], p. 4.

_____. *Kritik der Urteilskraft (KdU)*, [S.I.], [s.n.].

_____. *Gemeinspruch*, [S.I.], VIII, [s.n.], p. 290-92.

_____. *Zum ewigen Frieden (ZeF)*, [S.I.], VIII, [s.n.], p. 349-50.

_____. *Grundlegung zur Metaphysik der Sitten*, [S.I.], IV, [s.n.], p. 417.

_____. *Kritik der praktischen Vernunft (KpV)*, [S.I.], V, [s.n.], p. 47.

_____. *Metaphysik der Sitten* (=*MdS*), [S.I.], VI, [s.n.], p. 489. [Trad. cast.: Madri, Tecnos, 1989.]

KOCKELMANS, J. J. Hermeneutik und Ethik. In: KUHLMANN, W. e BÖHLER, D. (orgs.) *Kommunikation und Reflexion*. Frankfurt: Suhrkamp, 1982, p. 649-84.

KOHLBERG, L.; BOYD, D. R. & LEVINE, Ch. Die Wiederkehr der sechsten Stufe: Gerechtigkeit e Wohlwollen und der Standpunkt der Moral. In: EDELSTEIN, W. e NUNNER-WINKLER, G. (orgs.) *Zur Bestimmung der Moral*. Frankfurt: Suhrkamp, 1986, p. 291-318. [Trad. cast.: APEL, K. O.; CORTINA, A.; ZAN, J. DE & MICHELINI, D. *Ética comunicativa y democracia*. Barcelona: Crítica, 1991.]

_____. Wohlwollen und der Standpunkt der Moral. In: EDELSTEIN, W. e NUNNER-WINKLER, G. (orgs.) *Zur Bestimmung der Moral*. Frankfurt: Suhrkamp, 1986, p. 205-40.

KUHLMANN, W. ¿Es la pragmática trascendental una forma filosófica de fundamentalismo? *Anthropos*, n. 183, 1999, número monográfico dedicado a Karl-Otto Apel, p. 55-9.

_____. *Reflexive Letzbegründung. Untersuchungen zur Transzendentalpragmatik*. Freiburg/München: Albert, 1985.

_____.Vorbemerkung des Herausgebers. In: KUHLMANN, W. (org.) *Moralität und Sittlichkeit*: Das Problem Hegels und die Diskursethik. Frankfurt: Suhrkamp, p. 7ss.

_____. Zur Begründung der Diskursethik. *Hegel-Jahrbuch*, 1987, p. 366-74. [Trad. cast.: APEL, K. O.; CORTINA, A.; ZAN, J. DE & MICHELINI, D. (orgs.) *Ética comunicativa y democracia*. Barcelona: Crítica, 1991.

KUTSCHERA, F. V. *Grundlagen der Ethik*. Berlim: W. de Gruyter, 1982. [Trad. cast.: Madri: Cátedra, 1989.]

LAPORTA, F. Respuesta a Pérez Luño, Atienza y Ruiz Manero. *Doxa: Cuadernos de Filosofía del Derecho*, n. 4, 1987a, p. 71-7.

_____. Sobre el concepto de derechos humanos. *Doxa: Cuadernos de Filosofía del Derecho*, n. 4, 1987b, p. 23-46.

LLANO, A. *La nueva sensibilidad*. Madri: Espasa-Calpe, 1988.

LORENZEN, P. & SCHWEMMER, O. *Konstruktive Logik, ethik und Wissenschaftstheorie*. Meisenheim/Glan: Hain, 1975, p. 179-80.

LÓPEZ CALERA, N. M. *El riesgo de Hegel sobre la libertad*. Granada: Universidad, Departamento de Filosofía del Derecho, 1973.

_____. *Introducción al estudio del derecho*. Granada: Gráficas del Sur, 1981, p. 152-53.

_____. Zu den Menschenrechte bei Hegel. *Archiv für Rechts- und Sozialphilosophie*, vol. LXII/4, 1976, p. 517-25.

LOZANO, J. F. *Códigos de ética para el mundo empresarial*. Madri: Trotta Editorial, 2004.

LÜBBE, H. Estado y religión civil. Un aspecto de la legitimidad política. In: *Filosofía práctica e teoría de la história*. Barcelona: Alfa/Laia, 1983a, p. 81.

_____. Freiheit und Terror. In: OELMÜLLER, W. (org.) *Normenbegründung-Normendurchsetzung*. Paderborn: Schöningh, 1978, p. 126-39.

_____. Neo-konservative in der Kritik. Eine Metakritik. *Merkur*, vol. 37, n. 6, set. 1983, p. 622-32.

LYOTARD, J. F. *La condición postmoderna*. Madri: Cátedra, 1984.

MACINTYRE, A. J. *After Virtue*. 2. ed. Londres: Duckworth, 1985. [Trad. cast.: Barcelona: Crítica, 1987.]

_____. *Justicia y racionalidad*, Barcelona: Eiunsa, 1994.

_____. *Tres versiones rivales de la Ética*. Madri: Rialp, 1992.

_____. *Whose justice? Which rationality?* Notre Dame: Notre Dame University Press, 1988.

MACPHERSON, C. B. *La democracia liberal y su época*. Madri: Alianza Editorial, 1982.

_____. *La teoría política del indiviodualismo posesivo*. 2. ed. Barcelona: Fontanella, 1979, p. 225-6.

MANNHEIM, K. *Ideology and Utopia*. Nova York: Harcourt and Brace, 1955.

MARDONES, J. M. *Razón comunicativa y teoria crítica*. Bilbao: Universidad del País Vasco, 1985.

_____. *Postmodernidad e cristianismo*. Santander: Sal Terrae, 1988, p. 77.

MARÍAS, J. *La felicidad humana*. Madri: Alianza Editorial, 1987.

MARQUARD, O. Das Über-Wir. Bemerkungen zur Diskursethik. In: STIERLE, K. H. e WARNUNG, R. (orgs.) *Das Gespräch* (Poetik und Hermeneutik XI). München, 1984, p. 29-44.

_____. Über die Unvermeidlichkeit von Üblichkeiten. In: OELMÜLLER, W. (org.) *Normen und Geschichte*. Paderborn: Schöningh, 1979, p. 332-42.

MARTÍNEZ NAVARRO, E. *Ética para el desarrollo de los pueblos*. Madri: Trotta Editorial, 2000.

_____. *Solidaridad liberal*. Granada: Comares, 1999.

MEAD G. H. *Espíritu, persona y sociedad*. 3.ed. Buenos Aires: Paidós, 1972.

MENÉNDEZ UREÑA, E. *La teoria crítica de la sociedad de Habermas*. Madri: Tecnos, 1978.

MERLO, V. *Experiência yóguica y antropología filosófica. Invitación a la lectura de Sri Aurobindo*. València: [s.n.], 1994.

MILL, J. S. *Utilitarianism*. Oxford: Oxford University Press, 1871. [Trad. cast.: Madri: Alianza Editorial, 1984, p. 134.]

_____ (1859). *On Liberty*. [Trad. cast.: Madri: Alianza Editorial, 1970, p. 59.]

MONTOYA J. El marco de la reflexión: utilitarismo y deontologismo. *Anthropos*, Barcelona, n. 96, 1989, p. 36-9.

MOORE, G. E. *Principia Ethica*. Cambridge: Cambridge University Press, 1903. [Trad. cast.: México: UNAM, 1983, p. 196-98.]

MUGUERZA, J. *Desde la perplejidad*. Madri: F.C.E., 1991a, p. 153-208.

_____. Entre el liberalismo y el libertarismo (Reflexiones desde la ética). *Zona Abierta*, n. 30, 1984.

_____. (org.) *Ethik aus Unbehagen. 25 Jahre ethische Diskussion in Spanien.* Munique: Alber, 1991b, p. 209-32.

_____. Ética y comunicación (Una discusión del pensamiento político de J. Habermas). *Revista de estudios políticos*, n. 56, 1987, p. 7-63.

_____. La obediencia al derecho y el imperativo de la disidencia. *Sistema*, n. 70 (1986), p. 27ss.

_____. *Ética contemporánea.* Barcelona: Labor, 1968, p. 5-14.

NABERT, J. *Éléments pour une éthique.* Paris: [s.n.], 1943.

NELSON, W. N. *La justificación de la democracia.* Barcelona: Ariel, 1986.

NICOLÁS, J. *Balance y perspectiva de la filosofía de X. Zubiri.* Granada: Comares, 2004.

_____. El fundamento imposible en el racionalismo crítico de H. Albert. *Sistema*, n. 88, 1989, p. 117-27.

NINO, C. S. *Ética y derechos humanos.* Buenos Aires: Paidós, 1984, p. 34ss.

NOZICK, R. *Anarchy, State and Utopia.* Oxford: Blackwell, 1974. [Trad. cast.: México: F.C.E., 1988.]

NUSSBAUM, M. C. *Los límites del patriotismo.* Barcelona: Paidós, 1999.

ORTEGA Y GASSET, J. Introducción a una estimativa. ¿Que son los valores? (Coleção Obras completas). *Revista de Occidente*, Madri, vol. VI, n. 7, 1973, p. 315-35.

PARAMIO, L. *Tras el diluvio:* La izquierda ante el fin de siglo. México: Siglo Veintiuno, 1988, p. 41ss.

PARTRIDGE, P. H. Política, filosofía, ideologia. In: QUINTON, A. *Filosofía política.* México: F.C.E., 1974, p. 52-83.

_____. *Los socialistas en el poder.* Madri: Ediciones El País, 1986, particularmente p. 13-36.

PATEMAN, C. *Participation and Democratic Theory*, Cambridge: CUP, 1970.

PATZIG, G. *Ethik ohne Metaphysik.* Göttingen: Vandenhoeck und Ruprecht, 1971. [Trad. cast.: Buenos Aires, Alfa, 1975.]

PECES-BARBA, G. *Curso de derechos fundamentales.* vol. I. Madri: Eudema, 1991.

_____. *Escritos sobre derechos fundamentales.* Madri: Eudema, 1988a.

_____.Sobre el fundamento de los derechos humanos. *Anales de la Cátedra Francisco Suárez*, n. 28, 1988b, p. 193-205.

PÉREZ LUÑO, A. E. *Derechos humanos, Estado de Derecho y Constitución.* Madri: Tecnos, 1984, p. 25.

PHILONENKO, A. *Théorie et praxis dans la pensée morale et politique de Kant et de Fichte en 1793.* 2.ed. Paris: Vrin, 1976, p. 59-68.

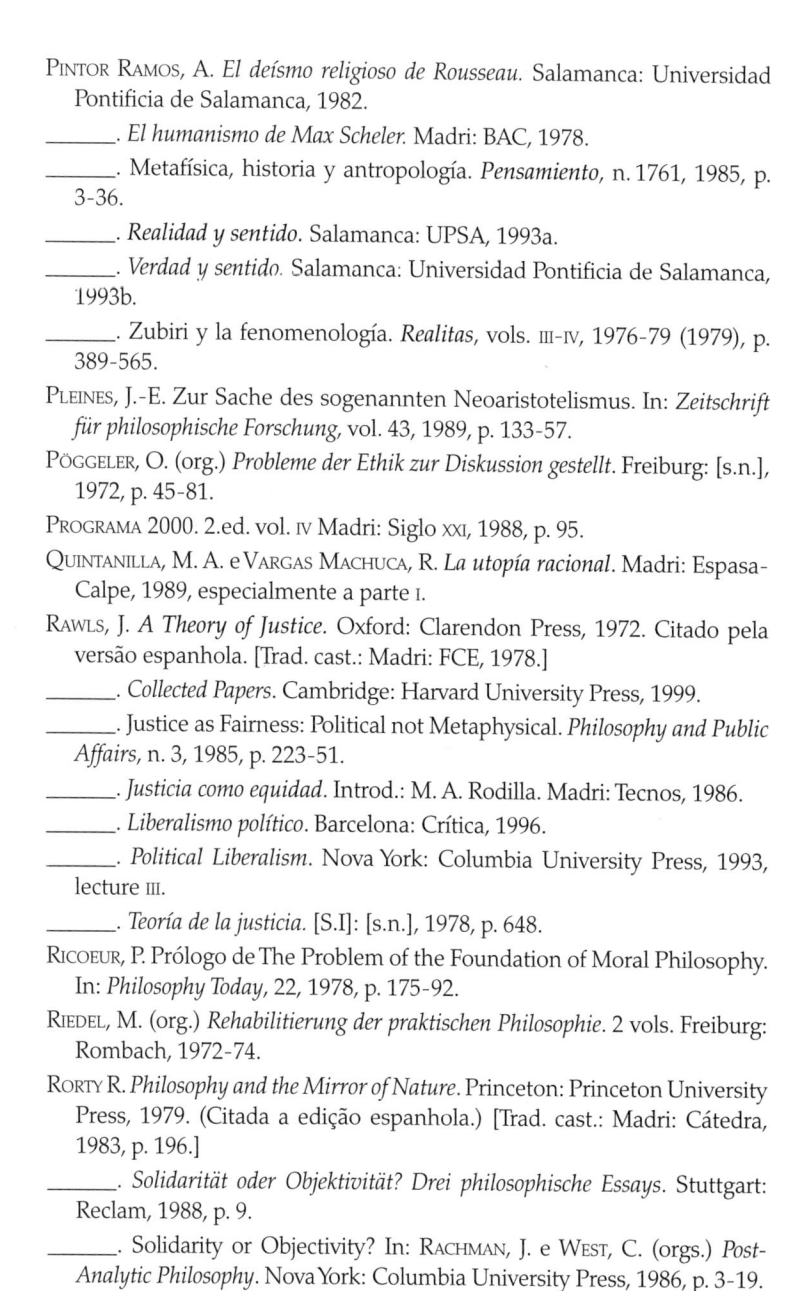

PINTOR RAMOS, A. *El deísmo religioso de Rousseau.* Salamanca: Universidad Pontificia de Salamanca, 1982.

_____. *El humanismo de Max Scheler.* Madri: BAC, 1978.

_____. Metafísica, historia y antropología. *Pensamiento,* n. 1761, 1985, p. 3-36.

_____. *Realidad y sentido.* Salamanca: UPSA, 1993a.

_____. *Verdad y sentido.* Salamanca: Universidad Pontificia de Salamanca, 1993b.

_____. Zubiri y la fenomenología. *Realitas,* vols. III-IV, 1976-79 (1979), p. 389-565.

PLEINES, J.-E. Zur Sache des sogenannten Neoaristotelismus. In: *Zeitschrift für philosophische Forschung,* vol. 43, 1989, p. 133-57.

PÖGGELER, O. (org.) *Probleme der Ethik zur Diskussion gestellt.* Freiburg: [s.n.], 1972, p. 45-81.

PROGRAMA 2000. 2.ed. vol. IV Madri: Siglo XXI, 1988, p. 95.

QUINTANILLA, M. A. e VARGAS MACHUCA, R. *La utopía racional.* Madri: Espasa-Calpe, 1989, especialmente a parte I.

RAWLS, J. *A Theory of Justice.* Oxford: Clarendon Press, 1972. Citado pela versão espanhola. [Trad. cast.: Madri: FCE, 1978.]

_____. *Collected Papers.* Cambridge: Harvard University Press, 1999.

_____. Justice as Fairness: Political not Metaphysical. *Philosophy and Public Affairs,* n. 3, 1985, p. 223-51.

_____. *Justicia como equidad.* Introd.: M. A. Rodilla. Madri: Tecnos, 1986.

_____. *Liberalismo político.* Barcelona: Crítica, 1996.

_____. *Political Liberalism.* Nova York: Columbia University Press, 1993, lecture III.

_____. *Teoría de la justicia.* [S.I]: [s.n.], 1978, p. 648.

RICOEUR, P. Prólogo de The Problem of the Foundation of Moral Philosophy. In: *Philosophy Today,* 22, 1978, p. 175-92.

RIEDEL, M. (org.) *Rehabilitierung der praktischen Philosophie.* 2 vols. Freiburg: Rombach, 1972-74.

RORTY R. *Philosophy and the Mirror of Nature.* Princeton: Princeton University Press, 1979. (Citada a edição espanhola.) [Trad. cast.: Madri: Cátedra, 1983, p. 196.]

_____. *Solidarität oder Objektivität? Drei philosophische Essays.* Stuttgart: Reclam, 1988, p. 9.

_____. Solidarity or Objectivity? In: RACHMAN, J. e WEST, C. (orgs.) *Post-Analytic Philosophy.* Nova York: Columbia University Press, 1986, p. 3-19.

_____. The Priority of Democracy to Philosophy. In: PETERSON, M. e VAUGHAN, R. (orgs.) *The Virginia Statute of Religious Freedom*. Cambridge: Cambridge University Press, 1987.

ROUSSEAU, J.-J. (1962) *Du contrat social*. Paris: Éditions Garnier Frères, 1975. [Trad. cast.: Madri: Alianza Editorial, 1986, p. 136.]

SALCEDO D. *Elección social y desigualdad económica*. Barcelona: Anthropos, 1994.

SAN MARTÍN, J. *El sentido de la filosofía del hombre*. Barcelona: Anthropos, 1988.

SAVATER, F. *Ética como amor próprio*. Mondadori: Madri, 1988.

SCHELER, M. *Der Formalismus in der Ethik und die materiale Wertethik*. 5. ed. (org.: Maria Scheler.) Berna: Francke Verlag, 1966, p. 82.

SCHNÄDELBACH, H. 1986. Was ist Neoaristotelismus? In: KUHLMANN, W. *Morulität und Sittlichkeit: Das Problem Hegels und die Diskursethik*. Frankfurt: Suhrkamp, p. 38-63.

SCHUMPETER, J. A. *Capitalismo, socialismo y democracia*. Barcelona: [s.n.], 1984, cap. 21.

SIRUANA, J. S. *Una brújula para la vida moral*. Granada: Comares, 2003.

SOTELO I. Una reflexión sobre la democracia. In: VV.AA. *Sociedad civil y Estado*. [S.I.]: [s.n.], s.a., p. 43-54.

TAYLOR, C. Die Motive einer Verfahrens Ethik. In: KUHLMANN, W. (org.) *Moralität und Sittlichkeit*. Frankfurt: Suhrkamp, 1986a, p. 101-35.

_____. *Sources of the Self*: making of the modern identity. Cambrigde: Harvard University Press, 1989.

_____. Sprache und Gesellschat. In: HONETH, A. e JOAS, H. (orgs.) *Kommunikatives Handeln*. Frankfurt: Suhrkamp, 1986b, p. 35-52.

VALCÁRCEL, A. *Hegel y la ética*. Barcelona: Anthropos, 1988.

VALLESPÍN, F. *Nuevas teorías del contrato social*. Madri: [s.n.], 1985.

VALLS PLANA, R. *Del yo al nosotros*. Barcelona: Estela, 1971.

VATTIMO, G. *El fin de la modernidad*. Barcelona: Gedisa, 1986a.

_____. La izquierda y la nada. *El País*, 30 de março de 1987.

_____. *Las aventuras de la diferencia. Pensar después de Nietzsche e Heidegger*. Barcelona: Península, 1986b.

VORLÄNDER, K. *Immanuel Kant. Der Mann und das Werk*. 2. ed. ampliada. Hamburgo: [s.n.], 1977, p. 294.

_____. Kant y Marx. In: ZAPATERO, V. (org.) *Socialismo y ética*. Madri: Debate, 1980, p. 195.

Vv.aa. *Sentido de la vida y valores*. Bilbao: Universidade de Deusto, 1989, p. 55-89.

Walzer, M. The Communitarian Critique of Liberalism. *Political Theory*, vol. 18, p. 6-23, 20-1.

Weber, M. *El político y el científico*. 6. ed. Madri: Alianza Editorial, 1980, p. 176.

Wellmer, A. *Ethik und Dialog*. Frankfurt: Suhrkamp, 1986.

_____. Zur Dialektik von Moderne und Postmoderne. In: *Zur Dialektik von Moderne und Postmoderne*. Frankfurt: Suhrkamp, 1985, p. 48-144. [Trad. cast.: Picó, J. [org.] *Modernidad y postmodernidad*. Madri: Alianza Editorial, 1988, p. 103-140.]

Wittgenstein, L. Lecture on Ethics. *The Philosopical Review*, vol. lxxiv, n. 1, 1965. [Trad. cast.: Barcelona: Paidós, 1989, introdução de M. Cruz.]

Zubiri, X. *Sobre el hombre*. Madri: Alianza Editorial, 1986, p. 344-5.

Índice de autores

Adorno, T. W. 99, 115, 124, 199
Albert, H. 32-3, 35, 42, 44, 52, 101-3, 109
Alexy, R. 245
Álvarez, M. 154
Amengual, G. 153
Apel, K. O. 20, 24, 30, 33, 38-9, 62, 73-4, 83, 97, 100, 102, 119, 148, 150, 159, 164, 168-9, 180, 185, 188, 191, 202, 204, 207, 210-15, 219, 223, 232, 237, 239, 246, 288
Aranguren, J. L. 54, 59, 61-2, 72, 89, 204,
Aristóteles 22, 47, 49, 77-8, 89, 118, 144-5, 155, 174, 224-6, 230
Atienza, M. 170
Austin, J. L. 234

Bachrach, P. 259, 263
Bataille, G. 123
Bell, D. 134, 136, 141, 144, 283
Bellah, R. N. 110
Bentham, J. 88, 91, 241, 259
Beorlegui, C. 137
Berger, P. 121, 134, 283
Berlin, I. 252, 264, 285, 307-8
Bien, G. 150, 152
Blanco, D. 38

Bobbio, N. 308
Böhler, D. 145, 185, 209
Boyd, D. R. 196, 305
Brandt, R. B. 249
Brumlik, M. 163
Bubner, R. 150

Camps, V. 23, 36, 163, 195,
Carvajal, J. 184
Castiñeira, A. 80, 115, 119, 134
Chafuén, A. 129
Chartschew, A. G. 276
Cohen, H. 186, 211
Conill, J. 2535, 48, 58, 60, 88, 90, 116, 126, 145, 147, 159, 176, 184, 210, 234, 284, 287
Crozier, M. 266
Cubells, E. 225-6

Davidson, D. 105
Derrida, J. 123
Descartes, R. 102
Dewey, J. 29, 105
Díaz, C. 15, 72, 89, 153, 163, 170, 181, 250
Díaz, E.
Domingo, A. 287
Downs, A. 296-7

Dubiel, H. 128-30, 132-3, 150, 265-7
Durkheim, E. 80
Dürrenmatt, E. 10
Dworkin, R. 283

Edelstein, W. 196, 305
Ellacuría, I. 65
Elvira, J. C. 184
Etzioni, A. 80

Feinberg, J. 249
Fernández, E. 170, 249
Fichte, J. G. 122
Flórez, C. 154
Forsthoff, E. 150
Foucault, M. 123, 212-3
Freud, S. 115, 124
Freyer, R. 150
Friedman, M. 283

Gabás, R. 74
Gadamer, H. G. 105, 145, 147
García-Marzá, D. 35, 73-4, 135, 159, 169, 184
Gehlen, A. 150
Gewirth, A. 250
Gilligan, C. 195, 212, 304-5
Giner, S. 140-3, 257, 269-70
Gómez Heras, J. Mª 145
González, G. 243
González Vicén, F. 150, 170, 186
Gozálvez, V. 159
Gracia, D. 54, 56-8, 60, 62-5, 68, 73
Guisán, E. 19, 69, 82, 84, 87, 89, 91-4, 170, 190, 207, 210, 303-4

Habermas, J. 16, 20, 24, 39, 62, 74-5, 80, 97, 119, 123, 133, 135-7, 140, 159, 164-5, 167-74, 176-8, 180- 153, 191-2, 195-7, 199, 201, 203-4, 210, 222, 224, 232-5, 244-6, 288, 294-5, 305
Hare, R. M. 74, 119
Hart, H. L. 249
Hartmann, N. 52
Hegel, G. W. F. 28, 42, 51, 77-8, 86, 133-4, 145, 147-8, 151-8, 195, 236, 285
Heidegger, M. 18, 29, 105, 116, 124
Held, D. 256
Heller, A. 222, 231
Hierro, J. 44
Hobbes, T. 154, 281
Höffe, O. 84
Honneth, A. 235
Horkheimer, M. 99, 115, 124
Hortal, A. 113, 270
Hösle, V. 155-7
Hume, D. 92, 118, 240, 304
Huntington, S. 266

Ilting, K. H. 209

Jakowlew, B. D. 276
James, W. 107
Jefferson, T. 107
Joas, H. 221, 235
Jonas, H. 128

Kant, I. 11-4, 20, 45, 50, 53, 55, 59-60, 67-9, 74, 77, 85, 87, 90, 94, 114, 118, 122, 145, 148, 151, 153, 155-7, 176-7, 184-9, 192, 194, 199, 201, 207, 210-2, 214, 220-2, 227,32, 236, 240, 252, 284, 286, 303-4, 306-7, 309-11, 314
Kettner, M. 248
Kockelmans, J. 145
Kohlberg, L. 20, 74, 78, 93, 177, 195-6, 212, 305
Kuhlmann, W. 30, 79, 145, 153-5, 158, 163, 169, 185, 209, 221, 248

Índice de autores

Laporta, E. 248-9
Levine, Ch. 196, 305
López Calera, N. 154, 244
Lorenzen, P. 208
Lozano, J. F. 159
Lübbe, H. 134, 139, 142, 150, 283
Lutero, M. 84
Lyotard, J. F. 126, 213
Llano, A. 127

MacIntyre, A. 22, 48, 76, 78, 81, 87, 98-9, 113-4, 117, 128, 131, 144, 158-9, 210, 239-40, 241, 277
Macpherson, C. B. 256, 277, 281-2,
Maihofer, A. 248
Maliandi, R. 66
Mannheim, K. 296
Maquiavel, N. 137
Mardones, J. M. 74, 116
Marías, J. 72, 89
Marquard, O. 134, 148, 150, 213, 283
Martínez Navarro, E. 159, 289
Marx, K. 236, 285, 288
Mead, O. H. 110, 156, 192, 195, 233, 277, 288
Menéndez Ureña, E. 74
Merlo, Y. 14
Mill, J. 259
Mill, J. S. 85, 88, 91, 118, 240, 259, 264, 270, 304
Moliner, M. 290
Montoya, J. 19, 86, 210
Moore, G. E. 44, 93
Mosca, G. 259
Muguerza, J. 44, 69, 92, 134, 149, 151, 169-70, 204, 282

Nabert, J. 145
Nelson, W. N. 256
Nicolás, J. A. 33, 58

Nietzsche, F. 10-2, 18, 22, 49, 105, 115-6, 124, 136, 212, 240, 304
Nino, C. 249
Nisbet, R. 283
Nozick, R. 134, 277, 279, 283
Nunner-Winkler, G. 196, 305
Nussbaum, M. C. 80

Oakeshott, M. 104
Oelmüller, W. 150, 202, 245
Ortega y Gasset, J. 52, 54, 56

Paramio, L. 276
Pareto, V. 259
Partridge, P. H. 255
Pateman, C. 259
Patzig, G. 19
Peces-Barba, G. 244
Peirce, Ch. S. 237
Pérez Luño, A. E. 247, 308
Pérez Tapias, J. A. 38
Philonenko, A. 307, 308
Picó, J. 123
Pintor Ramos, A. 48, 52, 54, 58, 64, 138
Platão 11, 47, 77, 144-5, 155
Pleines, J. E. 145
Pöggeler, O. 145
Popper, K. 103, 109
Pozzo, R. 219

Quintanilla, M. A. 34, 121-2, 276, 197
Quinton, A. 255

Rachman, J. 104
Rawls, J. 20, 49, 74, 78, 81-3, 93, 105, 107-8, 122, 176-7, 197, 199, 200, 208, 222, 278, 283, 286, 289
Raz, J. 248
Reiner, H. 52
Ricoeur, P. 145

Riedel, M. 145
Rodilla, M. A. 81
Rorty, R. 35, 78, 102-5, 107, 109-14, 119, 204, 241-2, 278
Rousseau, J.-J. 35, 122, 137-41, 259, 264

Salcedo, D. 90
San Martín, J. 48
Savater, E. 89, 289-90
Scheler, M. 52
Schelling, E. W. J. 122
Schelsky, H. 150
Schmitt, C. 150
Schnädelbach, H. 79, 133-4, 145-6, 209
Schumpeter, J. A. 16, 259-61, 265, 267
Schwemmer, O. 208
Siurana, J. C. 38, 83
Smart, J. J. C. 91, 93
Smilg, N. 188
Smith, A. 92
Sócrates 11, 91, 155,
Sotelo, I. 256, 276
Spaemann, R. 283
Stierle, K. H. 148, 150, 213
Suárez, F. 54

Taylor, Ch. 75-6, 81, 128, 158, 208, 221, 222-3, 232
Tomás de Aquino 54, 89
Tugendhat, E. 222, 231

Unamuno, M. 13

Valcárcel, A. 135
Valls Plana, R. 155
Vargas Machuca, R. 34, 121-2, 276, 297
Vattimo, G. 116, 126, 241-2
Vaughan, R. 105, 278
Vlachos, G. 210
Von Hayek, F. A. 134, 280, 283
Von Kutschera, F. 42, 44, 53, 58, 86, 90
Vorländer, K. 189, 287-8

Walzer, M. 119, 277
Warnung, R. 148, 150, 213
Watanuki, J. 266
Weber, M. 85, 98-9, 108, 117, 127, 171-2
Weil, E. 308
Wellmer, A. 20, 115, 124, 178, 183-4, 198-9, 232
West, C. 104
Williams, B. 91, 93
Wittgenstein, L. 29, 44, 100, 105, 115, 126

Zan, J. de 66, 204
Zapatero, V. 288
Zaratustra 10
Zubiri, X. 54, 58, 61, 65